Gaby Hauptmann

Hoffnung auf eine glückliche Zukunft

PIPER

Zu diesem Buch

Anna ist gerade dreizehn, als sie ihr Elternhaus in einem entlegenen oberschwäbischen Weiler verlässt. Die Zeiten sind 1913 alles andere als rosig, und so muss sie sich allein auf den Weg an den Bodensee machen, um dort ihre erste Stellung anzutreten. Sie kommt in dem angesehenen Gasthof »Krone« unter und lernt das Handwerk von der Pike auf: in der Küche, als Zimmermädchen und schließlich im Büro – eine Auszeichnung für die aufgeweckte junge Frau, die schnell in alle Aufgaben hineinwächst. Beim Tanz an einem Frühlingsabend lernt sie August kennen, der sich auf der Stelle in sie verliebt. Und bald stürzen die beiden sich in ein großes Abenteuer: Sie kaufen in Horn den alten Gasthof am See, den »Hirschen«, ein Abenteuer, von dem sie nicht ahnen, wie groß es werden wird, denn alle modernen Errungenschaften, Elektrizität oder auch das Telefon, sind in diesem Dorf noch nicht angekommen. Dazu spüren sie schmerzlich die Folgen des Ersten Weltkrieges und die Inflation. Anna und August kämpfen jeder auf seine Weise, um den »Hirschen« nicht aufgeben zu müssen.
Gaby Hauptmann präsentiert den Anfang ihrer mitreißenden, emotionalen Bodensee-Saga, in deren Mittelpunkt eine außergewöhnliche, einfallsreiche und ihrer ganz eigenen Intuition vertrauende Heldin steht.

»Im Schicksal ihrer Heldinnen und Helden spiegelt Gaby Hauptmann eindrucksvoll den Gang der großen und kleinen Weltgeschichte.« *SWR2*

Gaby Hauptmann lebt seit vielen Jahren am Bodensee, sie kennt die abwechslungsreiche Region und ihre Menschen wie kaum eine andere. Denn als Schriftstellerin und Journalistin führten sie ihre Recherchen in jeden Winkel des Sees. Nun widmet sie sich ihrer Heimat in einer großen, zweibändigen Saga, die sich um das noch heute existierende Gasthaus »Hirschen« und seine Menschen dreht. Gaby Hauptmann veröffentlichte zahlreiche Romane im Piper Verlag, zuletzt die Bestseller »Das größte Glück im Leben« und den zweiten Band der Bodensee-Saga »Traum vom besseren Leben«, in dem die nächste Generation den Gasthof »Hirschen« übernimmt.

Gaby Hauptmann

Hoffnung auf eine glückliche Zukunft

Die Frauen vom See

PIPER

Mehr über unsere Autorinnen, Autoren und Bücher:
www.piper.de

Wenn Ihnen dieser Roman gefallen hat, schreiben Sie uns unter Nennung des Titels »Hoffnung auf eine glückliche Zukunft« an *empfehlungen@piper.de*, und wir empfehlen Ihnen gerne vergleichbare Bücher.

Von Gaby Hauptmann sind im Piper Verlag 31 Bücher erschienen, u.a.:
Suche impotenten Mann fürs Leben
Lebenslang mein Ehemann?
Unsere allerbeste Zeit
Unser ganz besonderer Moment
Das größte Glück im Leben
Hoffnung auf eine glückliche Zukunft (Die Frauen vom See)
Traum vom besseren Leben (Die Frauen vom See)

MIX
Papier | Fördert
gute Waldnutzung
FSC
www.fsc.org   FSC® C083411

ISBN 978-3-492-32131-0
1. Auflage März 2025
2. Auflage August 2025
© 2024 Piper Verlag GmbH, Georgenstraße 4,
80799 München, *www.piper.de*
Für direkten Kontakt und Fragen zum Produkt
wenden Sie sich bitte an: *info@piper.de*
Umschlaggestaltung: FAVORITBUERO, München
Umschlagabbildung: Getty Images (George Marks; Westend61)
und Shutterstock.com
Satz: Satz für Satz, Wangen im Allgäu
Gesetzt aus der Bembo
Druck und Bindung: CPI books GmbH, Leck
Printed in the EU

An sie zu denken tut weh,
denn sie sind nicht mehr unter uns.

Und doch leben sie in meinen Gedanken weiter,
denn es gibt so viele Erinnerungen an schöne und glückliche
Momente, die sie unsterblich werden lassen.

Und so widme ich dieses Buch meinen Freunden,
die uns in den letzten Monaten verlassen haben:

Martin Walser – danke für die vielen inspirierenden Abende
bei dir und Käthe in Nussdorf

Bruno Epple – voller Kreativität und immer
mit einem gewinnenden Lächeln

Peter Sonntag – nach Sepp Blum nun
der zweite große »Hinnengassen«-Verlust

Uwe Heisel – 1975 mit seiner Evi beim Skifahren
kennengelernt und seither eng befreundet

Sue Kratt – Reiterfreundin mit großem Herz
aus unseren Jugendtagen in Trossingen

Jochen Graetsch – nach vielen gemeinsamen Jahren
mit Madeleine unfassbar

Andreas Görwitz – eine alljährliche Wiedersehensfreude
ist Vergangenheit

Über Nacht hatte es noch einmal geschneit. Der Frühling brauchte hier oben immer länger als anderswo. Der Wind pfiff über die Hochebene und trieb den frisch gefallenen Schnee wie einen feinen weißen Schleier vor sich her.

Anna war aus der Tür getreten und schob sich das schwere Schultertuch schützend über ihre Haare, dann drehte sie sich zu ihrer Mutter um, die hinter sie getreten war, einen kleinen Koffer in der Hand.

»Gott schütze dich, mein Kind«, sagte sie, Tränen in den Augen. Anna nickte, sprechen war ihr nicht möglich. Es war der Abschied, vielleicht für immer.

Sie bückte sich nach dem Koffer und ging ihrem Bruder entgegen, der den Braunen angeschirrt hatte, um sie mit ihrem kleinen Pferdefuhrwerk nach Tuttlingen zum Bahnhof zu bringen. Der Braune schnaubte, und es bildeten sich Wölkchen in der kalten Luft. Anna spürte, wie ihr Herz schwer wurde. Ihre Familie, der Hof, das Pferd – alles hatte sie seit ihrer Geburt begleitet. Dreizehn Jahre lang. Und nun sollte sie einfach gehen?

Sie drehte sich ein letztes Mal zu ihrem Elternhaus um. Ihre Mutter stand noch in der Tür, hob die Hand. Sie war erst 53 Jahre alt, doch selbst aus der Entfernung war ihr das harte Leben auf dem einsamen Gehöft anzusehen. Elf Jahre schon Witwe.

Annas Bruder schnalzte. Die Aufforderung galt ihr, nicht dem Braunen. Anna riss sich von dem Bild los. Es würde ihr ewig in Erinnerung bleiben, das wusste sie jetzt schon. Das verschneite Haus, die Mutter, ihre letzte Geste, ihre Einsamkeit.

Sie kletterte zu Johann hoch auf das Sitzbrett, das er mit einer schnellen Handbewegung vom Schnee befreite. Er lächelte ihr zu, ein schiefes Lächeln unter seiner Schiebermütze.

»Dann auf«, sagte er. Der Braune zog an, und Anna musterte ihn von der Seite. Auch er sah älter aus, als er mit seinen 23 Jahren war.

»Was ist?«, fragte er und blinzelte ihr zu.

»Du siehst gut aus«, stellte Anna fest. Das stimmte. Sein Gesicht war kantig, sein Bart, in dem sich nun die Schneeflocken sammelten, männlich dicht, sein Körper kräftig. Ganz der Jungbauer, der alles im Griff hatte.

»Und das Mädchen aus Mühlheim?«, fragte Anna.

Vielleicht war ihr Bruder an einem Tag wie heute ja weniger wortkarg als sonst.

»Barbara?«

Anna nickte. »Wenn ihr heiratet, schreibst du mir dann?«

Johann kniff die Lippen zusammen. »Wohin?«

Sie wusste es selbst noch nicht. Der Pfarrer hatte ihr diese Stelle vermittelt. »Steckborn«, hatte er nach dem Gottesdienst zu ihrer Mutter gesagt. »Das ist eine Gemeinde am Untersee. In der Schweiz. Sie wird es dort gut haben.«

Und Anna wusste, was ihre Mutter in diesem Moment gedacht hatte: ein Esser weniger. »Ich schreib euch. Wenn ich dort bin«, sagte sie schnell.

Dann sahen sie beide wieder nach vorn. Wie der Braune sich mühte, den ausgefahrenen Weg zu finden. Und in Trab fiel, als es endlich bergab nach Mühlheim ging. Der Tag war bleigrau, trotzdem ragte die Kirchturmspitze klar in den Himmel. Anna betrachtete im Vorbeifahren das Kreuz und malte es sich dann unwillkürlich auf die Stirn.

»Es wird schon gut gehen.« Johann sah ebenfalls zum Kirchturm hinüber. »Ende April«, sagte er. »Und wir haben Schnee. Vielleicht kann er ja machen, dass es bald Frühling wird und wir mit der Aussaat beginnen können.«

»Dafür ist er nicht da«, sagte Anna.

Johann zuckte mit den Schultern. »Praktisch wäre es schon.«

Eineinhalb Stunden hätte der Fußmarsch nach Tuttlingen bedeutet, nun waren sie nach kurzer Zeit, so empfand es Anna, bereits kurz vor der Stadt.

»Hast du schon mal so eine Dampflok gesehen?«, wollte Anna wissen und zog sich das wollene Schultertuch über der Brust enger zusammen. Sie fror. Aber mehr innerlich, denn ihr langer Webmantel wärmte sie gut.

»Aber klar doch!«

»Und weißt du, wo wir hinmüssen?«

»Den Bahnhof gibt es schon seit über vierzig Jahren. Werden wir wohl finden.«

»Was du alles weißt«, staunte Anna.

»1869 erbaut«, präzisierte Johann, und auf Annas ungläubigen Blick lachte er. »Ich war schon ein paarmal da. Ware holen. Franz kennt den Bahnhof auch.« Er nickte nach vorn zu dem Braunen hin, der wieder in Schritt gefallen war. »Diese Dinger zischen, pfeifen und qualmen. Eiserne Ungetüme. Aber du kennst ja unseren Franz …«

Ja, sie kannte den Franz seit ihrer Kindheit. Wie oft hatte sie sich im Stall an ihn gekuschelt, in sein dickes Fell hineingeschnüffelt, seine warmen Nüstern gestreichelt. Was hatte sie ihm alles erzählt, ihre Ängste, ihre Sorgen, ihre Nöte. Franz war der unerschütterliche Fels in der Brandung, sein Gemüt war wie sein breiter Rücken und die stämmigen Beine – nichts konnte ihm was anhaben. Er war ihr Freund. Auch dieser Abschied tat weh. Anna zog die Nase hoch. Johann legte in einer brüderlichen Geste den Arm um sie und drückte sie an sich.

»Es war Mutters Entscheidung«, sagte er. »Und du wirst sehen, es ist eine gute Entscheidung.«

Anna nickte.

Glauben konnte sie es nicht.

Und dann waren sie am Bahnhof. Anna fand schon allein das Gebäude beeindruckend, von den vielen Fuhrwerken, Kutschen und Menschen ganz zu schweigen. Unheimlich, ja, sie fand alles unheimlich und hielt sich deshalb dicht an Johann, der Franz mit angezogener Fuhrwerkbremse einfach im dichten Getümmel hatte stehen lassen. Er warf ihr einen aufmunternden Blick zu, während er zielstrebig in das Gebäude und dort zu einem Schalter ging, hinter dem ein grimmig aussehender Mann in Uniform saß. Anna ließ ihn nicht aus den Augen und wartete ab, bis er zu ihr zurückkehrte. »Dein Fahrschein bis nach Schaffhausen«, sagte er und drückte ihr ein kleines Stück bedruckter Pappe in die Hand. »Verlier es nicht. Und in Schaffhausen musst du das Schiff finden. Bis nach Steckborn. Der Pfarrer hat dir ja alles genau erklärt. Und aufgeschrieben.«

Anna nickte und dachte: Wenn ich jetzt schon Angst habe, wie soll es erst werden, wenn ich alleine bin?

»Vergiss nicht«, erinnerte Johann eindringlich. »Du bist 13 Jahre alt. Du bist schon groß!«

Anna nickte.

»Und es sind deine Glückszahlen. Heute ist der 13. April. Dazu 1913! Und du bist 13! Das sind deine Zahlen! Besser geht es nicht!«

Anna nickte noch einmal und widerstand dem starken Drang, einfach umzukehren und sich mit Franz auf den Heimweg zu machen.

Zwanzig Minuten später saß sie kerzengerade auf einer Holzbank und blickte im Zugabteil angestrengt aus dem Fenster, hinaus auf die schnell vorbeiziehende Landschaft. Es war laut, es rumpelte, und der dunkle Rauch der Lok verschleierte immer mal wieder ihre Sicht. Ihr gegenüber saß ein Mann, der Zeitung las und zwischendurch einen Blick auf sie warf. Anna spürte es, wagte aber nicht, den Blick zu erwidern. In den sich leicht spiegelnden Scheiben musterte sie seinen dunklen Anzug. Alles war Furcht einflößend. Von dem Zylinder, den er neben sich gelegt hatte, über den Stehkragen mit der Krawatte bis zu den polierten schwarzen Schuhen wirkte er wie aus einer anderen Welt. Dazu sein Gehstock mit einem silbernen Knauf. Einem Löwenkopf. So etwas hatte Anna noch nie gesehen. Immerhin lenkte es sie von ihrer ungewissen Zukunft ab, vor allem, als er plötzlich die Zeitung anhob und mit seinem behandschuhten Zeigefinger auf eine Stelle tippte.

»Genau, was ich immer sage!«

Anna war sich nicht sicher, ob er sie angesprochen hatte oder eine der Frauen, die ihm schräg gegenübersaßen, deshalb reagierte sie nicht.

»Hier steht es auch«, er hob das Blatt etwas an. »Zur Ausfahrt aus Elternhaus und Schule ins Leben.« Er schwieg bedeutungsvoll. »So ist die Überschrift. Und hier …«, nun war klar, dass er Anna meinte, »für die Jugend, die nun der Schule entwachsen ist. Hier steht: ›Es hilft, wenn die Jugend daran gewöhnt wird, zu erfassen, dass es für die Tüchtigkeit eines Menschen weniger darauf ankommt, welchem Beruf er sich zuwendet, sondern darauf, dass ihm überhaupt rege Betätigung des Geistes, der Sinne und des Körpers recht eigentlich zur zweiten Natur, zum unabweisbaren Bedürfnis wird.‹« Er wartete kurz ab, Anna wusste nicht, ob sie etwas sagen sollte, eine der Frauen neben ihr bestätigte das Gehörte.

»Ja, das ist wohl wahr!«

»Es geht noch weiter. Achtung«, sagte er und schob sich gewichtig seine Brille hoch. »Wir sollen früh von der Überzeugung durchtränkt werden, dass unsere Zeit eine Zeit der Arbeit ist, die Zierbengel und Zierpuppen als faule Früchte auf dem Acker des

Lebens unbarmherzig in den Winkel stellt. Arbeitslust ist der beste Führer durchs Leben. Junge Leute, die gehätschelt wurden, haben es schwer, voranzukommen!‹«

Gehätschelt. Anna sah den Hof vor sich. Das Wasser hatte sie Tropfen für Tropfen bis vor wenigen Jahren noch von einer tiefer gelegenen Quelle holen müssen. Der Weg war weit, steil und gefährlich, besonders bei Regen oder im Winter. Der alte Schafstall musste ständig geflickt werden, die kargen Felder bestellt, die Pacht an die Stadt Mühlheim ließ ihre Mutter oft ächzen. Einmal war Anna nachts hinuntergegangen, um etwas Wasser zu trinken, da hatte ihre Mutter unter dem fahlen Gaslicht auf der Küchenbank gesessen, den Kopf zwischen ihren Armen auf dem Tisch und so gotterbärmlich geweint, dass nicht nur ihre Schultern gezuckt, sondern der ganze Körper gebebt hatte. Anna würde nie vergessen, wie sie leise zu ihrem Strohsack zurückgeschlichen war und die ganze Nacht wach gelegen hatte.

Gehätschelt! Sie sah auf, und ihr Blick traf genau auf den ihres Gegenübers.

»Verzeihen Sie«, sagte sie und spürte, wie ihre Stimme bebte. »Ich weiß nicht, wie das ist, wenn man gehätschelt wird.«

Er antwortete zunächst nicht, und Anna überlegte, ob sie wohl vorlaut gewesen war? Das war Erwachsenen gegenüber eine Untugend, zumindest hatte ihnen das ihr Lehrer eingetrichtert. Wenn nötig mit dem Rohrstock.

»Das Fräulein kommt vom Land?« Er beugte sich etwas zu ihr vor. War ihr das so direkt anzusehen? Sie schaute zu den beiden Frauen hinüber. Beide hatten dicke Wintermäntel an, die nur die geknöpften, feinen Stiefeletten sehen ließen. Die eine trug einen schräg aufgesetzten, hellbraunen Hut mit einer Stoffrose über dem Ohr, die andere einen dunkelgrünen Wollhut, der wie ein Topf aussah. Beide schienen am Fortgang der Geschichte interessiert zu sein, sie hatten sich dem Zeitung lesenden Herrn und ihr zugewandt. Er wartete ihre Antwort nicht ab. »Man erkennt es an den

Schuhen.« Er deutete auf ihre schweren, genagelten Stiefel. Ihr ganzer Stolz.

»Die sind beste Qualität«, sagte sie deshalb. »Vom Schuhmacher. Der, der auch unseren Franz beschlägt. Er kann einfach alles.«

Eine der Frauen kicherte.

Anna warf ihr einen Blick zu. »Mit solchen Schuhen kommen Sie bei uns jedenfalls nicht weit«, sagte sie und deutete auf die feinen Lederstiefeletten. »Da bleiben Sie gleich stecken!«

»Ich habe nicht die Absicht«, gab die Dame spitz zurück, während sich der Mann ihr gegenüber über seinen Schnurrbart strich. Fast schien er amüsiert.

»Nun, dann scheint dieser Artikel nicht für Sie geschrieben zu sein. Sie kennen Ihren Weg. Und der führt … wohin?«

Anna war sich nicht sicher, ob sie das preisgeben sollte. Aber so viel ging dann wohl schon: »Nach Schaffhausen.«

»Eine schöne Stadt.« Er faltete die Zeitung zusammen. »Waren Sie schon mal in einer so großen Stadt wie Schaffhausen?«

Anna schüttelte den Kopf.

»Dann passen Sie auf, dass Sie nicht verloren gehen.«

Das Gefühl hatte sie dann aber doch, als sie mit ihrem Koffer in Schaffhausen ausgestiegen und im Stationsgebäude ratlos stehen geblieben war. Es war dort so warm, dass sie ihr Schultertuch abnahm und den Mantel aufknöpfte. Vom Schnee am Kraftstein keine Spur mehr. Anna kam ins Schwitzen, aber auch deshalb, weil sie nicht weiterwusste. In welche Richtung sollte sie gehen, wohin sollte sie sich wenden? Sie konnte kein Hinweisschild entdecken. Wo war denn der Rhein, wo waren die Schiffe? Von hier aus waren nur Hausdächer zu sehen. Sie nahm den Brief heraus, den ihr der Pfarrer mitgegeben hatte. Dort stand sorgsam aufgeschrieben:

In Schaffhausen angekommen, folgst du diesem Weg:
Über die Poststraße durch die Schwertstraße, am Mohrenbrunnen
vorbei, diesen genau betrachten: der Mohr repräsentiert Kaspar,
einen der drei Heiligen Könige, anschließend den Fronwagplatz
überqueren, dann in die Vordergasse einbiegen. In der geschäftigen
Gasse keine Begehrlichkeiten wecken lassen, am Rathaus vorbei,
erkennbar an der Statue eines Schafbocks, der aus einem Turm
springt, dann weiter, die Gasse hinunter über den Fischmarkt an
der St. Johannkirche vorbei. Du hast rund zwei Stunden Zeit, also
bete dort ein Weilchen für die Seele deines verstorbenen Vaters. Über
den Gerberbach gelangst Du in die Unterstadt, dann, nach wenigen
Minuten, bist du an der Schiffslände. Dort fährt um 4 Uhr die
Arenaberg ab. Das Schiff heißt wirklich so, ist benannt nach einem
Schloss am Bodensee. Die Fahrt zahlst du von dem Geld im
Umschlag. In Steckborn erwartet dich dann Pfarrer Zeller und
bringt dich zu deinem neuen Arbeitsplatz. Vergiss nicht, dich artig
bei ihm zu bedanken. Er hat alles arrangiert.

Poststraße, dachte Anna. Wo finde ich die jetzt?

Nachdem die Lok keuchend und dampfend weitergefahren war und Anna freie Sicht hatte, schaute sie sich erschrocken um. Der Verkehr in Tuttlingen war ihr schon als sehr extrem erschienen, doch das hier war einfach unvorstellbar. Wie gern hätte sie nun Johann an ihrer Seite gehabt. Nicht nur um sich von ihrem großen Bruder an die Hand nehmen zu lassen, sondern auch um das alles mit ihm zu erleben.

Vor ihr war kaum ein Durchkommen, so dicht fuhren die Kutschen und Fuhrwerke … und Automobile. Eines hupte, und sie sprang erschrocken zur Seite, dabei war nicht sie im Weg, sondern eine alte Frau, die eben die breite Straße überqueren wollte. Sie blieb einfach stehen. Zu ihren Füßen glitzerte etwas, und Anna erkannte Schienen. Schienen mitten zwischen den gepflasterten Steinen. Sie konnte sich keinen Reim darauf machen. Von Straßenbahnen hatte sie zwar schon gehört, aber die wurden von Pferden gezogen.

Eine Frau neben ihr, mit weißer Rüschenschürze und zwei voll beladenen Körben in den Händen, erschien ihr so vertrauenerweckend, dass Anna sie ansprach. Aber ihrem Gesichtsausdruck nach zu urteilen hatte sie Mühe, Anna zu verstehen. Und als sie antwortete, ging es Anna ebenso. Was hatte sie gesagt? Sprach sie eine andere Sprache? Anna versuchte es mit Händen und Füßen, was die andere mit einem Lächeln quittierte, dann zeigte sie ihr mit ausgestrecktem Arm die Richtung. »Schiffländi!«, sagte sie dazu.

Das verstand Anna, und sie nickte heftig. Das Problem war, dass sie dazu diese Straße überqueren musste, aber sie tat es einfach direkt hinter der Unbekannten und kam unbeschadet auf die andere Seite.

Zehn Minuten Fußweg, hatte ihr der Pfarrer gesagt. Vom Stationsgebäude bis zur Schiffsanlegestelle.

Schon vor dem ersten großen Schaufenster blieb sie stehen. Dieses Kleid, das an einer großen Holzpuppe präsentiert wurde, war einfach unfassbar schön. Der lange blaue Rock mit der hohen Taille, dazu der passende große Hut und sogar die knöchelhohen Stiefeletten, die sie so ähnlich bereits an den beiden Damen im Zug gesehen hatte. Ebenso wie von einem anderen Stern erschienen ihr die Kinderkleider daneben. Ein Mädchen, ein Junge, auch in feinstem Tuch, das Mädchen in einem hellen, gebauschten Kleid mit rosaroten Schleifen, der Junge in knielangen Hosen und einer feinen blauen Weste. Anna dachte an ihre eigenen Kleider, weitervererbt von ihren größeren Schwestern. Und ihre Brüder tagein, tagaus in praktischen Lederhosen, eine nach der anderen an den jüngeren weitergegeben.

Sie riss sich los. Doch sie kam nicht viel weiter. Diesmal war es eine Apotheke, die sie stehen bleiben ließ. Was es hier alles gab! Kleine Glasgefäße und Keramiktöpfe mit Salben und Cremes, alles sorgfältig beschriftet. Daneben Seifen und hübsche Flakons mit

Parfum, Tinkturen und Elixieren, als Heilmittel für eine ganze Reihe von Beschwerden, auf einer kleinen Tafel genau beschrieben – und wunderliche Apparate, Instrumente, von denen Anna nicht wusste, wozu sie gut sein könnten. Besonders interessant aber fand sie die vielen Bündel getrockneter Pflanzen und Kräuter, die sie alle kannte und die ihre Mutter auch immer sammelte. Damit ließ sich also Geld verdienen. Das sollte sie ihrer Mutter schleunigst schreiben.

Ihr schlechtes Gewissen meldete sich. Sie war erst einige Häuser weit gekommen, die Zeit lief ihr davon. Aber wann würde sie jemals wieder Gelegenheit haben, so etwas zu sehen? Sie nahm ihren Rock etwas hoch, denn auch hier lagen Pferdeäpfel im Weg, und um sie herum waren die Menschen hektisch zu Fuß oder mit Fahrrädern unterwegs. Alle hasteten einem unbekannten Ziel entgegen. Die Einzige, die Zeit zu haben schien, war sie, die junge Anna. Und schon wieder kam sie nicht weiter. Diesmal war es offensichtlich ein Geschäft für Haushaltswaren. Aber was für welche!

Es hätte nicht viel gefehlt und Anna hätte sich die Nase am Schaufenster platt gedrückt, denn hier gab es Geschirr, von dem sie auf dem Kraftstein nur träumen konnte. Das heißt, bisher hatte sie so schön gearbeitete, mit feinen Blumen verzierte Porzellanteller und Tassen, Schüsseln und Platten noch nie gesehen. Dazu Silberbesteck, Tischdecken, ein silberner Kerzenleuchter … das Schaufenster sah aus, als sei ein Tisch für eine Märchenprinzessin gedeckt worden. Sie konnte sich einfach nicht sattsehen. Und im Schaufenster gleich daneben handgefertigte Holzutensilien und emaillierte Töpfe und Pfannen. Alles auf einem Herd drapiert. Alleine dieser Herd … er war aus weiß emailliertem Metall und besaß vorn eine Klappe. War das der Backofen? Wie wurde er beheizt?

Am liebsten wäre sie in das Geschäft hineingegangen und hätte gefragt. Sie musste sich das unbedingt merken und später in einem Brief beschreiben und am besten auch zeichnen. Überhaupt musste sie sich das alles einprägen. Und von ihrem ersten Geld würde sie ihrer Mutter etwas Schönes schenken. Etwas, das es in ihrer Heimat noch nicht gab. Vielleicht einen der zierlichen Flakons mit einem feinen Duft. Was das wohl kosten würde? Sie wusste ja nicht einmal, wie viel sie verdienen sollte. Würde das Geld für so etwas reichen?

Ein Junge rempelte sie an, einen schweren Sack auf dem Rücken. Er fluchte kurz in einer Sprache, die sie nicht verstand, gab dem gefüllten Jutesack einen Stoß mit dem Rücken, sodass er seine Position etwas veränderte, warf ihr noch einen kurzen Blick zu und ging weiter. Er war etwa in Annas Alter gewesen. Aber seine Kleidung war genauso, wie sie es von daheim kannte. Alt und aufgebraucht. Es gab hier also nicht nur Reichtum, wie man angesichts der vielen adrett gekleideten Menschen meinen sollte.

Doch dann! Eine von oben bis unten bemalte Hausfassade! Anna blieb mitten auf der Straße stehen. Eine solche Bilderfülle kannte sie nur aus der Kirche. Aber hier, schon ziemlich abgeblättert und trotzdem noch gut zu erkennen, Figuren über Figuren. Ritter, so wie es aussah – und ganz oben, sie war instinktiv versucht, das Kreuz zu schlagen, eine nackte Frau. Splitternackt! Übergroß auf einer Hauswand, sodass sie jeder sehen konnte.

Was der Pfarrer wohl dazu sagen würde? Sich selbst nackt anzuschauen sei unkeusch, hatte er stets gepredigt. Sich nackt selbst anzufassen, undenkbar. Von der Sünde, jemand anderen anzufassen, ganz zu schweigen. Anna stockte der Atem. Das konnte sie niemandem erzählen, keiner würde es ihr glauben!

Sie sah sich um, aber niemand schien sich für diese Unmoral zu interessieren. Die Menschen eilten weiterhin an ihr vorbei, manche, und das fiel ihr jetzt erst auf, in einer Art Tracht. Die einen waren einfach nur schlicht angezogen, meist junge Frauen in dunklen Kleidern aus grobem Tuch, knöchellang und mit langen Ärmeln. Dazu trugen sie kleine weiße Hauben und weiße Schürzen. Andere trugen eine Art Uniform, Kleider, an denen die weißen Spitzen bereits eingearbeitet waren. Vielleicht waren das Dienstmädchen? Anna fragte sich, wie sie selbst wohl an ihrem neuen Arbeitsplatz gekleidet sein würde? Und würde sie auch Besorgungen erledigen, wie es diese Frauen mit ihren Körben und Krügen taten, oder würde sie ausschließlich im Haus beschäftigt sein?

Sie wollte nicht so genau darüber nachdenken, denn es machte ihr Angst. Fremde Menschen, ein fremdes Haus, würde sie bestehen können?

Sie schaute sich weiter um, bis ihr Blick auf eine Festung fiel. Sie betrachtete die schweren Steine der Burg mit leichtem Schaudern. Nur gut, dass es keine wilden Horden mehr gab, die Städte und Höfe überfielen und Menschen in feuchte Verliese warfen.

Anna zog ein weiteres Mal die Wegbeschreibung hervor, um sich im Gewirr der abzweigenden Straßen und Gassen zu orientieren. Ah, die Kirche. Sie hatte ihren Vater zwar kaum gekannt, er war gestorben, als sie zwei war, doch der Pfarrer hatte sicherlich recht. Beten sollte sie dort für ihn. Was nur, wenn sie durch ihre Bummelei das Schiff verpassen würde? Sicher gab es in Steckborn auch eine schöne Kirche, da wäre ein Gebet für das Seelenheil ihres Vaters genauso viel wert.

Einzig an einem Geschäft für Schreibwaren blieb sie noch kurz stehen. Wunderschöne handgebundene Tagebücher waren in der Auslage zu sehen, daneben verschiedene Federhalter und kleine Tintenfässchen. Anna schrieb und zeichnete gern. Und mehr noch als ein neues Kleid wünschte sie sich so ein Tagebuch. Ein Buch nur für sie alleine, in das sie alles, was sie bewegte, hineinschreiben könnte. Und dann verschließen. Sie hatte ja Franz nicht mehr. Wem sollte sie nun all die Dinge, die ihr so durch den Kopf gingen, anvertrauen?

Kurz entschlossen betrat sie das Geschäft. Eine beleibte Frau mittleren Alters erkundigte sich mit etwas skeptischem Blick nach ihren Wünschen. Doch dann musste sie über die Begeisterung lächeln, mit der Anna die verschiedenen Formate ansah und zärtlich mit den Fingerkuppen über die Einbände strich. »Sie schreiben gern?«, fragte sie so langsam, dass Anna ihren Dialekt verstand. Sie nickte heftig. »Ja«, sagte sie. »Schreiben ist meine Leidenschaft!«

»Da gibt es hier in der Nähe am Untersee noch einen. Der hat seine Leidenschaft zum Beruf gemacht. Hermann Hesse. Kennen Sie ihn?«

Anna schüttelte den Kopf, nahm sich aber vor, sich diesen Namen zu merken. »Schreiben als Beruf«, sagte sie leise, »das würde ich mir wünschen.«

»Wer weiß, was noch kommt«, sagte die Frau, begleitete sie zur Tür und schenkte ihr einen schönen, angespitzten Bleistift.

»Kommen Sie einfach wieder.«

»Was kostet denn so ein schönes Tagebuch?«

»Zwei Franken.«

Zwei Franken! Anna hatte keine Ahnung, wie viel das in Mark sein könnte, aber es hörte sich teuer an.

»Ja, wenn ich genügend Geld habe.«

»Sie sind noch jung. Es wird schon klappen!«

Anna bedankte sich vielmals, hielt beseelt den schönen Bleistift in der Hand und verließ freudig lächelnd das Geschäft. Ja, sie würde es schaffen. Eines Tages könnte sie sich bestimmt ein solches Tagebuch kaufen.

Sie war schneller am Rhein als gedacht. Ein großer Platz mit einem Brunnen, dahinter ein Ungetüm von einem Schiff. Größer als die Eisenbahn, so kam es ihr jedenfalls vor. Ein halbrunder Kreis prangte wie ein gemaltes Schaufelrad an der Seite, darin stand groß und deutlich: Arenaberg.

Das war sie also, die Arenaberg. Am Bug saßen schon recht viele Leute an Deck, hinter dem hohen Schornstein war ein großes Tuch gespannt worden, darunter schienen noch Plätze frei zu sein. Eine Frau mit einem Kinderwagen stand am Kai und unterhielt sich mit einem Mann in Uniform. War dies der Schaffner wie im Zug? Oder ein Polizist? Anna kannte sich nicht aus. Hier war alles anders. Die Sprache, die Währung – und wahrscheinlich sahen auch die Polizisten anders aus.

Anna kramte nach dem Briefumschlag und hielt die Luft an, als sie ihn nicht gleich fand, endlich zog sie ihn aus ihrer Umhängetasche und atmete durch. Mit ihrem Koffer fest in der Hand ging sie auf die Arenaberg zu. Das war nun die letzte Etappe! Dann war sie am Ziel!

Ein breiter Steg führte an Deck des Schiffes, aber er schwankte leicht, und Anna klammerte sich erschrocken an das Geländer.

»Keine Angst, Fräulein«, ein stattlicher Mann mit Kaiser-Wilhelm-Bart streckte ihr seine Hand entgegen, »gleich haben Sie es geschafft!«

Er nahm den abgezählten Fahrpreis entgegen und riet ihr dann, sich, wegen des Qualms aus dem Schornstein, nach vorn zu setzen. »Vor allem die Damen, wegen des schönen Teints«, sagte er und zupfte vergnügt an einem Schnurbartende.

Anna war sich nicht sicher, ob das anzüglich war, so bedankte sie sich schnell und suchte sich auf dem vollen Vorderdeck einen Platz. Und hatte Glück, denn eine füllige Dame stand eben auf, strich sich ihren Rock glatt und sagte laut zu ihrem Begleiter: »Hier zieht es. Ich setze mich nach hinten.« Was ihn dazu veranlasste, ebenfalls aufzustehen. Anna bedankte sich freundlich, grüßte nach rechts und links und ließ sich zwischen zwei Frauen auf der harten Holzbank nieder, den Koffer vor ihren Knien abgestellt.

»Na, hoffen wir mal, dass es diesmal keine Rettungsaktion geben muss!«, stöhnte die Frau neben ihr.

Die junge Frau auf ihrer anderen Seite warf ihr einen raschen Blick zu.

»Es ist ja nichts passiert. Nur ein Abenteuer …«

Ein Mann, der ihr schräg gegenübersaß, zuckte mit den Achseln.

»Nichts passiert?«, empörte sich die Frau, »wenn das Schiff hängen bleibt und man über Leitern auf die Brücke hinaufklettern muss, dann sagen Sie, es sei nichts passiert?«

»Nun«, er lächelte nachsichtig. »Die Arenaberg ist ja wieder flottgemacht worden, die Brücke in Diessenhofen wurde nicht beschädigt, und auch sonst kam keine Person zu Schaden.«

»Aber der Schreck!«, legte die Frau nach.

»Ja, ein Schreck war es schon«, bekräftigte die junge Frau neben Anna.

Anna überlegte, was sie sagen könnte. »Passiert so etwas häufig?«, wollte sie dann wissen, denn sie dachte mit Sorge an den Pfarrer und was er denken würde, wenn sie nicht ankam. Wie wäre er zu benachrichtigen? Und was wäre mit ihrem Koffer, ihrem gesamten Hab und Gut? »Kann sie sinken, die Arenaberg?«

»Jedes Schiff kann sinken«, schnaubte die Frau und meinte mit einem schnellen Blick zu ihrem Gegenüber: »Aber das wäre ja dann vielleicht auch nur ein Abenteuer?«

Er lächelte vielsagend. Und Anna betrachtete ihn verstohlen. Es war ein junger Mann, vielleicht so alt wie ihr Bruder, Anfang zwanzig. Selbstbewusst, das war Johann auch, aber Johanns Körper zeugte von harter Arbeit. Der hier hatte keine breiten Schultern, war schmal gebaut, sein Anzug saß, als ob er für ihn geschneidert worden sei, ein gefaltetes Taschentuch in der Brusttasche, ein blütenweißes Hemd mit penibel heruntergeklappten Ecken des steifen Stehkragens, dazu edel aussehende Manschettenknöpfe, die breite Krawatte und die Weste, an der eine goldene Kette baumelte, alles schien sein Selbstbewusstsein zu stärken. Selbst sein kurz geschnittenes, mit Pomade zurückgekämmtes Haar mit dem akkuraten Scheitel. Annas Blick fiel auf den verwegenen Hut, den er neben sich abgelegt hatte, schwarz, mit breitem Hutband und mit zusammengedrückter Vorderseite. Alles in allem sah er sehr gut aus. Auch sein schmales Gesicht und seine braunen Augen, die sie nun anblickten. Hatte er ihre Neugierde gespürt? Instinktiv wollte sie den Blick senken, so, wie es ihr in der Schule gepredigt worden war: Ein Mädchen senkt züchtig den Blick, wenn es einem Mann gegenübersteht. Aber irgendwie schaffte sie es nicht. Und eigentlich wollte sie es auch nicht. Also erwiderte sie seinen Blick.

Er lächelte. Nein, eigentlich lächelten seine Augen, und das setzte sich bis zu seinen Mundwinkeln fort.

»Wollen Sie auch ein bisschen Abenteuer?«, fragte er sie, und Anna verschluckte sich. Sie musste husten, und in diesem Moment gab es ein lautes Zischen und Kreischen um sie herum, ein durchdringend schrilles Signal ertönte, dann ging ein Beben und Rütteln durch das Schiff, und kurz darauf hatten sie schon abgelegt. Anna drehte sich auf ihrer Bank so um, dass sie das Ufer besser sehen konnte. Ja, sie fuhren. Sie entfernten sich von der Anlegestelle, und nun konnte sie auch die ganze Festung sehen – und nicht nur einen Turm. Die ganze Stadt war einfach gewaltig. Und gewaltig schön. Sie seufzte kurz und drehte sich wieder um.

Ihr Gegenüber hatte sie offensichtlich nicht aus den Augen gelassen.

»So schwer?«, fragte er.

»Mit Gottes Hilfe ist alles zu schaffen«, antwortete sie mechanisch.

Die Frau neben ihr hüstelte und legte sich schnell die behandschuhte Hand auf die Lippen. »Mit Gottes Hilfe kommen wir heute hoffentlich unbeschadet an unser Ziel«, sagte sie gedämpft.

»Welches Ziel das auch immer sein mag«, erwiderte der Mann und zwinkerte Anna zu. »Es gibt erreichbare Ziele und unerreichbare. Wer entscheidet das? Der liebe Gott?«

»Nun lass sie in Ruhe!«, fuhr die junge Frau neben Anna ihn an. »Du machst sie verlegen! Sie ist doch noch ein Kind!«

Bin ich nicht, dachte Anna trotzig, entschied aber, keine Diskussion auszulösen, sondern sich lieber auf ihre erste Fahrt mit einem Dampfschiff zu konzentrieren.

Steckborn

Die Fahrt war nervenaufreibend schön gewesen. Frachtschiffe mit Holz, andere mit Kohle, eines kam ihnen gar mit Kühen beladen entgegen, auch ein großes Floß mit Bergen von Steinen kam so dicht, dass Anna kurz die Augen schloss, dazu kreuzten unzählige kleine Fischerboote ihren Weg, und ein anderes Passagierschiff grüßte mit einem hellen, durchdringenden Signal, als es an ihnen vorbeifuhr. Immer wieder hielten sie an Anlegestellen, und immer wieder sprang Anna unsicher auf, bis die Frau neben ihr schließlich nach ihrem Ziel fragte und ihr versprach, ihr rechtzeitig Bescheid zu geben. Nachdem der Platz neben dem jungen Mann ihr gegenüber frei geworden war, setzte sich ihre Nachbarin zu ihm und unterhielt sich leise mit ihm. Ein schönes Paar, dachte Anna und betrachtete über die beiden hinweg das entfernte Ufer.

Und dann winkte die Frau ihr zu. »Gleich sind wir da, Steckborn«, sagte sie und zeigte zum Land.

Augenblicklich schlug Annas Herz mehrere Salti, sie holte tief Luft, griff nach ihrem Koffer und stand auf.

»Es dauert noch«, beruhigte sie die Frau, »es bedarf keiner Eile.«

Anna bedankte sich für die Freundlichkeit, blieb aber trotzdem stehen, denn so sah sie besser über den Bug hinaus nach vorn.

Ohne den Schutz des hochgezogenen Bootsrumpfes war der Fahrtwind kühler als gedacht. Kurz überlegte Anna, ihr warmes Schultertuch aus der Tasche zu ziehen, entschied sich dann aber dagegen. Sie war robust genug und würde nicht gleich krank werden.

Als sie näher kamen, sah sie erst nur eine große Baustelle, dann einige Häuser, und ganz besonders stach ihr ein hübsches, weißes Gebäude ins Auge, das mit seinen vielen Turmspitzen wie ein Schloss aussah. Daneben ein hoher Kirchturm. Ihre neue Heimat. Heimat? Sie horchte in sich hinein. Das Wort löste keine Gefühle in ihr aus, sie spürte eher eine Beklemmung vor dem Unbekannten, das ihr nun bevorstand. Sie drehte sich noch einmal zu ihren Mitreisenden um.

»Zurück in der Heimat oder neu in der Fremde?«, fragte sie der Mann mit einem Lächeln.

»Neu in der Fremde«, sagte Anna, griff nach ihrem Koffer und ging nun in Richtung Ausgang. Nur nicht zu spät kommen und den Ausstieg verpassen. »Viel Glück«, hörte sie die junge Frau noch sagen, dann ging das Schiff auch schon längsseits, und der breite Steg wurde vom Anlegeplatz aufs Schiff geschoben. Dort standen einige Wartende, aber einen Pfarrer konnte sie nicht ausmachen. Was, wenn er gar nicht kam? Es fuhr ihr heiß durch den Körper. Was, wenn die Sache gar nicht so fest ausgemacht war, wie ihr Pfarrer in Mahlstetten behauptet hatte? Aber nein. Er war ein Mann Gottes, er würde sie nicht in ein ungewisses Abenteuer schicken.

Vor ihr standen nun sechs Männer an der Reling, alle mit dunklen Hüten und ernsten Gesichtern. Anna stellte sich hinten an und versuchte ihr klopfendes Herz zu ignorieren. Es wird alles gut gehen, beschwor sie sich und schickte zur Unterstützung noch ein schnelles Gebet in Richtung Himmel. Die Schlange vor ihr setzte sich in Bewegung. Sie griff nach ihrem Koffer, doch ein junger, wohlgekleideter Mann nahm ihr den Koffer ab und geleitete sie über den breiten Steg zum Ufer. Dort bedankte sie sich freundlich und blickte sich suchend um. Frauen mit Hüten, eine mit einem Kinderwagen, Männer, die über den Steg aufs Schiff drängten. Niemand hatte einen Blick für sie, niemand war für sie erschienen.

Sie würde hier einfach stehen bleiben, überlegte sie. Irgendetwas würde schon passieren. Um sie herum passierte jedenfalls sehr viel. Offensichtlich war die Anlegestelle verlängert worden, doch noch schien es ein Provisorium zu sein. Das ganze Ufer wurde aufgeschüttet, überall sah sie Berge von zusammengeschobenem Erdreich, aufgeschichtete Holzpfähle, Kisten voller Eisenteile und jede Menge Arbeiter, die mit allerlei Maschinen und Schaufeln beschäftigt waren.

Und dann sah sie ihn: Eilig kam er auf sie zu, ein großer, ganz in schwarz gekleideter Mann, die Soutane wehte im Takt seiner weit ausholenden Schritte um seine Beine. Das musste er sein. Anna atmete auf. Sie straffte sich und knickste, als er vor ihr stehen blieb.

»Du bist wohl Anna? Anna Leibinger?«

Anna bejahte und reichte ihm die Hand.

»Gut!« Er musterte sie. »Du sollst tüchtig sein und gesund, bist nicht auf den Kopf gefallen, sondern eher, na, sagen wir mal, etwas vorlaut. So wurde mir erzählt.«

Für ein Mädchen, setzte Anna in Gedanken dazu. »Manche Leute empfinden das so«, sagte sie und spürte zu ihrem Ärger, wie sie rot wurde.

»Nun«, die Falte über seiner Nase glättete sich, und die Mundwinkel unter seinem schwarzen Bart schienen lächelnd zu zucken, »dann schauen wir mal.« Er griff nach ihrem Koffer und wandte sich zum Gehen, sie lief neben ihm her. »So wie mein Amtsbruder dich beschrieben hat, habe ich mir natürlich Gedanken gemacht. Wir haben hier einige begüterte Familien, den Apotheker zum Beispiel oder auch einen Politiker, aber ich dachte, du bist eher ein Mädchen, das gern zupackt. Hohe Herrschaften sind manchmal etwas … nun ja, … anstrengend. Auch für ihre Bediensteten.« Er machte eine Pause und sah zu ihr hinunter. »Na ja, dreizehn Jahre alt, ziemlich dünn!«

»Aber ich bin stark!«, protestierte Anna. »Und zäh! Das sagen jedenfalls meine Brüder.«

»Du bist mit Brüdern aufgewachsen?«

»Nicht nur«, sagte Anna schnell. »Ich bin die siebte. Ich habe zwei Brüder, drei Schwestern und einen Halbbruder.«

»Alle älter als du?«

Anna nickte.

»Du bist also das Nesthäkchen!«

Darauf wusste Anna nichts zu sagen. Der Pfarrer war vor einem großen, achteckigen Brunnen stehen geblieben. »Schau dich um, das ist Steckborn. Dort hinten ist die Kirche. Die Straßen sind schlecht, wir haben häufig Überschwemmungen, dann gehen die Menschen hier über Stege. Es gibt keine klassische Landwirtschaft wie bei euch vielleicht, mit Kühen…«

»Wir haben Schafe …«, unterbrach ihn Anna und erntete dafür einen missbilligenden Blick.

»Wie war das mit vorlaut gegenüber Erwachsenen?«

»Entschuldigung.« Anna senkte die Augen, aber nur kurz.

»Also«, fuhr der Pfarrer fort, »hier leben die Menschen vom Fischfang und von den Trauben, sie bauen Wein an. Dort drüben, auf der anderen Seite des Untersees, liegt Deutschland. Die bereiten uns zurzeit Sorgen. Jedenfalls, das Wasser hat eine starke Strömung. Und der See ist hier breit, beinah einen ganzen Kilometer. Beim Baden kann man schnell mitgerissen werden, also nicht einfach hineinspringen!«

Er warf Anna einen forschenden Blick zu, sie nickte.

Er machte eine weite Handbewegung über die Häuser. »Was siehst du?«

Annas Blick folgte seiner Hand. »Alles schöne Häuser. Alle aneinandergebaut.«

Der Pfarrer nickte. »Ja, und in den Häusern findest du viele Wirtshäuser, Bäckereien, Metzgereien, einen Coiffeur und dort drüben einen Kolonialwarenladen. Wegen des wiederkehrenden Hochwassers oft im ersten Stock.«

Ein Coiffeur? Was könnte das sein, fragte Anna sich.

»Und was du hier gerade kommen siehst, ist das Postauto, das zwischen Frauenfeld und Steckborn verkehrt. Es gibt noch viele Fuhrwerke, auch Ochsengespanne und Pferdekutschen. Herr Gegauf war im Jahr 1905 mit seiner Motorchaise Nr. 1 der erste Automobilist in unserer Gegend. Übrigens der erste im gesamten Thurgau! Ihm gehört die Hohlsaummaschinen-Fabrik. Dort werden Nähmaschinen hergestellt, ganz am Ende von Steckborn. Die wirst du sicher noch sehen. Viele von hier sind dort beschäftigt. Außerdem haben wir eine Druckerei und somit eine regelmäßig erscheinende Zeitung, sie heißt *Bote vom Untersee*.« Er zögerte. »Du kannst doch lesen?«

»Selbstverständlich!« Anna kniff entrüstet die Augen zusammen. »Und rechnen. Ich war überhaupt die Beste in meiner Klasse!«

»Soso!« Wieder dieses Lächeln.

»Gut, dann hast du ja jetzt auch schon das Wichtigste gelernt!« Er fuhr sich kurz mit den Fingerspitzen über seinen gestutzten Bart. »Haben wir noch was vergessen?«

»Ja, vielleicht, wo ich überhaupt arbeiten soll?«

Er warf ihr einen schnellen Blick zu, und Anna biss sich auf die Lippen.

Dann nickte er. »Wir stehen schon direkt davor. Das hier ist das Gasthaus ›Krone‹, das Gebäude streckt sich bis zum Ufer, dort hat es eine große Seeterrasse. Bei der Ankunft hast du sie bestimmt gesehen.«

Anna schüttelte den Kopf. Es gab so viel anderes zu sehen.

»Nun, gehen wir hinein. Die Wirtsfamilie kommt aus Deutschland, falls du mit dem Schweizer Dialekt Probleme hast.«

»Ich kann ihn ja lernen«, antwortete Anna schnell.

»Recht so!« Der Pfarrer legte ihr eine Hand auf die Schulter. »Es sind nette, rechtschaffene Leute. Aber sie verlangen auch was. Was genau, werden wir sehen. Dafür hast du ein Bett, Essen, Trinken und einen Lohn.«

Nun wurde es ernst. Anna spürte ein leichtes Ziehen im Bauch.

»Hast du Angst?« Er warf ihr einen prüfenden Blick zu.

»Nein, ich freu mich«, schwindelte Anna.

»Gut so!«, er schob sie etwas vorwärts, »dann gehen wir es an!«

Ankunft im Gasthof »Krone«

Der Pfarrer stieß die Tür auf und trat vor Anna ein. Ein großer, dunkler Raum, dunkel möbliert, das war das Erste, das ihr auffiel. Und dann diese Geschäftigkeit. Junge Mädchen in langen dunklen Kleidern mit weißen Schürzen und großen weißen Krägen eilten an ihnen vorbei. Sie trugen steinerne Bierkrüge, Teller mit Speisen und auf dem Rückweg von den Tischen abgeräumtes Geschirr. Anna fühlte sich wie in einem Bienenstock. Sie war bisher nur ein einziges Mal in einem Gasthof gewesen, als ihre ältere Schwester geheiratet hatte, nach der Kirche zur Feier in Mühlheim. Aber dort war es in einem sehr viel kleineren Raum sehr viel gemütlicher zugegangen.

Sie war stocksteif stehen geblieben und bemerkte erst mit einiger Verzögerung, dass der Pfarrer weitergegangen war und ihr nun von einem hohen Tresen aus auffordernd zuwinkte. Ihm gegenüber stand eine groß gewachsene Frau, die ihr abwartend entgegenblickte. Anna atmete tief durch, bevor sie losging. Das war sie nun wohl, die Wirtin.

Sie blieb neben dem Pfarrer stehen und knickste zur Begrüßung.

»Nun also die Anna, die Anna vom Kraftstein!«, sagte die Frau und kam um den Tresen herum. »Pfarrer Zeller vermittelt immer mal wieder junge Mädchen vom Land. Und bisher«, sie nickte ihm wohlwollend zu, »sind wir damit immer sehr zufrieden gewesen.«

Anna fiel auf, dass er sich ihr bisher nicht vorgestellt hatte. Aber es hatte ja im Brief gestanden.

»Hübsch ist sie, die Anna«, sagte sie zum Pfarrer.

Hübsch? Das war Anna neu. Bisher hatte sie sich im Spiegel immer als zu mager empfunden, ein schmales Gesicht mit hohen Wangenknochen, blauen Augen und ziemlich wilden kastanienbraunen Haaren, die sich nie so recht zu einem Zopf flechten ließen. Was hatte ihre Mutter schon geschimpft, wenn es vor der Schule schnell gehen musste. »Sie sind wie du«, hatte sie manchmal gesagt, »sie lassen sich einfach nicht bändigen.« Anna hatte es als Kompliment aufgefasst, was aber sicherlich nicht so gemeint war.

»Wenn sie auch zupacken kann?«, fragte die Wirtin.

Pfarrer Zeller nickte. »Zumindest ist mein Amtsbruder der Meinung. Und ja, sie sagt selbst, sie sei zwar dünn, aber zäh.«

»So, sagst du das?« Die Wirtin sprach sie zum ersten Mal direkt an.

Anna nickte.

»Gut! Wir werden sehen.«

Nun stellte sie sich als Frau Isolde Faiker vor, ihr Mann heiße Anton Faiker, und alle anderen würde sie noch kennenlernen. Insgesamt seien es zwölf Mitarbeiter, sie sei nun die dreizehnte. Ihre Schlafkammer teile sie unter dem Dach mit drei anderen jungen Frauen.

Anna blieb stumm.

»Wie alt bist du, Anna?«

»Dreizehn.«

»Na, das scheint ja deine Glückszahl zu sein«, stellte Pfarrer Zeller fest.

Anna nickte. Das hatte Johann auch schon gesagt.

»Wir werden mal sehen, wo wir dich einsetzen können. Wahrscheinlich zunächst mal in der Küche.« Sie zeigte auf eines der vorbeieilenden Mädchen. »Im Gastraum tragen die Mädchen Dienstkleidung, mit ordentlich zurückgekämmten Haaren unter einem weißen Spitzenhaarband.« Anna fasste sich unwillkürlich an den Kopf und strich mit der flachen Hand über die vielen abstehenden Haare. »Mit etwas Öl legen sich auch die widerborstigsten Haare.« Frau Faiker zeigte auf ihre eigenen, straff nach hinten gekämmten Haare.

Annas Blick blieb an ihrem schönen weißen Spitzenkragen hängen. »Ist das geklöppelt?«

Isolde Faiker lächelte. »Ja, hier in der Gegend wird noch viel geklöppelt. Du wirst sehen, diese Kunst beherrschen nicht nur Frauen, sondern auch Männer.«

»Wunderschön«, hauchte Anna. »Meine Großmutter konnte das auch. Ich habe nie verstanden, wie man bei den vielen Klöppeln, Fäden und Gewichten den Überblick behalten kann.«

»Du sollst bei uns ja auch nicht klöppeln, sondern beim Abwasch helfen, Kartoffeln schälen, Salate putzen. Zwiebeln schneiden, unserer Köchin zur Hand gehen. Das kannst du doch?«

»Ja, das kann ich«, sagte Anna und fügte mit einem Knicks hinzu: »Und vielen Dank, dass Sie mich aufnehmen. Ich werde alles so machen, dass Sie zufrieden sind.«

Isolde Faiker und Pfarrer Zeller warfen sich einen kurzen Blick zu.

»Gut, dann werden wir Ihr Lämmchen mal herumführen lassen. Johanna wird dir alles zeigen. Sie ist von allen am längsten da.«

Sie nahm eine kleine, goldene Tischglocke vom Tresen, schüttelte sie kurz, sodass ein hoher, heller Ton erklang. Kurz danach trat eine Frau aus der Küchentür, Anna schätzte sie auf Mitte zwanzig.

»Ach, ja«, Isolde Faiker heftete ihren Blick auf Anna, »Unterkunft und Verpflegung frei, sechs Tage, zwei Franken Tageslohn. Wir werden sehen, ob du dich bewährst, dann bekommst du mehr.«

Zwei Franken! In Anna leuchtete ein Blitz. Zwei Franken! Damit könnte sie in Steckborn dieses wunderschöne Tagebuch kaufen. Einen Bleistift hatte sie ja schon! Sie strahlte Isolde Faiker an.

»Ist das zu viel?«, fragte diese.

»Ich werde es mir redlich verdienen!«, gab Anna zur Antwort.

Erste Eindrücke

Die Dienstälteste nahm Anna zur Seite und stellte sich ihr erneut als Johanna vor. Wie ihr Bruder Johann, dachte Anna und betrachtete auch das als gutes Omen. »Leg hier in der Ecke einfach erst mal alles ab, deinen Koffer, deinen Mantel, deine Tasche.« Und nachdem Anna der Aufforderung nachgekommen war und in ihrem schlichten Kleid vor ihr stand, machte Johanna eine allumfassende Handbewegung. »Wir gehen einmal durchs ganze Haus, damit du alles kennenlernst. Wir haben keine Kellergewölbe, weil das Haus zu nah am Wasser steht. Das lässt sich nicht abdichten, vor allem nicht, weil wir ja oft Überschwemmungen haben. Also lagern wir alles in Nebengebäuden, Bier, Wein und alles für die Küche. Maria ist unsere Köchin, aber sie heißt nur so, sie kann ein ganz schöner Teufel sein. Da muss alles schnell und exakt gehen, wer das nicht kann, fliegt raus.« Sie warf Anna einen skeptischen Blick zu. »Vor allem muss immer genug Wasser da sein, das holen wir vom Brunnen. Von dem Brunnen vor dem Haus, den hast du sicher schon gesehen.«

Anna nickte. »Den mit dem Löwen.«

Johanna nickte. »Der schaurig-schöne Leu. Manche haben Angst vor ihm.« Wieder dieser prüfende Blick.

»Ich nicht«, sagte Anna schnell. »Ich fürchte mich auch vor keinen Geistern, obwohl wir oben am Kraftstein welche hatten.«

»Wirklich?« Johannas Gesichtsausdruck verriet, dass sie gern mehr hören würde. War sie wirklich schon Mitte zwanzig?, überlegte Anna. Weshalb war sie dann noch nicht verheiratet?

»Also.« Johanna räusperte sich, und ihre braunen Augen zogen sich unter ihren dichten Augenbrauen etwas zusammen. Eigentlich sieht sie mit ihren feinen Gesichtszügen sehr hübsch aus, dachte Anna, musisch, hätte ihre Lehrerin in Mahlstetten gesagt. »Was unsere Zimmer angeht, jede sorgt selbst für ihr Bett und ihre Wäsche. Oben, im Dachgeschoss, sind zwei Zimmer für uns, wir sind – mit dir – acht. Dann gibt es noch zwei Zimmer für die Männer, die hier arbeiten, die sind aber nicht bei uns, sondern im Anbau. Wir arbeiten von morgens sechs Uhr bis nachts. Je nachdem wie lange wir gebraucht werden. Am Sonntag gehen wir abwechselnd in die Kirche, denn danach sind die Männer bei uns im Wirtshaus, also muss jemand von uns da sein. Wer wann freihat, wird von Frau Faiker bestimmt.« Anna hing an Johannas Lippen, und weil deren Stimme oben blieb, hatte sie das Gefühl, dass sie noch etwas anfügen wollte, es aber doch unterließ. Es entstand eine kurze Pause. Das ermutigte Anna zu einer Frage: »Bin ich die Jüngste?«

Johanna maß sie kurz mit einem abschätzenden Blick. »Wie alt?«

»Dreizehn!«

»Zumindest die Jüngste, die der Pfarrer je gebracht hat.«

Anna wusste mit der Antwort nichts anzufangen, ließ es aber dabei bewenden.

»Also«, Johanna zeigte auf die Tür, durch die die Mädchen mit ihren Tabletts hinein- und hinausliefen, »bist du bereit?«

Anna nickte, und Johanna ging ihr voraus durch die Tür in die Küche hinein. Als Erstes sah sie einen quer gestellten Tisch, auf dem fertige Speisen zum Abholen bereitstanden, dahinter öffnete sich ein großer, rußgeschwärzter Raum. Ein enormer, gusseiserner Herd beherrschte die eine Wand, daneben stand ein Tisch voller Töpfe und Pfannen, und mittendrin hantierte eine beleibte

Frau, groß, mächtig, die Haare unter einem schwarzen Kopftuch verborgen. Es klapperte und zischte, und dabei fluchte sie, wie es Anna bisher nur von den Bauern aus Mahlstetten gehört hatte.

»Vermaledeit … wo bleibt denn…«, rief sie gerade, richtete sich auf und bemerkte Anna. »Und du? Was willst du denn hier?« Sie stemmte die Linke in ihre Hüfte, mit der rechten Hand zeigte sie mit einem riesigen Kochlöffel auf sie.

»Ich bin Anna«, antwortete Anna eingeschüchtert.

»Dann geh mir aus dem Weg! Dieser Nichtsnutz soll mir das Fleisch bringen. Wo ist er jetzt wieder?« Sie funkelte Johanna an. Die hob beide Hände. »Welches Fleisch?«

»Welches Fleisch, welches Fleisch«, rief Maria. »Das, was wir heute Morgen beim Metzger gekauft haben. Bestes Schweinefleisch. Und das soll jetzt auf den Tisch! Wenn schon mal jemand Fleisch bestellt, dann schnell, schnell!«

In dem Moment kam aus einer gegenüberliegenden Tür ein Junge mit einer großen Schüssel herein, über der ein Leinentuch lag.

»Wo bleibst du denn, Kreuzdonnerwetter?«

»Ich weiß nicht«, rechtfertigte sich der Junge, stellte die Schüssel auf den Tisch und zog das Tuch weg. »Heute Morgen waren es noch vier große Stücke, jetzt sind es nur noch drei!«

Alle im Raum starrten gebannt auf die drei Fleischbrocken, die blutig in der Schüssel lagen. »Wo ist das vierte Stück?« Die Köchin richtete sich drohend auf. Alle um sie herum zogen die Köpfe ein, Anna instinktiv auch. »Nachlegen!«, fauchte sie. »Der Herd! Kohle rein, und dann suche jemand den Missetäter. Ich brate dem Gast jetzt sein Fleisch. Und Erna«, sie zeigte mit dem Kochlöffel auf eine junge Frau, die regungslos hinter dem Tisch stand, »du kümmerst dich um die Kartoffeln!«

Anna hatte den Atem angehalten. Doch unsichtbar war sie deswegen nicht geworden. »Und du?«, fuhr Maria sie an, »was willst du noch immer hier?«

»Sie ist eure neue Hilfe. Und sie heißt Anna!«, entgegnete Johanna ruhig.

Maria maß Anna mit einem Blick. »So eine halbe Portion? Die muss man ja erst mal aufpäppeln, sonst klappt sie uns am ersten Tag zusammen!«

»Muss man nicht!«, erklärte Anna laut.

»Wie bitte?«

»Ich bin zäh. Und ich bin an Küchenarbeit gewöhnt.«

»Na«, Maria winkte ab, »das wollen wir mal sehen. Und vorlaute Gören kommen mir gerade recht!«

Johanna zog Anna leicht am Ärmel. »Wir gehen besser mal weiter ...«

So leicht war das allerdings nicht, denn der Raum war durch einen langen, breiten Arbeitstisch zweigeteilt. Auf der linken Seite stand Maria am Herd, und auf der anderen Seite des Tisches waren große Becken aus Steingut angebracht worden. Dort stapelte sich benutztes Geschirr, und zwei junge Frauen schienen mit dem Abwasch kaum nachzukommen.

Johanna wählte den Geschirrspülbereich, und Anna betrachtete im Vorbeigehen die vielen Geräte auf dem Arbeitstisch, die sie nicht kannte. Erna stand vor einem dieser Teile aus Metall, drehte mit voller Kraft an einer Handkurbel, und Anna sah, wie viele feine Kartoffelstreifen in eine Schale fielen.

Spannend, fand sie und eilte Johanna hinterher, die im hinteren Bereich eine Tür öffnete.

»Unsere Lebensmittel halten wir in Eiskammern kühl«, erklärte sie, »weil wir keine Kellerräume haben.« Sie ging auf ein kleines Nebengebäude zu und wartete, bis Anna neben ihr stand. Dann zündete sie eine Gaslampe an, die griffbereit an einem Haken hing, nahm sie herunter, befahl: »Schnell!«, öffnete die Tür einen Spalt und huschte hinein. Anna folgte ihr und hielt erschrocken den Atem an. Hier drin war es wirklich eiskalt. Wie bei ihnen oben im Kraftstein im Schuppen. Allerdings nur im tiefsten Winter. »Das also ist unsere Eiskammer. Im Winter werden Eisstangen im See geschnitten und in Felsenkellern gelagert. Die sind nah dem Seeufer in einem Waldstück zwischen Steckborn und Berlingen. Die Brauerei liefert sie mit dem Bier aus, und wir bewahren sie in isolierten Kisten auf. Und die Wände hier sind auch isoliert!« Johanna ließ den Schein der Lampe wandern. »Und deshalb ohne Tageslicht!« Von der Decke hingen an dicken Haken große Stücke Fleisch, und auf den Regalen standen Kisten mit Obst und Gemüse, es roch nach Kartoffeln und Most.

»Brrr!«, machte Anna und schüttelte sich. »Und im Sommer funktioniert das auch, wenn es draußen richtig heiß ist?«

»Gerade für den Sommer ist es gedacht!« Johanna nickte ihr zu. »Also ist schon klar, dass hier immer alles schnell gehen muss – vor allem darf die Tür nicht offen stehen!«

Nach der Eiskammer zeigte sie ihr eine weitere Speisekammer, die Räucherkammer, die Wäscherei, und schließlich ging sie auf eine schmale Stiege zu, die steil nach oben führte.

»Da oben sind unsere Zimmer. Es gibt einen Abort und daneben einen Waschraum mit einem Becken und einer Kanne Wasser.«

»Einen Abort bei den Zimmern? Oben?« Anna war perplex – so etwas kannte sie von zu Hause nicht. Da gab es noch ein einfaches Plumpsklo in einem kleinen Häuschen über dem Hof. Und für die Nacht den Topf unter dem Bett.

»Ja«, Johanna nickte. »Und natürlich für den Gastraum auch. Wir spülen oben mit einem Krug voll Wasser nach. Der muss natürlich immer gefüllt werden.«

»Und wohin fließt es?«

»Durch ein dickes Außenrohr in die Grube.«

Das muss eine große Grube sein, überlegte Anna, aber da waren sie schon im obersten Stockwerk angelangt. Genau besehen war es ein hoher Dachstuhl, in den vier Zimmer gemauert worden waren. Obwohl es draußen taghell war, kam hier wenig Licht herein, und der Speicher verlor sich in der Dunkelheit. Johanna machte eine entsprechende Handbewegung. »Dort hinten lagert alles Mögliche für den Gasthof. Vor allem auch Tische, Stühle, Bänke für die Terrasse.« Sie legte ihre Hand auf eine der Türklinken. »Und nun, Anna, dein neues Reich, das du mit Erna, Waltraut und Helene teilen wirst. Das sind die Mädchen aus der Küche.«

Anna hielt kurz den Atem an, dann hatte Johanna die Tür aufgedrückt und ließ Anna an sich vorbei eintreten. Zwei Betten standen längs an jeder Wand, durch vier Schränke voneinander getrennt. Jedes Bett hatte ein hohes Nachtkästchen mit Schubladen, auf dem je eine Gaslampe stand. An der Stirnseite ein Fenster, das offen stand und nun, durch die geöffnete Tür, für Durchzug sorgte.

Auf dem Bett links lag ein ausgebreitetes Kleid, genauso eines, wie es all die Mädchen und jungen Frauen hier trugen. Dunkler, grober Stoff mit einem weißen Kragen, daneben lag eine weiße Schürze und ein weißes Häubchen für den Kopf.

»Für die Küche bekommst du natürlich noch einen entsprechenden Arbeitsschurz!«

Anna nickte.

»Ich hoffe, es passt«, sagte Johanna. »Deine Sachen sind ja noch unten, am besten holst du jetzt alles, richtest dich erst mal ein, ziehst dich um und kommst dann zu Frau Faiker in die Gaststube.« Sie wandte sich zum Gehen. »Falls du dich noch waschen willst, gegenüber sind Abort und Waschraum.«

Start in ein neues Leben

Das Kleid war zu groß. Und insgesamt fühlte sie sich darin nicht wohl. Wie sie wohl darin aussah? Der Spiegel im Waschraum nützte nicht viel, sie sprang mehrfach in die Luft, aber ganz sehen konnte sie sich deshalb trotzdem nicht. Sie schnürte die Schürze etwas enger um ihre Taille, das ging dann schon, aber diese Haube … wie hatten die anderen Mädchen sie getragen? Bei ihr wollte sie nicht sitzen. Und ihr dicker Zopf sprengte alle Bemühungen, sodass ihr die Haube immer wieder in die Stirn rutschte. Sie sollte Johanna fragen. Die half ihr bestimmt, bevor sie Frau Faiker unter die Augen treten musste – und die waren sicherlich unerbittlich.

Anna hatte ihre wenigen Habseligkeiten im Schrank verstaut, hatte die Bibel, die ihr die Mutter mitgegeben hatte, in die oberste Schublade des Nachtkästchens gelegt und sich dann mit einem kleinen Gebet an den Herrgott gewandt, dass er ihr bei diesem ersten Tag doch bitte helfen möge. Danach könne sie sicherlich alles alleine. Aber so ganz sicher war sie sich nicht.

Schließlich machte sie sich auf den Weg, um Johanna zu suchen. Aber sie lief unten im Flur geradewegs einem wuchtigen Mann in die Arme, der sie stirnrunzelnd ansah. »Na, wen haben wir denn da?«

»Ich bin Anna«, antwortete Anna vorsichtig, denn dieser Mann war groß wie ein Bär. Selbst Johann wäre neben ihm fast klein erschienen.

»Anna, aha.« Er kratzte sich kurz an seinem grau melierten Bart. »DIE Anna?«, fragte er dann, »vom Pfarrer?«

»Pfarrer Zeller hat mich hergebracht, ja«, antwortete Anna.

»Na denn«, er stippte mit dem Zeigefinger leicht gegen ihre Haube, »lass dir mal erklären, wie man so ein Ding aufsetzt.«

Anna knickste.

»Ich bin Anton Faiker«, klärte er sie auf. »Von mir hast du nichts zu befürchten …«, er runzelte die Stirn, »wenn …«, er ließ den Satz kurz in der Luft hängen, »… wenn du alles richtig machst!«

»Ich werde mich bemühen!« Anna senkte kurz den Blick, sah dann aber geradewegs hoch und in seine Augen. »Ich muss halt wissen, wie ich alles richtig mache.« Sie deutete auf ihre Haube. »So etwas habe ich in meinem Leben noch nie gesehen!«

Er schnaubte kurz, sodass Anna schon befürchtete, er würde explodieren, doch daraus wurde ein tiefes Lachen.

»Das will ich meinen. Du kommst doch vom Land, nicht wahr? Irgendwo aus dem Schwäbischen? Die besten Arbeitskräfte kommen vom Land. Kräftig und zäh, und«, er stupste ihr erneut an die Haube, »willig!«

Anna erwiderte nichts, sondern stand abwartend vor ihm. »Nun«, Anton Faiker wies zur Tür in die Gasträume, »dann lass dich mal von meiner Frau anschauen!«

Das hatte Anna vermeiden wollen, aber nun war es zu spät, nach Johanna zu suchen. Sie musste direkt in die Höhle der Löwin. Sie ging an Anton Faiker vorbei und meinte noch seinen Blick in ihrem Rücken zu spüren, als sie die Türklinke zum Gastraum schon drückte.

Isolde Faiker stand hinter dem Tresen und zapfte Bier. »Da bist du ja«, sagte sie bei Annas Anblick und richtete sich etwas auf. »Nun, perfekt ist es nicht. Aber es wird schon gehen. Es ist das Kleid deiner Vorgängerin, sie ist schwanger geworden.« Sie verzog kurz das

Gesicht. »Die Mädchen. Immer hinter den Burschen her. Sei gewarnt!«

Anna nickte, obwohl es ihr gar nicht nach Zustimmung war. Sie trug also das Kleid eines Mädchens, das fortgejagt wurde? Das war kein gutes Omen, fand sie.

»Luisa!« Isolde winkte einem Mädchen, das gerade einen der großen Holztische sauber wischte. »Zeig unserer Kleinen hier mal, wie man die Haube richtig steckt. Anschließend bringst du sie in die Küche zu Maria. Gib ihr aber zuvor einen Arbeitsschurz!«

Luisa hatte Ähnlichkeit mit einer ihrer Schulkameradinnen. Ein breites Gesicht mit roten Wangen, kräftigen roten Lippen und blonden Haaren, die sich unter dem Spitzenhaarband hervorkräuselten. Zudem war sie gut das Doppelte von Anna, was die Figur anging.

Sie ging auf Anna zu und sah sie kurz an. »Irgendwie müssen die Haare halt unter die Haube. Der Gast mag kein Haar in seiner Suppe«, erklärte sie Anna. »Selbst wenn es ein schönes Haar ist.« Sie zwinkerte ihr zu.

»Keine Sprüche«, fuhr die Wirtin dazwischen, »mach!«

Luisa nahm Anna bei der Hand. »Keine Sorge. Ich zaubere aus dir jetzt eine richtig tolle Küchengehilfin, sodass selbst Maria staunt!«

Anna ließ sich von ihr in einen Nebenraum führen, dort stopfte Luisa Annas Haar mit einigen schnellen und festen Handgriffen unter die weiße Haube. »Ist mir sowieso lieber, wenn du in der Küche bleibst«, sagte sie dazu. »Für den Gastraum bist du zu hübsch. Da geht mir dann das Trinkgeld flöten!« Sie reichte ihr einen dunkelblauen Küchenschurz, der Annas weißen Kragen verdeckte und bis zu den Knöcheln reichte. Nun fühlte sie sich wie eine ausgestopfte Puppe. »So viel Stoff«, sagte sie, »da kann man sich ja kaum noch bewegen!«

»Für den Abwasch und fürs Gemüse klein hacken reicht's!« Luisa musterte sie kritisch. »Und glaub mir, hier sind nicht alle so nett, wie sie vor den Faikers tun!«

Anna zog den Kopf etwas ein. Sie wollte keine Auseinandersetzungen, sie wollte einfach in Frieden arbeiten.

»Dann komm!« Luisa stupste sie an. »Wird schon gut gehen. Maria ist ein Drachen, aber einer mit einem guten Herz!«

Anna lief ihr mit zwiespältigen Gefühlen hinterher. Sie war sich selbst nicht so sicher. Hatte sie Angst? Eigentlich nicht. Freute sie sich auf ihre neue Arbeit? Eigentlich nicht. Sie konnte sich selbst nicht ergründen. Luisa stieß vor ihr die Tür zur Küche auf

»So, da ist sie!«, trompetete sie laut in den Raum, »Anna aus Schwaben!«

Anna ging an ihr vorbei in die Küche und wäre gern wie eine Maus in irgendeinem Loch verschwunden, denn alle Augen richteten sich auf sie. Maria hatte eben noch in einem großen Topf gerührt, nun drehte sie sich zu ihr um. »Also, Anna aus Schwaben. Das hier sind Erna, Waltraut und Helene!« Sie zeigte mit dem großen Kochlöffel, von dem etwas Flüssiges tropfte, einzeln auf die Mädchen. »Und weißt du, was das ist?« Sie deutete auf eine der Maschinen auf dem großen Tisch. Anna sah hin, dann schüttelte sie den Kopf.

»Was hast du gesagt?«, grollte Maria mit gerunzelter Stirn.

»Ich weiß es nicht!«

»Aha! Du kannst also sprechen, das ist schon mal gut!«

Die Mädchen kicherten, Maria verzog das Gesicht. »Ruhe!«

Sie machte einen Schritt auf die Maschine zu und deutete auf die Kurbel. »Oben Gemüse rein, hier drehen, dann kommt es unten geschnitten heraus. Es ist ein Gemüseschneider!« Sie warf Anna einen Blick zu.

»Ein Gemüseschneider«, wiederholte Anna.

»Und dies hier«, sie zeigte auf ein anderes Gerät, »ist ein Fleischwolf! Er funktioniert nach dem gleichen Prinzip – und je nachdem, wie das Fleisch herauskommen soll, haben wir verschiedene Messer, die wir einsetzen können. Für das Gemüse und die Kartoffeln auch!«

Anna richtete sich auf. Das hörte sich alles leichter an, als sie befürchtet hatte. »Mörser und Stößel kennst du ja wohl von zu Hause«, fuhr Maria fort und zeigte auf eine Ablage. »Ansonsten holen wir ständig frisches Wasser vom Brunnen, das brauchen wir fürs Kochen und für den Abwasch.« Sie deutete auf zwei große Krüge. »Erna kann mal gleich mit dir raus, damit du weißt, wie das geht!«

Das Mädchen streifte sich die Hände an ihrem Schurz ab und bückte sich zu den Krügen. »Aber wenn wir doch zu zweit gehen, könnten wir doch vier nehmen?«, fragte Anna und erntete eisiges Schweigen.

»Sie sind schwer!« Erna warf ihr einen warnenden Blick zu.

Na, ja, dachte Anna, sie war Wasser schleppen gewohnt, jahrelang hatten sie auf dem Hofgut schwere Eimer aus der weit entfernten Quelle auf den Wagen und vom Wagen ins Haus und in den Stall gehievt. Einmal war im Winter das gesamte Fuhrwerk ins Rutschen gekommen, und der Braune konnte sich mit der Last nur noch in eine Schneewehe retten, sonst wären sie alle miteinander abgestürzt.

»Alles klar«, sagte sie und ging zu Erna, um ihr einen der Krüge abzunehmen. »Wir brauchen hier keine Streberinnen«, zischte ihr Erna zu. »Bin ich nicht!«, zischte Anna zurück. An Rangordnungen war sie gewöhnt, in der Schule hatte sich auch jede ihren Platz erkämpfen müssen, zumal auch dort alle unterschiedlich alt waren.

Gemeinsam traten sie auf den Platz mit dem achteckigen Brunnen. »Das ist der Leu«, erklärte Erna. »Und wenn er dich nicht mag, dann beißt er dich!«

Anna beschloss, sich zu dem Unsinn nicht zu äußern. Vielleicht war Erna ja abergläubisch, das waren viele. Sie nicht. Streng genommen glaubte sie nur an ihren Bruder und die Kraft ihrer Mutter. Sie beobachtete, wie Erna einen Eimer an einer Winde hinunterließ, ihn gefüllt wieder hochkurbelte und anschließend in den Krug goss.

»Wie lange bist du schon hier?«, fragte sie, während sie es Erna mit ihrem eigenen Krug gleichtat.

»Zwei Jahre«, Erna hob ihren Krug an, »fast.«

»Und gefällt es dir?«, wollte Anna wissen.

Erna zuckte mit den Schultern. »Hab ich eine Wahl? Ich bin sechzehn und würde auch lieber einen reichen Mann heiraten. Aber besser als bei uns zu Hause auf dem Hof ist es allemal.«

»Wo bist du denn zu Hause?«

»Appenzell. Vierzehn Kinder. Der Vater glaubt, jedes Kind sei ein Geschenk Gottes. Dabei hat er dem lieben Gott schon einige geschenkt.«

Anna sah sie fragend an.

»Fünf sind schon gestorben. Und die Mutter bei zwei Geburten fast auch!«

»Oh, das tut mir leid«, instinktiv hätte Anna fast das Kreuz geschlagen, aber sie bückte sich stattdessen nach ihrem Krug. »Ich bin die Siebte. Und die Jüngste. Alle meine Geschwister leben noch.«

»Dann ist dein Vater wohl rücksichtsvoller als meiner.«

»Er ist schon lange tot.«

Erna nickte grimmig. »Ach, deshalb!«

Und damit ging sie Anna voraus zum Haus zurück. Anna hätte wegen des Gleichgewichts lieber beide Krüge getragen, aber sie sagte nichts mehr, sondern betrachtete Erna von hinten. Für sechzehn hatte sie bereits eine ausgeprägt weibliche Figur. Und außerdem einen wiegenden Schritt, ganz anders als Anna, die eher burschikos marschierte.

Vierzehn Kinder, dachte Anna. Ihre ältere Schwester Cäcilia, die schon verheiratet war, hatte ihr von der Geburt ihres ersten Kindes erzählt. Und sie hatte es ja auch bei den Schafen gesehen. Bei den Menschen konnte sie es sich allerdings nicht so richtig vorstellen. Es hatte jedenfalls mit viel Blut und großen Schmerzen zu tun, das hatte ihr Cäcilia gesagt. Also war so ein Kind wenig erstrebenswert. Und dann gleich so viele!

»Kommst du?« Erna hielt die Tür für sie auf.

»Marsch jetzt«, fuhr Maria sie an, kaum, dass sie die Küche betreten hatten, und zog sich dabei ihr schwarzes Kopftuch zurecht. »Wir haben neue Gäste. Waltraut, du gehst ans Gemüse, und Anna, du machst mit Erna den Abwasch. Und ein bisschen flott, wir sind nicht zum Faulenzen da!«

Abwasch, das war ihr vertraut. Zu Hause hatte auch meist sie das erledigt, während die anderen bereits wieder anderen Arbeiten nachgingen. Aber dies hier war dann doch eine andere Dimension. Vor allem die Töpfe und Pfannen, die geschrubbt werden mussten, und Marias ständige Aufforderungen, dass sie dieses oder jenes sofort bräuchte. Dazu Teller, die pausenlos hereingetragen wurden, große Suppentöpfe und Platten. Erna steckte sich schnell das eine oder andere übrig gebliebene Stück Fleisch in den Mund und zwinkerte Anna zu. »Ein bisschen Speck auf den Rippen macht eine Frau schöner.« Anna zog ungläubig die Brauen hoch. »›Wohlgenährt‹ heißt das Motto!« Anna erwiderte nichts, sondern griff nach den nächsten Tellern. »Glaubst du wohl nicht?« Anna schüttelte nur den Kopf. In ihrer Heimat gab es kaum dicke Frauen. Und ihre Mutter war schlank und trotzdem schön. Oder vielleicht gerade deswegen. »Es gibt in der Zeitung sogar Anzeigen zum Zunehmen«, erklärte Erna weiter. »Zwei Kilo die Woche. Irgendwelche Pillen, damit man nicht so mager bleibt!« Anna verstand die Anspielung wohl, wollte aber nicht darauf eingehen. Die Frage, wann das Wasser gewechselt würde, erschien ihr wichtiger, denn inzwischen schwamm alles Mögliche in ihrem Abwasch herum, und es war fraglich, ob die Teller sauberer herauskamen, als sie hineingingen.

»Wann wechseln wir das?«, fragte sie deshalb, »und wie?«

»Werd bloß nicht wieder zur Streberin«, zischte Erna, »wenn wir oft wechseln, müssen wir auch oft Wasser holen.«

Anna hatte die Ärmel ihres Kleides zum Arbeiten hochgeschoben, aber sie rutschten immer wieder herunter und wurden nass.

Ihre Arme waren einfach zu dünn. Sie musste den Stoff vielleicht mehrfach umschlagen, das wäre besser. Erna warf ihr einen Seitenblick zu. »Einen Franken kosten solche Zunehmpillen. Kannst es ja mal ausprobieren.«

»Hör schon auf«, fauchte Anna. »Ich fühle mich wohl so, wie ich bin.«

»Was gibt's dahinten?« Marias barsche Stimme schreckte sie auf. »Wenn ihr so viel Zeit zum Quatschen habt, dann hilft Anna jetzt mal Waltraut beim Gemüse, und Erna macht den Abwasch allein!«

Es war später Abend, draußen war es längst dunkel, in der Küche brannten die Gaslampen, und Maria sah sich, die Hände in ihre üppigen Seiten gestemmt, in der Küche um. »Gut«, sagte sie und band sich ihre fettverschmierte Schürze ab. »Ihr putzt jetzt noch den Boden, den Herd und den Arbeitstisch, und dann ist Schluss!«

Anna knurrte der Magen. Nun verstand sie, warum sich Erna von den übrig gebliebenen Speisen bediente. »Gibt es hier nichts zu essen?«, fragte sie Waltraut, während sie mit ganzer Kraft den Holztisch schrubbte. Waltraut hatte einen Blecheimer vor sich und legte Kohle für den nächsten Morgen in den Herd. »Autsch! Noch heiß, verdammt!« Sie schüttelte beide Hände und drehte sich zu Anna um. »Doch, morgens um sechs Uhr Frühstück und mittags, bevor die Gäste kommen, essen wir alle gemeinsam. Abends müssen wir alle ran, da bleibt keine Zeit fürs Essen.«

Anna hatte den ganzen Tag noch nichts gegessen. Nur am Morgen mit ihrer Mutter und ihren Geschwistern noch gefrühstückt, aber da hatte sie vor Aufregung nichts hinuntergebracht. Aber jetzt kam der Hunger mit Macht, und es fühlte sich an, als wäre sie schon seit Wochen von zu Hause fort.

»Und nach der Arbeit?«, wollte sie wissen.

Helene, die bisher Maria zur Hand gegangen war, zeigte zum Backbereich in der hinteren Küchenecke. »Da ist bestimmt noch

Brot. Nimm dir einfach was. Morgen früh wird frisch gebacken. Aber Butter, dafür ist es jetzt zu spät!«

Anna nickte dankbar, und nachdem alle der Meinung waren, dass die Küche nun sauber sei und sie Feierabend hatten, ging Helene mit Anna zum gemauerten Backofen. Helene war größer als Anna und auch muskulöser. Nicht so pausbackig wie Erna, sondern eher wie ihre Schwester Serafine, die eine unbändige Kraft hatte.

»Bist du schon lange da?«, wollte Anna wissen.

»Drei Jahre. Meine Eltern haben eine kleine Beiz im Hinterland, dahin soll ich dann irgendwann wieder zurück.« Sie machte eine unbestimmte Handbewegung. »Mal sehen!«

Sie klappte im dämmrigen Licht der letzten Gaslampe einen Brotkasten auf, zuckte mit keiner Wimper, als hinter dem Kasten eine erschrockene Ratte hervorschoss, sondern sagte nur: »Die hat auch Hunger. Genau wie du!«

Anna musste lachen. So etwas hatte sie noch überhaupt nicht gehört, bei ihr zu Hause wurden keine Mitesser geduldet, Mäuse und Ratten waren Feinde und wurden bekämpft. Hinter ihnen ging die Tür auf. Beide drehten sich um. Isolde Faiker stand im Türrahmen.

»Nun, Anna, wie war dein erster Tag?«

Anna knickste respektvoll. »Aufregend«, sagte sie wahrheitsgemäß.

»Und, bist du müde?«

»Ja.« Anna nickte.

»Das kann ich verstehen. Erst die lange Reise und dann die Arbeit.«

»Die Arbeit macht mir nichts«, sagte Anna schnell. »Ich bin froh und dankbar, dass ich hier sein darf.«

Isolde kam näher.

Helene zeigte auf den Brotkasten. »Sie hat noch nichts gegessen, ich wollte ihr gerade etwas geben.«

Isolde nickte. »Ja, mach das.« Sie zeigte auf einen großen Kasten mit einer engmaschigen Drahttür an der Wand. »Schneide ihr auch ein Stück von einer der Würste ab. Und dazu ein Glas Wasser. Am ersten Tag sollte man nicht hungrig ins Bett gehen!«

Anna knickste wieder.

»Essen kannst du im kleinen Nebenraum. Weißt du, wo das ist? Dort frühstückt ihr auch.«

»Ich zeige es ihr«, bot sich Helene an.

»Ja, du bist unsere Gute«, lobte Isolde. »Wenn nur alle so wären wie du!« Damit drehte sie sich zur Tür um. »Gute Nacht, und vergesst nicht, die Lampen zu löschen!«

Anna sah ihr nach. Ihre hochgesteckte Frisur saß tadellos, ihr bauschiger Rock rauschte etwas, als sie aufrecht und mit erhobenem Kopf hinausging.

Die große Welt

Anna war schnell eingeschlafen, aber dann mitten in der Nacht aufgewacht. Alles war so ungewohnt. Ihre eigene Strohmatratze zu Hause hatte sich ihrer Körperform längst angepasst, diese hier drückte überall. Sie würde sie morgen aufschütteln müssen. Und es störten sie die ungewohnten Schlafgeräusche der anderen Mädchen. Sie hatte zu Hause auch mit ihren Schwestern in einem Raum geschlafen, aber da sie die Jüngste war, waren ihre Schwestern eine nach der anderen ausgezogen. Zuletzt war nur noch Serafine da gewesen. Und zwei Brüder im Nebenzimmer. Max und Johann.

Eines der Mädchen drehte sich ruckartig um und pfiff nun leise beim Ausatmen. Anna versuchte, sich auf etwas anderes zu konzentrieren, um wieder einschlafen zu können. Sie hatte die Augen geschlossen und horchte in sich hinein. Was fühlte sie? Wie war der Tag gewesen? Sie fand, dass alles gut gelaufen war. Sie musste die Mädchen natürlich noch besser kennenlernen und die Burschen auch. Und sicher gab es da eine Rangordnung. Und klar, dass es auch mit dem Alter zusammenhing. Johanna war sicherlich die Ranghöchste. Aber Helene schien bei der Wirtin einen besonderen Stand zu haben. Das wollte sie auch. Sie musste sich beweisen. Anna drehte sich auf die Seite und zog sich die Wolldecke über die Schultern.

Die war weich und angenehm, und auch das Leinenbetttuch, auf dem sie lag, fühlte sich gut an. Sie würde es schaffen, schwor sie sich. Und dann würde sie eines Tages zum Hofgut zurückfahren und ihrer Mutter ein schönes Geschenk mitbringen. Mit diesem Vorsatz schlief sie ein.

Sie wurde wach, weil ihr jemand die Wolldecke wegzog.

»Na, du Schlafmütze, raus aus den Federn. Der Hahn hat schon gekräht!« Anna brauchte kurz, um sich zu orientieren, dann fiel ihr alles wieder ein. Sie war nicht mehr am Kraftstein, sie war in der »Krone«. Anna schlug die Augen auf und sah einen Vorhang roter Korkenzieherlocken vor sich und dahinter ein grinsendes Gesicht, Waltraut.

»Früher wärst du mit Wasser geweckt worden, hat mir Johanna erzählt. Aber heutzutage sind wir sanfter.«

»Bin ich zu spät?« Anna richtete sich auf. Eigentlich war sie frühes Aufstehen gewohnt, aber wahrscheinlich hatte es an ihrem späten Einschlafen gelegen. Waltraut wedelte ihr mit ihrer weißen Haube vor dem Gesicht herum. »In zehn Minuten gibt es Frühstück. Aber du hast Glück, der Waschraum ist gerade frei … falls nicht eine von den anderen …« Das genügte, Anna sprang aus dem Bett. Helene war schon vollständig angekleidet, Erna band gerade ihre Schürze zu, und Waltraut stellte sich mit der Haube vor den Spiegel, den Anna am Vortag übersehen hatte, obwohl er neben der Tür an der Wand hing, und zwängte ihre wilden Haare darunter.

Nun bin ich also die Langschläferin, dachte Anna und entschied sich für eine Katzenwäsche, um nicht schon am ersten Tag zu spät zu kommen. Und die ließ sie ausfallen, da die Türe abgeschlossen war. Also nur schnell Abort und gleich anziehen.

In der Eile waren ihre Haare heute noch widerspenstiger als sonst, am liebsten hätte sie sie abgeschnitten. Einziger Trost war, dass wohl auch Waltraut mit ihren Locken zu kämpfen hatte. Schließlich verließen sie zu zweit das Zimmer, die anderen waren schon unten.

»Der Anfang ist immer schwer«, sagte Waltraut und legte ihr

kurz die Hand auf den Arm. Die Geste rührte Anna so, dass ihr Tränen in die Augen stiegen. »Ich bin jetzt ein halbes Jahr hier. Man gewöhnt sich dran. An alles.«

Anna verstand nicht so recht, was sie damit sagen wollte, und nickte nur. Die Türe zu dem Nebenraum stand offen, und es waren schon alle da, manche standen noch und unterhielten sich, während andere Brot und Butter auf den langen Tisch stellten. Gleich darauf war eine Glocke zu hören, und alle setzten sich. Anna blieb stehen, denn sie wusste nicht, wo ihr Platz war. Drei Stühle waren noch frei.

»Setz dich am besten neben Helene!« Eine Stimme hinter ihr, sie drehte sich um und erschrak, sie stand Isolde Faiker im Weg.

»Guten Morgen – und Entschuldigung«, sagte sie schnell und ging zu dem angewiesenen Platz.

Es wurde ein gemeinsames Tischgebet gesprochen, dann erklärte die Wirtin den heutigen Tag und auch, wer morgen, am Sonntag, zur Kirche durfte und wer Dienst hatte. »Und dass wir ein neues Mitglied in unseren Reihen haben, habt ihr ja sicher schon bemerkt. Es ist Anna, sie kommt aus dem Schwäbischen, ist dreizehn Jahre alt, und verschont sie bitte mit euren Späßen!« Offensichtlich sprach sie die Burschen an, die alle drei den Blick auf den Tisch senkten. »Helene, du gehst mit ihr heute auf den Markt, damit sie lernt, was wir für die Küche brauchen.« Mit Blick zu Anna erklärte sie: »Es wird nicht alles angeliefert.« Anna nickte und freute sich. Das hörte sich vielversprechend an. »Und die entsprechenden Geschäfte zeigst du ihr auch. Aber gebummelt wird nicht!«

»Selbstverständlich nicht«, bestätigte Helene.

»Dann guten Appetit.«

Anna sah ihr nach. Sie war wirklich eine beeindruckende Frau. Die Wirtin in Mühlheim war rundlich gewesen, eine Wirtin, die sicher auch selbst kochte und abschmeckte, eine wie Maria, mit dem Kochlöffel wie einem Taktstock in der Hand. Isolde dagegen wirkte wie eine Geschäftsfrau. Kühl, aber freundlich. Dagegen war ihr die Mühlheimer Wirtin richtig herzlich vorgekommen. Vielleicht auch, weil sie sie spontan an ihren dicken Busen gedrückt und ihr Süßigkeiten zugesteckt hatte.

Sie ließ ihren Blick schweifen. Und was sie sah, machte Appetit: dick geschnittene Scheiben Bauernbrot, eine längliche gelbe Butter, Marmelade, Honig, ein Krug Milch und zwei Kannen mit Kaffee. Ob das echter Kaffee war oder Ersatzkaffee aus Gerste oder Zichorie wie zu Hause? Alle langten kräftig zu, nur Anna sortierte noch, was sie sah und was sie essen sollte, denn sie hatte etwas Unbekanntes entdeckt. Der Inhalt in der großen Schale, nach der schon einige gegriffen hatten, sah aus wie eingeweichte Getreideflocken mit Nüssen und Früchten.

»Wenn du nicht bald etwas isst, ist das Frühstück vorbei, bevor du angefangen hast«, raunte Helene ihr zu.

»Es ist für mich so ungewohnt«, gab Anna zurück. »Ist das wirklich echter Kaffee?«

»Probier's!« Helene ließ sich die Kanne reichen und schenkte Annas Becher voll. Es duftete, bevor sie überhaupt einen Schluck genommen hatte.

»Tatsächlich!«, sagte sie und musste lachen. »Ich kann's gar nicht beurteilen, ich habe zu Hause nie Kaffee getrunken. Aber er duftet schon anders, ist aber … bitter!« Sie schüttelte sich. Helene gab wortlos Milch dazu und einen Löffel Zucker.

»So! Nun iss was!«

»Und was ist das?« Anna zeigte auf die Schüssel mit dem Gemisch aus Getreideflocken, Nüssen und Früchten.

»Das gibt Kraft. Hält länger an als nur ein Butterbrot mit Honig.« Helene zeigte auf einen der Jungen: »He, Luis, gib mal rüber.« Dann löffelte sie etwas von dem Gemisch auf Annas Teller, einen Klecks Honig darüber, und forderte sie erneut auf: »Probier's!«

Es schmeckte ungewohnt, aber gut. Vor allem die Nüsse, denn Nüsse hatte Anna schon immer geliebt.

»Hast du noch Hunger? Dann schmier' dir noch schnell ein Brot, denn gleich geht es los!«

Anna schüttelte den Kopf.

»Eier, Käse«, sagte sie, »es ist wie im Schlaraffenland!«

»Dafür arbeiten wir auch hart! Und beklagen uns nicht.«

Anna verstand es als Ansage, aber der hätte es nicht bedurft, Essen war für sie noch nie die Hauptsache gewesen. Wenn sie zurückdachte, während sie den ungewohnten Kaffee trank, dann war in ihrem Leben ihre Mutter am wichtigsten gewesen, ihr Bruder Johann – und, ja, auch der Braune. Es hatte eine Zeit gegeben, da hatte der Braune sogar an der Spitze gestanden. Nun hatte sie ihn nicht mehr. Franz. Schon sein Name löste merkwürdige Gefühle aus.

Ein Glockenton läutete den allgemeinen Aufbruch ein.

»Jetzt erst mal in die Küche zu Maria. Dann auf den Markt.«

Helene schob ihren Stuhl zurück und stand auf.

»Du erinnerst mich an meine Schwester Serafine«, brach es aus Anna heraus, während sie ebenfalls aufstand.

»Warum?«

Anna zögerte. »Sie ist auch … so muskulös. So …«

»Unweiblich?«

»Nein«, beeilte sich Anna zu sagen, »so selbstbewusst. So stark!«

Helene nickte. »Man muss sich seiner erwehren können. Besonders wenn man eine Frau ist!«

»Musst du dich hier deiner erwehren?«, fragte Anna ungläubig.

»Es gibt wohl keinen Platz auf dieser Welt, wo eine Frau das nicht muss.« Damit schenkte sie ihr ein bitteres Lächeln und ging voraus in die Küche.

Maria schien gnädig gestimmt. »Hat die Kleine schon mal einen Blick auf unsere Speisekarte geworfen?«, wollte sie wissen und sah dabei Helene an.

»Hast du?«, fragte Helene, und Anna schüttelte den Kopf: »Nein, leider, ich habe noch keine gesehen!«

»Na ja«, meinte Maria zu Helene, »das braucht sie ja auch noch nicht. Wenn sie dann vorn in der Wirtschaft arbeitet, muss sie sie auswendig können.« Unvermittelt heftete sich ihr Blick auf Anna. »Du kannst doch rechnen.«

»Ja.«

»Gut?«

»Ich war die Klassenbeste.«

»Von wie vielen?«

Anna rechnete ernsthaft nach, bis sie merkte, dass Maria einen Scherz gemacht hatte. Sie kicherte. Nie im Leben hätte Anna der Köchin ein solch mädchenhaftes Kichern zugetraut.

»Lass gut sein«, sagte sie zu ihr. »Solange du nicht stiehlst, dich fügst, alles ordentlich erledigst, geht es dir hier gut. Stimmt's, Helene?«

Die stimmte zu und schien sich kurz zu sammeln. »Also, Maria, was sollen wir auf dem Markt besorgen?«

Maria kreuzte ihre Arme vor ihrem mächtigen Busen, legte den Zeigefinger an den Mund, schürzte ihre Lippen und begann schließlich aufzuzählen. »Schaut mal nach dem Zander. Unser Fischer hat behauptet, es gäbe im Moment keine. Ich meine aber, er will woanders einen höheren Preis!«

Helene nickte. »Und soll ich kaufen, wenn es welche hat?«

»Wenn es welche hat, mach ich unserem Alfons die Hölle heiß!« Ihr breites Gesicht verzog sich, und ihre runden Augen schienen schier aus ihren Höhlen zu springen. Mit ihrem schwarzen Kopftuch sah sie aus wie ein Furcht einflößender Pirat, fand Anna.

»Dann brauchen wir …« Sie zählte eine Liste von Lebensmitteln auf, und Anna fragte sich, wie sich Helena das alles merken konnte. Sie hätte längst mitgeschrieben und selbst dabei die Hälfte vergessen.

Schließlich überreichte sie Helene eine Geldtasche und mahnte, alles aufzuschreiben. »Du weißt ja, unser Wirt ist pingelig!«

Helene ließ kurz ihre Augenbrauen spielen, dann forderte sie

Anna auf: »Die Körbe stehen neben der Speisekammer. Findest du die? Bring vier Stück mit!«

Sie verließen das Hotel, und Anna blieb stehen. »Das sind alles so schöne Häuser hier, das hier, mit dem Fachwerk und dem Türmchen …«

Helene nickte. »Das ist das Rathaus. Deshalb ist das hier auch der Rathausplatz. Ja, und du meinst sicherlich auch den Turmhof. Der soll früher ein mittelalterlicher Wehrturm gewesen sein und ist später zum Schloss umgebaut worden. Sogar der Bischof von Konstanz hat mal darin gewohnt.«

»Der Bischof?«, staunte Anna. »Was du alles weißt!«

»Ich bin ja auch schon lange hier. Und was Metzger, Bäcker, Konsum angeht, hier findest du alles auf einmal. Also, komm.«

Helene ging voraus in Richtung einer kleinen Gasse.

Anna beeilte sich, neben sie zu kommen, und war froh, dass sie ihr Schultertuch mitgenommen hatte, denn vom Ufer blies ein frischer Seewind. »Frierst du nicht?«, fragte sie mit Blick auf Helenes einfache Dienstkleidung. Helene winkte nur kurz ab. »Sobald wir zwischen den Häuser sind, wird es wärmer. Es ist ja schon Frühling!«

»Wird es hier denn richtig kalt im Winter?«, wollte Anna wissen, »so mit Schnee und allem? Bei uns oben liegt nämlich noch Schnee.«

»Ja«, bestätigte Helene, »kalt wird es schon. Schnee zwischendurch auch. Viel nerviger ist aber das Hochwasser. Wirst schon noch erleben, dann geht hier alles nur noch über die Stege!«

Vor ihnen öffnete sich ein großer Platz, in der Mitte ein mächtiger Baum und ringsherum unterschiedliche Marktstände. »Das ist der Kehlhofplatz«, erklärte Helene, »das kannst du dir gleich mal merken.«

»Und das ist eine Linde«, ergänzte Anna, froh, dass sie auch etwas zur Unterhaltung beitragen konnte.

Helene nickte. »Ja. Uralt. Und nun schauen wir mal, was uns die Fischer und Bauern heute bieten.«

Anna staunte, wie selbstbewusst Helene auftrat. Und verhandelte – und einfach weiterging, wenn der Bauer nicht darauf einging. »Wenn wir nachher noch einmal vorbeigehen, wird er es mir zu meinem Preis verkaufen«, flüsterte sie Anna im Weitergehen zu. Dann blieb sie vor einem Stand mit unzähligen, säuberlich nebeneinanderliegenden Fischleibern unter kleinen Eisbröckchen stehen, die in der wärmer werdenden Sonne langsam zu schmelzen begannen.

»Also«, sie schob Anna etwas vor, »das ist unser Neuankömmling, Anna, aus dem Schwäbischen. Und dort, wo sie herkommt, gibt es Schafe und Kühe, aber keine Fische. Habe ich recht, Anna?«

Die Frau ihr gegenüber lachte. Sie trug eine lange blau-weiß gestreifte Schürze, wie es Anna bisher nur bei ihrem Metzger in Mahlstetten gesehen hatte. »Wir haben zu Hause nur Schafe«, sagte sie schnell. »Und Hühner.«

»Na denn, Nachhilfe gefällig?« Die Frau zeigte auf verschiedene Fische, die Anna mit ihren weit aufgerissenen Mäulern und Augen anstarrten. Sie kamen ihr alle schrecklich vor. »Die hier beißen, Hecht, Zander und Rutten. Es sind Raubfische. Das hier sind Weißfische, Brachsen und natürlich der Chretzer. Und die Felchen hier, ganz typisch für den See. Kannst auch Renke sagen, ist das Gleiche.«

Für Anna sahen alle gleich aus. Nur der eine, wie eine Schlange, stach heraus.

»Und der hier?« Sie zeigte aus etwas Abstand hin.

»Ein Aal. Sehr fettig, sehr gesund.« Die Fischersfrau dippte mit dem Finger auf seine glitschige Haut. »Heute Morgen gefangen. Solltest du probieren!« Sie sah Helene an. »Einpacken?«

»Für die Angestellten? Du machst wohl Witze!« Sie zog die Augenbrauen hoch, und die Frau lachte. »Dann müsst ihr eben doch einen der reichen Kerle hier heiraten, die haben alle Bedarf. Und ihr könnt dann essen, was ihr wollt ...«

»So wie du?«, antwortete Helene, worauf sich das Gesicht der Marktfrau kurz verdunkelte.

»Man kann auch mal danebenlangen!«

Helene machte eine wegwischende Handbewegung. »Aber die Zander, wo hast du die her?«

»Die hat heute Morgen mein Mann dem Alfons weggefangen.«

»Sag bloß«, entgegnete Helene und ihrem Tonfall war anzuhören, dass sie kein Wort glaubte. »Und was soll er kosten?«

»Wenn du alle fünf nimmst, im Dutzend billiger!« Die Fischersfrau hatte zu ihrem leichten Ton zurückgefunden, und Anna war gespannt, wie dieses Duell ausgehen würde.

Doch dann sprachen sie so schnell im Dialekt, dass Anna nur noch die Hälfte verstand. Schließlich wurden alle Zander eingepackt und wechselten den Besitzer.

»Nun müssen wir uns beeilen!« Helene lief ihr voraus, und Anna sah im Vorbeigehen so viele leckere Lebensmittel, dass sie nicht anders konnte, als an die oft karge Kost im Hofgut zu denken. Was es hier an Käse gab, Rahm, hausgemachte Marmeladen, Obst und Gemüse, Backwaren, aber auch Fleisch und Wurstwaren, ihr wurde ganz schwindelig.

»Die Schweiz muss das Schlaraffenland sein«, sagte sie leise, aber Helene, die gerade zwei Säckchen mit Bohnen und Linsen in die Körbe packte, hatte es gehört. »Wie überall«, sagte sie, »für die einen ist es das Schlaraffenland, für die andere die Hölle. Und wenn man Glück hat, schwebt man irgendwo dazwischen.«

Während sie zur »Krone« zurückgingen, dachte Anna darüber nach. Sie war zu Hause immer glücklich gewesen. Sie hatte es ja nicht anders gekannt. Da waren ihre Mutter, ihre Geschwister, sie haben viel gearbeitet, der Weg zur Schule nach Mahlstetten war weit, im Winter beschwerlich, aber sie hat nie darüber nachgedacht, ihr Leben war eben so. »Wir haben zumindest ein Dach über dem Kopf«, hatte die Mutter oft gesagt, »und wir haben jeden Tag etwas zu essen. Und das Wichtigste: Wir haben uns. Andere sind sehr viel ärmer dran.« Und tatsächlich, arm hatte sich Anna nie gefühlt. Vielleicht waren ihre Kleider etwas abgetragener als die anderer Mädchen, aber das hatte sie mit ihrer Auffassungsgabe wettgemacht. Und wenn es darauf ankam, konnte sie sich auch recht gut prügeln, das brachte ebenfalls Respekt ein. Auch bei den Burschen.

»Zu schwer?«, fragte Helene, die ihr die beiden Körbe vollgepackt hatte, und riss sie aus ihren Gedanken.

»Nein, überhaupt nicht.«

»Wenn du magst, zeig ich dir Morgen beim Kirchgang die anderen Gassen. Es sind nicht viele, aber dann weißt du, wo alles ist.«

»Sehr gern!« Anna überlegte. »Bist du katholisch?«

Helene musste lachen. »Ja, hier sind Katholiken eher die Ausnahme. Du wirst es kaum glauben, aber 1529 sind viele Familien geschlossen zum anderen Glauben übergetreten. Fast die ganze Gemeinde.«

»Und warum?«, fragte Anna.

Helene zuckte die Schultern. »Keine Ahnung. Herr Faiker hat uns das erzählt und gesagt, die Reformation sei von Zürich ausgegangen. Und von Konstanz. Und dann hätten viele mitgemacht.«

Die Evangelischen, dachte Anna, das war zu Hause wie ein Schimpfwort. Und dass ein Evangelischer eine Katholikin geheiratet hätte, das wäre direkt eine Sünde gewesen. Unvorstellbar!

»Und wo gehen wir dann in die Kirche?« Sie stutzte. »Pfarrer Zeller ist doch auch katholisch!«

»Keine Sorge. Wir gehen morgen ganz normal in einen katholischen Gottesdienst.«

Vor der »Krone« stand ein Ochsengespann, zwei junge Männer rollten Bierfässer von dem Anhänger.

»Der schöne Douglas ist da«, Helene zwinkerte Anna zu, »das wird bei den Mädchen wieder für Aufruhr sorgen.«

Anna sah sich die beiden jungen Männer im Vorübergehen an, konnte aber keinen Schönling erkennen. Zumindest keinen, der so schön gewesen wäre wie der auf dem Schiff.

Bevor Helene die Hintertür zur Küche aufmachen konnte, flog sie auf, und Maria stand breit im Türrahmen.

»Wir sind schon da«, sagte Helene schnell, aber offensichtlich hielt Maria nicht nach ihr Ausschau, sondern nach den beiden Burschen, auf die sie nun zueilte.

»Drei Fässer in die Eiskammer, eines direkt zur Theke. Ist es auch kalt?«, rief sie von Weitem.

Die Antwort konnte Anna nicht mehr hören, denn Helene drängte sie hinein. »Auch gut«, sagte sie, »dann fangen wir schon mal mit der Arbeit an.«

Nach dem Mittagessen, einer herzhaften Kartoffelsuppe mit Würstchen und frisch gebackenem Brot, stand Anton Faiker in der Tür, worauf alle erschrocken aufsahen. Er winkte ab, sah mit seiner massigen Gestalt in dem dunklen Anzug mit Weste und goldener Uhrkette trotzdem Furcht einflößend aus. Vor allem, wie er jetzt über seinen Backenbart strich und seinen Blick über die jungen Frauen und Burschen gleiten ließ. Schließlich zeigte er auf Anna.

»Du da! Anna aus dem Schwabenland, komm mal mit!«

Alle atmeten hörbar auf, nur Anna hielt die Luft an. Hatte sie was falsch gemacht? Was konnte er wollen?

Sie schob ihren Stuhl nach hinten, um aufstehen zu können, warf noch einen Blick auf ihren sauber mit Brot ausgewischten Suppenteller.

Anton Faiker stand abwartend in der Tür, ging aber los, kaum dass sie aufgestanden war, sodass sie Mühe hatte, hinterherzukommen.

Vor einer massiven Holztür neben dem Schankraum blieb er stehen, sah sich kurz nach ihr um und öffnete die Tür. »Nach dir«, sagte er knapp.

Anna ging mit klopfendem Herzen an ihm vorbei durch den Türrahmen. In dem Raum stand ein beeindruckend großer Schreibtisch vor dem einzigen Fenster, ganz aus Holz, mit gedrechselten Beinen. Dahinter ein hoher Lehnstuhl, davor ein Hocker.

»Setz dich«, wies Anton Faiker sie an, und Anna gehorchte, während er neben dem Schreibtisch stehen blieb.

»Wie ist dein erster Eindruck?«, fragte er und brachte Anna damit völlig aus der Fassung. Er fragte nach ihrer Meinung?

»Ich bin«, begann sie, »… es ist alles wunderbar!«

»Du bist mit deiner Arbeit also zufrieden?« Er verschränkte die Arme.

»Ja.« Anna fasste Mut. »Alle sind sehr nett, und was ich nicht weiß, erklären sie mir.«

Er nickte. »Gut! Hier muss nämlich jeder für alles taugen. Wenn du die Küchenarbeit beherrschst, wirst du in der Wirtschaft bedienen und dann die Gästezimmer säubern. Und je nachdem, ob wir viele Übernachtungsgäste haben oder mehr Gäste im Restaurant, wechselt das von Tag zu Tag.«

Es entstand eine kleine Pause, und Anna verstand, dass er auf eine Antwort wartete.

»Jaja, das verstehe ich gut. Und ich kann alles, da bin ich sicher. Ich kann auch putzen. Und Gästezimmer richten.«

Anton Faiker maß sie mit einem langsamen Blick von oben nach unten. »Du bist noch sehr jung.«

»Dreizehn!«, erwiderte Anna trotzig. Sie fand dreizehn schon durchaus passabel.

»Es werden Angebote kommen.«

Anna verstand nicht. Nachdem Anton Faiker nicht weitersprach, sagte sie: »Ich verstehe nicht …?«

»Unzüchtige Angebote!«

Anna verschlug es den Atem. Zunächst konnte sie nicht darauf antworten, spürte nur Faikers prüfenden Blick.

»Unzüchtige Angebote?« Sie konnte sich nichts darunter vorstellen. Der Pfarrer hatte sie und ihre Schulkameraden die zehn Gebote für die Erste Heilige Kommunion lernen lassen. Aber da war so viel Rätselhaftes dabei, dass sie es einfach auswendig gelernt, aber nicht verstanden hatte: *Du sollst nicht begehren deines Nächsten Weib.* Was sollte das sein? Sie hatte während des Kommunionunterrichts nachgefragt, aber vom Pfarrer keine schlüssige Antwort erhalten.

»Ich verstehe nicht«, sagte sie deshalb wahrheitsgemäß.

»Nun, du bist hübsch. Und du wirst mit der Zeit noch hübscher werden, rundlicher. Der eine oder andere Gast könnte es versuchen. Es sind nicht alles Ehrenmänner, die in Wirtshäusern verkehren. Also sei als Zimmermädchen oder als Bedienung auf der Hut.«

Anna verstand noch immer nichts, aber sie nickte.

»Dein Lohn sind in der Woche zu Anfang vierzehn Franken. Aber das weißt du schon?«

Anna nickte. »Ich werde sie mir verdienen.«

»Das höre ich gern!«

Anton Faiker ging hinter den Schreibtisch. »Und damit alles mit rechten Dingen zugeht, habe ich hier einen Schriftsatz über dein Arbeitsverhältnis aufgesetzt. Lies es genau durch, und unterschreib, wenn du damit einverstanden bist. Den Lohn gibt es stets am Monatsende, meine Frau zahlt es bar aus. Trag das Geld am besten auf eine Bank, damit es auch sicher ist.«

Darüber hatte sich Anna noch keine Gedanken gemacht, aber ja, Geld unter dem Kopfkissen, wie zu Hause, das war sicher keine gute Idee.

Er reichte ihr das Schreiben, und Anna knickste, als sie es in Empfang nahm. Und ging mit dem komischen Gefühl, dass er ihr nachschaute, aus dem Zimmer.

»Was war?«, wollte Erna wissen, als sie in der Küche ihren langen Schurz wieder umband.

»Er hat mir einfach erklärt, dass ich alles lernen muss. Küche, Zimmermädchen, Wirtschaft. Alles können, hat er mir gesagt.«

»Ja«, sagte Erna und verzog das Gesicht, »deine Vorgängerin konnte auch alles. Deshalb ist sie nicht mehr da.«

»Sie war doch schwanger?«

»Eben drum!«, grinste Erna und drehte sich zu Waltraut um. »Waltraut, jetzt bist du mal dran mit Abwasch und ich mit Zwiebelschneiden!«

Die Stunden gingen schnell rum, stets war was zu tun, aber nun kannte sich Anna schon aus, und die Dinge gingen ihr schneller von der Hand: Kartoffeln aus der Speisekammer holen, Fisch aus der Eiskammer, mehrfach Wasser vom Brunnen, sie fing auch an, sich an Marias brummige Art zu gewöhnen, ihre scharfen Anweisungen, aber auch ihr tiefes, lautes Lachen, wenn sie etwas lustig fand, von dem Anna nicht verstand, was daran lustig sein sollte. Als Luis auf dem glitschigen Küchenfußboden ausrutschte und sich auf den Hosenboden setzte, schüttete sich die Köchin vor Lachen förmlich aus. Ihr ganzer, massiger Körper bebte, und der dicke Busen hüpfte unter dem schwarzen Schurz auf und ab.

»Ja, lach du nur«, fluchte Luis beim Aufstehen, »wenigstens habe ich keinen Fettfleck hinterlassen!« Da er aber aus den Augenwinkeln sah, wie Maria schnell nach einer Pfanne griff, machte er sich, bevor sie werfen konnte, flugs aus dem Staub. Alle Mädchen lachten mit, also lachte auch Anna, weil sie einfach dazugehören wollte.

Und als sie am späten Abend sah, wie sich die Mädchen Brote richteten, war sie inzwischen schlauer, sie schloss sich ihnen rasch an.

»Käse?«, fragte Helene und wies zu dem Holzkasten, der in der Brotecke an der Wand hing. »Da ist unser heimischer Käse drin, den dürfen wir uns nehmen, wenn wir hungrig sind.« Anna nickte. »Butter auch, die müssen wir dann wieder in die Eiskammer zurücktragen.«

Anna nickte erneut.

Während Erna und Waltraut mit dick belegten Broten hinaus ins Freie traten, schob Helene Anna eine Brotscheibe zu.

»Du lernst schnell«, sagte sie. »Ich habe dich heute so ein bisschen beobachtet. Du lernst schnell, und du bist flink!«

»Danke. Es freut mich, wenn du das sagst.« Anna lächelte ihr zu. »Es ist aber auch nicht so schwer. Die Geräte sind leicht zu bedienen, wenn man erst mal verstanden hat, wofür sie eigentlich sind.« Sie musste über sich selbst lachen. »Gestern habe ich noch gerätselt …«

Helene lachte mit. »Ja, so eine große Küche ist was anderes als eine Küche zu Hause.« Sie überlegte kurz. »Aber es macht auch mehr Spaß, wenn man gemeinsam arbeitet. Wenn alle gut zuarbeiten.« Sie deutete auf den angeschnittenen Laib Käse, den Waltraut und Erna für sie auf dem Tisch hatten liegen lassen. »Schneide dir kräftig was ab, du hast es heute wirklich verdient.«

Anna überlegte, ob sie mit ihrer Brotzeit ebenfalls nach draußen gehen sollte, aber sie wollte sich den beiden anderen Mädchen nicht aufdrängen. Helene musste es ihr angesehen haben.

»Nach der Arbeit treffen sich manche von uns und von anderen Wirtshäusern noch in so einer kleinen Beiz, ein paar Häuser weiter. Wenn du Lust hast, schauen wir da mal rein.«

Anna zog kurz ungläubig ihre Augenbrauen zusammen.

»Geht das einfach so? Oder muss man sich abmelden?«

Helene lachte. »Wir sind ja keine Leibeigenen. Wir sind angestellt. Wenn unsere Arbeit erledigt ist, können wir tun und lassen, was wir wollen.«

Anna überlegte. Einerseits war sie müde, andererseits aber auch neugierig. »Und dunkel ist es auch schon«, wandte sie ein, mehr zu sich selbst.

»Wir werden uns nicht verirren.« Helene drehte sich zum Herd um. »Wir löschen die Gaslampen, bis auf eine, falls Frau Faiker noch etwas braucht, und dann zeige ich dir die große, weite Welt von Steckborn.«

»Überredet.«

Als sie schließlich ins Freie traten, war Anna von der warmen Nachtluft überrascht.

»So eine schöne Nacht«, fand sie.

Und Helene, die aufrecht und zielstrebig neben ihr herging, wies zum Himmel.

»Und wie klar. Schau die vielen Sterne. Manchmal setze ich mich ans Ufer und schau nur nach oben. Was dort wohl sein mag? Wieso die Sterne leuchten? Und warum manchmal so viele und dann wieder so wenige am Himmel stehen?«

»Wie ich«, antwortete Anna erstaunt. »Bei uns, oben am Hof, habe ich mich nachts gern mal zu unserem Braunen gesellt, wenn er auf der Weide stand. Und dann habe ich mich mit ihm, mit den Sternen und dem Duft nach frischem Gras so frei gefühlt wie sonst nie. Als ob ich auf seinem breiten Rücken einfach in den Himmel hineingaloppieren könnte, weg von allem, glücklich sein.«

»Glücklich sein …«, wiederholte Helene leise. »Das wünschen wir uns alle.«

»Ja, mit Franz war ich es.«

»Irgendwann wird aus deinem vierbeinigen Franz ein zweibeiniger werden, dann wirst du den Braunen vergessen.«

»Nie!«, antwortete Anna mit solcher Inbrunst, dass Helene lachen musste.

»So, da wären wir«, sagte sie vor einem niedrigen Gebäude und stieß eine ebenerdige Tür auf, die in einen völlig überfüllten Raum führte.

Anna hielt sich hinter Helene, die sich im schummrigen Licht zweier Gaslaternen und einiger Windlichter zwischen den vielen Menschen hindurchschlängelte. An einem Tresen verschaffte sie sich mit ein paar kurzen Sätzen Platz und drehte sich nach Anna um, der in diesem Moment einfiel, dass sie überhaupt kein Geld hatte. Helene bestellte etwas und reichte ihr kurz darauf ein gut gefülltes Glas.

»Es ist nur ein Schöppli«, sagte sie dazu. »Wein mit Wasser. Kostet nicht viel, ich lade dich ein.«

Sie stießen miteinander an, und Anna sah sich um. An der Kleidung erkannte sie, dass die Gäste tatsächlich junge Frauen und Männer in ähnlichen Arbeitsverhältnissen wie sie waren. Manche Kleider hatten einen etwas anderen Schnitt, andere Stoffe oder größere Kragen, aber insgesamt wirkte es auf Anna wie eine Art Tracht. Wie zu Hause, wenn sich die Bauersfrauen an Festtagen zum Kirchgang schmückten, nur eben alltäglicher.

Sie nahm einen Schluck und verzog das Gesicht. Es schmeckte wie Essig. Helene hatte sie beobachtet und lachte herzhaft. »Was ist das?«, fragte Anna und hielt das Glas von sich weg.

»Most. Du kannst natürlich auch Wein haben, aber der ist teurer.«

»Trinken hier alle diesen … Most?«

»Man gewöhnt sich dran. Du wirst merken, nach ein paar Schlückli tut's gut im Gröpfli«, sagte sie und lachte über ihren eigenen Witz, und ein Bursche neben ihr lachte mit.

»He, bist du nicht unser Neuankömmling?«

Anna drehte sich nach der Stimme um. »Kennen wir uns schon?«

»Das will ich meinen!« Er sah nett aus, dachte Anna auf den ersten Blick, die kräftige Figur erinnerte sie an ihren Bruder.

»Und woher?«

»Warst du nicht auf dem Markt?« Er wartete nur kurz ihr Nicken ab. »Na, siehst du. Ich bin der am Käsestand.«

»Aha?« Anna überlegte noch. Er war ihr nicht aufgefallen.

»Josef«, half er nach. »Nicht der mit der Maria, sondern der mit … wie heißt du eigentlich?«

»Anna.«

»Genau. Also der mit der Anna!«

Anna merkte zu spät, dass sie ihm auf den Leim gegangen war. Sie schüttelte den Kopf. »Bleib du mal bei deiner Maria!«

Einige um sie herum lachten, und da fiel ihr erst auf, dass sich ein kleiner Kreis um sie geschlossen hatte.

»Touché!«, sagte jemand, und eine weibliche Stimme fragte: »Und du bist neu in der ›Krone‹?«

»Gestern angekommen«, antwortete Anna und fragte sich gleich darauf, ob so treuherzige Antworten überhaupt angebracht waren. Oder ob das hier nicht eher so eine Spaßrunde war, in der es mehr auf witzige Sprüche ankam? Sie kannte so etwas aus ihrer Schule. Die Älteren zogen sich oft mit irgendwelchen Dingen auf, die überhaupt nicht wahr waren. Ihre ältere Schwester wurde vor Jahren mal gefragt, ob sie in den neuen Vikar verliebt sei. Während sie neben ihr als Neunjährige ob dieser Ungeheuerlichkeit am liebsten in den Erdboden versunken wäre, hatte Serafine einfach gesagt: »Eher er in mich …«

Anna richtete sich auf, nahm noch einen Schluck aus ihrem Glas und überlegte fieberhaft, welche Frechheit sie loslassen könnte. Aber weil ihr nichts einfiel, fragte sie einfach: »Und du?«

»Ich arbeite im ›Schwanen‹ und bin immer neidisch, weil ihr so tolle Lieferanten habt.«

»Lieferanten?«, fragte Anna perplex.

»Na ja«, die junge Frau wandte sich ihr zu. Und sie war, das war selbst im spärlichen Gaslaternenlicht gut zu erkennen, sehr hübsch. Die Haube hatte sie abgenommen, ihre langen, dunklen Haare flossen über ihr Kleid, ihr Gesicht war voll, ohne pausbackig zu wirken, und der Mund hatte nicht nur eine Kirschform, sondern war tatsächlich rot. »Bei euch werden ja ständig Waren geliefert. Wir im ›Schwanen‹ holen sie ab.«

»Ja, und?« Anna ging der Sinn nicht auf.

»Na«, ihre Gesprächspartnerin zuckte mit der Schulter, als wäre Anna begriffsstutzig, »ihr bekommt die hübschesten Burschen quasi ins Haus geliefert. Verstehst du jetzt?«

Anna nickte, aber dann fiel ihr etwas Schlagfertiges ein: »Ich habe noch keinen gesehen.«

Offensichtlich hatte sie einen Treffer gelandet, denn um sie herum brandete Gelächter auf.

»Na, dann«, ihr Gegenüber hob ihr Glas, »dann kann ich nur sagen: Augen auf. Einer ist besonders begehrt. Aber mehr verrate ich nicht.«

Anna stieß mit ihr an und wandte sich ratlos an Helene. »Helene«, flüsterte sie, »hast du verstanden, wovon sie gesprochen hat?«

Helene sog kurz unwillig die Luft ein und beugte sich zu Anna hinunter. »Sie träumen alle vom großen Glück. Und irgendwie glauben sie wohl auch, mit einem Mann käme es …«

»Nicht?«, fragte Anna zurück und dachte an ihre Mutter, die Witwe war und doppelt viel arbeiten musste.

»Was kommt mit einem Mann?« Helene nahm einen Schluck aus ihrem Glas und schien nicht zu bemerken, dass Anna erwartungsvoll an ihren Lippen hing.

»Was meinst du?«, fragte Anna deshalb.

»Nun, sieh dich doch um. Bist du verheiratet, bekommst du jedes Jahr ein Kind. Jedes Mal steht dein Leben auf dem Spiel. Macht das Spaß? Du stehst nicht nur unter der Fuchtel deines Ehemanns, sondern auch unter der seiner Eltern, denn du wirst bei ihm wohnen. Von morgens bis abends werden sie dir alle sagen, was du zu tun hast, du schuftest für zwei, und nachts kommen die ehelichen Pflichten. Das heißt, du bist die billigste und willigste Magd, die es auf Erden gibt.«

Anna sagte nichts mehr. Sie musste erst einmal verdauen, was sie da eben gehört hatte. Sie nahm einen großen Schluck.

»Aber du liebst ihn doch? Ich meine, deinen Mann? Das ist doch schön?«

Helene prustete. »Zeig mir ein einziges Paar, das sich liebt. Entweder haben die Eltern die Hochzeit arrangiert aus irgendwelchen Gründen, oder du heiratest, damit du nicht als alte Jungfer endest.«

Ich bin dreizehn, dachte Anna, ich habe noch lange Zeit.

»Und du?«, wollte sie deshalb wissen, »wie alt bist du eigentlich?«

»Zwanzig geworden. Im März.«

»Und hast du dich noch nie verliebt?«

»Ich hoffe, dass ich es nie tun werde, damit ich nicht in diese Falle tappe.«

Anna fiel wieder ein, was sie ihr über die elterliche Beiz erzählt hatte. »Dann übernimmst du also doch irgendwann das Geschäft von deinen Eltern?«

Helene nahm ihre Haube ab, klemmte sie sich unter den Arm und fuhr sich mit zehn Fingern durch ihr dickes Haar, das gerade mal Kinnlänge erreichte. Anna hätte gern gefragt, was mit ihren Haaren passiert war, aber sie traute sich nicht.

»Ich bin zwanzig, Anna. Ich kann dir auf deinem Weg in der ›Krone‹ ein bisschen helfen, wenn du magst. Ich bin seit drei Jahren dabei, da lernst du viel. Nicht nur übers Geschäft, sondern auch über die Menschen.« Sie brach ab.

Anna zupfte sie am Ärmel. »Ja? Und?«

Helene stellte ihr leeres Glas auf den Tresen. »Du bist dreizehn. Amüsier dich einfach. Das gehört zur Arbeit dazu. Und zur Jugend!«

Anna trank ihr Glas ebenfalls schnell leer. Falls Helene gehen wollte, wollte sie mit. Sie wollte nicht alleine zurückbleiben, dazu fehlte ihr der Mut.

»Du redest, als ob du uralt wärst«, sagte sie schnell. »Was ist schon zwanzig? Amüsiert man sich mit zwanzig nicht mehr?«

»Doch!«, antwortete Helene und verzog ihr Gesicht. »Aber anders. Mit zwanzig weißt du, was du willst. Und vor allem, was du nicht willst.«

Was ich nicht will, weiß ich auch mit dreizehn schon, dachte Anna. Und was ich will, weiß ich auch. Auf alle Fälle will ich, dass meine Mutter stolz auf mich ist. Und Johann auch. Das ist mein Ziel.

»Willst du schon gehen?«, fragte die junge Frau aus dem »Schwanen« neben ihr.

»Ja«, sie nickte ihr zu. »Für mich ist alles noch so ungewohnt, ich bin wirklich müde.«

»Kann ich verstehen. Also ... bis bald!«

Beim Hinausgehen fiel ihr auf, dass sie aus der »Krone« niemanden gesehen hatte. Aber vielleicht war es in dem Raum auch zu dunkel gewesen und das Gedränge zu groß. Und zudem kannte sie ja noch längst nicht alle Gesichter.

Sie schlenderten nebeneinander zur »Krone« zurück, und Anna atmete tief ein. »Seeluft ist ganz anders als die Luft bei uns oben.«

»Ja? Mir fällt es schon gar nicht mehr auf.«

»Doch!« Anna schnupperte. »Bei uns riecht es eher erdig. So ein bisschen nach feuchtem Kartoffelacker, wenn du verstehst, was ich meine. Und im Sommer nach geschnittenem Gras und nach Wiesenblumen, diesen Duft liebe ich besonders ...«

Helene lächelte. Das konnte Anna zwar nicht sehen, aber sie meinte es zu spüren.

»Ja«, überlegte sie, »obwohl ich nicht so weit entfernt von zu Hause bin, kenne ich das auch. Kartoffeln weniger, bei uns sind es eher die Kuhfladen ...«

Anna musste lachen. »Wir haben Schafe. Aber ich glaube, die rieche ich schon nicht mehr. Und dann natürlich Franz, unseren Braunen, der duftet nach Kraft und Zärtlichkeit und Ausdauer ... und«, sie stockte, »Liebe.«

»Liebe? Ein Pferd?«

»Echte Liebe. Bedingungslose Liebe. Liebe und Vertrauen.«

Sie waren am Brunnen vor der »Krone« stehen geblieben.

»Kennst du das nicht?«, fragte Anna und versuchte in der Dunkelheit Helenes Gesichtszüge auszumachen.

»Eher von einem Hund. Über ein Pferd habe ich noch nie nachgedacht.«

Sie schwiegen beide. Helene strich gedankenverloren über den Brunnenrand. Dann wandte sie sich Anna wieder zu.

»Und was riechst du hier? Am See?«

Anna atmete noch einmal tief ein. »Eine Mischung. Ich weiß nicht so recht, sind es Algen? Oder riecht es nach Fisch? Aber das kann ja eigentlich nicht sein …«

»Ja, du hast recht. Man könnte mit verbundenen Augen ziemlich genau bestimmen, wo man gerade ist. So wie die Wellen ans Ufer schlagen, kommen auch die Windstöße. Und bringen den Duft des Sees.«

Sie lauschten beide noch etwas in die Nacht, dann schlug Helene mit der flachen Hand kurz auf den Brunnenrand. »Es ist spät, morgen müssen wir früh raus.«

Anna ging nicht darauf ein. »Denkst du gern nach?«, fragte sie stattdessen.

»Nachdenken?«, fragte Helene verwundert und drehte sich ihr zu.

»Ja, so wie wir es jetzt gerade gemacht haben. Über alles Mögliche nachdenken. Sich seine eigenen Gedanken machen.«

»Ich weiß nicht. Nicht wirklich, befürchte ich. Ich denke eher darüber nach, was morgen kommt, welche Arbeit vor uns liegt, wie lange das Brot schon im Backofen ist, ob wir Lebensmittel einkaufen müssen, und welchen Lieferanten ich dazu brauche. Solche Dinge.«

Anna nickte. Mit ihrem Wissensdurst war sie schon in der Schule aufgefallen. Und nicht unbedingt im guten Sinne. Auch ihre ständige Frage nach Büchern brachte die Lehrerin zur Verzweiflung. »Frag den Herrn Pfarrer.« »Solche Bücher meine ich nicht. Ich möchte wissen, was große Denker gedacht haben. Und denken.« »Ich denke, du gehst jetzt heim und hilfst deiner Mutter in der Küche und deinem Bruder im Stall.« Sie war einfach nicht weitergekommen.

»Dann komm!« Helene ging zum Nebeneingang und hielt ihr

die Tür zur Küche auf. »Geh schon mal voraus, ich lösche nur noch die Gaslampe.«

Anna wollte ihr helfen, spürte aber, dass Helene kurz alleine sein wollte, also ging sie zur Stiege in den oberen Stock. Ob die Mädchen in ihrem Zimmer schon schliefen? Sie musste sich noch entkleiden, und das tat sie gern mit etwas Licht. Sie wollte aber niemanden stören. Und außerdem wollte sie auch noch in den Waschraum. Und zur Toilette musste sie auch.

Leise öffnete sie die Tür zu ihrem Zimmer, die Gaslampe an der Decke brannte. Ihre Zimmernachbarin auf der gegenüberliegenden Seite war Helene, und die war noch in der Küche. Die beiden anderen konnte sie wegen der Schränke nicht sehen. Aber es war hell genug, um in ihrem Schrank alles zu finden, ihre Kleidung ordentlich aufzuhängen, die Haube gefaltet ins Regal zu legen, die Haarnadeln daneben und sich dann mit ihrem kleinen Nachtbeutel unterm Arm im Nachthemd aus dem Zimmer zu schleichen.

Als Anna zehn Minuten später aus dem Waschraum kam, war es im Flur stockdunkel. Sie blieb kurz stehen, um sich zu orientieren. Welche der Türen war nun ihre? Zu dumm, dass die Gaslampen gelöscht worden waren. Oder sollte sie einfach die aus dem Waschraum nehmen? Während sie noch überlegte, blieb ihr Herz vor Schreck stehen. Etwas Großes, Weißes kam, schaurig beleuchtet, um die Ecke des Flures und geradewegs auf sie zu.

Anna hielt den Atem an.

»Uhhhuuu«, machte das Wesen und spannte rechts und links große Flügel auf. Nach einem erneuten, dunklen »Huhuuu« hatte sie sich wieder gefasst. Schließlich hatte Anna Brüder zu Hause, die waren auch schon auf solche Ideen gekommen.

»Was macht denn mein Käuzchen?«, fragte sie und ging schnurstracks auf das Schreckgespenst zu. Das hielt inne, flatterte dann in einem letzten Versuch noch einmal kräftig mit den Flügeln, aber da hatte Anna schon ihren Zeigefinger in die Mitte des Leintuchs gerammt, und ein lautes Lachen war die Folge: »Lass, ich bin kitzelig!«

Von überallher kam nun Gekicher, und Anna sah, dass alle Türen offen standen und sich Köpfe aneinanderdrängten.

»Es ist doch ein Gespenst!«, sagte eine Mädchenstimme. »Da muss man doch Angst haben!«

»Hat sie aber offensichtlich nicht«, sagte das Gespenst und befreite sich und die flackernde Gaslampe von dem Leintuch. Ein großer Bursche kam zum Vorschein, den Anna noch nicht im Haus gesehen hatte.

»Du scheinst kein Angsthase zu sein«, sagte er anerkennend. »Ich bin Georg. Und du hast die Aufnahmeprüfung bestanden.«

»Aufnahmeprüfung?«, wiederholte Anna verdutzt.

»Ja, das ist bei uns so.« Helene war hinter sie getreten. »Da muss jede und jeder durch. Aber du bist die Erste, die sich überhaupt nicht erschreckt hat.«

»Doch!«, sagte Anna, um den anderen den Spaß nicht zu verderben, »aber man muss es ja nicht zeigen.«

»Hört, hört«, sagte ein weiterer Bursche, den Anna als Luis wiedererkannte. »Georg, du warst zu lasch!«

»Was hätte ich deiner Meinung nach machen sollen? Sie anfallen?«, gab er zurück und zerknüllte das Leintuch.

»Hübsch genug ist sie ja«, sagte jemand aus dem Hintergrund.

»Jetzt ist aber Schluss!« Johanna, die Anna seit ihrer Ankunft nicht mehr gesehen hatte, trat vor. »Jeder hat seinen Spaß gehabt, diesen Streich kann man euch Burschen ja sowieso nicht austreiben – und nun verschwindet ihr wieder in euren Trakt!«

Es gab vereinzelte Gegenstimmen, aber schließlich zogen die Jungs grölend ab, und die Mädchen schlossen die Türen. Johanna war mitten im Gang stehen geblieben und Anna, die nicht so richtig wusste, was sie nun tun sollte, auch.

»Du hast dich wirklich nicht erschrocken …«, sagte Johanna

und hob die flackernde Gaslaterne, um Annas Gesicht sehen zu können.

»Es gibt gute Geister«, sagte Anna mit fester Stimme. »Die haben wir in unserem Hofgut auch. Aber es gibt keine bösen Gespenster. Das ist ein dummer Aberglaube!«

»Die meisten Mädchen in deinem Alter hätten geschrien und wären weggelaufen.«

»Ich nicht!«

»Das habe ich gesehen.«

Anna bemerkte Johannas Schmunzeln.

»Du gehst auch alleine in finstere Keller, hab' ich recht?«, fragte Johanna.

»Warum nicht? Was soll dort sein außer Kartoffeln oder Wein?«

»Und wenn es raschelt?«

»Sind es Mäuse. Oder Ratten. Aber bestimmt keine Gespenster.«

Johanna nickte.

»Aus einem verzärtelten Haushalt kommst du nicht«, bemerkte sie, und Anna dachte an den Artikel, den der Mann im Zug gestern vorgelesen hatte.

»Ich bin ohne Vater aufgewachsen, er ist früh gestorben. Wir sind sieben Kinder, und meine Mutter führt ganz allein ein Hofgut, den Kraftstein. Da ist der Boden karg. Selbst wenn ein Gespenst über meine Strohmatratze geschwebt wäre, hätte ich es nie gesehen, wir haben alle viel gearbeitet und sind abends immer sofort eingeschlafen.«

»Und was ist der Unterschied zwischen einem guten Geist, wie du sagst, und einem Gespenst?«

»Ein guter Geist ist mein Vater. Er wacht über uns.«

Johanna legte ihr eine Hand auf die Schulter. »Du bist ein tapferes Mädchen«, sagte sie, »gute Nacht!« Dann drehte sie sich um und ging.

Anna sah ihr noch kurz nach, bevor sie auch zu ihrem Zimmer

ging. Kaum hatte sie die Türe aufgedrückt, flogen ihr Kopfkissen entgegen.

»Kissenschlacht«, rief eine Stimme, und das ließ sich Anna nicht zweimal sagen.

Leute mit Einfluss

Wie schnell man sich an alles gewöhnen kann, dachte Anna vierzehn Tage später, als sie frühmorgens ihre Schürze umband und arbeitsbereit in der Küche stand. Maria verteilte Aufgaben. Heute war es besonders viel, denn es stand ein Festessen auf dem Plan. Helene schrieb bereits eine lange Liste und winkte Anna herbei. »Es ist die Apothekerstochter, da muss alles passen und darf nichts schiefgehen. Es sind …«, sie senkte etwas die Stimme, »Leute mit Einfluss!«

Die Apotheke hatte Anna bereits gesehen und auch die Villa, in der die Familie lebte. Mit Automobil, Pony für den jüngsten Sohn und viel Personal in schön geschnittenen Kleidern.

»Wen heiratet sie?«, wollte Anna wissen.

Helene zuckte die Schultern. »Irgendeinen Fabrikanten aus Zürich. Viel zu alt für sie. Sie ist ja erst neunzehn.«

Neunzehn erschien Anna schon ziemlich alt, aber vielleicht lag das ja an ihrem eigenen Alter. Maria klapperte schon mit den Töpfen und trieb Erna und Waltraut zur Eile an. »Kartoffeln und Gemüse aus der Speisekammer, marsch, marsch. Und Helene, du kontrollierst das Fleisch, das wir eingekauft haben. Und ob der Käse reicht. Frischer Salat muss her. Und Fische. Es sind 65 geladene Gäste!«

Anna blies die Backen auf. »65!«, wiederholte sie unwillkürlich. »Wo kommen denn die alle her?«

»Geht das uns was an?«, fuhr Maria sie an. »Sie wollen gut essen, das ist unsere Aufgabe. Vier Gänge. Die Hochzeitstorte zum Schluss. Helene, die ist doch bestellt?«

»Ja, längst!«

»Dann frag nach, dass da nichts schiefgeht! Oder schick gleich mal Anna zum Konditor!«

Helene warf Anna einen Blick zu, die nickte. Es gab nur einen Konditor in Steckborn, bei dem sie für besondere Anlässe Torten bestellten. Backen, das ließ sich Maria dagegen nicht aus der Hand nehmen. An ihre Kuchen reichte keine Bäckerei heran, da war sich die Köchin sicher.

»Worauf wartest du noch?« Maria zielte mit einer Zwiebel nach ihr. Auch das war Anna nach zwei Wochen schon gewöhnt und duckte sich schnell. »Ich bin schon weg«, rief sie und band sich die Schürze ab, während die Zwiebel hinter ihr gegen die Wand klatschte.

Es war noch früher Morgen und recht kühl, aber es kündete sich ein wolkenloser, strahlender Maitag an. Genau richtig für eine schöne Hochzeit, dachte Anna, und ihre Gedanken gingen zu ihrer Schwester, die auch schon geheiratet hatte. Wie es wohl auf dem Kraftstein aussah? Hier war der Frühling mit aller Macht eingezogen, und Anna freute sich am Anblick der blühenden Bäume und an den vielen Blumen, die es an der Straße entlang geschafft hatten, irgendwie ans Licht zu kommen.

Der Konditor winkte nur ab, als er sie sah. »Traut mir die alte Maria schon wieder nicht?« Er hob eine Garnierspritze, mit der er gerade den Rand einer Torte mit einer dunklen Schlangenlinie verzierte.

Anna deutete hin. »Ist das Schokolade?«

»Eine Schokoladenmasse, ja …«, er sah sie über seine schwere Hornbrille hinweg an, »halt mal deinen Zeigefinger hin.«

Der Spritzer, den er ihr punktgenau auf die Fingerkuppe spritzte, türmte sich, und als sie ihn abschleckte, konnte sie nicht anders als zu strahlen. »Himmlisch!«

»›Himmlisch‹ hört sich gut an«, sagte eine Männerstimme hinter ihr, »was ist es denn?«

»Ah, der Herr Doktor ist wieder im Land?«

»Nennen Sie mich nicht Doktor. Ich schreibe Bücher und heile keine Menschen.«

Anna fuhr herum. »Sie schreiben Bücher?«

Sie muss so perplex ausgesehen haben, dass der Mann lachte. »Ist das so ungeheuerlich?«

»Nein, so …«, Anna suchte nach dem passenden Wort, »so wunderbar!« Sie schüttelte den Kopf und musterte den Mann im grauen Anzug. »Wie kann man denn so einfach Bücher schreiben?«, und als sie merkte, dass die Frage irgendwie komisch klang, setzte sie schnell nach: »Ich liebe Bücher. Ich bekomme nur nie welche, selbst meine Lehrerin hat mich an den Pfarrer verwiesen – aber der …«

»Ich glaube, da haben Sie eine kleine Bewunderin«, der Konditormeister schüttelte den Kopf, »ich dachte, Sie wohnen nicht mehr in Gaienhofen?«

»Nun ja, acht Jahre Gaienhofen waren schön – aber ich bin ein Rastloser, habe ich in dieser Zeit bemerkt, immer hat es mich hinausgezogen … nun wohne ich mit meiner Familie in Bern.«

Der Konditor schnalzte mit der Zunge. »Aus Bern zu mir? Für meine Schoggitorf?«

Der hagere Mann mit der runden Brille schüttelte den Kopf. »Nicht ganz, mein Guter. Ich begleite heute meinen Freund, Hans Sturzenegger, Sie haben ihn ja auch schon kennengelernt, den Maler aus Schaffhausen. Er möchte diese morgendliche Stimmung zwischen Frühnebel und wärmender Sonne am See einfangen.«

Anna hörte gebannt zu. »Ein Maler?«, fragte sie, alle Regeln des Respekts, die man ihr Erwachsenen gegenüber beigebracht hatte, außer Acht lassend. »Hier? In Steckborn? Wirklich? Ein Maler?«

Beide Männer blickten zu ihr hinunter.

»Entschuldigung«, sagte sie schnell. »Aber ein Schriftsteller und ein Maler, das ist …« Am liebsten wäre sie direkt mitgegangen, hätte »Krone« und Hochzeitstorte vergessen, so unwichtig erschien ihr das mit einem Mal.

»Nun«, der Konditor richtete die Spritze gegen ihre Nasenspitze. »Gleich bekommst du einen Klecks, du Naseweis!«

»Einen süßen Klecks«, ergänzte der Mann neben ihr.

»Sind Sie wegen der Kriegstreiberei in Richtung Bern? Sie als deutscher Patriot?« Der Konditor legte fragend den Kopf schief.

»Ich bin gerne Patriot, aber vorher Mensch. Und wo beides nicht zusammengeht, gebe ich immer dem Menschen recht.«

Anna horchte auf, dann sah sie diesem Mann nun direkt ins Gesicht. Solche Worte hatte sie noch nie gehört. Es faszinierte sie.

»Und du?«, fragte er sie, »kaufst du auch süße Stückchen?«

»Eine Hochzeitstorte«, schoss es aus Anna heraus.

»In deinem Alter?« Er runzelte die Stirn, und der Konditor musste lachen. »Sie gehört zur ›Krone‹. Die Köchin misstraut mir mal wieder. Also ist sie ausgeschickt worden.«

»Und wie heißt du denn?«

»Anna!«

»Du scheinst mir ein aufgewecktes Mädchen zu sein.«

»So, gut jetzt!« Der Konditor legte seine Garnierspritze aus der Hand und machte zwei wedelnde Handbewegungen. »Bevor die Maria hier höchstpersönlich aufkreuzt und mir alles ruiniert. Sag ihr, die Torte ist rechtzeitig fertig.«

Anna stand noch immer wie angewurzelt.

»Los jetzt«, wiederholte der Konditor. »Der Herr Hesse möchte seine Schoggitorf. Hab ich recht?« Er blinzelte seinem Gesprächspartner zu.

»Hesse? Herr Hesse?«, wiederholte Anna. »Diesen Namen werde ich mir merken.«

»Das schadet nichts«, scherzte der Konditor, »und meiner lautet Heimberger, falls du den vergessen hast.«

Auf dem ganzen Rückweg zur »Krone« fühlte sich Anna euphorisch beflügelt, und am liebsten hätte sie laut gesungen. Sie hatte einen Schriftsteller kennengelernt. Einen echten Schriftsteller. Es war unfassbar! Hesse? Es war ihr, als hätte sie den Namen schon einmal gehört. Und sie hatte ihn kennengelernt! Wem konnte sie das erzählen? Und wie könnte sie es anstellen, seinen Freund, diesen Maler, irgendwo am Ufer zu finden? Ob sie sich aus der »Krone« davonstehlen könnte? Vielleicht für eine halbe Stunde? Aber wie sollte sie das anstellen? Ausgerechnet heute war diese Hochzeit! 65 Gäste! Da wurde jede Hand gebraucht. Diese Überlegung dämpfte kurz ihre gute Laune, aber vielleicht gab es ja irgendein Schlupfloch. Sie war doch findig. Oder wie hatte dieser Mann gesagt? »*Du scheinst mir ein aufgewecktes Mädchen zu sein!*« Na also!

Im Trubel der Vorbereitungen vergaß sie ihre Begegnung wieder. Maria scheuchte sie und die anderen Mädchen herum, es gab einen riesigen Berg Kartoffeln, Zwiebeln, Gemüse, dazu die vielen Teller nach der Vorspeise und Marias Töpfe und Pfannen, sie wussten kaum noch, wo ihnen der Kopf stand, bis endlich das Hauptgericht fertig war und auf die Teller verteilt wurde.

Anna wollte gerade zum ersten Mal aufatmen, als Isolde Faiker in die Küche gestürmt kam. »Irene ist ausgerutscht, hat sich den Knöchel verletzt. Wir brauchen Ersatz!«

Sie sah sich kurz um, Helene arbeitete Maria zu, Erna und Waltraut beim Abwasch, Anna putzte gerade den langen Arbeitstisch.

»Du da«, sie deutete mit dem Finger auf Anna, »rasch, du musst in den Service!«

Anna richtete sich auf. »Ich …«, begann sie, sah aber Helenes warnenden Blick. »Ich habe überhaupt keine Erfahrung«, sagte sie trotzdem, denn sie wollte ein Fiasko verhindern.

»Zieh Irenes Serviceschürze an, Speisen und Getränke werden immer von rechts serviert. Nachschenken auch. Das ist heute wichtig, die Gäste sollen gut konsumieren. Also, komm!«

Anna holte tief Luft, band ihre Arbeitsschürze ab, fasste sich mit beiden Händen ordnend ins Haar und ging der Wirtin hinterher, die mit langen Schritten vorauseilte. In ihrem Frühstücksraum saß Irene und hielt sich mit schmerzverzerrtem Gesicht den Fuß.

»Dumme Gans! Ausgerechnet heute!« Isolde Faiker verzog unwillig ihr hübsches Gesicht. »Gib Anna dein Haarband und die Schürze!«

Während sich Irene mit schreckensbleichem Gesicht die kleine, mit Rüschen besetzte Schürze abband, wandte sich Isolde Faiker an Anna.

»Nimm die Haube ab, und schau dir an, wie das Haarband getragen wird. Genauso bindest du dir das jetzt auch. Dort drüben hängt ein Spiegel!« Sie runzelte die Stirn. »Wie sehen denn deine Haare aus! Wie Kraut und Rüben!«

Anna nahm Irenes Haarband entgegen und wusste vor dem Spiegel schon nicht mehr, wie genau es getragen werden sollte. Wie ein Krönchen hatte es auf Irenes blonden, glatten Haaren gesessen, aber ihre eigenen Haare waren voller Leben und quollen wie ein unbändiger Strom in alle Richtungen.

»Das geht so nicht!« Isolde Faiker war hinter sie getreten und band ihr nun mit so harter Hand einen Zopf, dass sie am liebsten aufgeschrien hätte. So grob war noch nicht einmal ihre Mutter in höchster Zeitnot gewesen.

»So!« Sie setzte ihr das weiße Spitzenband oberhalb der Stirn auf den Kopf und band es unter dem Zopf zu, wobei sie einige der kürzeren Haare mitriss, sodass es nun überall auf Annas Kopf ziepte und zupfte.

»So muss es gehen!« Sie trat einen Schritt zurück, nickte ihrem Werk zu und reichte Anna dann Irenes Schürze. »Und ein Lächeln auf den Lippen, immer nachfragen, ob noch nachgelegt werden dürfe oder nachgeschenkt, nie vergessen, dass dies die vielleicht wichtigsten Gäste im ganzen Jahr sind. Und solch wichtige Gäste ziehen, wenn sie zufrieden sind – seeehr zufrieden sind – andere Gäste nach sich.« Sie warf Anna einen kritischen Blick zu. »Haben wir uns verstanden?«

Anna nickte.

»Ob wir uns verstanden haben?«

»Ja, Frau Faiker.«

»Und von welcher Seite servierst du, reichst oder fragst nach?«

»Immer von rechts!«

»Gut! Luisa ist auch im Service. Halt dich an sie, wenn du Fragen hast!«

»Ja, das tue ich!«

»Und du«, sie drehte sich zu Irene um, »Fuß hoch und Umschläge mit essigsaurer Tonerde. Lass dir das von Maria geben!«

Irenes Gesicht war anzusehen, dass sie überhaupt nicht wusste, wie sie nun in die Küche kommen sollte, und außerdem hatte sie offensichtlich Angst vor der rabiaten Köchin.

»Los jetzt!« Sie ging Anna voraus in den großen Saal, der an die Wirtsstube angrenzte. Die Tische waren hufeisenförmig gestellt worden, am Tafelende saßen Braut und Bräutigam und die Brauteltern. Anna kannte das von der Hochzeit ihrer Schwester in Mühlheim. Nur dass es dort keine zwanzig Gäste waren. Offensichtlich hatten einige der Herren schon zu viel Alkohol erwischt, die Krawatten hingen schief, zwei hatten ihre Jacketts sogar schon ausgezogen und über die Stuhllehne gehängt. Die Gespräche waren laut, jeder schien den anderen übertönen zu wollen. Die Gesichter der Damen glühten, vielleicht auch, weil die Korsetts zu eng gebunden waren und sie nach dem reichhaltigen Essen nach Luft schnappten.

»Mädschi«, rief einer und streckte den Arm nach ihr aus. Da musste sie wohl oder übel hin. »Wo bleibt der Wein?«

»Entschuldigen Sie!« Anna griff an ihm vorbei zur leeren Glaskaraffe und spürte, während sie sich nach vorn beugte, seine Hand auf ihrem Hintern. Erschrocken richtete sie sich auf und funkelte ihn an.

»Hab dich nicht so«, bleckte er seine gelben Zähne und lachte. »Ein bisschen Spaß muss sein.«

Ein bisschen Spaß? Am liebsten hätte sie ihm eine saftige Schelle gegeben, aber sie nahm sich zusammen, schnappte die Karaffe und ging damit zum Tresen. Georg streckte die Hand danach aus. »Na, Fräulein Unerschrocken«, neckte er sie. »Nun also im Service?«

»So ist es!« Anna verzog das Gesicht. »Die trinken zu viel!«

»Das sollen sie auch. Das bringt Geld!«

Er reichte ihr die volle Karaffe. »In Zukunft bringst du immer zwei, dann musst du nicht so viel laufen.«

Anna nickte und ging zur Tafel zurück, ließ ihren Blick über den Tisch gleiten, die halb leer gegessenen Teller, die zerknüllten Serviettentücher, und überhaupt sah inzwischen alles recht unappetitlich aus. Sie ging umher und fragte nach den Wünschen, holte Wein und Bier, ließ in der Küche die Platten wieder auffüllen und wunderte sich darüber, was die Leute alles in sich hineinstopften. Irgendwann mussten sie doch mal satt sein.

Als sie zum ersten Mal Luft holen konnte, trat sie etwas zurück und warf einen Blick auf das Brautpaar. Die Brauteltern wirkten auch schon ziemlich aufgelöst, die Väter hatten sich offensichtlich verbrüdert, die Mütter versuchten in ihren hübschen Kleidern noch die Façon zu wahren, aber die glänzend roten Gesichter und die in Auflösung begriffenen kunstvollen Frisuren sprachen ebenfalls von ein, zwei Gläsern zu viel. Nur die Braut saß stocksteif in ihrem weißen Stoffrausch und lächelte in die Runde. Unbewegt mit zartem Teint, geröteten Wangen und blauen Kulleraugen. Ohne Regung. Nur die Wimpern gingen auf und zu, genau wie die Schlafaugen bei einer Puppe.

»Na?«, sagte eine Stimme an ihrem Ohr, »träumst du auch von so einer Hochzeit?« Luisa war hinter sie getreten.

»So was?«, entfuhr es Anna, dann dämpfte sie ihre Stimme. »Nie im Leben!«

»Der Bräutigam ist stinkreich. Da wird sie ihr Leben lang keine Sorgen mehr haben.«

Anna dachte an Helenes Worte. »Ja, aber den Ehemann hat sie auch.«

Luisa grinste. »Arm und verliebt, oder reich und versorgt. So ist es eben.«

»Wo ist er überhaupt?« Anna sah sich um, denn der Platz neben der Braut war leer.

»Vielleicht quält ihn seine Prostata«, sagte Luisa und prustete los, hielt sich aber sofort eine Hand vor den Mund.

Prostata. Anna wollte nicht nachfragen, aber das Wort würde sie sich merken.

Gleich darauf stupste sie Anna an. Anton Faiker schritt durch den Saal, an seiner Seite ein Mann im Frack, Blume im Knopfloch. Das musste er sein.

»An die Arbeit«, flüsterte Luisa. »Sonst heißt es noch, Hildrun sei die Einzige, die hier arbeitet.« Sie wies auf die junge Frau, die eben mit einer üppig beladenen Platte aus der Küche kam. Offensichtlich hatte sich Maria getäuscht, die Schlemmerei ging munter weiter. Und Anna konnte sich vorstellen, wie Maria schäumte.

Sie nickte. Sie kannte Hildrun nur von einem gemeinsamen Kirchgang. Da sie in zwei verschiedenen Bereichen arbeiteten und in unterschiedlichen Zimmern schliefen, hatten sie bisher kaum miteinander gesprochen. Aber nun sah sie Faikers Blick, der über den Tisch streifte, und begann von Stuhl zu Stuhl erneut nach den Wünschen der Gäste zu fragen. Eigentlich müsste es doch schon recht spät sein, dachte sie dabei, wann kommt endlich die Hochzeitstorte? Und mit dem Gedanken an die Hochzeitstorte fiel ihr alles wieder ein. Sie hatte sich doch absetzen wollen, nach dem Maler und dem Schriftsteller forschen. Das hatte sie sich so fest vorgenommen. Nur eine halbe Stunde. Und was war draus geworden? Sie warf einen wütenden Blick auf die unbewegliche Braut. Sie und ihr frisch angetrauter Ehemann waren schuld – sie hatten ihr alles verdorben! So konnte sie ihnen auch kein Glück wünschen, sondern wegen Völlerei eine ordentliche Diarrhoe statt einer schönen Liebesnacht.

Begegnung am Ufer

Der junge Morgen schlich sich durch das Fenster herein, aber Anna hielt die Augen noch geschlossen, obwohl sie schon wach war. Und sie merkte an den Geräuschen, dass auch ihre Zimmergenossinnen noch keine Lust zum Aufstehen hatten. Der gestrige Tag steckte allen in den Knochen, vor allem, weil es kein Ende hatte nehmen wollen. Ständig hatte es Wünsche an die Küche gegeben, selbst die üppige Hochzeitstorte konnte den weiteren Hunger nach Süßem nicht stillen.

Schließlich drehte sich Anna etwas und spähte zur Seite, wo sich ihr und Helenes Blick trafen. Die nickte ihr nur zu. Offensichtlich war auch sie noch müde, sogar zu müde zum Sprechen.

Links neben dem Fenster wurden jetzt zwei nackte Füße sichtbar. Anna wartete auf irgendeine Bewegung, aber sie standen einfach nebeneinander, darüber der Saum des weißen Nachthemdes, und bewegten sich nicht. Nach einer Weile war Waltrauts Stimme zu hören: »Helene, heute ist Sonntag. Wer ist eingeteilt, und wer darf in die Kirche?«

Nun richtete sich auch Helene etwas auf und schob ihre Nachthaube, die ihr dabei über die Augen gerutscht war, aus der Stirn.

»Erna und ich sind eingeteilt. Du und Anna könnt in die Kirche.«

»Ich?«, hörte man gedämpft aus den Tiefen einer Decke, »schon wieder? Das kann einem niemand zumuten.«

Danach war es wieder still.

»Etwas Zeit haben wir noch«, besänftigte sie Helene.

»Es ist ungerecht!« Rechts neben dem Fenster rumorte es, dann war es wieder still.

War sie wieder eingeschlafen? Anna überlegte. Na ja, letzte Woche hatte sie am Sonntag Dienst. Zusammen mit Waltraut. So ungerecht war es also nicht.

»Nächsten Sonntag kannst du ausschlafen«, sagte sie und musste gleich darauf herzhaft gähnen.

»Kirchgang ist auch nicht gerade ausschlafen«, brummte Erna.

Anna erwiderte nichts darauf, sie dachte nach. Am Sonntag nach ihrer Ankunft war sie in der Kirche gewesen, und eigentlich hatte sie gedacht, dass Pfarrer Zeller nach dem Gottesdienst noch mit ihr sprechen würde, aber er predigte vorn und verschwand nach seinem letzten »Amen« in der Sakristei. Sie hatte ganz hinten gesessen und sogar noch etwas gewartet, während die Gläubigen die Kirche verließen, aber sie hatte ihn nicht mehr gesehen. Ihr Mahlstetter Pfarrer hätte sich nach so einem frischen Schäflein sicherlich erkundigt, davon war sie überzeugt. Schließlich war sie ihm anvertraut worden. Aber vielleicht bildete sie sich das ja auch nur ein, und es war einfach nur ein Handel gewesen, gänzlich ohne Gottes Segen.

Und während sie so nachdachte, kam ihr plötzlich ein ganz anderer Gedanke, und ihr Herz begann schneller zu schlagen. Wenn sie dem Pfarrer Zeller egal war und er kein Augenmerk auf sie hatte, dann hatte das ja auch seine gute Seite – es fiel ihm nicht auf, wenn sie fehlte. Wie hatte der Maler geheißen, den dieser Herr Hesse erwähnt hatte? Sie dachte nach, dann fiel es ihr wieder ein: Sturzenegger. Ja, genau. »Sturzenegger«, hatte er gesagt. Und malte man so ein Bild an einem Tag? Sicherlich nicht. Also war nicht auszuschließen, dass er da noch irgendwo saß, am Seeufer mit seiner Staffelei. »Den Morgen will er einfangen«, hatte der Mann beim Konditor gesagt. Morgen. Mit dem Licht, dem Frühnebel über dem Wasser … Anna schlug ihre Decke zurück. Es hätte nicht viel gefehlt und sie wäre aus dem Bett gesprungen, so lebendig und frisch fühlte sie sich mit einem Mal.

»Was ist denn in *dich* gefahren?« Helene streifte sich ihre Schlafhaube ab. »Der Beelzebub, oder freust du dich so auf den Kirchgang?«

»Es ist«, überlegte Anna schnell, »so ein schöner Morgen! Schaut doch mal raus!«

»Von hier aus siehst du das ja gar nicht.«

»Lass mich in Ruhe«, tönte es aus Ernas Bett.

»Ich schlafe noch eine Stunde«, verkündete Waltraut schläfrig.

»Mir tut alles weh«, jammerte Erna. »Wenn du so tatendurstig bist, Anna, könntest du für mich ...«

»Schluss jetzt!« Helene setzte sich auf und angelte mit ihren Füßen ihre Filzpantoffeln unter dem Bett hervor. »Wenn die Männer aus der Kirche kommen, muss alles parat sein.«

»Was denn?«, maulte Erna unter ihrer Decke hervor. »Die saufen doch bloß und essen nichts. Die Frauen kochen zu Hause ...«

»... den leckeren Sonntagsbraten«, ergänzte Helene, »jaja, ich weiß. Trotzdem muss alles gerichtet sein. Das muss ich dir ja nicht ...«

»Und wenn ich krank bin? Sag der schönen Isolde, dass ich mich gestern überanstrengt habe und mit Muskelzucken im Bett liege. Und das stimmt ja auch.«

»Psst!«, machte Helene erschrocken.

»Haben die Wände Ohren?«, mischte sich Anna ein und hielt ihre Hände wie Trichter an ihre Ohren.

»Schluss jetzt«, wiederholte Helene. »Wir wollen keinen Ärger. Wir haben eine gute Arbeitsstelle, also keine Fisimatenten.«

»Keine was?« Anna zog die Stirn kraus und zog sich auch ihre Nachthaube vom Kopf.

»Keine Winkelzüge. Keine Ausreden. So was eben!« Helene war aufgestanden, reckte sich, nahm ihren Waschbeutel und ging zur Tür. »Ich kann dir ja Johanna schicken, dann geht es vielleicht schneller.«

Anna sah Helene nach, bis sie die Tür hinter sich geschlossen hatte.

»Mir tut auch alles weh«, sagte sie in Ernas Richtung. »Wie es wohl Maria geht? Die hat ja wirklich hart gearbeitet.«

»Die ist ja auch hart im Nehmen. Berufsboxer!«, erklärte Erna, und auch ihre bloßen Füße kamen nun zum Vorschein. »Dann lass mal sehen!« Sie stand auf und trat ans Fenster, sodass es im Raum gleich dunkler wurde. »Die Ersten kommen schon aus der Frühmesse«, bemerkte sie und gähnte ausgiebig. »Freiwillig. Um diese Uhrzeit!«

»Tja«, sagte Anna, fest entschlossen, das Hochamt heute zu schwänzen. Sie sah nach der Uhr, die über der Tür hing. »Uns reicht es noch gut.« Sie tappte barfüßig zu Erna hin, die ihr bereitwillig Platz machte. »Viele sind es nicht«, stellte sie bei einem Blick hinaus fest.

»Es laufen ja auch nicht alle in unsere Richtung.« Erna sah sie kopfschüttelnd an. »Dummchen!«

»He!« Aber als sie Ernas Grinsen sah, musste sie selbst lachen. »Ja, klar!«

»Könnt ihr nicht ruhig sein?« Waltraut öffnete ein Auge und sah sie unwillig an. »Ihr verderbt mir den ganzen schönen Sonntag!«

Erna winkte ab und griff in ihrem Schrank nach ihrem Waschbeutel. »Bin schon weg.«

Anna blieb am Fenster stehen, darauf bedacht, dass sie niemand von der Straße aus sehen konnte. Sie hätte ja lieber ein Zimmer zur Seeseite gehabt, aber dort lagen die Gästezimmer. Und außerdem nahm die große Seeterrasse viel Platz weg.

Trotzdem. Es musste schön sein, mit einem Blick auf den See aufzuwachen. Sie würde das nun gleich genießen, ein bisschen am Ufer entlangzuschlendern, und mit etwas Glück würde sie sogar den Maler aufstöbern. Und mit noch mehr Glück den Schriftsteller. Sie konnte nicht anders, als sich auf den Tag zu freuen.

Eine Stunde später ging sie mit den Kirchgängern mit, die überall unterwegs waren, die einen in Richtung der katholischen Kirche, die anderen zu der protestantischen. Sie wartete eine Lücke ab, dann verdrückte sie sich in eine enge Gasse. Ihr Herz klopfte, als ob sie etwas Verbotenes tun würde, aber sie war sich sicher, dass der liebe Gott sie verstehen würde. Er war ja ein barmherziger Gott, hatte ihr Pfarrer zu Hause stets betont.

Als alle Gassen leer waren, musste sie sich entscheiden. In welche Richtung sollte sie gehen? Wo waren die Motive, die ein Maler einfangen wollte, eher in Richtung Konstanz oder in Richtung Schaffhausen? In Richtung Schaffhausen waren die Bauarbeiten am Anlegesteg und am Ufer entlang noch immer in vollem Gange. Anton Faiker hatte in einer seiner morgendlichen Ansprachen erklärt, dass so eine Uferpromenade für die »Krone« ein perfekter Anziehungspunkt sei. Wenn die Gäste vor oder nach dem Essen noch am Ufer entlangflanieren wollten, böte die »Krone« dazu den perfekten Platz. Vor allem, wenn man auf der Terrasse sitzend sehen und gesehen werden wollte, gab es in Steckborn keine bessere Möglichkeit.

»Dann braucht er auch mehr Personal«, hatte ihr Luisa anschließend zugeraunt, denn seitdem sie miteinander am Brunnen waren, fanden sie zwischendurch Zeit für ein kleines Schwätzchen. Und was für eine Knochenarbeit die Bedienung war, hatte sie gestern am eigenen Leib erfahren. Immer freundlich, immer schnell, alles hören, verstehen und umsetzen. Das war für sie bei manchen Äußerungen gar nicht so einfach gewesen. An den Steckborner Dialekt hatte sie sich schon gewöhnt, aber manche Gäste hatten sehr unverständlich gesprochen, da musste sie zweimal nachfragen. In der Küche fühlte sie sich wohler, musste sie sich ehrlich eingestehen. Obwohl, und da hatte Luisa recht, es von dem einen oder anderen Gast gutes Trinkgeld gab. Was sie angesichts der Zuarbeiter in der Küche ungerecht fand.

Anna blieb kurz stehen, um sich über ihr Ziel klar zu werden. Schließlich wandte sie sich in Richtung Konstanz. Dort standen die Häuser unmittelbar am Wasser, und die Gartenmauern zwischen ihnen waren von eingelassenen Steintreppen durchbrochen, sodass man von den Häusern zum Wasser und meist zu den dort angebundenen Booten hinuntersteigen konnte. Es gab auch Steintreppen, die für jedermann zugänglich waren. Ob der Maler in so einer Nische saß? Oder eher am wilden Ufer?

Sie würde sich eher ans wilde Ufer setzen, dachte sie. Wenn man Natur mit dem Pinsel einfangen will, musste man doch mitten in der Natur sitzen, so stellte sie es sich jedenfalls vor.

Hinter dem letzten steinernen Turm, daran erinnerte sie sich, war das Ufer sumpfig, hatte Maria gewarnt, als sie einmal in der Küche nachgefragt hatte. Schilf, Sumpf, Mücken, alles, was man nicht unbedingt will. Tückisch.

Anna glaubte das nicht. Und tückisch schon gar nicht. Sicherlich war das wieder so ein Spruch, um neugierige Kinder davon abzuhalten, überall herumzustromern. Sie kannte solche Aussagen aus ihrer eigenen Kindheit. Aber sie war kein Kind mehr, sie konnte sehr gut auf sich selbst aufpassen. Und außerdem hatte sie ein Ziel.

Sie ging die Straße entlang, bis sie Steckborn hinter sich gelassen hatte, und tatsächlich begann sich das Ufer zu ihrer Linken zu verändern. Das Gras wurde dichter, die Halme wuchsen in die Höhe, dann kam ein mit Rohrkolben durchwachsener Schilfgürtel dazu. Schließlich erschien ihr das Ufer, auch mit den vielen Weiden und Büschen, so dicht bewachsen, dass es fast undurchdringlich war. Wie sollte sie da ans Wasser kommen? Die Straße vor ihr schien ins Nirgendwo zu laufen, schnurgeradeaus. Und zudem war sie wie ausgestorben, keine Kutsche, kein Automobil, nichts.

Und gerade heute kündigte sich der erste wirklich heiße Tag an, und sie war mit ihrem Winterkleid und dem Schultertuch warm angezogen. Wie lange sollte sie durchhalten? Zwischendurch blieb sie stehen. Nicht nur um über ihre Unternehmung nachzudenken, sondern auch den Gesängen der Vögel zu lauschen. Und die überboten sich mit ihren unterschiedlichen Melodien, dem Gezwitscher, dem fantasievollen Rufen und Locken. Anna versuchte, die vielen verschiedenen Gesänge den Vogelarten zuzuordnen, doch es gelang ihr nicht, denn bei ihnen oben im Kraftstein waren im Frühling nur die Amseln zu hören, übers Jahr vor allem das Tschilpen der Spatzen und nachts das leise Schwirren der Fledermäuse.

Aus der Ferne kam jetzt noch der Klang der Kirchenglocken hinzu, und Anna ahnte, dass sie gleich nicht mehr alleine auf der Straße sein würde. Pferdekutschen und Automobile würden die entfernt wohnenden Kirchgänger nach Hause bringen. Eigentlich wollte sie nicht so alleine mitten auf der Landstraße gesehen werden. Und während ihr Blick nach einem passenden Versteck umherschweifte, entdeckte sie ganz in der Nähe heruntergetretenes Gras. Sie blieb stehen, und, ja, es war tatsächlich ein kleiner Trampelpfad, der rechtwinklig zur Straße abzweigte. Ganz offensichtlich wurde der nur von Fußgängern benutzt, man sah eine dunkle, erdige Spur, die zwischen hohen Gräsern und Halmen hindurchführte.

Anna hob ihren Rock etwas an, damit er nicht schmutzig werden würde, und folgte dem Pfad. Die Sumpfdotterblumen zeigten an, dass der Boden feucht werden könnte, aber ihre Stiefel würden es vertragen, die waren aus derbem Leder und ließen sich gut reinigen. Voller Vorfreude ging sie auf die grüne Pflanzenwand vor sich zu, hinter der sie den See vermutete. Der Pfad wurde breiter und, obwohl etwas sumpfig, ließ zwischen dem Schilf genug Platz, um gut durchzukommen.

Sie folgte der Spur und konnte dabei weder nach vorn noch seitlich etwas anderes als meterhohe Schilfhalme sehen, die sie wie eine dichte Mauer umgaben. So tastete sie sich langsam voran und blieb erschrocken stehen, als sie ein Entenpaar aufstörte, das ärgerlich quakend vor ihr flüchtete, verfolgt von einer kleinen Küken-schar. Anna wartete, bis sich die Aufregung gelegt hatte, und ging dann mit etwas Abstand der kleinen Familie nach, die sicherlich schnurstracks zum Wasser lief. Und tatsächlich, um eine kleine Biegung herum glitzerte plötzlich der See vor ihr. Der Anblick war so überwältigend schön, dass Anna erneut stehen blieb und die Luft einsog. Was die Natur einem doch schenkte, wenn man nur hinsah. Noch hing ein zarter Dunst über dem Wasser, aber das frühe Licht brachte den See zum Glitzern. Es sah aus, als ob sich unzählige kleine Sterne auf die leichten Wellen gesetzt hätten, so blitzte es überall auf dem Wasser. Und wie die verschiedenen Farbtöne mit dem Funkeln zusammenspielten und sich mit den schwebenden Dunstschleiern vermischten, empfand Anna fast als mystisch. Sie sah Fische springen und die Entenfamilie, die sie auf-gescheucht hatte, wie sie nun mit ihren Küken gemächlich davon-schwammen. Es war atemberaubend schön.

Anna ging ein paar Schritte weiter. Vor ihr tat sich eine kleine Kiesbank auf. Steinig und unbewachsen. Sie trat aus dem Schilf hinaus und sah am Ufer entlang nach links, wo sie die Umrisse von Steckborn mit den vier kleinen Türmchen des Turmhofes er-kannte, dann blickte sie nach rechts, und ihr Herzschlag beschleu-nigte sich. Keine hundert Meter von ihr, auf einer Sandbank, sah sie zwei Männer auf Klappstühlen sitzen, vor ihnen eine Staffelei und ein kleiner Tisch. Anna stand wie angewurzelt. Hatten sie sie gesehen?

Im diffusen Gegenlicht konnte sie die Gesichter der Männer nicht richtig erkennen. Sahen sie in ihre Richtung? Sie war sich nicht sicher – und während sie noch überlegte, was sie tun sollte, sah sie nun an der Körperhaltung der beiden, wie sie sich ihr zuwand-ten. Offensichtlich hatte zumindest einer von beiden sie bemerkt.

Anna zögerte, dann hob sie die Hand zu einer entschuldigen-den Geste. Zunächst kam keine Reaktion, kurz danach sah es so aus, als ob sie etwas miteinander besprechen würden, schließlich winkte ihr einer zu. Sie zeigte zu ihrem Rock hinunter, aber die wegwerfende Handbewegung des Mannes sollte wohl bedeuten, dass es keine Rolle spiele. Anna wog noch ab, was zu tun sei, doch die Neugierde siegte schnell. Ganz sicher waren die beiden Herren der Maler und der Schriftsteller. Vielleicht bekäme sie in ihrem ganzen Leben niemals mehr eine solche Chance. Sie bückte sich zu ihren Schuhen hinunter, schnürte sie auf, schlüpfte hinaus, zog ihre gestrickten Strümpfe aus, stopfte sie in ihre Stiefel, klemmte sie sich unter den Arm, nahm mit beiden Händen den Rock hoch und wagte die ersten Schritte in den See. Er war sehr flach, sie spürte die glatt gewaschenen Kieselsteine unter ihren Fußsohlen, und kleine Wellen züngelten sofort um ihre Zehen herum. Es kitzelte und war zugleich ein unbeschreiblich schönes Gefühl. Anna hätte juchzen mögen. Und so watete sie langsam am Schilf entlang von der Kiesbank zur Sandbank.

»Na, kalt?«, fragte der eine und: »Sie sind doch das Fräulein aus der Konditorei?«, der andere. Beide waren aufgestanden und blickten ihr entgegen.

»Ja, ich bin Anna«, sagte sie und konnte die ihr entgegengestreckte Hand nicht ergreifen, weil sie mit ihren Kleidungsstücken beschäftigt war. So blieb sie einfach im seichten Wasser stehen und lachte. »Es ist so … unglaublich«, sagte sie fröhlich, »ich freu mich so!«

»Worüber denn?«

»Hier, über alles«, sie machte eine allumfassende Kopfbewegung, und dabei entglitt ihr ein Stiefel unter ihrem Ellbogen und fiel ins Wasser.

»Ohh!« Sie bückte sich schnell danach und dabei wurde ihr Rock nass.

»Nun kommen Sie erst mal an Land!«

Anna nickte, fischte ihren Schuh aus dem Wasser, stieg auf die lang gestreckte Sandinsel und legte die Stiefel ab. »Drüben sind nur Steine«, bemerkte sie. »Schön hier!«

»Deshalb sitzen wir hier!«

Nun lachten auch die beiden Männer. Beide hemdsärmelig, barfüßig, die Hosen bis zu den Knien hochgekrempelt. Auf dem kleinen Tisch sah Anna eine farbbekleckste Holzpalette, verschiedene Farbtuben, mehrere Pinsel senkrecht in einer Dose, einen Wasserbehälter, Papiertücher und eine Sprühflasche, daneben verschiedene Backwaren in einer aufgerissenen Papiertüte, Käse, Speck, eine Flasche Wein und zwei gefüllte Gläser.

»Und was suchen Sie hier?«, fragte der eine, den Anna nicht kannte, der aber wohl angesichts der Staffelei und des angefangenen Bildes der Maler Sturzenegger sein musste.

»Sie!«, sagte sie wahrheitsgetreu.

Die beiden Männer sahen sich kurz an.

»Uns?« Hesse musste lachen. »Wieso denn uns?«

»Sie sind das, wovon ich schon immer geträumt habe«, sagte sie zu ihm. »Sie schreiben. Und nicht einfach so, nein, Sie schreiben sogar Bücher!«

»Und woher weißt du das?«, fragte Hesse nach.

»Das haben Sie beim Konditor doch erzählt: Ihr Freund, der Maler Sturzenegger. Hans Sturzenegger. Aus Schaffhausen. Und dass Sie Bücher schreiben, hat der Konditor gewusst!«

Hesse seufzte. »Ich scheine alt zu werden. So ganz genau ist mir der Wortlaut nicht mehr geläufig.«

»Dafür dem jungen Fräulein umso mehr!«, sagte Sturzenegger, deutete eine kleine Verbeugung an. »Gestatten, Hans Sturzenegger aus Schaffhausen. Und das ist mein Freund Hermann Hesse aus Bern, vor Kurzem noch Gaienhofen.« Er deutete mit dem Pinsel, den er in der Hand hielt, zum gegenüberliegenden Seeufer. »Dort drüben.«

»Anna«, erwiderte Anna, »Anna Leibinger. Vom Hofgut Kraftstein bei Mühlheim an der Donau.« Und während sie es sagte, fiel ihr etwas ganz anderes ein. »Hermann Hesse!«, sie schlug sich mit der flachen Hand auf den Mund. »Das hat doch die Dame in dem

Schreibwarengeschäft gesagt«, und sie wurde ganz aufgeregt. »Ich habe mir ein wunderschönes Tagebuch angesehen, und sie hat gesagt, da gebe es am Untersee einen, der seine Leidenschaft zum Beruf gemacht hätte … Hermann Hesse!« Sie starrte den unscheinbaren Mann mit der runden Brille an. »Das sind Sie!«

»Schlimm?«, fragte der zurück.

»Nein, ganz außerordentlich … das ist«, Anna machte zwei Schritte zurück, »entschuldigen Sie, dass ich hier so hereinplatze!«

»Herein?«, Sturzenegger sah sich um, »dies hier ist freies Gelände.«

Anna musste sich erst einmal wieder sammeln.

»Sie sind berühmt, hat die Frau gesagt!«

»Mein Freund hier auch …« Hesse deutete auf Sturzenegger, der auf seinen Klappstuhl deutete. »Gestatten?«, damit setzte er sich wieder vor seine Staffelei. »So nett unsere Plauderei ist, aber mir verschwindet sonst mein Motiv.«

Anna stand noch immer regungslos da.

»Und?«, fragte Hesse, »hast du das Tagebuch gekauft, wenn du so gern schreibst?«

Anna schüttelte den Kopf. »Leider nicht. Ich hatte kein Geld. Ich muss mir das erst verdienen.«

»Ja, so werden alle kleinen Träume groß.« Hesse schenkte ihr ein Lächeln. »Was hätte es denn gekostet?«

Anna schluckte. »Zwei Franken.«

»Eine fürwahr stattliche Summe für ein kleines Tagebuch«, bemerkte Hesse und sah seinem Freund über die Schulter. »Man erkennt schon was«, scherzte er.

»Schleich dich!«

Tausend Gedanken jagten Anna durch den Kopf, sie konnte aber keinen festhalten. Hesse warf ihr einen Blick zu.

»Magst du dich setzen?« Er wies auf seinen Stuhl.

»Nein, ich …« Anna biss sich auf die Lippen. »Ich weiß nicht, was ich sagen soll!«

»Du bist doch sonst so schlagfertig? Nun hast du uns gesucht und uns gefunden. Da wird dir doch was einfallen?«

Aus Hesses Augen, verstärkt durch seine dicken Brillengläser, blitzte der Schalk.

Anna nickte. »Darf ich Ihnen über die Schulter sehen?«, fragte sie nach einer kurzen Pause, und Sturzenegger wies mit dem Pinsel hinter sich. »Solange du mir nicht in den Nacken beißt?«

So etwas hatte Anna von einem Erwachsenen noch nie gehört, und sie brauchte etwas, um es einzuordnen. Gleichzeitig betrachtete sie Sturzenegger weißes Hemd mit dem kurzen Rundkragen und seinen ausrasierten Nacken.

»Platz wäre genug«, sagte sie trocken.

Sturzenegger lachte auf. »Die Kleine ist richtig!«, sagte er zu seinem Freund. »Gib uns mal was zu trinken.«

Hesse reichte ihm eines der Gläser und meinte bedauernd zu Anna: »Wir haben leider nur zwei Gläser. Auf Damenbesuch waren wir nicht eingerichtet.«

»Sie kann bei mir einen Schluck mittrinken«, bot Sturzenegger an, doch Anna schüttelte den Kopf, nachdem sie die Flasche gesehen hatte.

»Und was würdest du in dein Tagebuch schreiben?«, forschte Hesse, nahm seinen Panamahut von der Sitzfläche des Klappstuhls und setzte sich.

»Alles, was ich so erlebe, was ich denke, was ich fühle«, begann Anna und war versucht, ihren Zopf zu lösen, weil der leichte Wind so schön durch ihre Haare fuhr. »Wissen Sie«, sagte sie zu Hesse und hockte sich, um nicht so steif zwischen den beiden Männern herumzustehen, in den Sand, »als ich noch zu Hause, auf unserem Hof, war, konnte ich Franz alles erzählen. Das ist unser Brauner. Doch wem erzähle ich nun was? Wem schildere ich meine Träume?«

Hesse nickte nachdenklich. »Ja, da hast du recht. Einen Freund, mit dem man die Dinge bereden kann, braucht jeder Mensch.«

»Ja!« Anna dachte nach. »Nun habe ich in der ›Krone‹ Arbeitskollegen. Aber keine echte Freundin.«

Eine Weile war es still, nur das Glucksen des Wassers war zu hören und die Vögel, die noch immer miteinander wetteiferten.

»Wenn Sie so sitzen«, begann Anna wieder und öffnete langsam ihren dicken Zopf, »denken Sie dann nach? Über etwas, das Sie schreiben wollen? Oder über etwas, an dem Sie gerade schreiben? Oder schreiben Sie sogar gerade?«

Hesse wies zu einer Aktentasche, die an seinem Stuhl lehnte. »Zumindest könnte ich mir Notizen machen.« Er rückte seine Brille zurecht. »Aber heute genieße ich einfach den Tag mit meinem Freund. Wir sehen uns immer wieder mal, aber selten an einem so idyllischen Platz.«

Anna nickte, schwieg, stand wieder auf und sah dem Maler zu, wie sein Pinsel leicht über das Papier glitt. Es entstand ein Ufer, darüber leicht angedeutete Striche, gab das Bäume? Büsche? Er wechselte den Pinsel und die Farbe, das Wasser bekam eine leichte blaugraue Tönung, darüber die leichten Dunstnebel, die sich nun in der Wärme schnell auflösten, und mit breiten Pinselstrichen brachte er durch wischende Bewegungen Leben in die blaue Wasserfläche. Plötzlich erschienen kleine Wellenspitzen, denen er helle Tupfer aufsetzte.

Anna verharrte gebannt hinter ihm.

»Und nun willst du nicht mehr Schriftstellerin werden, sondern Malerin?«

Sie drehte sich zu Hesse, und auch Sturzenegger spülte seine Pinsel im Wasserbecher aus und rückte seinen Stuhl herum. »Pause«, sagte er. »Zeit für ein Speckbrot mit Käse!« Dabei fiel sein Blick auf Anna, die mit offenem Haar hinter ihm stand. Während sich Hesse am Tisch zu schaffen machte und einige Brotscheiben herunterschnitt, betrachtete Sturzenegger Anna, sodass es ihr peinlich wurde und sie nicht wusste, wohin sie schauen sollte. Schließlich sah sie ihm direkt in seine dunklen Augen.

»Du hast doch vorhin so lässig im Sand gesessen«, sagte er schließlich zu ihr. Er deutete auf einen Punkt vor seiner Staffelei. »Dort, wo das Licht so schön hinfällt, der Fleck vor dem Wasser, siehst du das? Setzt du dich da noch einmal so hin? Und lässt dein offenes Haar um dich herumfließen?«

Verdutzt ging Anna zu dem Platz, raffte ihren Rock und ließ sich auf genau den Platz sinken, den der Maler ihr angewiesen hatte. Dann fuhr sie mit beiden Händen durch ihr Haar, bis es in sanften Wellen bis zu ihrer Hüfte an ihr hinunterfloss. Sturzenegger rückte seinen Stuhl etwas zur Seite, griff nach einem Zeichenbrett, das am Tischbein gelehnt hatte, spannte ein frisches Aquarellpapier darauf, legte sich einige Buntstifte, die er anfeuchtete, zurecht und musterte Anna mit zusammengekniffenen Augen, bevor seine Hand schnell über das Papier zu fliegen begann. »Lass deine bloßen Füße unter dem Rock hervorsehen, ein bisschen spielerisch im warmen Sand. Ja, genau so«, wies er sie an. »Und sieh in diese Richtung – so, also ob du über etwas nachdenken würdest. Über etwas Schönes. Vielleicht über deine Zukunft als Malerin. Oder Schriftstellerin.«

Anna spürte, wie sich ihr Gesicht zu entspannen begann, ihre Mundwinkel gingen hoch, denn eine Zukunft als Malerin oder Schriftstellerin, das war ein Traum. Ein unerreichbarer, aber ein schöner. Nach einer Weile begannen ihr durch ihre Reglosigkeit die Beine zu schmerzen, aber sie traute sich nicht, ihre Haltung zu ändern. Endlich sagte er: »So, du kannst dich wieder bewegen«, und Anna streckte sich erst einmal, um wieder Blut durch ihre Adern fließen zu lassen, dann stand sie langsam auf.

»Haben Sie mich gemalt?«

»Sieht so aus«, sagte Hesse, der hinter seinen Freund getreten war. »Ein junges, hübsches Mädchen, das sinnend am Ufer sitzt.« Er klopfte seinem Freund auf die Schulter. »Meisterlich, mein Lieber. In so kurzer Zeit, mit so wenigen Strichen. Du hast sie gut getroffen, unsere Anna.«

Unsere Anna, wie sich das anhörte. Anna trat nun ebenfalls hinter Sturzenegger und holte tief Luft. Das war sie?

»Wunderschön«, sagte sie und bekam trotz der Wärme eine Gänsehaut. »Das bin ich?«

»Das bist du!« Sturzenegger strich prüfend mit dem Finger über das Papier, signierte es, schrieb das Datum dazu und reichte es Hesse.

»Und nun, Hermann, bist du dran.«

Der sah ihn kurz verständnislos an, dann zückte er einen Füller aus seiner Brusttasche, schraubte ihn auf und setzte die goldene Feder aufs Papier. Anna sah atemlos zu, wie er schrieb:

»Jedem Anfang wohnt ein Zauber inne,
der uns beschützt und der uns hilft zu leben.«
Für Anna, die barfüßig durchs Wasser kam.
Hermann Hesse, am Seeufer im Mai 1913

Dann rollte er das Aquarell vorsichtig zusammen, band eine trockene Binse darum und überreichtes es Anna.

»Hier, bitte, junges Fräulein aus dem Nichts. Möge es dir Glück bringen.«

Anna verstand es als Aufforderung zu gehen, aber sie wusste nicht, wie sie sich bedanken sollte. So stand sie stumm mit der Papierrolle da, die sie auf beiden Händen liegend wie ein aufgeschlagenes Buch vor sich hielt, und sah von einem zum anderen.

»Vielleicht ist es ein Traum«, sagte sie schließlich leise.

»Wie soll sie so ihre Schuhe anziehen können?«, fragte schließlich Sturzenegger, stand auf, nahm ihr die Papierrolle ab und bot ihr seinen Stuhl an. Anna nickte, holte ihre Schuhe, zog die Strümpfe heraus, hatte Mühe, in den nassen Stiefel hineinzukommen, aber schließlich stand sie angezogen da.

»Und wie soll ich nun zurückkommen?«

»Dieser Rückweg ist weitaus bequemer.« Hesse wies zu einer hohen Pappel. »Dahinter geht es ziemlich einfach bis zur Straße.«

Anna nahm ihr Geschenk wieder an sich, stand aber noch immer regungslos da. »Ich weiß nicht, wie ich mich bedanken kann«, sagte sie schließlich.

Die beiden Männer warfen sich einen Blick zu.

»Gar nicht.« Hesse nickte ihr zu und setzte seinen Panamahut auf. »Kauf dir, wenn du genug Geld hast, dieses Tagebuch und schreibe. Du hast Fantasie. Und es wird dir guttun.«

»Vergelt's Gott«, sagte sie.

»Ja, das wird er«, antwortete Sturzenegger.

Kaum in der »Krone« angekommen, ging Anna in ihr Zimmer, holte sich unter ihrem Bett den Karton mit ihrem Schreibpapier, ihren Füller und ihr Tintenfässchen heraus, legte die Rolle sorgsam hinein und verschloss den Karton wieder. Dann setzte sie sich im Nebenraum an den leeren Esstisch und schrieb einen langen Brief nach Hause. Es war nicht ihr erster, aber es war ihr erster, bei dem sie kaum so schnell schreiben konnte, wie sie vorausdachte. Es war so viel Unglaubliches passiert. Ihr Herz war so übervoll. Am liebsten hätte sie den nächsten Zug genommen, um ihrer Mutter, ihren Brüdern und ihrer Schwester alles zu erzählen. So hoffte sie einfach nur, dass ihre Briefe auch ankommen würden, denn sie hatte von zu Hause bisher keinen bekommen. Aber sie konnte sich schon denken, warum. Ihre Brüder waren schreibfaul, und ihre Mutter war abends zu müde, um noch einen Brief zu schreiben … blieb einzig ihre Schwester. Aber auch die dachte vielleicht, dass es Wichtigeres gäbe, als ihrer kleinen Schwester Briefe zu schreiben.

Das Tagebuch

Die ganze Woche war für Anna wie im Flug vergangen. Wenn sie sich alleine wusste, ging sie zwischendurch in ihr Zimmer, kniete sich vor dem Bett nieder, holte den Karton hervor und rollte das Bild auf, um sich zu überzeugen, dass es tatsächlich geschehen war. Die Begegnung am Seeufer hatte sie nicht geträumt. Sie war mit einem bedeutenden Schriftsteller und einem bedeutenden Maler zusammen gewesen. Einfach so. An einem Sonntagmorgen. Es musste ein himmlisches Geschenk gewesen sein.

An diesem Sonntagmorgen fiel ihr ihr Vater ein. Sie hatte Dienst und war deshalb zusammen mit Waltraut aufgestanden und zum Frühstück gegangen, an dem nur wenige von ihnen teilgenommen hatten. Sie musste für sein Seelenheil noch die Kerze in der Kirche spenden. Das musste sie auch für ihre Mutter tun, denn seitdem sie Witwe war, hatte sie die doppelte Last zu tragen. Und seitdem Anna Geld verdiente, konnte sie sich zwei Kerzenspenden leisten. Eigenes Geld, das machte sie richtig stolz. Und dass sie ein Konto bei einer Bank hatte, gab ihr das Gefühl, schon richtig erwachsen zu sein. Nur das Heimweh plagte sie zwischendurch, und dann überlegte sie, nach welcher Zeit es wohl angemessen wäre, um ein paar freie Tage zu bitten, damit sie ihre Familie besuchen könnte? Den Weg kannte sie ja jetzt – und im Nachhinein erschien er ihr recht einfach: Dampfschiff Steckborn-Schaffhausen, Zug nach Tuttlingen, und dort würde Johann mit dem Braunen warten.

Immer wenn sie darüber nachdachte, machte es sie froh. Vor allem, weil sie jedem aus der Familie in Schaffhausen ein Geschenk kaufen würde. Auf ihre überraschten Gesichter freute sie sich jetzt schon.

Sie tröpfelte gerade Honig auf ihr Butterbrot, als Anton Faiker in der Tür stand. Wie immer erschraken alle, denn seine mächtige Gestalt wirkte jedes Mal aufs Neue irgendwie bedrohlich.

»Du da«, sagte er und zeigte mit dem Finger auf Anna. »Anna Leibinger.« Dann grüßte er in die Runde: »Guten Morgen«, und wie einst in der Schule kam ein gemeinsames »Guten Morgen« zurück. Anna schob ihren Stuhl zurück und folgte dem Wirt unter den Blicken aller zur Tür hinaus. Er schritt ihr durch die leere Wirtsstube voraus zu seinem Büro, öffnete die Tür und ließ sie an sich vorbei eintreten. Wie schon am Tag ihrer Einstellung ging er zu seinem Schreibtisch, setzte sich aber nicht, sondern blieb stehen. Anna beherrschte sich, um nicht nervös von einem Bein auf das andere zu treten. Sie überdachte kurz ihr Aussehen. Seit der Hochzeit war sie in den Service gewechselt, um auch das zu lernen, wie die Wirtin gesagt hatte, also trug sie das weiße Schürzchen und das Spitzenhaarband. So wie sie sich heute Morgen im Zimmerspiegel überprüft hatte, war alles korrekt.

»Das soll doch wohl ein Witz sein?«, fragte er stirnrunzelnd und zeigte auf ein Päckchen, das vor ihm auf der grünen Schreibunterlage seines massiven Schreibtisches lag.

Anna wusste nicht, wovon er sprach, also antwortete sie zunächst nicht, dann, als er nicht weitersprach, sondern sie nur ansah, sagte sie wahrheitsgemäß: »Entschuldigen Sie bitte, ich weiß nicht, wovon Sie sprechen.«

Faiker hob das schmale Päckchen mit zwei Fingern hoch. »Absender Hermann Hesse.« Er sah sie wieder an. »Der Schriftsteller! Hermann Hesse! Das kann ja wohl nur ein Witz sein – da hat sich jemand einen Scherz erlaubt?!«

Anna wurde augenblicklich rot.

Hermann Hesse hatte ihr etwas geschickt. »Ich, nein«, stammelte sie, »ich habe ihn in der Konditorei kennengelernt.« Als der Wirt sie weiterhin unverständlich ansah, versuchte sie es erneut, »als ich die Hochzeitstorte holen sollte – also, vor einer Woche, die große Hochzeit …«

»Mädchen, bringst du noch einen zusammenhängenden Satz heraus?«

»Ja, also …« Anna wusste selbst nicht, wie sie das erklären sollte, ihr Gehirn war mit einem Mal völlig leer – und gleichzeitig so voll, dass sie keinen klaren Gedanken fassen konnte. Hermann Hesse … ein Päckchen.

»Jedenfalls kam das gestern mit meiner Post.« Faiker setzte sich schwer in seinen Lehnstuhl. »An dich adressiert.« Er stupste das Päckchen mit dem Zeigefinger über die Schreibtischplatte.

»Es ist ja an sich schon ungewöhnlich, dass hier Angestellte Post bekommen …«, er zögerte, »wenn sie nicht gerade etwas ausgefressen haben«, er zog das Päckchen wieder an sich und tippte mit dem Finger auf den Absender: »Aber als Absender Hermann Hesse … da fragt man sich dann doch, ob das mit rechten Dingen zugeht.«

Anna schluckte. »Ja«, sie bemühte sich um eine feste Stimme, »während ich nach der Hochzeitstorte gefragt habe, hat er sich mit dem Konditor unterhalten. Und wir kamen ins Gespräch.«

»Du kamst ins Gespräch?«, er sah sie an, als sei sie minderbemittelt, »einfach so? Mit einem Erwachsenen? Mit einem berühmten Schriftsteller?«

»Ich kannte ihn doch gar nicht«, rechtfertigte sich Anna und wusste schon, worauf er hinauswollte: Erwachsenen gegenüber gebührt es der Respekt, nur zuzuhören und sich nicht einzumischen. Natürlich würde sie ihm nichts von ihrer Begegnung am Seeufer erzählen.

»Und dann schickt er dir ein Päckchen?« Sein Blick wurde scharf. »Einfach so?«

Warum nicht?, lag ihr auf der Zunge, aber sie versuchte, es zu erklären. »Er hat mich gefragt, ob ich Tagebuch schreibe. Ich habe ihm gesagt, schreiben würde ich schon gern, aber ich hätte leider kein Tagebuch. Das war alles.«

Anton Faiker hob das Päckchen hoch. »Und da ist jetzt ein Tagebuch drin?«

Anna konnte sich ein Strahlen nicht verkneifen, sie spürte, wie sich ein Lächeln auf ihrem Gesicht ausbreitete. »Ich würde mich freuen«, sagte sie und sah Faiker an, dass er das Päckchen gern selbst aufgerissen hätte.

»Also gut«, sagte er stattdessen. »Aber wenn dich das Tagebuchschreiben von deiner Arbeit abhält, melde ich mich wieder.«

Er warf ihr einen scharfen Blick zu. »Und überdies«, sagte Faiker, klopfte mit dem Finger auf den vor ihm liegenden *Bote vom Untersee* und las ihr die Überschrift des Leitartikels vor: ›Die Lebensmittelversorgung der Schweiz im Kriegsfall‹, er sah auf und drehte die Zeitung in Annas Richtung. »In Deutschland rumort es heftig, da sind Kriegstreiber am Werk. Und nicht nur dort. Damit bekommen wir ein Problem mit unserer Versorgung über den Rhein.« Er drehte die Zeitung wieder in seine Richtung. »Da ist zu lesen: ›Die mangelhafte Versorgung der Schweiz mit Getreide, Kohlen und anderen Lebens- und Existenzmitteln bedeutet bei der gegenwärtigen und bleibenden Gruppenverbindung der umliegenden Großmächte wohl unbestritten die größte Gefahr für uns.‹« Er tippte noch einmal auf die Seite. »Da tut der Herr Hesse offensichtlich gut daran, von Deutschland in die Schweiz umzusiedeln.« Er verzog kurz das Gesicht. »Bern!«

Dann machte er eine wedelnde Handbewegung. Sie sollte gehen.

Anna knickste, nahm das Päckchen, ging rückwärts bis zur Tür, knickste wieder und machte, dass sie hinauskam. Mit dem schmalen Päckchen unter dem Arm ging sie ins Frühstückszimmer zurück, wo ihr schon alle erwartungsvoll entgegenblickten.

»Bist du entlassen?«, wollte Luis wissen.

»Quatschkopf!« Georg schüttelte den Kopf. »Sie ist doch perfekt in allem, sagt Johanna.«

Anna grinste schief, und Johanna konnte das weder bestätigen noch verneinen, denn sie war heute in der Kirche.

»Ich habe Post bekommen«, sagte Anna schlicht und setzte sich zu ihrem Honigbrot, »das ist alles. Und es gibt eine Kriegsgefahr. Das könnte die Lebensmittelversorgung über den Rhein gefährden ...«

Luisa schüttelte ungläubig den Kopf.

»Das hat er dir gesagt?«

»Er hat mir die Zeitung gezeigt.«

»Und was hast du damit zu tun?«, wollte Georg wissen.

Anna zuckte die Schultern. Trotzdem wurde ihr bei dem Gedanken bang. Krieg. Was würde das für ihre Familie bedeuten? Ihre Brüder?

Sie schüttelte den Gedanken ab. Die Freude über das Päckchen stand momentan über allem.

»Reichst du mir mal den Kaffee, Georg, meiner ist kalt geworden.«

Das Päckchen hatte sie schnell in ihr Zimmer gebracht, mit klopfendem Herzen die schön geschwungene Handschrift mit ihrem Namen studiert und es gleich unter ihre Decke geschoben. Dieses Päckchen würde sie auch einrahmen lassen, genau wie das Bild. Irgendwann.

Während sie mit Luisa alle Vorbereitungen für die sonntäglichen Stammtischler traf und zwischendurch in der Küche aushalf, waren ihre Gedanken ständig woanders. Und als Maria in der Küche herumschrie, jemand habe schon wieder ein Stück Fleisch gestohlen, zuckte sie nur mit den Schultern.

»Nachbars Lumpi«, sagte sie und wich lachend der Kartoffel aus, die die Köchin kraftvoll nach ihr warf.

Kaum war der letzte Gast gegangen und bis zur Kaffee- und Kuchenzeit Ruhe eingekehrt, holte Anna das Päckchen unter ihrer Decke hervor und ging damit zu ihrem Lieblingsplatz am Ufer, den sie vor Kurzem erst im Hinterhof entdeckt hatte. Ein ausladender Busch verdeckte die moosbewachsene Steintreppe, die unweit von der Eiskammer zum See hinunterführte. Und dort unten, vom Wellenschlag ständig berührt, wuchs ein junger Baum. Wie er an dieser Stelle überhaupt Wurzeln schlagen konnte, war Anna schleierhaft. Aber genau deshalb liebte sie dieses Plätzchen. Von hier aus hatte sie freie Sicht über den See bis nach Gaienhofen. Es passte also, wenn sie hier das Päckchen auspackte, das ihr der Mann geschickt hatte, der so viele Jahre in dieser kleinen Gemeinde auf der anderen Seeseite gelebt hatte. Sie drehte und wendete es, braunes Packpapier. Vorne »Gasthaus ›Krone‹, Anna Leibinger persönlich, Steckborn« und auf der Rückseite schlicht: »Hermann Hesse«. Keine Adresse, nichts. Kein Wunder, dass Faiker an einen Scherz glaubte.

Langsam und gewissenhaft begann sie, den zugeklebten Falz zu öffnen. Dann zog sie mit spitzen Fingern zuerst einen gefalteten Brief hervor. Anna fühlte sich wie an Weihnachten, da brauchte sie auch ewig, bis sie ihr Geschenk ausgepackt hatte, denn es gab nur eines. Und wenn man es schnell auspackte, war das Glücksgefühl der Ungewissheit vorbei. Sie faltete den Brief langsam auseinander:

Liebe Anna,
Hans kannte das Schreibgeschäft, und die Inhaberin erinnerte sich lebhaft an Dich. So war es ein leichtes, das genau richtige Tagebuch zwischen all den angebotenen Exemplaren herauszufinden.
Er hat es besorgt, ich habe es bezahlt,
so ist es nun ein Gemeinschaftsgeschenk.
Von ihm kommt der Wunsch,
Du mögest auch einmal hineinzeichnen,

ich sage dazu:
was immer Du diesem Tagebuch anvertrauen wirst,
die Seele schreibt mit.
Es grüßen H. Hesse
und H. Sturzenegger

Schloss Belair, Randenstraße 65
Schaffhausen

Anna holte tief Luft. Also war es tatsächlich »ihr« Tagebuch. Das Tagebuch für zwei Franken. Sie hätte vor Glück schreien mögen, als sie nun tatsächlich das Büchlein herauszog, das sie vor drei Wochen in Schaffhausen für unerschwinglich gehalten hatte.

Sie küsste es inbrünstig, lehnte sich gegen die nächsthöhere Stufe der Treppe zurück und sah eine Zeit lang in den Himmel. Wer war ihr guter Stern? Hatte sie einen Engel? Half ihr Vater ihr? Oder war es einfach eine Kette glücklicher Zufälle?

Wenn es so war, dann zeigte es ihr, dass alles möglich war. Alles im Leben war möglich, man musste nur daran glauben.

Eine Weile träumte sie so vor sich hin, dann studierte sie die Adresse. Schloss Belair, das hörte sich an sich schon malerisch an. Sie überlegte, wie sie sich bedanken könnte. Auf alle Fälle mit einem Brief. Einem Brief und einer Zeichnung. Ihr schlotterten jetzt schon die Knie, wenn sie daran dachte – das musste ja ein ganz besonders guter Brief sein. Und eine ganz besonders schöne Zeichnung.

Sie war reich beschenkt worden, dachte Anna, erst das Bild, nun das Tagebuch, dazu die liebenswürdigen Zeilen, und das alles einem kleinen Mädchen, einem Dienstmädchen im Hotel »Krone«.

Das brachte sie wieder auf die Beine.

Das war sie ja tatsächlich, und sie hatte Pflichten nachzukommen, anstatt hier herumzuträumen. Sie klemmte ihr Tagebuch unter den Arm, stieg die steinernen Treppen hinauf und wäre fast mit Maria zusammengestoßen, die hinter dem Busch gerade über die Reste einer heruntergebrochenen Mauer steigen wollte.

Anna blieb erschrocken stehen, erkannte, dass auch Maria ein Päckchen unter dem Arm trug. Sie sahen sich kurz an, dann legte die Köchin ihren Zeigefinger vor den Mund und verschwand für ihre Leibesfülle erstaunlich behände im benachbarten Grundstück.

Was tat sie da?

Anna entschied sich, nicht weiter darüber nachzudenken. Und auch nicht darüber, ob die ständig verschwindenden Fleischstücke nicht vielleicht etwas mit der Köchin selbst zu tun haben könnten. Sie nahm Marias Fingerzeig als etwas, das sie ihr sagen wollte: Übe Verschwiegenheit.

Eine böse Erfahrung

Die letzten vierzehn Tage hatte Anna, wie es Anton Faiker ange-
kündigt hatte, zwischen Küche und Service gewechselt. Nun, so
hatte ihr Isolde Faiker am ersten, strahlenden Junitag eröffnet,
sollte sie auch noch den Zimmerservice kennenlernen.

Anna war darüber nicht unglücklich, denn das Schmelzwasser
aus den Alpen füllte den See in schnellem Tempo, und an vielen
Stellen, wie sie beim letzten Marktbesuch gesehen hatte, lagen
schon Sandsäcke und Holzbretter parat. Mit Hochwasser hatte sie
keine Erfahrung, sie stellte es sich aber anstrengend vor. Alles über
Holzstege zu erledigen, die Einkäufe, die Abfälle … wie sollten die
Fuhrwerke passieren, wenn alles mit Holz versperrt war? Wie
sollte die Post kommen? Und der schöne Douglas, wie alle immer
sagten, den sie aber bisher nur ein einziges Mal zu Gesicht bekommen hatte?

Da erschien ihr der Dienst in den Zimmern angenehmer. Und
das konnte ja nicht schwierig sein, Betten hatte sie zu Hause schon
oft bezogen. Und ihr eigenes in der »Krone« auch.

Für das Bettzeug gab es Waschfrauen, wobei nur die Leintücher
ständig gewechselt werden mussten. Die Decken zwischen den
Leintüchern hatten ja keinen Körperkontakt und waren deshalb
etwas strapazierfähiger, wie so schön gesagt wurde.

Ihre neue Kollegin hieß Erika und war, wie sie ihr gleich erklärte, bisher nur Zimmermädchen gewesen. Als solches war sie
vor zwei Jahren eingestellt worden, und dabei war es geblieben.

»Du musst jedenfalls auf deine Finger aufpassen«, hatte sie Anna gleich gewarnt, »die Zimmermädchenkrankheit ist, wenn man sich die Fingersehnen verletzt.«

Erika war fast so breit wie hoch und wohl deshalb nie in den »Kreislauf« eingebunden worden, von dem Anton Faiker immer mal wieder sprach. Ihre Statur war perfekt, um Matratzen anzuheben und steife Leintücher darunterzuschieben.

»Und du bist also Anna«, sagte sie.

Anna lächelte ihr freundlich zu. »Wir kennen uns doch schon!«

»Ja, vom Frühstückszimmer«, stimmte Erika zu. »Vom Sehen.«

»Und wo ist nun deine Kollegin, mit der du zusammengearbeitet hast?«

»Sieglinde? In der Küche.« Sie grinste. »Es ist wie bei den Feldern. Jede Frucht wird mal durchgewechselt.«

Anna nickte. »Scheint mir sinnvoll zu sein, dann kann man einspringen, wo Not am Mann ist.«

Erika zog ihre sonnensprossengesprenkelte Nase hoch. »Not an der Frau«, korrigierte sie. »Wir sind hier nur Frauen. Die Männer ...«

»Also gut.« Anna nickte. »Du hast recht. Die Burschen sind fürs Grobe zuständig, wir für das Feinere.«

»Täusch dich da mal nicht!« Erika verzog spöttisch den Mund. »Das hier ist Knochenarbeit. Und du«, sie maß Anna mit einem schnellen Blick, »wirst dir dazu auch noch die Kerle vom Leibe halten müssen.«

Anna fielen Anton Faikers Worte vom Einstellungsgespräch wieder ein. Aber so richtig konnte sie es sich nicht vorstellen. Was sollte schon passieren, wenn man Zimmer aufräumte und Betten bezog?

Zunächst fand sie nur den Blick aus den Fenstern grandios. Sie konnte sich gar nicht sattsehen, so schön präsentierte sich der See mit seinem ständig wechselnden Gesicht. Erika lachte, als sie sie am Fenster stehen sah. »So ging es mir am Anfang auch. Wenn es keine Gäste gäbe, die ständig Unordnung machten, wäre das die schönste Arbeit überhaupt ...«

Anna drehte sich zu ihr um. »Auf jeden Fall der schönste Arbeitsplatz!«

Erika nickte und trat neben sie. »Schau mal zum gegenüberliegenden Ufer. Da kannst du Tag für Tag sehen, wie sich das Ufer durch das steigende Wasser verändert, schmäler wird. Und im Winter siehst du plötzlich ganz viele kleine Inseln, die vorher nicht da waren. Im Winter fließt mehr Wasser ab, als vom Rhein nachkommt.«

»Und wo fließt der Rhein hin?«

»In die Nordsee.«

»Dann könnte ich mit dem Schiff von hier aus einfach in die Nordsee fahren?«

Erika musste lachen. »Das würdest du wahrscheinlich nicht überleben – dazwischen sind die Wasserfälle in Schaffhausen. Da kommt kein Schiff runter.«

»In Schaffhausen«, wiederholte Anna. »Toll, was es in Schaffhausen alles gibt.« Sie dachte an Sturzenegger, an die Einkaufsstraße – und nun gab es dort auch noch einen Wasserfall. Sie sah hinunter auf die große Terrasse. »Und wenn das Vordach nicht wäre, könnte man denen auf die Köpfe spucken«, sagte sie und musste lachen.

»Ja«, Erika folgte ihrem Blick hinunter, »aber nur einmal. Danach wärest du entlassen.«

Sie lachten beide, und Anna fand, dass Erika von all den Mädchen hier bisher die Netteste war.

»Du bist wirklich nett«, sagte in diesem Moment Erika und lächelte. »Obwohl du so hübsch bist!«

»Obwohl ich ...« Anna runzelte die Stirn. »Wie meinst du das?«

»Na, die Hübschen tragen doch die Nase meistens oben ... also, ich meine«, sie schwieg kurz verlegen, »gegen mich.«

»Gegen dich?« Anna war noch immer ratlos.

»Ja, sieh mich doch an!«

»Was ich sehe, gefällt mir!«, antwortete Anna mit fester Stimme.

Erikas kleine Handbewegung verriet ihre Unsicherheit, dann aber sagte sie: »Danke!«

»Nichts zu danken.« Anna legte ihr kurz die Hand auf die Schulter, was sie hier noch bei keinem Mädchen getan hatte. Sie sahen sich in die Augen, bevor Erika einen Schritt zurücktrat.

»Gut, lass uns anfangen. Wir haben acht Zimmer, vier in diesem Stockwerk, vier darüber. Dies hier sind die größeren, komfortableren. Die oben sind etwas kleiner. Darüber sind nur noch unsere Räume.« Sie wies mit dem Zeigefinger nach oben. »Eigentlich sind sie alle gleich ausgestattet, jedes Zimmer hat ein Waschbecken aus Porzellan und einen Wasserkrug, den müssen wir immer frisch füllen. Und das Becken natürlich putzen. Und dazu Seife und Handtücher, klar. Die Aborte sind auf dem Gang, zwei Zimmer teilen sich einen, die putzen wir auch. Dazwischen, also hinten raus, liegen die Vorratsräume mit dem frischen Bettzeug, mit frischen Handtüchern und allem, was wir für die Reinigung brauchen.« Sie warf Anna einen Blick zu, und diese nickte. »Bei Kälteeinbruch können wir auch schon mal extra Decken bereitlegen, und außerdem bieten wir gummierte Wärmflaschen an. Die sind mit Stoffüberzug, damit sich der Gast nicht verbrennt.«

Anna nickte wieder.

»Also gut. Im Moment sind nur drei Zimmer belegt, das ändert sich aber morgen. Und im Sommer haben wir viele Hotelgäste, da sind wir fast immer voll.«

»Na denn!« Anna klatschte in die Hände. »Zeig mir, wie's geht.«

Es war tatsächlich anstrengender, als sie gedacht hätte. Vor allem die schweren Matratzen und die steifen Leintücher, die exakt darunter geschlagen und oben straff gezogen werden mussten, brauchten viel Kraft. Nach drei Zimmern war sie froh, dass kein viertes dazukam. »Sind wir denn immer nur zu zweit?«, fragte sie und überlegte, wie viele Mitarbeiter denn allmorgendlich im Frühstücksraum sitzen. Und wo sie alle hingehörten.

»Nein, wenn Hochbetrieb ist, kommt jemand aus der Küche oder vom Service dazu.«

»Aber die fehlen dort doch auch wieder?«

Erika zuckte die Schultern. »Personal kostet Geld – und solange es so geht …«

Die Tage zogen vorüber. Inzwischen hatte Anna Post von ihrer Mutter bekommen. Sie freute sich, dass es Anna gut ging, erzählte vom Hof und von ihren Geschwistern, schrieb aber nichts über eine Kriegsgefahr, was Anna sehr beruhigte. Ihren euphorischen Brief über Hermann Hesse und Hans Sturzenegger hatte sie bisher nicht beantwortet, Anna vermutete, dass sie ihn dem Pfarrer gezeigt hatte und auch der sich erst einmal schlaumachen musste. Sie konnte es ihnen nicht verdenken, bis vor Kurzem waren Hesse und Sturzenegger für sie ja auch kein Begriff gewesen. Aber nun hatte Anna den beiden einen schönen Dankesbrief nach Schaffhausen geschrieben. Drei Mal hatte sie ihn neu angefangen, bis er tadellos geschrieben und mit ein paar lustigen Eingebungen, wie sie fand, vor ihr lag und schließlich mit der Post auf seine Reise ging.

Insgesamt fühlte sie sich wohl. Abends ging sie zwischendurch mit in die kleine Beiz, die ihr Johanna in den ersten Tagen gezeigt hatte, konnte ihr Getränk inzwischen selbst bezahlen und auch das meiste verstehen, denn der Dialekt wurde ihr immer vertrauter.

Nur an das Hochwasser musste sie sich gewöhnen.

Es war so schnell gekommen, dass sie es kaum fassen konnte. Und plötzlich fuhren die Fischerboote über die Straßen und auch ganze Familien zum Gottesdienst, die Damen mit ihren ausladenden Hüten und hellen Kleidern, die Männer in dunklen Anzügen und Krawatten. Irgendwie fand sie das lustig, wie auch die eine Gondel mit Musikanten, die fast zu kentern drohte. Aber es war eben auch mühsam. Nicht für sie, die mit Erika die Zimmer bestellte, aber für alle aus der Küche und vor allem für die Lieferanten. Es schien sich aber niemand aufzuregen, es war halt so, und niemand konnte es ändern.

»Geht auch wieder vorbei«, sagte Maria, als sich Anna spätabends ein Stück Brot mit Käse holen wollte. Die Köchin ging mit ihr zu dem Kasten an der Wand und fischte ihr einen frisch aufgeschnittenen Laib Käse heraus.

»Magst du vielleicht auch eine Wurst?«, fragte sie augenzwinkernd.

»Danke nein, ein Käsebrot mit dick Butter reicht mir«, erklärte Anna.

Maria musterte sie. »Iss ordentlich. Zimmerservice kostet Kraft!«

Anna nickte: »Hätte ich nicht erwartet!«

»Du fehlst uns hier«, sagte die Köchin, und nicht viel, das spürte Anna, und sie hätte sie an ihren großen Busen gedrückt. »Was hast du denn da unten am Seeufer gemacht?«

»Ich habe ein Tagebuch bekommen und wollte mich ganz alleine darüber freuen!«

Maria nickte, und da sie schwieg, nahm Anna allen Mut zusammen und fragte: »Und Sie?«

Maria sah sich kurz um, bückte sich und flüsterte in Annas Ohr. »Ich sage es dir nur, wenn es unser großes Geheimnis bleibt.«

»Ich schwöre.«

»Ich habe ein altes Mütterlein. Das braucht zwischendurch etwas Vernünftiges zum Essen. Sie wohnt in einer kleinen Kammer, zwei Häuser weiter. Es geht ihr nicht mehr so gut.«

»Kann ich Ihnen helfen?«, fragte Anna spontan.

»Du bist eine Liebe!« Maria lächelte breit. »Kannst du nicht. Aber pass auf, dass du mit deiner netten Art nicht unter die Räder kommst!«

Ein paar Tage später verriet ihr Johanna, während sie ihr beim Frühstück das Honigglas zuschob, dass abends Tanz sei: »Im ›Schwanen‹. Das findet im Frühling und Sommer öfters statt.«

Anna wusste nicht so richtig, was sie davon halten sollte. »Für wen? Für die Gäste?«

Johanna schüttelte den Kopf. »Nein, für alle. Auch für uns. Und für alle anderen, die kommen wollen. Es ist immer recht lustig, und«, sie senkte die Stimme, »es sind oft nette Burschen dabei.«

»Ich habe kein Interesse an Burschen.« Anna zog die Augenbrauen hoch.

»Noch nicht«, grinste Johanna.

»Und tanzen kann ich auch nicht.«

»Das kann jeder. Und außerdem kann man es lernen.«

Anna räumte ihr Geschirr zusammen. »Jedenfalls danke, nett von dir.«

Sie hatte es eilig, denn heute sollten aufs Wochenende hin neue Gäste kommen, und das war immer anstrengend: die, die gehen sollten, bummelten herum, und die, die kommen sollten, kamen zu früh.

»Überleg's dir«, rief ihr Johanna nach, als sie bereits fast aus dem Frühstückszimmer hinaus war. Da gab es nichts zu überlegen, dachte Anna, sie war um jede Stunde froh, in der sie sich mit ihrem Tagebuch irgendwohin verkriechen konnte und ungestört war. Am liebsten saß sie auf der Steintreppe am See. Und da die Tage länger wurden und es länger hell blieb, ging das von Tag zu Tag besser.

Heute war nichts schiefgegangen, die Vorratskammer war aufgefüllt worden, frische Leintücher, Seife, Badetücher, alles war da. Und mit Erika hatte sie sich gut eingespielt, die Handgriffe saßen, und die Betten waren schnell gemacht. Sie hatten noch rasch die Fenster geputzt, damit die Junisonne schön hereinlachen konnte, und danach war nichts mehr zu tun gewesen.

»Wahrscheinlich werde ich gleich zu den Waschfrauen abkommandiert, das passiert in solchen Fällen meist.« Erika verzog das Gesicht.

»Mich werden sie wohl auch nicht auf den Liegestuhl schicken«, antwortete Anna, worüber Erika herzhaft lachte.

»Gehst du heute Abend in den ›Schwanen‹?«, fragte sie beiläufig, während sie den Wasserkrug noch einmal kontrollierte.

»Nein, was soll ich da?« Anna schüttelte den Kopf.

»Ich an deiner Stelle …«

»Dann geh doch du?«

»Damit ich alleine herumstehe oder am Tisch sitzen bleibe, nein, ganz bestimmt nicht.«

Anna war fast versucht, ihr ihre Begleitung anzubieten, aber sie hatte so gar keine Lust, dass sie es unterließ.

»Wollen wir das nächste Mal zusammen hingehen?«, fragte sie stattdessen, und das freudige Lächeln auf Erikas breitem Gesicht versetzte ihr einen Stich. Sie litt wirklich unter ihrem Aussehen.

»Ja, gern! Tausendmal gern!« Erika strahlte sie an und ging summend zur Tür. »Schön, dann höre ich mal nach, was es für mich noch zu tun gibt.«

Anna sah sich in dem Zimmer um. Alles ordentlich, alles gut, aber vielleicht fehlten noch ein paar Blumen auf dem Tisch? Sie könnte ja Frau Faiker nach ein paar überzähligen Vasen aus dem Gastraum fragen, das gäbe den Räumen mehr Atmosphäre.

Die Wirtin war von der Idee angetan und gab ihr nicht nur einige Vasen, sondern auch reichlich Blumen mit.

Anna machte es Freude, die Zimmer zu schmücken. Vor allem das schönste, das Eckzimmer, von dem aus man einen weiten Blick über den See hatte. Sie stand mit der Blumenvase am Fenster, als sie hinter sich die Tür aufgehen hörte. In der Annahme, es sei eine Kollegin oder vielleicht sogar Frau Faiker selbst, drehte sie sich lächelnd um. In der Tür stand ein junger Mann, der, als er sie wiedererkannte, breit grinste. »Oh, die hübsche Abenteuerin von der Arenaberg. Was für ein netter Zufall.«

Er nahm seinen hellen Hut ab, und nun erkannte auch Anna ihn. Es war tatsächlich der junge, gut aussehende Mann, der ihr vor zwei Monaten auf dem Dampfschiff gegenübergesessen hatte.

»Oh, ja, guten Tag«, sagte sie schnell. »Ihr Zimmer ist gerade fertig geworden, und die Blumen für Ihre Frau sind auch da.«

Sie hielt die Vase hoch.

»Schon«, sagte er, »ganz besonders schön«, und schloss die Tür hinter sich. »Und sehr verführerisch.«

Anna stellte die Vase ab. »Warten Sie, ich muss ja noch hinaus!«

»Musst du das?«

Er zog seinen leichten Gehrock aus, und Anna erkannte an der Stellung des großen Zimmerschlüssels, dass er die Tür nicht nur zugezogen, sondern tatsächlich abgeschlossen hatte. Der Gehrock flog über eine Stuhllehne, die Krawatte hinterher.

»Was machen Sie?«, fragte Anna und wollte an ihm vorbei zur Tür, doch er stellte sich ihr in den Weg und kam so dicht, dass sie etwas zurücktrat.

»Du wolltest doch ein Abenteuer erleben«, sagte er ganz ruhig, und seine Augen hielten sie fest, »nun, ich schenke dir eines.«

Anna machte einen schnellen Schritt zur Seite, doch er war schneller. »Ich will kein Abenteuer, ich will gehen«, sagte sie mit fester Stimme, doch innerlich begann sie zu zittern.

»Hübsch bist du«, er strich ihr mit dem Zeigefinger über die Wange, »sehr hübsch. So schöne Haut. So unberührt.«

Anna schlug ihm die Hand weg und lief los, um den kleinen Tisch herum. Er trat ihr in den Weg und packte sie an beiden Oberarmen.

»Kleine Wildkatzen, das sind mir die liebsten.«

»Ich schreie!«

»Oh, ich werde deine Schreie wegküssen!« Sein Gesicht war ihr nun so nah, dass sie seinen Atem roch. »Du hast mich auf dem Schiff doch schon so angesehen, ich wusste gleich, sie wartet drauf.«

»Auf was?«, schrie Anna, da stieß er sie zurück, warf sich mit ihr aufs Bett und begann mit einer Hand, ihren Rock mitsamt dem Unterrock hochzuziehen, während er ihr mit der anderen den Mund zuhielt. Anna versuchte, ihm in die Finger zu beißen, aber sie schaffte es nicht.

»Wie alt bist du?« Er lag schwer auf ihr und lächelte ihr ins Gesicht, ohne sie loszulassen. »Süße dreizehn? Vierzehn? Sicher bist du noch Jungfrau?«

Plötzlich war seine Hand zwischen ihren Beinen, drängte sich zwischen ihre Schenkel und versuchte, ihre Beine zu spreizen, während Anna mit aller Kraft dagegenhielt. Sie spürte seine Finger, wo sie es nie für möglich gehalten hätte, und dann ließ er sie kurz los, um seine Hose zu öffnen. Anna zog ihre Beine an und stieß ihm mit solcher Kraft gegen den Oberkörper, dass er für einen kurzen Moment von ihr ablassen musste. Den nutzte sie, sprang auf und spurtete zur Tür. Doch er war sofort hinter ihr, griff nach ihr und zerrte sie zurück, während Anna wild nach ihm schlug und trat. Er lachte. »Ein wildes Fohlen, na, das wird ein Spaß!« Da bekam sie die Vase zu fassen und schlug sie ihm mit aller Wucht über den Kopf, sodass sie in tausend Scherben zersplitterte, das Wasser herausschoss und die Blumen auf seinem Gesicht klebten. Der Moment genügte ihr, um den Schlüssel herumzudrehen und auf den Flur hinauszustürzen. Sie rannte auf die Treppe zu und stieß mit Erika zusammen, die gerade mit einem vollen Wäschekorb aus der Vorratskammer trat. Als sie Anna sah, ließ sie den Korb fallen, und ihr Blick ging zu dem Zimmer, dessen Tür gerade von innen geschlossen wurde.

»Hat er, der Dreckskerl …«, sagte sie, und ihr Gesicht wurde ganz rot. »Hat er?«

»Mit der Hand. Zwischen meinen Beinen«, stammelte Anna, noch ganz schockiert.

»Hand? Mehr nicht?«

»Was noch mehr?« Das hatte doch vollauf genügt.

»Pass auf!« Erika zog sie in die Vorratskammer hinein, drückte sie auf einen Hocker und kniete sich vor sie. »Du kommst doch von einem Hofgut. Das hatte der auch vor. Wie die Ziegen. Oder Kühe ...«

»Schafe!«, korrigierte Anna mechanisch.

»Also gut«, sagte Erika, die nicht viel älter war als Anna, »dann hast du doch auch gesehen, wie die ihre Jungen zeugen.«

Anna schloss die Augen und fuhr sich mit dem Handrücken unter der Nase entlang. »Du meinst, der hat ... auch so ein Ding?«

»Genau. Und mit diesem Ding wollte er in dich rein. Nicht nur mit der Hand!«

Anna wurde es ganz schlecht.

»Aber warum?«

»Weil es ihm Spaß macht.«

Darauf wusste Anna nichts zu antworten.

»Es kann keinen Spaß machen«, sagte sie schließlich. »Die Schafe mähen immer ganz fürchterlich. Ich denke, es tut weh.«

Erika nickte. »Habe ich auch gehört.«

»Hast du?« Anna sah sie an. »Gehört? Oder ich meine, also, hast du auch schon mal ... also, wie die Schafe?«

Erika schüttelte den Kopf.

»Ich bin vor solchen Attacken einigermaßen sicher.« Sie zeigte mit beiden Händen an sich hinunter. »Warte mal, ich hol den Wäschekorb rein, nicht, dass es noch einen Aufstand gibt.«

Anna wartete und war zu keinem klaren Gedanken fähig. Wie konnte der das tun? Sie einfach so anzufallen, warum hatte er das getan? Wie waren seine Worte gewesen? Es schüttelte sie.

Erika kam mit dem Wäschekorb zurück und setzte sich darauf, sodass sie sich auf Augenhöhe gegenübersaßen.

»Pass auf«, sagte sie und griff nach Annas Hand. »Das verrätst du keinem Menschen. Auch nicht dem Pfarrer bei der Beichte.«

»Wieso sollte ich … ich habe doch gar nichts gemacht?«

»Aber er hätte fast. Und die Schuld hat immer die Frau, merk dir das. Deine Vorgängerin ist schwanger gegangen. Es war ein Gast. Genau wie bei dir. Und wenn du das dem Pfarrer sagst, dann wird er dir unterstellen, du hättest ihn unkeusch angesehen oder sonst irgend so einen Blödsinn. Denn die Männer, das musst du dir merken, haben immer recht. Wenn sie eine Frau anfallen, dann ist es ihr unbeherrschbarer Trieb, dafür können sie nichts. Der ist gottgewollt – für die Fortpflanzung.«

Anna hörte ihr mit offenem Mund zu.

»Also, versprich mir das!«

»Und wenn ich zu Frau Faiker gehe und ihr …«

»Lass das!«

»Aber der kann hier doch nicht mehr wohnen, der ist doch … und außerdem verheiratet!«, fügte Anna noch hinzu.

»Das spielt alles keine Rolle. Er ist ein Mann, er ist ein zahlender Gast. An ihm bleibt nichts hängen, aber an dir! Es ist ein Makel. Sie werden dich schräg anschauen, glaub mir das. Sie werden dir die Schuld geben. Zu hübsch, zu aufreizend, zu kokett, du hast es herausgefordert, irgendetwas werden sie finden, um dich schlechtzumachen.«

Anna schüttelte den Kopf. »Das ist doch …«

»Wir beide reden jetzt darüber, und danach ist das aus deinem Oberstübchen gestrichen!« Erika sah sie streng an. »Und wenn du den Kerl siehst, dann triumphierst du, indem du ihn freundlich fragst, ob er wohl auch gut geruht hätte. Aber schau, dass du nie mehr alleine mit ihm bist.«

»Und dabei war er auf dem Schiff so nett …«

»Auf dem Schiff?«

»Auf der Herfahrt vor acht Wochen saß er mir gegenüber.«

»Ahhh. Da hat er sich Appetit geholt. Wusste er, wo du arbeiten würdest?«

Anna nickte. »Zumindest Steckborn!«

»Aha …« Erika zog die Stirn kraus. »Und nett? Vergiss das! Bei Männern gibt es kein mehr oder weniger nett. Sie sind alle gleich!«

Anna dachte kurz an ihre Brüder und bezweifelte das, aber sie sagte nichts darauf.

Erika sah auf. »Oh, die Zeit rennt, nun muss ich aber los, sonst schicken die vom Wäschehaus noch einen los, um mich zu suchen.«

Auf der Treppe kam ihnen Isolde Faiker entgegen.

»Der Herr von Zimmer 1 war gerade bei mir, ihm sei ein kleines Malheur mit der Blumenvase passiert. Das Zimmermädchen von eben soll noch einmal kommen und das in Ordnung bringen.«

Anna erschrak körperlich und zuckte zusammen.

Nach einem kurzen Blick auf Anna, der erst jetzt ihr derangiertes Äußere bewusst wurde, nahm sie Erika den übervollen Wäschekorb ab und drückte ihn Anna in die Hände.

»Du gehst«, sagte die Wirtin in bestimmtem Ton zu Erika, und zu Anna: »Und du bringst das ins Wäschehaus.«

Als Anna zurückkam, passte Isolde Faiker sie am Eingang ab und zog sie in eine Ecke. »Dieser Herr wird kein Zimmer mehr bekommen«, sagte sie leise, aber bestimmt. »Es wird stets ausgebucht sein, wenn er anfragt. Und du vergisst das Ganze, es sei denn …«, sie sah sie fragend an.

Anna schüttelte errötend den Kopf.

»Es war …«

»… knapp?«, vervollständigte die Wirtin den Satz.

Anna nickte.

»Daher die kaputte Vase?«

Anna nickte noch einmal.

»Gut!« Isolde Faiker lächelte sanft. »Es war abzusehen. Manche Männer glauben, Dienstpersonal sei Freiwild, vor allem hübsches. Also sieh dich vor, es sind nicht immer Vasen in der Nähe.«

Anna holte tief Luft.

»Und nun bring dich und deine Kleidung wieder in Ordnung, und hilf Maria in der Küche.«

Erste Heimreise

Mit dem Brief ihrer Schwester Josefine in der Hand ging Anna Ende September zu Anton Faiker. Sie hatte sich die Tageszeit gut überlegt, inzwischen kannte sie ja seine Gewohnheiten. Nach seinem Mittagsschlaf und der anschließenden Tasse Kaffee war er meist am besten aufgelegt, also klopfte sie um vier an die massive Holztür zu seinem Büro.

Sein dröhnendes »Herein« beschleunigte zwar nach wie vor ihren Pulsschlag, aber längst nicht mehr so sehr wie noch vor ein paar Monaten.

»Und?«, sagte er, als er sie mit dem Brief sah. »Haben dir wieder berühmte Männer geschrieben, oder ist es diesmal was anderes?«

Es sollte wohl wie ein Scherz klingen, aber aus seinem Mund klang einfach nichts wie ein Scherz.

»Meine Schwester hat mir geschrieben«, sagte Anna, ohne darauf einzugehen, und blieb in angemessenem Abstand vor seinem Schreibtisch stehen. Er schob seine leere Kaffeetasse zur Seite.

»Etwas Schönes?«

»Ja«, mutiger geworden ging Anna ein paar Schritte auf ihn zu. »Meine Schwester Serafine heiratet. In Mühlheim, also bei mir zu Hause. Und sie hat gefragt, ob ich wohl kommen dürfe?«

Der Wirt runzelte die Stirn. »Wie lange bist du jetzt bei uns?«

»Seit dem 13. April.«

»Aha!« Er zog ein leeres Blatt Papier aus einem Stapel und griff nach seinem Füllfederhalter. »Du möchtest also ein paar freie Tage.«

»Mir würden drei freie Tage genügen«, sagte Anna schnell. »Einen hin, dann die Hochzeit, am nächsten Tag zurück.«

»Wie viele Geschwister hast du?«

»Wir waren acht. Ein Bruder ist aber gleich nach der Geburt gestorben.«

Anton Faiker machte sich eine Notiz.

»Dann willst du jetzt also insgesamt sechs Mal zu der Hochzeit von einem deiner Geschwister?«

Anna musste lachen. Und fast schien es so, als würde der Wirt mitlachen, aber dann räusperte er sich. »Ist das so?«

»Nein.« Anna fing sich. »Die meisten sind schon verheiratet. Ich bin die Jüngste.«

»Und wann?«

»Sie heiratet am 14. Oktober.«

»Noch eine Weile hin!«

»Ja, aber wenn Sie es mir erlauben, muss ich ja die Reise planen. Schiff, Zug, Kutsche.«

»Warst du gut in der Schule?« Das hatte er schon einmal gefragt, fiel Anna auf.

»Ja«, sagte sie leise, um nicht angeberisch zu wirken. »Eine von den Besten.«

»Soso.« Er schob das Blatt hin und her. Dann sah er auf. »Schreiben auch? Schreibst du in dein Tagebuch?«

Was wollte er? Leise Furcht stieg in Anna auf. Vielleicht sogar ihr Tagebuch sehen?

»Jaa …«, sagte sie zögerlich.

»Wir bräuchten manchmal jemanden im Büro. Als Hilfe. Die Bürokratie ist manchmal etwas viel«, sagte er freimütig, »und meine Frau hat ja auch noch andere Dinge zu tun. Und ich auch.« Sein Blick hielt sie fest. »Traust du dir das zu?«

»Wenn Sie mir sagen, was ich machen soll, können wir es ja ausprobieren.« Anna war sich nicht sicher, was sie davon halten sollte.

Anton Faiker nickte. »Ich spreche mit meiner Frau darüber. Über deine freien Tage und über meine Idee.« Er machte eine wedelnde Handbewegung zur Türe.

Als drei Tage später die Einwilligung kam, hätte Anna fast Maria geküsst, weil sie gerade neben ihr stand. Johanna hatte die gute Nachricht gebracht und auch den Grund betont, bevor sie wieder gegangen war: Bisher untadeliges Arbeiten, hätten die Wirtsleute gesagt.

»Sag ich doch, du bist eine Streberin!«, rief Erna und duckte sich, weil diesmal Anna eine Kartoffel warf.

»He!«, schimpfte Maria, »das ist mein Vorrecht!« Aber gleich darauf lachte sie. »Ist doch hoffentlich ein schöner Grund, dass du nach Hause fährst?«

»Meine Schwester heiratet …«

»Ich auch!« Luisa, die gerade Speisen in die Wirtsstube tragen wollte, stellte die Teller wieder ab und hielt ihre rechte Hand mit gespreizten Fingern nach oben. »Da! Was seht ihr?«

Alle starrten hin, keine sagte etwas.

»Der Ring!« Luisa zeigte mit dem linken Zeigefinger darauf. »Groß genug ist er ja, dass man ihn sehen muss, ihr Hohlköpfe!«

»He!!!« Waltraut, die ihr die gefüllten Teller gereicht hatte, stieß sie in die Rippen. »Hohlköpfe? Was fällt dir ein!«

»Von wem?«, rief Erna, die an der Kartoffelschälmaschine beschäftigt war.

»Douglas!«, brach es aus Luisa stolz heraus.

»Ach!« Erna winkte ab. »Der schenkt doch jeder einen Ring!«

»Ist doch gar nicht wahr!«, fauchte Luisa.

»Bevor ihr euch nun das Essen an den Kopf werft, raus aus der Küche, Luisa!« Maria stemmte die Hände in die Hüften, Luisa nahm die Teller wieder auf.

»Und ich bin die Einzige!«, rief sie noch, bevor sie durch die Türe nach draußen verschwand.

Anna hatte dem Geplänkel nur mit halbem Ohr zugehört, sie war so glücklich, dass sie am liebsten sofort einen Brief geschrieben hätte. Maria hatte ihr die freudige Ungeduld angesehen. »Du kannst doch anrufen«, schlug sie vor.

»Wie soll das gehen?« Anna sah sie groß an. Das Hotel hatte zwar ein Telefon, aber in Mahlstetten höchstens der Pfarrer. Und das Hofgut lag für einen Telefonanschluss von allen Gemeinden zu weit weg, zu einsam, zu weit oben. Und bis der Pfarrer die Nachricht am Sonntag weitergeben könnte, hätte sie auch schon geschrieben. Und außerdem: »Viel zu teuer«, sagte sie. Das sah Maria ein.

»Dann lauf«, flüsterte sie ihr zu. »Schreib deinen Brief, ich gebe dir Rückendeckung.«

Kraftstein

Am 13. Oktober stand Anna an der Anlegestelle, die in den letzten Monaten fast fertig geworden war, und wartete auf die Arenaberg. Sie trug das Kleid, mit dem sie am 13. April angekommen war, und auch das warme Schultertuch hatte sie sich eingepackt, denn am Kraftstein war es sicherlich schon sehr viel kälter als hier. Während sie mit anderen Passagieren auf das Dampfschiff wartete, drehte sie sich zur »Krone« um und musterte die Fassade des Hotels, das ihr nun über eine so lange Zeit zur zweiten Heimat geworden war. Wie vertraut doch alles war. Die überdachte Terrasse, die Zimmer, das Eckzimmer … sie wandte sich ab. Daran mochte sie nicht denken. Lieber an die Menschen darin, an die Umgebung, an den Markt, sogar an das Hochwasser, das so plötzlich verschwunden war, wie es gekommen ist. Außerdem an die abendlichen Treffen in der kleinen Beiz gegenüber, in der sie einige Mädchen aus anderen Hotels kennengelernt hatte, und vielleicht würde sie nun doch einmal mit zu einem der Tanzabende im »Schwanen« gehen, bevor die »Tanzsaison«, wie Johanna sagte, wieder vorbei war.

Sie musterte ihre Mitreisenden. Einen der Herren kannte sie vom Sehen, er war zwischendurch Gast in der »Krone« gewesen, sie grüßte ihn, aber er war voll auf die Arenaberg konzentriert, die sich dampfend und zischend näherte. Anna drückte ihre Tasche an sich. Sie hatte sich in der Bank fast ihr ganzes Geld ausbezahlen lassen, weil sie in Schaffhausen schöne Geschenke kaufen wollte, deshalb hatte sie extra einen späteren Zug gewählt. Und für sich ein zweites Tagebuch, das erste war fast voll. Sie freute sich schon auf den Schreibwarenladen – auch auf das Geschäft mit den feinen Düften. So einen hatte sie sich für ihre Mutter vorgestellt. Und für Serafine? Sie wusste es noch nicht. Aber sicher fand sie etwas Schönes für ihre Schwester, etwas Unvergängliches.

Auch heute hatte sie wieder Glück mit dem Wetter, und heute ließ sich, ganz ohne Aufregung, die Fahrt besser genießen. Sie hatte sich diesmal eine Bank in der Mitte des Schiffs ausgesucht, so konnte sie gleichermaßen nach rechts und links zum Ufer schauen, und außerdem saß sie alleine und musste sich mit niemandem unterhalten.

Doch obwohl sie es die letzten Wochen erfolgreich verdrängt hatte, kam hier, auf der Arenaberg, alles wieder mit Macht hoch.

Sie sah ihn wieder sitzen, hier bei ihrer Fahrt nach Steckborn. Wie er angezogen war, wie er sie ansah, was sie dachte. Seine Augen – und seine hübsche, junge Frau. Und dann derselbe Mann, wie er sie packte, aufs Bett warf, seine Hand zwischen ihren Beinen – sie schloss die Augen, weil sie Übelkeit aufsteigen spürte. Sie musste sich auf etwas anderes konzentrieren, weg von diesen Bildern, weg von diesem Gefühl der Ohnmacht, die sie damals verspürt hatte. Anna riss die Augen auf und sah sich das Ufer an. Etwas Schönes denken, befahl sie sich. An die Hochzeit, an das Wiedersehen mit ihren Brüdern. Aber auch das waren Männer. Nein, sicher hatte Erika unrecht, es waren doch nicht alle gleich – wären sonst so viele Frauen verheiratet? Helene fiel ihr wieder ein, was sie damals in der Beiz gesagt hatte … *die ehelichen Pflichten* – und – *zeig mir ein Paar, das sich liebt*. Also, sie würde nur aus Liebe heiraten, das schwor sie sich. Und allen anderen Männern aus dem Weg gehen. Auf der anderen Seite würde sie gern mal über all das reden. Was mit den ehelichen Pflichten gemeint war. Und überhaupt alles … Mann, Frau … aber mit wem? Vielleicht Serafine? Sicherlich machte sie sich jetzt, so kurz vor ihrer Hochzeit, darüber doch auch Gedanken?

Anna lehnte sich zurück. Genieß die Fahrt, ermahnte sie sich und sah zum Ufer. Und tatsächlich war es ein schönes Bild. Die herbstlich gefärbten Weinreben, die sich weit die Hänge hinaufzogen, dazwischen malerische Häuser, am Ufer Trauerweiden und immer wieder hochaufschießende Pappeln, kleine Dörfer mit Fischerbooten, es war eine wunderschöne Fahrt. Sie sollte das mal in die andere Richtung machen, nach Konstanz. Angeblich sollte der Bodensee dort noch viel beeindruckender sein.

Konstanz, das hatte sie auch schon gehört, war eine mittelalterlich bedeutsame Stadt und darüber hinaus absolut sehenswert. Sie lächelte vor sich hin. Sie war erst dreizehn. Sie hatte noch viel Zeit, alles irgendwann einmal zu sehen.

In Schaffhausen angekommen, musste sie sich erst einmal darauf konzentrieren, aus welcher Gasse sie vor sechs Monaten bei ihrer Ankunft gekommen war. Für den Notfall hatte sie den Brief des Pfarrers dabei, den musste sie ja nur von unten nach oben lesen … aber dann erkannte sie auch ohne Gedächtnisstütze alles wieder und ging summend die Gassen entlang.

Das bei ihrer damaligen Ankunft letzte Geschäft war nun das erste … das Schreibwarengeschäft. Es entschlüpfte ihr ein Jauchzer, als sie vor dem Schaufenster stand und die Auslage studierte, dann stürmte sie die Treppen hinauf und riss die Türe so ungestüm auf, dass sich die Glocke am Eingang überschlug.

Die Verkäuferin drehte sich mit scharfem Blick zu ihr um, aber gleich darauf schien sie Anna zu erkennen, und ein Lächeln huschte über ihre Züge. »Na, wieder da?«, fragte sie statt der Rüge, die Anna schon erwartet hatte und sich hastig entschuldigte.

»Schon gut!« Die Verkäuferin winkte ab, stellte ein Tintenfass, das sie gerade in der Hand gehalten hatte, ab und kam auf Anna zu.

»Ich bin so froh, wieder hier zu sein«, sagte Anna hastig, »es ist der schönste Platz auf der ganzen Welt!«

Die Frau lächelte amüsiert.

»Dann solltest du vielleicht in einem solchen Geschäft arbeiten?«

Diese Möglichkeit schoss Anna zum allerersten Mal durch den Kopf.

»Aber das geht ja nicht einfach so …«

»Man muss eine Lehre machen.« Die Frau lächelte noch immer. »Wenn man will, ist fast alles möglich. Sieh mal, du hast zwei der berühmtesten Männer kennengelernt, hättest du das damals gedacht?«

Anna schüttelte den Kopf. »Nie und nimmer. Und dass ich ein so wunderbares Geschenk bekommen würde!« Sie strahlte. »Und Ihren Bleistift habe ich in Ehren gehalten.«

»Vielleicht hat er dir ja wirklich Glück gebracht.«

»Und Sie haben das wunderbarste, das schönste Tagebuch überhaupt ausgesucht«, fast wäre sie der Frau um den Hals gefallen, aber die schien die kleine Geste zu bemerken und legte ihr eine Hand auf die Schulter. »Es ist schön, wenn sich ein junges Mädchen fürs Schreiben begeistern kann.«

»Und fürs Lesen …«, ergänzte Anna. »War Hans Sturzenegger wirklich hier? Und Sie haben das Büchlein gemeinsam ausgesucht?«

»Aber ja. Er ist öfters hier, weil er seine Farben bei mir bestellt.«

»Sind Sie die Besitzerin?«

Die Frau wies zur Tür. »Draußen hängt ein kleines Messingschild … Aloisia Uhlig.«

»Oh, das hatte ich übersehen. Entschuldigen Sie, Frau Uhlig. Und ich habe natürlich einen Dankesbrief geschrieben … aber wenn ich nun schon hier bin, würde ich ihm und Herrn Hesse gern etwas Besonderes hinterlassen … dafür kaufe ich dann eben ein weniger teures Tagebuch.«

»Ist deines denn schon voll?«

»Fast …«

»Na, in so einem jungen Leben gibt es ja auch viel zu erleben und viel, um es schriftlich festzuhalten.«

Anna nickte. »Was könnte ich den beiden denn schenken?«

»Hast du Zeit?«

Anna nickte. »Etwas.«

»Dann komm!«

Anna konnte sich nichts vorstellen und ging ihr neugierig hinterher in einen Nebenraum. Dort standen kleine Stehpulte, fast wie in einer Schule, fand Anna, und auf einem Tisch waren verschiedene Schreibblöcke und Malutensilien ausgebreitet.

»Hier halten wir Kurse ab«, erklärte Aloisia Uhlig.

»Da wäre ich auch gern mal dabei.« Anna sah sich um. Malen zu lernen, dachte sie, das musste wunderbar sein!

»Tja«, sagte Aloisia und wischte sich eine ihrer dunklen Locken aus der Stirn. »Kunst bereichert das Leben. Und deshalb macht man Künstlern mit etwas Selbstgemachtem die größte Freude. Also darfst du hier nun deiner Fantasie freien Lauf lassen.«

Anna war ehrlich erschrocken. »Aber ich kann doch gar nicht malen.« Sie überlegte. »Nicht gut.«

»Das musst du ja auch nicht. Du kannst auch einfach mit vielen Farben ein Dankeschön schreiben. Und vielleicht mit ein paar Strichen das Bodenseeufer andeuten. So wie mir Hans erzählt hat, hatte ja dort eure Begegnung stattgefunden.«

Anna hatte das Bild sofort wieder vor Augen.

»Au ja!«, sagte sie. »Als ich auf meine Steininsel trat und die beiden dort am Ufer sitzen sah …«

»Na bitte!« Aloisia wies in den Raum. »Ich lasse dich zwanzig Minuten alleine. Und weil das hier nichts kostet, hast du nachher noch Geld für ein schönes Tagebuch.«

Das war Anreiz genug. Anna warf ihren dicken Zopf nach hinten, krempelte die Ärmel ihres Kleides hoch und machte sich an die Arbeit.

Dreißig Minuten später verließ sie das Geschäft, drückte Aloisia Uhlig zum Abschied die Hand und war rundum glücklich. Die Szene am Bodenseeufer hatte sie, wie sie fand, ganz gut hingekriegt, die Männer waren vielleicht eher Strichmännchen, aber dafür hatte sie mit ganz vielen Farben ein verschnörkeltes »Danke für alles« darüber geschrieben. Insgesamt, das fand auch Frau Uhlig, war es ein ausdrucksstarkes Kunstwerk geworden. Mit einem neuen Tagebuch in der Tasche, gleiche Machart, nur eine andere Farbe, ging sie zum nächsten Geschäft, dem Haushaltswarengeschäft, denn sie erinnerte sich an den schön gedeckten Tisch mit dem silbernen, mehrarmigen Leuchter. Der war teurer als alles, was sie bisher verdient hatte, aber die Verkäuferin fand einen einzelnen Silberleuchter, der einen kleinen Makel hatte und deshalb viel günstiger war. Sie zwinkerte ihr zu: »Ganz ehrlich, unsere gut betuchte Kundschaft würde ihn nie kaufen, dabei ist die kleine Delle ja kaum zu sehen. Und bevor er uns nun ganz unverkäuflich stehen bleibt, mach ich dir lieber einen Sonderpreis. Dann kaufst du noch eine schöne Kerze dazu, ich schlage ihn in Seidenpapier ein – und schon hast du ein wunderschönes Hochzeitsgeschenk.«

Mit Vorfreude im Herzen ging Anna zu der Apotheke mit den vielen Flakons und Düften weiter. Wie traumhaft, dachte sie, als sie die Türe öffnete, dass mein Herzenswunsch so schnell in Erfüllung gegangen war. Sie fuhr heim und hatte für jeden ein Geschenk im Gepäck.

Und tatsächlich saß sie zwei Stunden später mit zwei speziellen Bartseifen für ihre beiden Brüder und einem wunderbar nach Veilchen duftenden Parfum im Zug. Auf der harten Sitzbank kam sie nun zur Ruhe und überlegte, ob ihr Bruder wohl pünktlich war? Ob er sich in den Monaten verändert hätte? Ob vielleicht sogar sie sich verändert hatte? Jedenfalls erzählte ihr diesmal im Abteil niemand etwas über verhätschelte junge Leute, denn diesmal war sie alleine und konnte die vorbeigleitende Landschaft ungestört betrachten und dabei ihren Gedanken nachhängen. Eine Lehre in einem Schreibwarengeschäft, das war vielleicht auch keine schlechte Idee. Aber wenn sie jetzt im Hotel auch noch Büroarbeit lernen durfte, dann wäre das sicher auch etwas für die Zukunft. Sie könnte das ja mit ihrer Mutter besprechen, falls sie bei all der Hochzeitsaufregung Zeit finden könnten. Oder mit Johann auf dem Kutschbock. Da hatten sie jedenfalls Zeit. Aber ob er der richtige Ratgeber war?

Sie passte auf, dass sie rechtzeitig parat zum Aussteigen war, und stand deshalb schon früh an der Tür, um Tuttlingen bloß nicht zu verpassen.

Kaum hatte sie bei der Ankunft die schwere Tür geöffnet, streckte sich ihr eine Hand entgegen, und sie landete an Johanns starker Brust.

»Na, na«, tadelte ein schwarz gekleideter Herr neben ihnen, »in der Öffentlichkeit so stürmisch!«

Anna ging nicht darauf ein, sondern rief nur ein ums andere Mal: »Johann, mein Johann«, während er sie herumwirbelte. »Die kleine Anna, kein Gramm zugenommen!«

Sie lachten beide, er stellte sie wieder auf den Boden und nahm ihr die Tasche ab. »Du siehst gut aus«, stellte Anna fest, während sie nebeneinander hergingen. »Verliebt?«

»Naseweis!«, sagte er, aber irgendwie hatte er sich verändert, fand Anna. So zugänglich und liebevoll hatte er sich früher nie gezeigt. Immer der große, etwas distanzierte Bruder. Und nun wirbelte er sie plötzlich noch einmal durch die Luft. Es musste mit einem Mädchen zu tun haben, es konnte gar nicht anders sein. Wie hieß sie noch? Barbara, fiel ihr wieder ein.

Aber in diesem Moment sah sie Franz, und das ließ sie alles andere vergessen. Sie lief los, und als sie »Franz, Franz« rief und er ihr den Kopf zuwandte und zu schnauben begann, kamen ihr die Tränen. »Mein Franz, mein Franz. Wie ich dich vermisst habe«, gleich stand sie bei ihm, hatte seinen Kopf zwischen ihren Händen und küsste ihn auf die Nüstern.

»Man könnte ja direkt eifersüchtig werden«, sagte Johann lachend, der hinter sie getreten war.

»Na, alter Junge?«, er tätschelte seinen Hals, »ist deine große Liebe wieder da?«

»Wie schön«, lachte Anna. »Heute im Stall erzähle ich dir alles, was ich erlebt habe!«

»Pass auf, dass da keine Lauscher sind!«

Anna rammte ihrem Bruder den Ellbogen in die Rippen. Er stöhnte: »Doch noch ganz genau die alte Anna!«

Im Gegensatz zu der Fahrt im April, als hier noch Schnee lag und ein eiskalter Wind pfiff, war die Fahrt durch den sommerlichen Herbst einfach herrlich. Anna saß dicht neben ihrem Bruder, sah auf den vertrauten, breiten Rücken des Braunen vor ihr und spürte die Wärme, die ihr durch den Körper ging, das Gefühl von Heimat, Heimkommen. Sie legte ihre Hand auf Johanns Oberschenkel. »Ist zu Hause noch alles gut? Mutter?«

»Sie freut sich für Serafine. Sie hat den Richtigen gefunden, meint sie.«

»Und sie selbst? Gesundheitlich?«

Johann warf ihr einen Blick zu. »Du kennst sie doch. Hat sie sich jemals beklagt? Wenn sie was hat, macht sie das mit sich selbst aus.«

Anna nickte und dachte an die Nacht, als sie ihre Mutter weinend am Küchentisch entdeckt hatte und leise wieder umgekehrt war. Hätte sie sich damals einfach dazusetzen und die Sorgen ihrer Mutter teilen sollen? Nein, sie war ja noch ein Kind gewesen.

»Und du?«, Johann legte kurz die Hand auf ihre, »du hast ja einiges in deinen Briefen geschrieben. Mutter liest sie uns zum Abendbrot vor. Es scheint ein turbulentes Leben zu sein, das du da in diesem Hotel führst.«

»Ja, es ist viel Arbeit, von morgens früh bis abends spät, aber ich fühle mich«, sie suchte nach dem richtigen Begriff, »erwachsener, seitdem ich dort bin.«

Johann schenkte ihr ein Lächeln. »Ja, das ist mir auch aufgefallen.«

Sie waren bereits durch Mühlheim hindurchgefahren, und nun kam der Anstieg zur Hochebene, wo seit langen Zeiten das Hofgut stand. Franz legte sich ins Geschirr und stapfte mit wippendem Kopf den steinigen Weg hinauf, oben fiel er in Trab.

»Es geht heim«, lächelte Johann. »Der alte Knabe bräuchte eigentlich keinen Kutscher, er kennt jeden Weg.«

Anna atmete tief ein. Die Luft war so anders als am Bodensee, sie schien ihr frischer, gereinigt. Es roch so urwürzig nach Boden, nach den Pflanzen, die hier wuchsen, nach allem, was sie seit ihrer Kindheit kannte. Und Anna war sich sicher, sie würde diesen Duft überall auf der Welt als den Geruch ihrer Heimat wiedererkennen.

Als Kraftstein in Sicht kam, zuerst von Weitem leicht verschwommen, dann die Dächer der verschachtelten Gebäude und schließlich das Gehöft selbst, schnürte es ihr das Herz ein, dann öffnete es sich weit, und sie gab Johann einen Kuss auf die Wange. »Wieder daheim!«

Er schüttelte den Kopf. »Es waren doch nur sechs Monate!«

»Mir kommt es vor wie mein halbes Leben!«

Das letzte Stück fiel Franz in Galopp, so eilig hatte er es, wieder auf seine Koppel zu kommen, und schoss entsprechend schnell um das Hauseck zum Eingang.

»Brrr«, machte Johann, was unnötig war, denn Franz blieb mit einem Ruck vor der Türe stehen. Anna konnte sich gerade noch festhalten und schüttelte lächelnd den Kopf.

»Nicht zu fassen, alter Knabe!«

Bevor sie absteigen konnte, wurde die Türe aufgerissen, und ihre Mutter kam heraus, gefolgt von Max und Serafine, die sich beide, als ob sie noch Kinder wären, von der breiten Steinstufe wegrempelten.

Anna sprang vom Kutschbock herunter. »Wie ich mich freue«, rief sie und lief mit ausgestreckten Armen auf ihre Mutter zu, die ihr entgegenkam und sie an sich drückte. »Mein verlorenes Kind«, sagte sie und küsste sie aufs Haar. Dann hielt sie Anna ein Stück von sich weg. »Erwachsen bist du geworden!«

»Und du bist immer noch so hübsch wie früher«, antwortete Anna.

»So, du kleine Schwester!« Ihre Geschwister nahmen sie fest in den Arm.

»Und morgen bist du schon eine verheiratete Frau.« Anna sah ihre Schwester an, die ihr durch ihren muskulösen Körperbau und ihr burschikoses Auftreten immer mehr als Bruder denn als Schwester erschienen war.

»Und bald mit einem Kind«, fügte Max hinzu, »dann kriegt sie endlich Rundungen, wie es sich für eine Frau gehört!«

Serafine stupste ihn. »Frechdachs! Schau Mutter an. Siehst du da irgendwo weibliche Rundungen?«

Anna musste lachen. »Bei uns in der Schweiz gibt es in der Zeitung sogar Anzeigen, wie man durch Pillen dicker werden könne.«

»Na, siehst du«, Johann reichte ihr die Tasche. »Meine Barbara hat ein paar Pfunde mehr als ihr, schön rund und gemütlich.«

»Gemütlich«, prustete Serafine. »Das ist mal ein anerkennendes Wort für eine Frau!«

»Was sagt denn dein Bräutigam zu dir?«

»Dass er mich liebt, genau so, wie ich bin.«

Kurz waren alle still.

»Hört sich sehr schön an.« Annas Mutter trat einen Schritt zurück. »Lasst uns reingehen, der Tisch ist gedeckt.«

Und Franz, als ob er es verstanden hätte, zog in Richtung Stall an, um abgeschirrt zu werden.

Annas Mutter hatte einen Zopf gebacken, und bei Kaffee und Kuchen legte Anna die eingepackten Geschenke vor sich auf den Tisch. Nur Serafine bekam ihres noch nicht. »Es ist ein Hochzeitsgeschenk für euch beide«, erklärte Anna und ließ den Leuchter tief unten in ihrer Tasche liegen. »Wer ist es überhaupt?«, wollte sie wissen, »kenne ich ihn?«

»Niklaus Wirth«, antwortete Max an ihrer Stelle, und ihre Mutter fügte hinzu: »Ein rechtschaffener Bursche, zwei Jahre älter als Serafine. Aus Mühlheim.«

»Und wo hast du ihn kennengelernt?«

»Beim Tanz. In der Tenne ... da geht es immer recht lustig zu«, warf Johann ein. »Dort habe ich Barbara auch kennengelernt.«

Anna dachte kurz an die Einladungen, sie möge mit in den »Schwanen« kommen. Offensichtlich waren diese Tanzabende die reinsten Heiratsmärkte. Wie die Viehmärkte, bei denen auch alles zusammentraf.

»So ziehst du jetzt also nach Mühlheim?«, wollte Anna von Serafine wissen. »Oder kommt er hier hoch?«

»Das würde noch fehlen«, sagte Johann. »Der soll in Mühlheim für seine Serafine sorgen. Wir haben hier genug zu tun, um alle satt zu werden.«

Kurzes, betretenes Schweigen, dann schob Anna die Geschenke für ihre beiden Brüder über den Tisch. Max schnüffelte am Seidenpapier. »Riecht irgendwie herb«, meinte er, während Johann das Papier schon aufriss. »Aha«, sagte er und drehte schmunzelnd die viereckige, dunkle Seife in den Händen. »Damit wir uns mal wieder richtig waschen?«

»Es ist eine Bartseife. Damit die Bärte schön weich sind, sich leichter pflegen lassen und gut duften, falls ihr mal geküsst werdet«, erklärte Anna, und prompt strich sich Johann durch seinen dichten Vollbart. »Und zum Barbier könnte ich auch mal wieder, du hast völlig recht. Danke dir, Schwesterchen.«

Annas Mutter tastete ihr Päckchen ab und löste schließlich vorsichtig die Bänder, mit denen das Seidenpapier zusammengehalten wurde.

»Oh, was für ein hübscher Flakon.« Sie drehte das Fläschchen in jede Richtung. »So etwas bekommt man bei uns nicht. Wo hast du es her?«

»In Schaffhausen gibt es Geschäfte, eines neben dem anderen, da gehen einem die Augen über, wirklich, Mutter, ihr müsstet mal kommen. Wunderschöne Haushaltswaren, traumschöne Kleider, und in der Apotheke, da wird man vor lauter Düften und Essenzen und Kräutern schier ohnmächtig.«

»Dann gehen wir da lieber nicht hin«, meinte Max trocken und kassierte unter dem Tisch einen Schlag gegen das Schienbein. »Autsch!«

Annas Mutter nahm vorsichtig den Glasdeckel ab und schnupperte.

»Wie wunderbar«, sagte sie. »Veilchen? Stimmt's?«

Anna sah sich glücklich um. Sie hatte sich vor sechs Monaten ein Versprechen gegeben, und das hatte sie gehalten: Sie hatte ihrer Mutter von ihrem ersten Gehalt ein schönes Geschenk gekauft, und vielleicht freute sie sich von allen am meisten darüber.

Es war die letzte Nacht, da Serafine noch im Haus schlief, sodass Anna spätabends im Nachthemd zu ihr ins Bett glitt. »Bist du aufgeregt?«, wollte sie wissen.

Serafine nickte. »Ja, schon. Es ist ja eine große Feier morgen. Die Kirche, das Festmahl, mein Hochzeitskleid …«

»Und die Hochzeitsnacht?«

Serafine rutschte auf der Matratze etwas auf die Seite, damit Anna mehr Platz hatte, und flüsterte: »Weißt du, wir haben schon so ein bisschen … vorgefühlt.«

»Vorgefühlt?«, wisperte Anna und versuchte sich die Bilder aus dem Hotelzimmer aus dem Kopf zu schlagen.

»Ja, geküsst und so.«

»Und was passiert da morgen Nacht?«

Serafine richtete sich etwas auf. »Willst du es genau wissen?«

Anna nickte in die Dunkelheit hinein.

»Dann musst du mich danach fragen.«

»Dann weißt du es also auch nicht?«

»Nicht so richtig«, gestand ihre große Schwester.

»So ein bisschen wie unsere Schafe, nehme ich an?«, fragte Anna weiter.

»Hoffentlich schöner.« Serafines Tonfall klang in der Dunkelheit amüsiert.

»Und dein Mann, der Niklaus, weiß der denn mehr?«

»Ich hoffe. Damit wir nicht beide dastehen und keine Ahnung haben.«

Sie lachten beide, und Serafine ließ sich wieder in ihre hohen Kissen sinken. »Aber ich denke schon. Irgendwo holen sich die Burschen ihre Erfahrung ja wohl her.«

»Aber wenn wir als Jungfrauen in die Ehe gehen sollen, wie der Pfarrer sagt, wo sollen sie dann ihre Erfahrung herbekommen? Von verheirateten Frauen?«

»Das wäre Sünde«, überlegte Serafine. »Das sechste Gebot: Du sollst nicht ehebrechen.«

»Na ja«, Anna verzog das Gesicht, »sie können ja anschließend in die Kirche und beichten, dann ist alles wieder gut.« Sie dachte kurz nach. »Und die verheirateten Frauen ... mit denen sie, du weißt schon, die Ehe gebrochen haben?«

»Die besser nicht!«, sagte Serafine sofort. »Sonst weiß es der Pfarrer und wer weiß noch sonst wer.«

Es wurde still. Anna kam zu dem Schluss, dass Frauen ihre Geheimnisse wirklich besser für sich behalten sollten. Dann lauschte sie den vertrauten nächtlichen Geräuschen im Haus. Dem Tapsen kleiner Füßchen, dem Ächzen der alten Balken und den Rufen der Nachtvögel, die von draußen hereindrangen.

»Ist das nicht ungerecht?«, fragte sie nach einer Weile. »Männer sollen ehebrechen, um Erfahrung für ihre eigene Ehe zu haben, und Frauen nicht?«

»Die Männer wollen kein fremdes Kind aufziehen. Das ist der Punkt.«

»Aber Papa hat doch auch den Oswald aufgezogen?«

»Ja, das stimmt.«

Beide dachten darüber nach, denn ihr Halbbruder Oswald wurde unehelich geboren, sein Erzeuger war ein verheirateter Wirt, der jedoch finanziell für das Kind sorgte. Und als ihre Mutter zwei Jahre danach ihren Johann heiratete, hatte der den Oswald angenommen und dies auch offiziell bescheinigt.

»Ein Wirt!«, sagte Anna und starrte an die Decke.

»Und wie ist dein Wirt da in Steckborn?«

»Ich weiß nicht. Etwas unheimlich. Er meinte, wenn ich älter würde und Rundungen bekäme, müsste ich mich vor den Männern in Acht nehmen.«

»Vor ihm?«

Darauf wusste Anna nichts zu sagen, aber sie erzählte ihrer Schwester das schreckliche Erlebnis mit dem Hotelgast, das sie ständig beschäftigte. Serafine nahm sie vorsichtig in den Arm.

»Ich glaube nicht, dass alle Männer so sind.«

Anna dachte an Erika, die das genaue Gegenteil sagte, schwieg aber, denn morgen war ja immerhin Serafines Hochzeit und der glücklichste Tag in ihrem Leben.

Serafine richtete sich wieder auf und stützte sich auf ihren Ellbogen. »Hast du schon deine Blutungen?«, wollte sie leise wissen.

»Meine was?«

»Dann erkläre ich dir das jetzt, damit du nicht zu Tode erschrickst, wenn es zum ersten Mal geschieht.«

Erster Weltkrieg

Was alle befürchtet hatten, war eingetreten. Am 1. August 1914 erklärte das Deutsche Reich Russland den Krieg. Als Auslöser galt das Attentat von Sarajevo auf den österreichisch-ungarischen Thronfolger Franz Ferdinand, aber Anton Faiker war skeptisch.

»Wer weiß, welche Kräfte hinter diesem Attentat stehen«, mutmaßte er an diesem Morgen bei seiner Ansprache im Frühstückszimmer. »Die Gerüchte, dass es Krieg gibt, kursieren ja schon eine Weile. Unsere Zeitung hat schon vor einem Jahr darüber geschrieben, und die Schweiz hat sich seither entsprechend vorbereitet. Also scheint dieses Attentat ... na, ja«, er überlegte, »ein bewusst gewählter Auftakt zu sein.«

Anna war es sofort schlecht geworden, und sie hatte ihr angebissenes Honigbrot von sich geschoben.

Ihre Brüder? Müssten die jetzt in den Krieg ziehen? Ihre Schwager? Mussten alle in Deutschland in den Krieg?

Sie war die einzige Deutsche in der »Krone«. Alle anderen hatten sich, nachdem Faiker gegangen war, wieder ihrem Frühstück und ihren Gesprächen zugewandt, nur Helene legte ihr eine Hand auf den Arm.

»Geh doch zu ihm ins Büro. Es ist ein Ausnahmefall. Er hat bestimmt Verständnis, wenn du ihn fragen willst, was dich nun quält!«

Anna sah sie kurz an, dann schob sie den Stuhl zurück. »Du hast recht! Danke!«

Anton Faiker schien sie erwartet zu haben. Auf ihr leises Klopfen kam sofort ein »Herein«, und er sah ihr von seinem Schreibtisch aus entgegen. »Setz dich«, bot er ihr den Hocker vor seinem Schreibtisch an.

»Herr Faiker«, sammelte sich Anna, »entschuldigen Sie, wenn ich hier so hereinplatze«, sie spürte, wie ihr die Tränen kamen, »aber … ich habe solche Angst um meine Familie!«

Der Wirt nickte. »Das kann ich verstehen.«

Ermutigt fuhr Anna fort. »Meine Brüder, meine Schwager, ich weiß überhaupt nicht, was nun passiert. Müssen sie nun alle in den Krieg? Und der Hof? Und …« Sie wusste nicht weiter, ihre Gedanken überschlugen sich, und die Furcht lähmte sie.

»Es ist eine Generalmobilmachung im Deutschen Reich, so heißt es. Aber wir müssen abwarten. Normalerweise werden die Männer offiziell einberufen, die …«, er zögerte, »fürs Vaterland kämpfen sollen. Das braucht seine Zeit.«

Anna fasste sich an die Brust, ihr Herz schlug wie wild.

»Willst du anrufen?« Anton Faiker zeigte zu dem Telefon auf seinem Tisch.

Anna schüttelte den Kopf. »Das nützt nichts. Wir haben kein Telefon.« Sie hob den Blick. »Vielleicht am Sonntag? Morgen? Dann kann ich unseren Pfarrer erreichen. Und meine Mutter und meine Brüder. Sie sind am Sonntag immer in der Kirche.«

»So wollen wir es halten«, erklärte der Wirt und holte tief Luft. »Sag ihnen, dass du von jetzt an jeden Sonntag um die gleiche Zeit anrufen wirst.«

»Das darf ich wirklich?« Anna sprang auf und wäre ihm fast um den Hals gefallen, wenn er nicht so mächtig und dadurch auch irgendwie abweisend in seinem Stuhl gesessen hätte. Er schien es gespürt zu haben und nickte ihr zu. »Es ist meine Christenpflicht«, sagte er und schenkte ihr ein kleines Lächeln. »Und vielleicht liegst du mir ja auch ein bisschen am Herzen, kleine Anna!«

Traurige Nachricht

Anna sah es an Frau Faikers Blick, dass etwas Schlimmes passiert sein musste. Sie hatte sie nach dem Mittagessen an der Tür abgepasst, war in ihr Büro vorausgegangen und hatte sie an sich vorbei eintreten lassen. Sie selbst war stehen geblieben, und als sich Anna nach ihr umdrehte, weil sie nicht wusste, was sie tun sollte, zeigte Isolde Faiker zu dem Telefon auf ihrem Schreibtisch.

»Bitte ruf deinen Pfarrer in Mühlstetten an«, sagte sie, drückte ihr einen Zettel mit einer Telefonnummer in die Hand und schloss die Türe leise hinter sich.

Anna stand wie vom Donner gerührt. Durch die vielen Telefonate in den letzten Jahren kannte sie die Nummer auswendig, aber sie traute sich eine ganze Weile nicht, im Pfarrhaus anzurufen. Tausend Dinge gingen ihr durch den Kopf, eine schlimme Ahnung nach der anderen. Dann gab sie sich einen Ruck, drehte das Telefon zu sich um und gab der Vermittlung mit zitternder Stimme die Nummer an.

Wenig später knackte es, und sie hörte die vertraute Stimme des Pfarrers, aber in einem anderen Tonfall als gewöhnlich.

»Herr Pfarrer?«, sagte sie und spürte, wie ihre Stimme brüchig wurde.

»Mein Kind«, sagte er, »ich habe die schwere Aufgabe, dich vom Tod deines Bruders Max zu unterrichten.« Er zögerte. »Der gefürchtete Brief traf heute Morgen ein. Deine Mutter und deine Geschwister sind hier bei mir im Gebet versammelt.«

»Er ist … er ist …«, Anna konnte nicht weitersprechen, eine eiskalte Hand griff nach ihr, und Schauer jagten über ihren Körper. Sie hielt sich an der Schreibtischkante fest.

»Er ist, so steht es in der Helden-Urkunde«, der Pfarrer stockte, »den Heldentod fürs Vaterland gestorben. In Frankreich, bei Sassenay, Saône-et-Loire, Höhe 304, am 11. Juli 1917.« Er brach ab.

»O Gott!«, Annas Hand zitterte, »er ist tot? Max ist tot?« Ihr Gehirn weigerte sich, die Nachricht aufzunehmen. »Und was ist mit Mutter, meinen Geschwistern? Ich komme auf der Stelle heim!«

Sie hörte ein Rascheln, als ob er in seinem steifen Talar den Kopf schüttelte. »Er liegt in Frankreich begraben. Wir können hier nichts mehr für ihn tun, außer beten.«

»In Frankreich! Wie entsetzlich! Und wo dort?«

Es folgte Stille, und Anna begann haltlos zu schluchzen.

»Geh in die Kirche, Anna, zünde eine Kerze für ihn an, und bete für ihn. So wie wir es hier auch machen. Deine Mutter wird dir einen Brief schreiben.«

»Aber die Familie muss doch … zusammenstehen«, schluchzte sie. »Mein Bruder. Er ist doch noch so jung!!«

»Er war ein großartiger Mensch. Und jeder muss nun seine Trauer mit sich selbst und Gott ausmachen. Deine Geschwister sagen, der Zusammenhalt ist auch ohne körperliche Nähe da.«

»Oder Mutter kommt hierher zu mir!«

Sein Schweigen zeigte ihr, wie unsinnig die Idee war.

»Herr Pfarrer … wie ist er gestorben?«

»Das wissen wir nicht, Anna, aber sei dir sicher, mit Gott!«

»Vielleicht war er schwer verwundet und hat nach uns gerufen – und wir waren nicht da!« Ein tiefer Schluchzer erschütterte sie. »In irgendeinem Graben. Oder im Lazarett. Ganz alleine!« Sie holte tief Luft. »Der fürchterliche Krieg!«

»Anna, wir nehmen dich aus der Ferne in die Arme, so wie wir es auch hier untereinander machen. Max ist nun bei Gott, im Ewigen Reich. Und Gott hält seine schützende Hand auch über dich!«

Und wo war seine schützende Hand bei Max?, wollte sie rufen, aber sie blieb stumm. »Sagen Sie Mutter und meinen Geschwistern, dass mir das Herz bricht. Genau wie ihnen auch. Und dass ich untröstlich bin und gemeinsam mit ihnen beten möchte.«

»Dann beten wir in fünf Minuten gemeinsam das *Vaterunser*«, sagte der Pfarrer. »Ich gehe zu ihnen. Es wird ein gemeinsames Gebet für Max sein.«

Anna legte den Telefonhörer langsam in die Gabel zurück und sank auf dem Holzfußboden auf die Knie. »Lieber Gott«, sagte sie laut, »wie konntest Du das zulassen? Er war ein guter Bruder, hat nie Böses getan, er war noch so jung. Wollte irgendwann eine Familie gründen, er wollte nicht gegen andere Menschen kämpfen, er wollte überhaupt nicht kämpfen! Er konnte nicht einmal ein Huhn schlachten, das hab immer ich gemacht! Wie konntest Du ausgerechnet ihn zu Dir holen. Wo bist Du gewesen?« Und als sie auf der Wanduhr sah, dass fünf Minuten herum waren, faltete sie ihre Hände: »Vater unser, der du bist im Himmel …« Aber allein bei dem Gedanken an den Himmel musste sie wieder schluchzen. Dort war er jetzt, ihr Max. Im Himmel!

Die Jahre vergehen

Fast ein Jahr war seit der Todesmitteilung vergangen, fünf Jahre seit Annas Ankunft in der »Krone« 1913. Max' Tod beschäftigte Anna nach wie vor, doch um sie herum hatte sich so manches verändert. Viele ihrer ehemaligen Mitstreiterinnen waren nicht mehr da, hatten geheiratet oder die Arbeitsstelle gewechselt. Helene hatte die Wirtschaft ihrer Eltern im Hinterland übernommen, Luisa träumte mit ihrem Ring am Finger noch immer von ihrem Prinzen, der aber, wie Anna bald bemerkt hatte, auch noch ganz anderen Mädchen die Ehe und ein Königreich versprochen hatte. Nur Johanna und Maria waren beständige Größen. Marias Mutter war in der Zwischenzeit gestorben, sodass die Diebstähle aufgehört hatten, die Maria stets lautstark angeprangert hatte.

Anna war nun die meiste Zeit des Tages im Büro und hatte Isolde Faikers Aufgaben fast vollständig übernommen. Sie organisierte die Anmeldungen, die Ankünfte, schickte Mitarbeiter zur Anlegestelle, um Gäste mit Gepäck abzuholen, bestellte Kohlen für die Heizung und wurde schließlich auch damit beauftragt, die Modernisierungen, die anstanden, zu überwachen. Wann kamen die Handwerker, was taten sie, wie lange blieben sie, denn nun zog die Neuzeit ein und mit ihr die Elektrifizierung. Licht überall und vor allem für Marias Küche. Ihr neuer Herd wurde mit viel Spektakel begrüßt, wenn auch die alten Küchengeräte noch nicht ausgetauscht wurden. »Muss nicht alles elektrisch sein«, hatte Anton Faiker bestimmt, »es ging bisher von Hand, also geht es auch morgen noch von Hand.«

Die Küchengehilfinnen waren davon wenig begeistert, konnten es aber auch nicht ändern.

Einzig für das Geld war die Wirtin noch zuständig, sie kassierte, schrieb Rechnungen oder bezahlte sie, nachdem sie von Anna geprüft worden waren. Manchmal half Anna noch im Service, selten in der Küche, und vom Zimmerservice hatte sie Isolde Faiker ganz befreit, obwohl ihr die Arbeit mit Erika Spaß gemacht hatte und sie den Blick aus den Fenstern auf den sich ständig verändernden See geliebt hatte. Und noch etwas hatte sich verändert: Anna verdiente mehr Geld, so konnte sie sparen und zudem immer wieder etwas nach Hause schicken. Und sie hatte weniger Arbeitsstunden und fand Zeit, in die Natur zu gehen.

Sie liebte die wechselnden Jahreszeiten, wenn ihr auch der Schnee an Weihnachten fehlte. Und vor allem das Zusammensein mit ihrer Familie, aber Weihnachten war eben Hochbetrieb in den Gasthäusern und Hotels, und so schien ihr heimlicher Wunsch, einmal wieder zu Hause mit allen zu feiern, schier unerfüllbar.

Es war wieder April geworden, 1918.

Der Krieg wütete nun bereits seit vier Jahren in vielen Ländern, brachte Vertreibung, Hunger und Elend, Verletzte und Tote. Und noch immer war kein Ende abzusehen. Täglich wachte Anna mit ihren Gedanken an Max und mit großen Sorgen um ihre Familie auf.

Ihre Mutter hatte sie mit langen Briefen auf dem Laufenden gehalten, an den Sonntagen hatten sie stets kurz telefoniert, und so erfuhr sie wöchentlich zu ihrer Beruhigung, dass zumindest Johann und ihre Schwager noch lebten und ihre Schwestern der Mutter bei der schweren Arbeit auf dem Hof halfen. Alle waren in der Nähe, nur sie, Anna, war weit weg. Das schmerzte sie, aber zumindest konnte sie aus der Ferne mit Geld helfen.

Anton Faiker, der sie immer mal wieder für ihr frauliches Aussehen lobte, sich aber respektvoll verhielt, erzählte ihr alle Nachrichten aus seiner Zeitung und versorgte sie mit Neuigkeiten, die er darüber hinaus von seinen Freunden hörte.

»Nun konnten sie ihre Kanonenbahn in Württemberg ja mal richtig ausnutzen und üppig Menschenfutter an die französische Grenze fahren«, hatte er eines Nachmittags gesagt, als Anna ihm die obligatorische Tasse Kaffee servierte.

»Kanonenbahn?«, fragte Anna, die schon im Begriff war, wieder zu gehen, und drehte sich um.

»Na ja, das haben die Deutschen ja in weiser Voraussicht geplant.« Da Anna ihn ungläubig ansah, fuhr er fort: »Nun, es gibt ja schon lange die Eisenbahn, mit der du auch gekommen bist. Die wechselt zwischen Schweizer und deutschem Gebiet hin und her. Das Schweizer Recht verbietet aber den Deutschen Kriegsmaterial, dazu gehören auch Soldaten, durch ihr Hoheitsgebiet zu transportieren. Also mussten sie sich etwas überlegen und haben von Württemberg bis zum Elsass eine durchgehende Eisenbahn gebaut.«

»Die Wutachbahn?«, fragte Anna nach und trat wieder einige Schritte näher.

»Ganz genau die. Die sollte im Kriegsfall möglichst schnell möglichst viele Soldaten an die französische Front transportieren. Also auch deine Brüder.«

Anna schluckte. »Kanonenbahn?«

»So wird sie bei euch oben, da, bei Tuttlingen, genannt.«

»Das habe ich noch nie gehört.« Anna schüttelte den Kopf. »Und woher wissen Sie das?«

»Aus den Zeitungen. Und von einem Kollegen aus Deutschland. Er sagt, solange noch nicht alle wehrfähigen Männer im Alter zwischen 14 und 99 tot sind, wird der Krieg weitergehen.«

Anna schluckte. »Mein Bruder Max ist schon tot. Und ich wache jeden Morgen mit Angst um meinen Bruder Johann auf«, gestand sie. »Und um meine Schwager.«

»Ja«, Anton Faiker nahm einen Schluck aus seiner Tasse, »niemand ist so dumm wie Männer, die einen Krieg anzetteln, denn egal ob der Deutsch-Französische Krieg oder dieser nun – am Schluss verlieren immer die Menschen. Ihr Hab und Gut und im schlimmsten Fall auch ihr Leben.«

Anna blieb stehen, den Tränen nahe. »Heute Abend ist Tanz in den Mai. Wie soll man fröhlich sein, wenn auf der Welt so viel Unrecht geschieht?«

Der Wirt schenkte ihr eines seiner seltenen Lächeln. »Es wird sich nie ändern. Wenn dieser Krieg zu Ende ist, kommt der nächste. Denn aus Erfahrung wird niemand klug, wie man sieht.«

Anna wischte sich eine Träne weg, die über ihre Wange gekullert war.

»Aber du, Anna, hast dein Leben noch vor dir. Jungen Leuten kann man nur sagen, vergnügt euch, denn auch das wurde uns in die Wiege gelegt: Lachen und Weinen liegen sehr nah beieinander.«

Anna arbeitete den ganzen Tag in dem kleinen Zimmer, das ihr Isolde Faiker als Büro zugewiesen hatte. Es lag nahe am Tresen, und sie konnte die Stimmen der ankommenden oder abreisenden Gäste gedämpft durch die Wand hören, außerdem hatte es ein Fenster mit Blick auf den Brunnen. Der schaurig-schöne Leu, dachte sie, während sie die Belege in die entsprechenden Ordner verteilte, der kraftvolle Löwe. Wenn es überhaupt irgendwas gäbe, das die Welt friedlicher machen würde. Sie dachte an Pfarrer Zeller und ihr Gespräch, das sie einmal nach dem Gottesdienst mit ihm geführt hatte, weil sie sich in ihrer Angst um ihre Familie Beistand erhoffte. »In der höchsten Not wird er bei dir sein«, hatte er ihr gesagt.

»Aber wo ist er bei den vielen verwundeten und toten Soldaten?«

»Dort ist er auch.«

Das konnte Anna nicht überzeugen. Aber sie zündete für ihren Vater und Max und für Johann und ihre Schwager eine Kerze an und hoffte inbrünstig, dass es etwas nützen würde.

Nun konnten sich ihre Gedanken von dieser »Kanonenbahn« nicht lösen. *In weiser Voraussicht,* hatte der Wirt gesagt. Ja, er hatte schon recht, die Menschheit lernte nicht dazu, und das würde auch wohl immer so bleiben.

In ihrem Zimmer traf sie abends Johanna, die, nachdem Waltraut gegangen war, zu ihr und zwei neuen Mädchen umgezogen war. Sie stand vor dem Spiegel und machte sich hübsch.

»Für den schönen Douglas?«, spöttelte Anna, musste aber lachen, als sie Johannas Blick sah.

»Ich glaube, der hat in der Zwischenzeit schon einen Harem an sehnsüchtig wartenden Frauen«, gab sie zurück. »Sie werden alle alte Jungfern werden. Oder uneheliche Kinder bekommen ...« Sie zwinkerte ihr zu. »Nein, ich gehe einfach so hin. Ich brauche keine Einladung von irgendwem.«

Anna nickte und musterte sie. »Hübsch siehst du aus«, stellte sie fest.

»Danke, es ist neu.« Johanna drehte sich, sodass der Rock ihres tintenblauen Kleides um ihre Beine schwang. Er endete einiges über ihren Knöcheln, die Taille war durch einen breiten Stoffgürtel schmal angesetzt, der Ausschnitt weitete sich zu einem spitzen Kragen.

»Sieht ... irgendwie modern aus!«, fand Anna. »Vor allem die Länge. Ist das noch schicklich?«

Johanna lachte. »Geh zur Schneiderin, die hat die neuesten Vorlagen und schöne Stoffe aus Paris.«

»Unserem Erzfeind?«, rutschte es Anna heraus.

»Wenn man Geld verdient, muss man sich auch mal was gönnen. Und du hast deine Kleider auch schon mehr als aufgetragen.«

Anna sah an sich hinunter. »Wenn ich in meinen Privatkleidern im Büro arbeite, sieht mich niemand. Und sonst tragen wir ja unsere Arbeitskleidung.«

»Du bist achtzehn! Du bist hübsch, hast eine tolle Figur. Geh rüber zu Edda, sie hat ja auch geschneiderte Modelle. Trau dich was! Und dann kommst du heute Abend mit in den ›Schwanen‹. Tanz in den Mai, liebe Anna, auch du hast das Recht, fröhlich und ausgelassen zu sein!«

Anna überlegte hin und her, und da der Wirt sie ja auch schon so ermutigt hatte, ging sie einfach noch einmal hin und klopfte an seine Tür. Auf sein »Herein« öffnete sie die Tür und blieb im Rahmen stehen.

Isolde stand an seinem Tisch, und offensichtlich hatten die Eheleute etwas zu besprechen. Anna entschuldigte sich für die Störung und wollte sich schon wieder zurückziehen, doch Anton Faiker winkte sie herbei. »Nun sag schon, Mädchen, was los ist.«

Und auch seine Frau wandte sich ihr zu. Sie trug ebenfalls ein neues Kleid, fiel Anna auf. Und so fasste sie ihr Anliegen, heute früher gehen zu dürfen, in kurze Worte. Auf Isolde Faikers fragenden Blick hin verriet sie, was Johanna ihr gesagt hatte.

»Recht so!«, dröhnte Anton Faiker, »auch meine Frau hat eben bei der Schneiderin unser Geld liegen lassen.« Er lachte und schlug mit der flachen Hand auf den Tisch. »Damit wenigstens eine in Steckborn reich wird!«

»Na, na!«, Isolde schüttelte den Kopf, aber sie lachte ebenfalls und zeigte an sich hinunter, »Gefällt es dir?«

Es war ein schimmernder, champagnerfarbener Stoff, betonte Isolde Faikers schlanke Figur und hatte einen schmalen, völlig neuen Schnitt.

»In Paris tragen die Damen Krawatten dazu«, erklärte sie. »Aber das traue ich mich in Steckborn dann doch nicht.«

»Krawatten trage immer noch ich«, Anton Faiker zog seine buschigen Augenbrauen zusammen, »das wäre ja noch schöner!«

Die Wirtin verzog kurz spöttisch ihre Mundwinkel. »Wie auch

immer, wir werden heute Abend im ›Schwanen‹ das Tanzbein schwingen. Es gibt eine neue Kapelle mit neuer Musik, heißt es, das werden wir uns nicht entgehen lassen!«

»Und wer ist dann noch hier?«, fragte Anna und wollte sich schon als Stallwächterin anbieten, doch Anton Faiker wehrte ab. »Wir haben genug Personal eingeteilt. Und im Übrigen werden wir auch nicht allzu lange dort sein. Sobald ich meiner Frau beim Tanz einmal auf die Zehen getreten bin, will sie gehen, da bin ich mir sicher …«

Isolde Faiker lachte, und Anna wusste nicht, wie sie sich verhalten sollte. Sie hatte die beiden in all den Jahren noch nie so locker und gelöst erlebt. Sie wirkten stets streng und beherrscht, sehr diszipliniert und unnahbar. Es irritierte sie, dass sich das Ehepaar so vor ihr zeigte, doch dann lachte sie mit.

»Also geh«, sagte Anton Faiker mit seiner wedelnden Handbewegung, die Anna an ihm kannte, »und lass dich hübsch machen. Bist schließlich kein kleines Kind mehr.«

Die Schneiderin freute sich, dass nun schon die dritte Kundin aus dem Hotel »Krone« kam, wie sie sagte. »Seitdem ich die Stoffe und Schnitte aus Paris beziehe, ist hier richtig was los«, vertraute sie Anna an, die schüchtern mitten im Raum stehen geblieben war. Und ja, es stimmte, Anna kannte das Geschäft von außen, aber die dunklen, schweren Stoffe in der Auslage hatten nie zum Hineingehen verlockt. Nun hatte Edda Michels völlig neu dekoriert, alles licht gestaltet und den Innenraum weißeln lassen. »Die alten Seidentapeten runter«, erklärte sie Anna. »Alles alte Hüte, wir müssen mit der Zeit gehen, und die Zeit schreitet mit großen Schritten voran.« Sie drehte sich vielsagend im Kreis, und Anna betrachtete ihre üppige Figur in dem rosa Kleid, das für Annas Geschmack etwas zu farbenfroh war.

»Nur wer wagt, gewinnt«, sagte sie dazu. Anna waren die Sprüche etwas zu dick aufgetragen, aber vielleicht gehörte dies auch zu der neuen Strategie aus Paris. Paris, dachte sie, eigentlich dürfte sie gar nichts kaufen, die Franzosen hatten Max auf dem Gewissen und kämpften noch immer gegen die Deutschen.

Edda Michels schien ihr Zögern zu spüren, sie ging zu einem offenen Schrank und zog ein silbergraues Kostüm hervor. »Das hat Ihre Größe und dürfte wunderbar zu Ihrem vollen, dunklen Haar passen. Zudem hat es als Kostüm den Vorteil, dass man beides zusammen oder getrennt tragen kann.« Sie brachte es Anna, die sich bisher nicht gerührt hatte. »Fühlen Sie mal den Stoff, das ist leicht und doch fest, ein Seiden-Taft-Gemisch, ganz besonders schön zu tragen. Hier mit dem Gürtel sehr feminin«, sie sah kurz zu Annas rustikalen Schuhen hinunter, »und dazu ein leichter Schuh, Augenblick«, sie drückte Anna den Kleiderbügel in die Hand und kam gleich darauf mit einem schmalen, spitz zulaufenden Schuh zurück. »Nur ein kleiner Absatz, wunderbar passend zu diesem Kleid!« Sie warf einen erneuten Blick auf Annas Schuhe. »Und bringt Ihre schmalen Fesseln schön zur Geltung.«

»Aber in Frankreich ist doch noch Krieg«, sagte Anna. »Wie kann dann Paris eine solche Mode ...«

»Die Männer schlagen sich an der Front die Köpfe ein«, Edda verzog das Gesicht, »in Paris geht das Leben weiter. Und«, sie hielt die Schuhe hoch, »was geht uns hier in der Schweiz der Krieg zwischen denen jenseits unserer Grenzen an. Wir haben genug mit uns selbst zu tun, die Auswirkungen spüren wir ja auch, obwohl die Schweiz neutral ist.« Sie prustete. »Sollen wir deshalb nicht mehr feiern dürfen? Fröhlich sein? Schon vier Jahre lang? Nein, wir leben ja auch. Und wir haben nur dieses eine Leben.«

Anna, die bei ihren ersten Sätzen versucht gewesen war, den Laden fluchtartig zu verlassen, musste ihr recht geben. Ja, sie konnte nichts dafür, dass Max gefallen war. Und ja, auch sie hatte nur dieses eine Leben. Genau wie ihre Mutter und ihre Schwestern. Und alle warteten darauf, dass dieser verfluchte Krieg endlich zu Ende ginge. Bloß wann?

»Möchten Sie es anprobieren? Oder erst die anderen Kreationen sehen?«

Anna schüttelte den Kopf. »Eigentlich nicht – es ist ... zu schön!«

Die Schneiderin legte den Kopf schief. »Bitte doch einmal anprobieren. Es muss an Ihrer Figur ...«, sie überlegte, »na, wie an den Pariser Damen, einfach wundervoll aussehen!«

Zweifelnd nahm Anna das Kleid und die Schuhe und ging in die Kabine, in der sie mit einem leichten Vorhangstoff gegen den Raum geschützt war. Als sie nach einigen Minuten wieder herauskam und vor den mannshohen Spiegel trat, erkannte sie sich selbst nicht mehr.

Edda schlug die Hand vor den Mund.

»Magnifique!«, sagte sie, was Anna nicht verstand, aber die Begeisterung war auch so gut herauszuhören.

»Ich weiß nicht.« Anna drehte sich. »Ich bin mir vollkommen fremd.« Sie drehte sich noch einmal. Der Stoff schimmerte bei jeder Bewegung, und das Kostüm saß wie angegossen. Dazu die schmalen Schuhe und der Rocksaum, der eine Handbreit über ihren Fesseln endete.

»Augenblick!« Edda brachte einen kleinen Hut mit einer langen Feder, den sie ihr keck aufs Haar setzte.

»Nun ist die Verkleidung perfekt«, sagte Anna. »Ich muss es wieder ausziehen! Und ... sicher könnte ich es auch nicht bezahlen.«

Edda überlegte, aber als sie ihr den sogenannten Freundschaftspreis nannte, wurde es Anna schummrig. »Das ist mehr, als ich in sechs Monaten verdiene«, sagte sie. »Vielen Dank, aber ich muss es sofort ausziehen, es ist nicht meine ...«, sie suchte nach dem Wort, »Kragenweite. Ich kann es nicht bezahlen – und es passt auch nicht zu mir. Ich bin eine einfache Wirtshaushilfe und ...«

»Und damit sehen Sie aus wie eine Grande Dame«, ergänzte Edda.

Und weil Anna Anstalten machte, in die Kabine zurückzukehren, hielt Edda sie schnell zurück: »Ich habe da noch etwas anderes für Sie, etwas sehr Erschwingliches, das ganz so zu Ihnen passt, wie Sie sich das vorstellen.«

Anna blieb stehen.

»Aber würden Sie mir vorher einen großen, einen ganz großen Gefallen tun? Sie bekommen das andere Kleid dafür auch sagenhaft günstig.«

»Was für ein Kleid?«

»Ich habe es für die kleine Apothekerstochter geschneidert. Sie hat Ihre Figur. Aber es war dem Mädchen zu … langweilig. Einfach grün, wunderschöner Schnitt, ebenfalls Seidentaft, aber sie wollte mehr Pariser Schick, also hängt es nun bei mir in der Schneiderwerkstatt. Und ich könnte es Ihnen schenken, wenn Sie …«

»Wenn ich was?«

»Wenn Sie so, wie Sie sind, mal einfach in die ›Krone‹ hinüberspazieren würden. Es ist ja nicht weit. Und sich dort den Herrschaften vorstellen. Ich glaube, sie fallen dort in Ohnmacht.«

»Ich auch«, sagte Anna trocken.

»Warten Sie!«

Anna stand noch unentschlossen im Laden und überlegte, ob sie sich erpressen lassen könnte, als Edda mit dem Kleid zurückkam. Es war tatsächlich wunderschön, schlicht, mit einem kleinen Ausschnitt, spitzem Kragen und einem Gürtel, alles aus dem gleichen Stoff. Der Rock war etwas weiter geschnitten, als es die neueste Pariser Mode im Moment wohl vorgab, ein Kleid, in dem man sich zwanglos bewegen, vielleicht sogar tanzen könnte. Und sich wohlfühlen.

Anna betastete den Stoff.

»Traumschön«, gab sie zu, »aber schenken lasse ich mir das nicht. Sie müssen mir schon einen Preis nennen. Und anprobieren muss ich es auch.«

»Es wird Ihnen passen, da bin ich mir sicher!« Edda zog kurz an ihrem Augenlid. »Mein Auge als Schneiderin. Und Sie werden wunderbar darin aussehen.«

»Der Preis?«, fragte Anna.

Edda überlegte kurz. »Wenn unsere Abmachung gilt, dann zwei Franken.«

»Zwei Franken?« Das war weniger als ihr Tageslohn. Aber zumindest war es dann gekauft und nicht geschenkt. »Wirklich?«

»Ja, aber warten Sie. Mit den Schuhen geht das nicht, die kann ich nicht mehr verkaufen, wenn sie getragen sind. Ziehen Sie meine an, die passen Ihnen sicher auch.«

Sie schlüpfte aus ihren Schuhen, die sehr ähnlich aussahen, und schob sie Anna zu. »Und erschrecken Sie nicht, ich muss diese Szene natürlich miterleben. Irgendwo aus dem Hintergrund.«

Anna musste sich Schritt für Schritt an den Schuh mit Absatz gewöhnen, was ihr anfangs nicht leichtfiel, denn die Straße bis zur »Krone« war nicht gerade eben, und sie knickte mehrfach um. Als sie dann endlich ankam, in die Vorhalle der »Krone« hineinging und sich abwartend an den Tresen stellte, begann ihr Herz zu klopfen. Worauf hatte sie sich da eingelassen?

Isolde Faiker bog um die Ecke, sah sie, blieb mit etwas schräg gestelltem Kopf stehen und fragte höflich: »Guten Tag, was kann ich für Sie tun?«

Anna lächelte nur, und da erkannte die Wirtin sie plötzlich.

»Anna!«, rief sie. »Das ist ja kaum zu glauben!!«

Und mit ihrem Schrei lockte sie Anton Faiker herbei, der ratlos neben seiner Frau stehen blieb. »Was ist denn?«

»Schau!« Isolde Faiker zeigte auf Anna.

»Guten Tag.« Und sein Ton klang, als müsse er sich für das Benehmen seiner Frau entschuldigen, bis auch er das schalkhafte Lächeln in Annas Gesicht erkannte, denn nun begann ihr die Sache Spaß zu machen.

Und auf Isolde Faikers Rufen kamen alle anderen zusammen, sogar Maria aus der Küche.

»Das ist nicht wahr«, staunte Georg, die Hände tief in seinen Hosentaschen vergraben.

Und Luisa sagte nur spitz: »Kleider machen Leute!«

»Hast du das gekauft?«, wollte Maria wissen, den Kochlöffel noch in der Hand.

»Nein«, sagte Anna schließlich, »es ist nur ein Streich der Schneiderin. Ich bin, sozusagen, ihre Pariser Modepuppe.«

»Es steht dir …«, die Wirtin ging um sie herum, »fantastisch!«, und wich einem neuen Gast aus, der gerade eingetreten war. Er lüpfte vor Anna seinen Hut. »Guten Tag, die Dame!« Dann sah er sich im Halbkreis der anwesenden Angestellten um und dachte offensichtlich, eine ganz hochgestellte Persönlichkeit vor sich zu haben, denn er trat mit einer kleinen Verbeugung vor Anna zurück.

So ist das also, dachte sie, wenn man vom Aschenputtel zur Goldmarie wird, plötzlich wird man gesehen. Und respektiert.

Sie machte einen Knicks, wie sie ihn als Kind zum Jux mit ihren Schwestern eingeübt hatte, und drehte sich zum Gehen um.

»Meine Dame«, der Herr machte ihr galant Platz, und Isolde Faiker eilte ihr zum Ausgang nach.

»Anna«, sagte sie leise, »du siehst aus wie eine Prinzessin! Vielleicht solltest du wirklich mehr aus dir machen, als nur in deinen alten Kleidern bei uns im Büro zu sitzen.«

»So fühle ich mich aber wohl. In meinen alten Kleidern und in Ihrem Büro … und außerdem«, sie lächelte ihr zu, »war es ein Handel. Ich habe ein ganz anderes Kleid gekauft, mit dem gehe ich heute Abend in den ›Schwanen‹.«

Johanna, die nun ebenfalls dazugekommen war, legte ihr die Hand auf den Arm. »Das heißt also, du kommst heute Abend mit?« Sie lächelte ihr zu. »Das freut mich. Denn zu zweit ist es immer schöner, bis alles in Schwung gekommen ist.«

In diesem Moment entdeckte Isolde Faiker die Schneiderin, die gespannt hinter der Eingangstüre gewartet hatte.

»Wie sagt man so schön, liebe Edda«, meinte Isolde Faiker, »das war ein richtiger Coup. Und außerdem werden heute Abend drei Ihrer Kleider zum Tanz in den Mai gehen, wenn das kein Erfolg ist!«

Edda war rot geworden, nun lachte sie. »Ja, ich freue mich auch. Und bedanke mich. Hübschere Modelle könnte ich mir nicht vorstellen!«

Anna kam sich zwar auch in dem grünen Kleid ziemlich verkleidet vor, aber es passte zu ihr. Und so ging sie an Johannas Seite abends in den »Schwanen«, wo ihnen am Eingang zum Tanzsaal schon fröhliche Stimmung entgegenschlug. Sie hatte es in den vergangenen Jahren ganze drei Mal in den »Schwanen« geschafft, war aber nie lange geblieben, weil sie sich in dem Gewühle, Lachen und Schäkern wie eine steife Außenseiterin vorkam. Sie war ein Naturkind, das eben lieber verträumt am Seeufer saß. Doch heute, an Johannas Seite, fühlte sie sich anders. Und es war auch anders, die Musik war anders. Statt der Militärkapellen, die bisher aufgespielt hatten und Anna mit ihrer Marschmusik wenig fröhlich stimmen konnten, stand heute eine fünfköpfige Tanzkapelle in schwarz-weißen Anzügen auf der Bühne, und sie spielte völlig andere Musik. Vor allem die beiden Bläser fielen auf, die einen mit ihren Melodien und Soli wirklich mitnahmen und, wie sie um sich herum sehen konnte, sogar aufpeitschten. Die Tanzfläche war voll wie noch nie, Männer und Frauen versuchten sich in völlig neuen Tanzschritten, die schweizerische Schwere, wie Anna sie sonst bei den Tänzen zu traditioneller Volksmusik wahrgenommen hatte, war verflogen.

Johanna stupste sie an. »Da haben sie nicht geschwindelt, es ist wirklich neue Musik.«

»Ja«, gab Anna ihr recht und zeigte auf einige Ehepaare, die offensichtlich entrüstet den Saal verließen, »es gefällt nicht jedem.«

»So ist es immer, wenn etwas neu ist. Aber man kann nicht immer am Alten festhalten.«

Noch bevor sie sich an einen Tisch setzen konnten, waren schon zwei junge Männer da, die Anna aus der Beiz kannte, und forderten sie mit einem übertriebenen Kratzfuß auf. »Kommt, Mädschi, heute lassen wir es krachen!« Einer der beiden, ein hoch gewachsener Bursche mit schwarzem Wuschelkopf, reichte Anna seinen Arm. »Und das ganz ohne Marschmusik!« Er lachte über seinen eigenen Witz, und Anna musste auch lachen. »Ich bin Beat, und du bist die absolut Hübscheste hier«, rief er ihr ins Ohr, bevor er sie ins Tanzgewühl zog. Und obwohl sich Anna nie etwas aus Musik und Tanz gemacht hatte, spürte sie, wie sie loslassen konnte, wie sie mit Beat über das Tanzparkett flog, wie sich ihre Füße irgendwie arrangierten und sich ihre beiden Körper, mal enger zusammen, mal weiter auseinander, ganz der Musik hingaben. Es waren Melodien, die meist harmonisch waren, dann aber von einem jähen Stoß der Trompete durchbrochen wurden, so grell, dass die Menge johlte und mitschrie und nach mehr verlangte, was die Musiker wie im Rausch weiterspielen ließ.

Sie improvisierten, spielten miteinander und gegeneinander und bewegten sich beim Spielen selbst so lebhaft, wie es Anna zuvor noch nie gesehen hatte. Zwischendurch sah Anna Johanna an sich vorbeiwirbeln, mit offenem rotem Mund und fliegenden Haaren, auch sie hatte sich den Rhythmen völlig hingegeben und schien einfach glücklich zu sein. Die Tanzfläche war noch immer voll, die meisten hatten eine gute halbe Stunde durchgetanzt, bis der Saxofonist ein Solo blies und eine Pause ankündigte.

»Oh, unglaublich!«, sagte Anna erhitzt und strich sich eine dicke Haarsträhne aus dem Gesicht.

»Ja, wirklich unglaublich!«, pflichtete ihr Beat bei. »Du übrigens auch!« Er schenkte ihr einen anerkennenden Blick und bot ihr seinen Arm, um sie zurückzubegleiten, aber sie hatte sich bisher ja noch keinen Tisch ausgesucht, und nun waren alle besetzt. Auch Johanna stand mitten im Raum und sah sich um.

»Dann an unseren Tisch? Ich organisiere noch zwei Stühle!« Johannas Begleiter, der sich Anna als Urs vorstellte, wies zu einem Tisch, an dem selbst ohne Anna und Johanna schon kein Platz mehr war. Dennoch nickte Johanna schnell, und an ihrem Gesichtsausdruck erkannte Anna, dass ihr Urs gefiel. Ob dieses Zusammentreffen gar kein Zufall gewesen war, fragte sie sich, angesichts der Vertrautheit, mit der Johanna und Urs miteinander umgingen? Doch es war ihr egal. Sie grüßte in die Runde und setzte sich auf den Stuhl, den Beat an seine Seite quetschte. Gleich darauf kamen einige Bierkrüge auf den Tisch, und obwohl Anna keine Biertrinkerin war, stieß sie mit allen an und nahm einen großen Schluck. Es war kalt, herb und erfrischte sie.

»Puh«, sagte sie zu Beat. »Das ist wirklich was anderes als die Militärkapellen. Oder die ewigen Chöre. Das ist«, sie wusste nicht weiter, »es raubt einem den Atem.«

»Wie du«, zwinkerte er ihr zu. »Es ist eine Musikkapelle aus Zürich«, fuhr er fort. »Die Tochter der Schwanenchefin hat sich durchgesetzt. Sie hat die Gruppe bei einer Aufführung in Zürich gehört und ihre Eltern überredet, mal etwas ganz anderes auszuprobieren.«

»Ich denke, es ist ihr gelungen.« Anna holte tief Luft. »Nun sind wir alle durchgeschwitzt, die Füße tun weh und die Schwanenwirte freuen sich über die vielen durstigen Tänzer.« Sie wies auf die nächsten übervollen Krüge, die eben gebracht wurden. »Voller Erfolg.«

»Die alten Stammgäste werden sauer sein«, meinte ein Mädchen links von ihr.

»Es passt eben nie allen.« Ein Bursche ihr gegenüber, den sie noch nie gesehen hatte, winkte ab. »Bisher mussten die Jungen immer nach der Pfeife der Alten tanzen, jetzt ist es eben mal umgekehrt.«

»Es sind aber doch einige geblieben!« Anna sah sich um und entdeckte an einem Tisch in der Ecke Isolde und Anton Faiker. »Sogar unsere beiden Kronenwirte sind da.«

»Ja, und sie haben getanzt«, warf Johanna ein.

»Na also«, sagte der junge Mann von gegenüber.

Anna sah zu ihm hinüber, und ihre Blicke trafen sich. Sie wollte gleich wieder wegsehen, aber es gelang ihr nicht so schnell.

»Hast *du* denn getanzt?«, wollte ein Mädchen mit blonden Zöpfen von ihm wissen.

Er zuckte die Schultern, ohne den Blick von Anna zu lassen. »Der Mai kommt erst um Mitternacht, also ist der Abend noch lang.«

Anna wurde unruhig. Seine Aufmerksamkeit war lästig und schön zugleich.

»Mal wieder unser Philosoph, der Herr August«, ein hohlwangiger Junge neben ihm schlug ihm grinsend auf die Schulter. »War mal wieder keine gut genug?«

»Der Mai bringt die schönsten Blumen ans Licht!« August lachte und hob seinen Bierkrug in die Runde. »Schau'n mer mal.«

Es war nach Mitternacht, als Johanna und Anna gemeinsam zur »Krone« zurückgingen.

»Vielen Dank fürs Mitnehmen«, Anna drückte ihren Arm. »Es war wirklich schön.«

»Mir tun die Füße weh«, sagte Johanna. »Noch einen Schritt in diesen Schuhen, und ich gehe barfuß.«

»Warum nicht?« Anna lachte, blieb stehen und bückte sich zu ihren neuen Schuhen hinunter. »Eigentlich war ich sicher, dass ich darin nicht gehen kann, und nun habe ich die halbe Nacht darin getanzt!« Sie richtete sich wieder auf. »Aber um barfuß weiterzugehen, ist mir die Straße dann doch zu schmutzig!« Oben am Kraftstein wäre das eine andere Sache gewesen.

»Ja, gekehrt worden ist heute Nacht noch nicht!«

Sie lachten beide über Johannas Scherz und gingen langsam weiter.

»Unseren Wirten hat es offensichtlich auch gefallen«, sagte Anna. »Ich habe sie überhaupt noch nie so erlebt wie heute. So vergnügt, so gesellig …« Sie schüttelte den Kopf. »Auch das heute mit meiner Kostümierung, ich war mir wirklich nicht sicher, wie sie reagieren würden.«

»Ach«, Johanna zuckte die Schultern. »Sie zeigen halt am liebsten ihre harte Schale, um das Personal im Griff zu behalten. Aber manchmal blitzt eben doch«, sie kicherte, »das andere durch. Der weiche, der fröhliche Kern.«

»Dass sie keine Kinder haben …«

»Keine ehelichen«, sagte Johanna und blieb unter dem hohen elektrischen Straßenlicht beim Leu-Brunnen stehen.

Anna runzelte die Stirn. »Wie meinst du das?«

»Nun«, antwortete Johanna zögernd. »Fast alle, die du vor fünf Jahren kennengelernt hast, sind weg. Ich bin noch da.«

»Ja, du bist ja auch die rechte Hand von … Moment mal«, Anna holte tief Atem. »Bist du … bist du eine Tochter?«

Es blieb kurz still. Im fahlen Licht der Laterne sah Anna, wie sich Johanna über ihre Oberarme strich.

»Nur halb. Eine halbe Tochter ohne Sonderausstattung.«

»Ohne Sonderausstattung? Halb?« Anna versuchte, das zu begreifen. »Ich verstehe nicht …«

Johanna setzte sich auf den Brunnenrand, und Anna setzte sich neben sie. »Isolde hatte nach der Hochzeit zwei Fehlgeburten, danach konnte sie keine Kinder mehr bekommen. Dass ich der Ersatz sein würde, war nicht geplant, das war ein Ausrutscher ihres Ehemannes. Meines Vaters.«

Anna verharrte still. Ihr Herz klopfte. Mal wieder eine Lebensgeschichte, die schwierig war. Sie dachte an ihren Halbbruder und ihre Mutter. »Und dann?«, fragte sie schließlich, denn Johanna sprach von sich aus nicht weiter.

»Und dann entschied sich Isolde, mich aufzunehmen. Wie alle anderen jungen Dinger auch. Keine Vorzugsbehandlung, das war ihre Abmachung mit meinem Vater.«

»Und deine Mutter?«

»War sehr jung. Und Zimmermädchen in der ›Krone‹ ...«, weiter sprach Johanna nicht, und in Annas Kopf drehte sich ein Karussell. Ein Wirt. Genau wie bei ihrem Halbbruder. Und deshalb hatte Isolde Faiker sie damals sofort vom Zimmerservice befreit.

»Aber er hat für uns gesorgt. Trotzdem war es für meine Mutter schwer.«

Anna nickte. Das konnte sie sich lebhaft vorstellen.

»Und jetzt? Du bist doch schon so lange dabei?«

»Zwölf Jahre. Im nächsten Jahr werde ich dreißig.«

Anna überlegte. »Und wenn du irgendwann heiraten willst, was ist dann?«

Es war kurz still. »Das ist dir aufgefallen? Urs?«

Nachdem Anna nicht antwortete, nickte Johanna. »Du hast eine gute Beobachtungsgabe. Ja, wenn ich den Passenden heirate, kommen wir später einmal als Nachfolger in Betracht.«

»Und ist er der Passende?«

»Wir halten es noch geheim, aber ich denke schon. Er arbeitet bei Gegauf in der Buchhaltung.«

»Der Nähmaschinenfabrik?«

»Genau wie August auch.«

Bei dem Namen spürte Anna einen Stich. »August?«

»Ja, der, der dir gegenübersaß. Sag bloß, du hast ihn nicht bemerkt, nachdem er dich doch offensichtlich bemerkt hat!«

»Er ist früh gegangen.«

»Er hat die Kantine unter sich, muss früh raus!«

August, dachte Anna.

Melodien

Mit den länger werdenden Tagen veränderte auch Anna ihre Gewohnheiten. Sie nahm sich nun am späten Abend gern eine Stunde Zeit, um spazieren zu gehen, und ging dafür lieber danach im Schein ihrer neuen Schreibtischlampe an ihre Arbeit zurück. Sie brauchte einfach die Natur, und durch die Büroarbeit fast noch mehr als früher. Vor allem bei der Arbeit in der Küche war sie ja oft hinausgekommen, hatte Wasser geholt, war auf den Markt gegangen oder zu sonstigen Einkäufen geschickt worden, nun saß sie oft stundenlang über ihrer Schreibarbeit oder den Rechnungen und vermisste die Bewegung, die würzige Luft und den Blick auf den See.

Und so ging sie abends gern seeabwärts in Richtung Mammern, denn inzwischen war nicht nur der Anlegesteg schön geworden, sondern die ganze Promenade, die sich daran anschloss. An dem aufgeschütteten Ufer war längst das Gras gewachsen, die Büsche und Bäume waren groß geworden, es gab Sitzgelegenheiten und Steintreppen, die zum Wasser hinunterführten. Dort saß Anna am liebsten. Das Wasser zu ihren Füßen, den freien Blick hinüber zum deutschen Ufer, den Himmel über sich, die Wasservögel und Singvögel, alles gab ihr ein Gefühl von Frieden und Freiheit. Einfach losschwimmen, sich vom Wasser tragen zu lassen, dachte sie manchmal, aber sie war bisher selten im See gewesen, weil sie nie schwimmen gelernt hatte und dem Wasser nur so weit traute, wie sie noch stehen konnte. Aber ihr genügte schon der Blick darauf, sie hatte stets ihr Tagebuch dabei und liebte es, sich an die Steinquadern der Treppe anzulehnen und ihren Gedanken freien Lauf zu lassen.

Es war Mitte Mai geworden, überall blühte es, und die Vögel fütterten in ihren Nestern eifrig den Nachwuchs. Anna hatte sich bei Isolde Faiker für eine Stunde entschuldigt und ging ihren Lieblingsweg entlang, nur heute etwas weiter als gewöhnlich, denn die große Trauerweide, die sie in der Ferne am Ufer sah, lockte sie. In ihrem Schatten zu sitzen und zu schreiben musste ganz besonders schön sein, dachte sie. Und vielleicht würde sie sie auch malen. Frau Uhlig vom Schaffhausener Schreibwarengeschäft, mit der sie wegen der Bücher von Hermann Hesse und auch wegen ihrer Tagebücher im regen Austausch stand, ermutigte sie immer wieder. »Malen Sie doch einfach mal etwas aus Ihrer Umgebung, irgendetwas, das Ihnen ganz besonders gut gefällt«, schrieb sie ihr oft, und einmal hatte sie dem Bücherpaket sogar Farben als Geschenk beigelegt. Vielleicht könnte die Trauerweide so ein Motiv sein, überlegte Anna, vielleicht sprach es sie ja an.

Sie trug einen hellblauen Rock, den ihr ihre Mutter zum Geburtstag im Februar geschneidert hatte, eine weiße Bluse und die neuen, leichten Schuhe, an die sie sich wider Erwarten rasch gewöhnt hatte. Und weil sie in Frühjahrslaune war und den leichten Wind genoss, der ihren Rock bauschte, öffnete sie auch ihren dicken Zopf und fuhr sich mit beiden Händen durch ihr langes, welliges Haar. Es war ein Tag zum Verlieben, dachte sie plötzlich, und ihre Gedanken gingen zu Johanna und Urs. Wie schön es sein musste, wenn man erkannte, dass man füreinander bestimmt war. Keine von den Eltern arrangierte Ehe, sondern echte Liebe. Sie dachte wieder einmal an Helene und was sie über die Heirat gesagt hatte, aber die Zeiten wurden besser, die Frauen konnten sich wehren. Und wie sie gehört hatte, kämpften sie in England und auch in Deutschland bereits für das Frauenwahlrecht. Es ging also voran.

Sie war noch völlig in Gedanken, als sie der üppigen Trauerweide näher kam und an der Kaimauer jemanden sitzen sah. Anna blieb stehen und überlegte, ob die Bank in ihrer Nähe ein guter Platz für ihre Versuche mit Zeichenblock und Farben sein könnte, fand aber, dass sie näher ranmusste. Eigentlich war die Kaimauer mit ihren unbehauenen, großen Steinen ein schönes Motiv. Davor die Trauerweide, vielleicht nicht in ihrer ganzen gewaltigen Größe, sondern nur ein Anschnitt, und dahinter der See. Sie sah es schon gestalterisch vor sich, war sich aber nicht sicher, ob sie das so aufs Papier bringen könnte.

Während sie so stand, war die Gestalt auf der Kaimauer offensichtlich auf sie aufmerksam geworden, und als sie sich umdrehte, erkannte Anna, dass es ein Mann war.

»Anna?«

Sie sah genauer hin, konnte durch das Gegenlicht aber nicht genau erkennen, wer es war.

Sie kniff die Augen zusammen, es nützte aber nichts.

Inzwischen war der Mann aufgestanden und kam langsam auf sie zu.

»Anna? Anna aus dem ›Schwanen‹?«

»Nein, ›Krone‹«, sagte sie automatisch, doch dann erkannte sie ihn. Seine mahagonibraune Mähne leuchtete gegen die tief stehende Sonne, und obwohl sie es nicht sehen konnte, wusste sie, wie seine Augen aussahen – August!

»August?«

»Na, das ist ja ein Zufall!« Er kam näher und reichte ihr die Hand. »Was machen Sie hier?«

»Pause«, sagte sie wahrheitsgemäß und spürte, wie sich ihr Herzschlag beschleunigte. »Und Sie?«

»Feierabend.« Er zeigte mit dem Daumen hinter sich. »Dort ist mein Arbeitsplatz, bei Gegauf. Ich bin oft hier. Allerdings selten um diese Uhrzeit.«

Gegauf. Nähmaschinenfabrik. Ja, das hatte Johanna gesagt. Ganz wie ihr Urs. Sie standen sich gegenüber, sahen sich an, und Anna überlegte, was sie sagen könnte. Dann sprachen sie gleichzeitig los, worauf August entschuldigend beide Hände hochnahm. »Bitte nach Ihnen!«

»Ich wollte zu der Trauerweide. Ich fand sie aus der Ferne schon immer so schön, jetzt dachte ich, ich muss sie mir mal genau ansehen.«

»Ja, kommen Sie.« Er ging ihr voraus zwischen den tief herabhängenden grünen Zweigen hindurch bis zu ihrem Stamm.

»Sie ist eine alte Dame«, sagte er und legte seine Hand auf die rissige Rinde ihres Stammes. »Fühlen Sie doch!«

Anna war neben ihn getreten und legte ihre Hand neben seine. Er hatte eine kräftige, zupackende Hand mit langen Fingern, die Nägel sauber und kurz geschnitten, eine schöne Hand, wie sie so neben ihrer lag.

»Spüren Sie es?«, fragte er sie.

Anna war zu aufgeregt, um etwas zu spüren. Aber sie wusste, was er meinte. »Sie hat eine Seele.«

August lächelte. »Ja, genau. Sie lebt.« Er nahm seine Hand weg und zeigte auf den grünen Blättervorhang, der sie umgab und das Licht von draußen dämpfte. »Kann es ein schöneres Zimmer geben?«

Anna war fasziniert. Von dem Baum, aber auch von der Art, wie August über ihn sprach. Nie hatte sie einen Mann so reden hören. »Ihre Freunde haben ja gesagt, Sie seien ein Philosoph.«

»Meine Freunde sind Spaßvögel«, sagte er und öffnete den grünen Vorhang für sie. »Und ich bin wahrlich kein Philosoph.«

Er wies zur Kaimauer. »Wollen wir uns setzen ... oder«, er deutete auf ihren hellblauen Rock, »lieber auf die Bank?«

»Mein Rock hält das aus.« Anna lächelte ihm zu. Er sah sie an, ohne etwas zu sagen, und auch Anna blieb stehen. Nach einem kurzen Moment des Schweigens, bot er ihr seinen Arm.

»Es ist völlig ungeschickt, so etwas zu sagen, und halten Sie mich bitte nicht für einen Schwätzer«, er sah sie wieder an, »aber Sie sind wunderschön. Sie sind, so frisch, wie Sie hierherkommen, Ihre Haare, Ihr Gesicht, Ihre Augen, alles ist … einfach wunderschön.«

Anna spürte, wie sie rot wurde. Sie wusste nicht, was sie antworten sollte.

»Ich weiß, dass es nicht schicklich ist. Aber ich habe es an jenem Abend im ›Schwanen‹ schon gedacht. Aus allen, die da waren, sind Sie herausgestochen. Durch Ihre Art, sich zu bewegen, Ihre Körperhaltung, Ihre Mimik, Sie waren so Sie selbst, nichts Gekünsteltes, nichts Vorgespieltes, einfach Sie selbst.«

Anna wusste noch immer nicht, was sie darauf erwidern sollte. Schließlich sagte sie: »Ist das nicht ein bisschen viel … ich meine, Sie kennen mich doch gar nicht?«

»Aber ich sehe Sie. Es ist wie mit dieser Trauerweide. Wissen Sie, ich bin auf dem Land groß geworden. Dort gilt: Alles ist Leben. Und entweder man erkennt die Dinge oder eben nicht.«

Anna nickte. »Ich komme auch vom Land.«

Sie dachte an Franz. »Ja, es gibt eine Fassade, und dahinter schlägt ein Herz.«

»Meine Güte …«, er zog seine Jacke aus und legte sie auf die Mauer, damit Anna sich setzen konnte, »die Philosophin sind Sie!«

Anna senkte den Blick. Dann fragte sie ihn:

»Woher kommen Sie denn?«

»Aus den Berner Alpen.«

»Und wo genau da?«

»Kandersteg.«

Eine Pause entstand, dann fragte August:

»Und Sie?«

»Mahlstetten. Eine Gemeinde im Königreich Württemberg«, antwortete sie ebenso kurz. »Meine Familie hat dort einen einsamen Hof auf einem Hochplateau, den Kraftstein.«

»Und leben Ihre Eltern noch?«

»Mein Vater ist gestorben, als ich noch klein war.«

»Und Ihre Mutter? Hat sie wieder geheiratet?«

Anna schüttelte den Kopf. »Sie hat es alleine betrieben, bis meine Brüder groß genug waren.«

»Sicher hart!«

»Ja, das war es. Ist es immer noch.«

Sie sahen einander an. Anna ordnete ihren Rock.

Dann sprachen sie beide wieder gleichzeitig. Diesmal ließ Anna August den Vortritt: »Glauben Sie eher an Zufälle oder an Schicksal?«

Anna überlegte. »Eigentlich an beides. Dass wir uns hier getroffen haben, ist ein Zufall. Dass mein Vater so früh gestorben ist, ist Schicksal.«

August wiegte seinen Kopf.

»Ich bin heute hier gesessen, weil mich etwas um diese Uhrzeit hierhin gezogen hat. Und Sie haben zum ersten Mal den Weg zur Trauerweide gemacht. Zufall?«

Anna stand auf und strich sich ihren Rock glatt. »Ich weiß nicht, August. Aber ich weiß, dass mich das alles verwirrt. Ich muss darüber nachdenken.«

August stand ebenfalls auf. »Ich nehme mal an, Sie wollen alleine zurückgehen?«

Anna nickte.

»Sehen wir uns wieder?«, wollte er wissen.

»Steckborn ist klein.«

»Sie wissen, was ich meine.«

»Dann sollten wir es aber nicht dem Zufall überlassen.«

Beide mussten lachen, August bückte sich und hob einen glatt geschliffenen kleinen Stein auf. »Das ist ein Pfand«, sagte er und drückte es Anna in die Hand. »Das bringt Sie mir wieder.«

»Und wie?«, wollte sie wissen und schloss ihre Finger um den Stein.

»Übermorgen, am Sonntag? Haben Sie frei?«

Anna nickte.

»Wollen wir einen Ausflug machen?«

»Einen Ausflug?«

»Ich lasse mir etwas einfallen. Kann ich Sie abholen? Um zehn?«

Abholen, das hieß, offiziell in der »Krone«. Sie zögerte.

»Also gut«, sagte August. »Ich lasse Ihnen eine Depesche zukommen, wo wir uns treffen und was wir vorhaben, damit Sie sich darauf einrichten können.«

Anna hob den Stein mit zwei Fingern hoch. »Gut«, sagte sie und wandte sich zum Gehen um.

»Ich freu mich«, hörte sie August noch sagen, vermied es aber, sich noch einmal umzusehen, denn sie wusste, dass ihr die Freude förmlich ins Gesicht geschrieben stand.

Den Samstag verbrachte Anna mit heftigen Gefühlsschwankungen. Von August hatte sie eine Nachricht bekommen, er plane ein Picknick am See, ob sie auch Badekleidung einpacken wolle. Badekleidung? Das machte Anna schier fassungslos. Sie hatte sich zwar vor Jahren eine Pumphose mit dem passenden Badehemd aus Leinen zugelegt, aber das Wasser war doch noch viel zu kalt. Wollte er in eine Badeanstalt? Aber das passte nicht zu seiner Idee mit dem Picknick. Außerdem waren in den öffentlichen Badeanstalten, das wusste sie, Männer und Frauen getrennt. An der Ostsee, das hatte sie einmal gehört, als Herr Faiker es seiner Frau vorgelesen hatte, gab es sogar Sittenwächter, die darüber wachten, dass der Abstand und der Anstand gewahrt blieben. Da sie nicht nachfragen konnte, packte sie ihren Badeanzug in eine Tasche, aber unter inneren Widerständen. Kurze Zeit darauf freute sie sich wieder so unbändig auf diesen Ausflug mit August, dass ihr sämtliche Zweifel egal waren. Sie würde einfach abwarten, was kam.

Und was kam, war großartig. Nicht, dass das Automobil von Herrn Gegauf, die Motorchaise Nr. 1, in Steckborn nicht schon längst bekannt gewesen wäre, das schon, aber dass August diesen Wagen fuhr, mit dem der Fabrikant sonst große Strecken zurücklegte, sogar bis nach Konstanz, wie Anna gehört hatte, war unglaublich. August knatterte mit dem Motorwagen zum Brunnen, blieb dort stehen und stieg aus. Anna war wie vom Blitz getroffen, so viel Aufsehen mochte sie nicht. Aber nun stand sie plötzlich im Mittelpunkt der Aufmerksamkeit, die Leute blieben stehen, manche kamen sogar aus der Wirtschaft, auch Anton Faiker.

»Na, so was«, sagte er, strich sich durch seinen Bart und sah Anna von der Seite an. »Wird unser junges Fräulein standesgemäß ausgeführt?«

Anna wusste nichts darauf zu antworten, aber August kam ihr mit einem strahlenden Lächeln entgegen, seine wilden Haare ordentlich gescheitelt, in einem hellen Leinenanzug, mit dem passenden Hut in den Händen. »Darf ich bitten?«

Anna traute sich weder nach links noch nach rechts zu sehen, als August ihr in den Wagen half, der die Form einer halb offenen Kutsche hatte, nur ohne Pferde, und setzte sich stocksteif hin. August setzte sich neben sie, und als er anfuhr, gab es einen kleinen Ruck wie bei Franz, wenn er sich ins Geschirr legte.

»Na?«, fragte er, »ist die Überraschung gelungen?«

Anna holte aus ihrer Rocktasche das »Pfand« und legte den Stein zwischen sie auf die lederbezogene Bank. »Mehr als das.«

Sie fuhren aus Steckborn hinaus, die holperige Landstraße entlang in Richtung Konstanz. Nachdem keine gaffenden Menschen mehr um sie herum waren und nur die Tiere auf den Weiden entsetzt davonsprangen, fand Anna auch ihre Sprache wieder.

»Wie kommst du denn zu dem Auto von Herrn Gegauf?«

August lachte. »Nun, das gute Stück gibt es ja schon seit 1895, und er fährt es bereits seit über zehn Jahren. Es war übrigens das erste Auto im ganzen Kanton Thurgau. Schau nachher mal vorne hin, es hat die Polizeinummer 1.«

Anna schüttelte den Kopf, während sie sich festhalten musste, denn das Gefährt rumpelte schon sehr.

»Das sagt aber noch nichts darüber aus, warum *du* es fährst!«

»Er mustert es aus. Zieht es aus dem Straßenverkehr zurück. Da er sich aber nur schwer davon trennen kann, weil er das Gefährt lieb gewonnen hat, habe ich ihm versprochen, es in Zukunft gut für ihn zu pflegen. Er weiß, dass ich mit Maschinen umgehen kann. Und da hat er mir sein Schmuckstück für heute anvertraut.«

Anna betrachtete ihn von der Seite und da August es spürte, gab er ihren Blick zurück. »Du bist ein richtiger Tausendsassa, scheint mir«, sagte sie.

»Wir haben einfach das Glück, dass wir nicht im Krieg sind. Heute Morgen hat die deutsche Luftwaffe einen Großangriff auf London geflogen, habe ich im Drahtfunk gehört. Da sterben wieder Tausende von Menschen!«

Anna wurde es trotz des schönen Tages schwer ums Herz. »Mein Bruder Max ist gefallen. Der andere ist an der Front. Meine Schwager auch. Meine ehemaligen Klassenkameraden auch!«

August legte ihr kurz die Hand auf den Arm, was Anna aufgrund der Geschwindigkeit ihres Gefährts halsbrecherisch fand. Ihr war lieber, wenn er beide Hände am Lenkrad behielt. »Seit vier Jahren geht das nun schon!«, sagte sie.

»Max!« August hatte beide Hände wieder am Steuer und schüttelte den Kopf. »Das tut mir leid! Welch sinnloses Sterben für ein Vaterland, das sich einen Dreck um seine Soldaten schert.«

»Bitte, lass uns über etwas anderes reden, ich werde sonst traurig.«

»Warst du hier schon mal?« August schaute in die Ferne.

»So weit weg von Steckborn noch nie.« Sie dachte an ihren Fußmarsch vor fünf Jahren und die Begegnung mit Hesse und Sturzenegger, die Zeichnung und das Tagebuch. Nachdem sie ihnen bei Aloisia in Schaffhausen das Bild gemalt hatte, kam noch ein kurzer, sehr liebenswürdiger Brief von Hans Sturzenegger zurück, seitdem war der Kontakt abgebrochen. Falls es August interessierte, würde sie ihm von dieser Begegnung erzählen.

»Wir sind nicht mehr weit von Konstanz entfernt«, sagte er. »Aber dorthin fahren wir vielleicht mal mit dem Schiff, wenn du magst. Ich habe für heute einen anderen Plan.«

»Baden«, erwiderte sie trocken.

August musterte sie. »Du scheinst nicht gerade eine Wasserratte zu sein?«, fragte er schmunzelnd.

Anna schüttelte den Kopf. »Ich bin auf einem Hochplateau groß geworden, jeder Wassertropfen musste mühsam herbeigeschafft werden. Wasser war für uns ein sehr kostbares Gut.«

»Wir hatten kleine Gebirgsbäche, die im Frühjahr reißend wurden, aber schwimmen konnte man darin auch nicht«, lachte August, »höchstens Forellen fangen.«

»Kandersteg«, erinnerte sich Anna. »Ich weiß wirklich nicht, wo das liegt.«

»Du hast ein gutes Gedächtnis«, er warf ihr einen anerkennenden Blick zu.

»Wenn mich was interessiert …«

»Wenn dich *was* interessiert … oder … wenn dich *jemand* interessiert?«

Sie runzelte die Stirn. »Glaub bloß nicht, dass ich jetzt wieder die Augen niederschlage!«

August schüttelte den Kopf. »Das würde gar nicht zu dir passen.«

Und da fiel beiden gleichzeitig auf, dass sie längst vom steifen »Sie« von vor zwei Tagen ohne Absprache zum formlosen »Du« übergegangen waren. August bemerkte es als Erster: »Darf ich Ihnen das Du anbieten, schönes Fräulein?«

Anna genoss die Fahrt. Sie fuhren eine endlos lange Straße entlang, sehr oft direkt am Seeufer. Zwischendurch sah sie links und rechts Gehöfte, aber meist glitten Weinberge, große Obstbaumplantagen, Wiesen und Äcker vorbei. Die nächstgrößere Gemeinde, hatte ihr August erklärt, war Berlingen, danach Mannenbach, hoch am Berg würde sie dann in Salenstein das weiße Schloss Arenenberg sehen, wo Napoleon der Dritte aufgewachsen war, danach kämen schon Ermatingen, Gottlieben und schließlich Konstanz.

»Ich bin tatsächlich noch nie in diese Richtung gefahren«, gab sie zu. »Wenn ich Zeit hatte, immer nach Schaffhausen.«

»Wegen der schönen Geschäfte?«, fragte August nach.

»Wegen des Schreibwarengeschäfts«, präzisierte Anna.

»Kleider, Hüte, Schuhe?«

Anna schüttelte den Kopf.

»Wobei dir das Kleid, das du anhast, wunderbar steht. Das sanfte Grün passt zu deinem Haar, der Schnitt zu deiner Figur. Und das Hütchen dazu ist … keck!«

Anna griff danach. Ja, es saß trotz des Fahrtwindes noch fest. Edda hatte es ihr, genau wie die neuen Schuhe, zu einem Sonderpreis überlassen. »Vielleicht brauche ich dich noch mal als Modell«, hatte sie augenzwinkernd gesagt.

»Danke!«

»Und das mit dem Schreibwarengeschäft musst du mir noch erklären, aber halt, hier müssen wir einbiegen.« Er lachte über sich selbst. »Fast hätte ich *brrr* gesagt!«

Anna lachte mit, denn das konnte sie gut verstehen.

August lenkte den Wagen auf einen ausgefahrenen Feldweg, der zwischen hohem Weizen auf eine Schilfwand zuführte. Nun wurde es Anna doch etwas unbehaglich. So ganz alleine mit einem doch sehr fremden Mann?

August schien es zu spüren. »Keine Sorge«, sagte er laut, um das Geholper und Gepolter des Wagens zu übertönen, »es bleibt alles schicklich. Es gibt dort eine wunderschöne Sandbank, die ich vom Fischen her kenne. Aber mit dem Wagen war ich zugegebenermaßen noch nie hier.«

»Und wenn wir jetzt eine Panne haben?«

»Dann repariere ich ihn. Werkzeug liegt dahinten.« Er wies mit dem Daumen zur Rückbank, wo Anna nun zwei große Körbe entdeckte. Sie beschloss, kein Angsthase zu sein, genauso wenig wie im Keller auf dem Hofgut oder bei dem Gespensterschreck an ihrem ersten Tag in der »Krone«.

Je näher sie dem Schilfgürtel kamen, umso sumpfiger wurde es, und als die Vollgummireifen bereits leicht einsanken, schaltete August den Motor aus und lächelte Anna zu. »Willkommen im Paradies«, sagte er. »In unserem kleinen Paradies.«

»Ich bin gespannt.« Sie gab ihm ein Lächeln zurück und machte Anstalten, von der Chaise herunterzusteigen, doch August hielt sie zurück. »Warte! Ich schau mir erst den Trampelpfad durchs Schilf an. Vielleicht muss ich dich tragen.«

Anna musste lachen.

»Wegen meiner Schuhe?«

»Die könnten das nicht gut vertragen.«

Anna zog ihre Schuhe aus und stellte sie ordentlich nebeneinander ab. »Wo meinst du, dass ich aufgewachsen bin? In einem Schloss?« Dann raffte sie ihren Rock und kletterte barfuß vom Automobil hinunter.

»Nun, wenn das so ist!« August zog seine Anzugjacke aus, hängte sie über den Sitz, krempelte seine Hosenbeine hoch, schnürte seine Schuhe auf und stand kurz danach neben Anna.

»Jetzt kann das Abenteuer beginnen«, sagte er und griff nach den beiden Körben, während Anna ihre Tasche trug.

Der Boden fühlte sich zwar leicht schlammig, aber warm an. Schwieriger wurde es durch die abgestorbenen, scharfblättrigen Schilfhalme, die den Boden bedeckten und Anna merken ließen, dass sie schon lange nicht mehr barfuß gelaufen war. Ihre Fußsohlen hatten sich in den Jahren offensichtlich verändert, waren weicher geworden, und so biss sie zwischendurch die Zähne zusammen, wollte sich aber nichts anmerken lassen. August bog vor ihr mit seinen beiden Körben rechts und links die Schilfhalme weg und bahnte so den Weg für sie.

Dann blieb er so plötzlich stehen, dass sie fast in ihn reingelaufen wäre.

»Ich sehe schon was«, rief er.

»Kunststück, du bist ja auch größer als ich.«

August trat zur Seite und ließ Anna vor. Und was sie sah, verschlug ihr den Atem. Anders als die Sandbank von damals, lag diese nicht direkt am Wasser, sondern in einer kleinen Bucht, in der sich das Wasser wie in einer riesigen, flachen Wanne sammelte. Dahinter öffnete sich der Blick auf den See, wie Anna ihn noch nie gesehen hatte. Von hier aus erschien er riesig. Es war nicht nur ein Ufer zu sehen, wie von Steckborn aus gleich gegenüber, sondern mehrere und die auch noch weit entfernt.

August hatte Anna beobachtet.

»Überraschung gelungen?«, fragte er, und Anna nickte atemlos.

»Ich verstehe gar nicht … ist das denn noch der Bodensee?«

»Genau das ist der Bodensee«, sagte er, stellte seine Körbe ab und legte seinen Arm um Annas Schultern. »Geradeaus siehst du die Insel Reichenau. Das Kloster dort wurde im 8. Jahrhundert gegründet, brachte Christianisierung und damit Bildung und Kunst. Und an der Spitze der Insel vorbei siehst du nach Allensbach. Die Halbinsel links nennt sich Mettnau. Auch Liebesinsel genannt.« Er drückte ihre Schulter etwas und ließ sie dann los. »Und uns gegenüber ist die Hornspitze auf der Höri. Die Halbinsel Höri kennst du ja, Gaienhofen liegt auch auf der Höri.«

Anna staunte. »Was du alles weißt?«

August zuckte die Schultern und griff in den Korb. »Ich bin ja auch schon lange genug hier und oft mit den Fischern unterwegs, da lernt man alles Mögliche.«

»Ich bin nun auch schon fünf Jahre hier … und weiß gar nichts!«

August breitete eine große rote Decke auf dem Boden aus und

legte sogar noch zwei kleine rote Kopfkissen dazu. »Bitte Platz zu nehmen.«

Und dann holte er aus seinem zweiten Korb Teller und Besteck, zwei Gläser, eine Flasche Wein und eine große Platte, auf die er Trauben, Käse und Wurst legte, daneben ein Laib Brot. »So, bitte, es ist angerichtet.«

Anna hatte ihn kopfschüttelnd beobachtet, und als er sich neben sie setzte, fragte sie: »Hast du eigentlich auch irgendwelche Fehler?«

»Genügend!«, er musste lachen, »aber ich werde doch nicht so blöd sein, sie dir alle bei unserem ersten Treffen zu offerieren.«

Er schenkte zwei Gläser ein und hielt seines hoch. »Zum Wohl, schöne Anna. Und wenn du magst, kannst du es dir nachher in deinem Badekleid bequem machen, dann muss dieses Prachtstück nicht leiden.«

Anna stieß mit ihm an.

»Ich werde auch wegsehen«, versprach er. »Und wenn du ins kühle Nass steigen willst«, er zeigte zu dem kleinen Badesee zu ihren Füßen, der nur wenig Wasserzulauf vom See hatte, »dann wird das schön warm sein und völlig ungefährlich. Kaum höher als dein Knie.«

»Und wie oft warst du schon hier?«, fragte Anna.

»Mit dir ... das erste Mal.«

Anna war tatsächlich mit ihren Pumphosen in das Wasser gestiegen, das unglaublich warm war, und, dadurch abenteuerlustiger geworden, an Augusts Hand auch in den dahinterliegenden See, dessen Ufer flach abfiel und längst nicht so kalt war, wie sie vermutet hatte. Schließlich lagen sie in der Nachmittagssonne nebeneinander auf der Decke, und August drehte sich, auf seinen Ellbogen gestützt, zu ihr hin. »Und nun erzähl mir etwas von dir. Wie war das mit dem Schreibwarengeschäft in Schaffhausen?«

August so nah bei sich zu wissen verursachte bei Anna Herzrasen, aber sie schluckte ihre Aufregung hinunter und erzählte von ihrer ersten Begegnung mit Aloisia Uhlig, dem geschenkten Bleistift, ihrer Leidenschaft fürs Schreiben und schließlich von ihrer Begegnung mit Hermann Hesse und Hans Sturzenegger.

August hatte aufmerksam zugehört. »Unglaublich!«, sagte er schließlich. »Also bist du von uns beiden die Philosophin. Wusst' ich's doch! Hast du Hesses Bücher gelesen?«

»Ja.« Anna nickte. »Alle, die ich bekommen konnte.«

»Und warum ist er in der Schweiz und nicht im Krieg? Er ist doch Deutscher?«

»Er hat sich gemeldet. Ist aber wegen seiner extremen Kurzsichtigkeit nicht genommen worden.«

»Also kein Kriegsflüchtling, wie man manchmal hört.«

»Ganz und gar nicht. Er hat in Bern eine Kriegsgefangenenfürsorge eingerichtet. Und sich in Deutschland unbeliebt gemacht, weil er den Krieg in seinen Schriften verurteilt.«

»Siehst du, da weißt du nun mehr als ich.« August strich mit seinem Zeigefinger langsam an Annas ausgestrecktem Arm entlang, was ihr eine Gänsehaut über den Körper jagte. Er sah es, lächelte und nahm seine Hand weg. »Ich will dir nicht zu nahe treten.«

Anna betrachtete ihn in seinem Schwimmdress, einem gestreiften Einteiler mit Trägern und kurzen Hosen aus Trikotstoff. Zumindest war sein Badekleid sehr viel praktischer als der viele Stoff bei den Frauen. Und sah besser aus. Vor allem an August. Er hatte die sportliche Figur ihres Bruders, war aber größer. Und vor allem hatte er dieses dicke, wellige Haar, wie sie selbst, das dem Scheitel schon längst nicht mehr gehorchte, sondern wild in seine Stirn fiel. Sie wäre gern einmal mit der Hand hineingefahren.

Und dann seine Augen, die waren eigentlich das Schönste an ihm. Warm, interessiert. Und er hatte ihr zugehört. Die ganze, ausschweifende Geschichte lang.

»Und du«, fragte sie ihn, nachdem ihr die Pause zu lange erschien. »Was muss ich von dir wissen?«

Er sah sie kurz an, dann griff er zu seiner Leinenhose hinüber, die auf Falte gelegt im Sand lag. »Vielleicht das hier?«

Neugierig sah Anna ihm zu, doch er hob die Hand. »Augen zu.« Und dann hörte sie so feine Klänge, dass sie sich zunächst nicht vorstellen konnte, von welchem Instrument sie stammen könnten. Und als sie ihre Augen öffnete, sah sie erst einmal nichts. Er hatte etwas winzig Kleines in der Hand, doch die Töne waren laut und wundervoll.

Eine Maultrommel war es nicht, das war sicher. Die spielten viele in der Schweiz, aber die klang völlig anders. Und war auch nicht so klein.

Sie lauschte, und als August endete, hatte sie Tränen in den Augen. »Entschuldige«, sagte sie, als er sie ansah, »das ging mir wirklich ans Herz. So eine … traurige Melodie. Als ob du etwas ganz Schlimmes damit verbindest.«

August legte ihr das kleine Instrument in die offene Hand. Anna betrachtete es, eine winzig kleine Mundharmonika.

»So etwas habe ich noch nie gesehen.«

»Es ist eine Little Lady.«

»Eine Little Lady?«

»Ja, eine kleine Berühmtheit. Ein deutsches Fabrikat, wurde 1896 hergestellt und ist als die kleinste spielbare Mundharmonika bekannt. In der ganzen Welt. Eben weil sie so klein ist. Und trotzdem so gut zu spielen.«

Anna hielt sie ins Licht. »HOHNER«, las sie laut. »Ja, das kenne ich. Mein Schwager spielt auch so ein Instrument, allerdings ein Akkordeon. Er sagte, das sei nicht so weit von uns entfernt, zumindest nicht weit von Tuttlingen.« Sie überlegte. »Ja, jetzt fällt es mir wieder ein. Trossingen. Trossingen auf der Baar.« Sie gab August das Instrument zurück. »Das erklärt aber nicht, warum du so traurig spielst. Kann man damit nicht auch lustige Lieder spielen?«

Er antwortete nicht. Doch so, wie er das Instrument in seinen Händen hielt, gab das Anna Antwort genug.

»Oder verbindest du tatsächlich etwas Trauriges damit?«

»Magst du es hören?«

Anna nickte. Er setzte sich hin, die Beine angewinkelt, die Arme darumgelegt und sah hinaus aufs Wasser. Anna setzte sich in gleicher Haltung neben ihn.

Eine Weile sahen sie beide nur auf den See, und Anna wollte ihn schon darauf aufmerksam machen, wie sehr das Wasser die Farbe gewechselt hatte, nun plötzlich nicht mehr blau war, sondern durch den schrägen Einfall des Sonnenlichtes silbern schimmerte, aber sie überlegte es sich anders. Sie wollte die Stille nicht stören. August war mit seinen Gedanken ganz weit fort. Und dann sah er sie an, holte tief Luft und fing an zu erzählen.

»Anna, ich bin jetzt zweiundzwanzig Jahre alt. Vor sechs Jahren bin ich nach Steckborn gekommen. Das war nicht vorgesehen. Ich war der Älteste und sollte eines Tages unseren Hof übernehmen. Wir hatten einen großen Hof, über Generationen vererbt und erweitert. Und ich hatte vier Geschwister. Wir waren drei Brüder, zwei Schwestern.« Er stockte. »Mein Vater schickte mich noch einmal los, ich sollte dem Bauern vom Nachbargehöft eine Nachricht überbringen, es ging ums gemeinsame Schlachten am nächsten Tag, aber ich sollte schnell zum Abendbrot zurück sein. Also bin ich den ganzen Weg gerannt. Gerade, als ich bei unseren Nachbarn an der Türe stand, gab es einen ohrenbetäubenden Lärm. Etwas, das sich wie ein gewaltiger Wasserfall anhörte, als ob sich die Hölle aufgetan hätte, ein Knacken, Schlagen und Rauschen – ich habe es heute noch in den Ohren. Ich drehte mich erschrocken um, die ganze Familie stürzte heraus, wir sahen nur eine aufsteigende, riesige Staubwolke, alles Mögliche flog hoch durch die Luft, Steine, Geröll, Ziegel, Mauern, ich weiß nicht, manches flog bis fast zu uns, wir duckten uns sogar. Es war wie ein Vulkanausbruch ohne Feuer, eine unbändig zerstörende Kraft, die dahinterstand, mörderisch. Und das war es dann auch. Mörderisch.«

Er machte eine Pause.

Anna sagte kein Wort, sie legte nur ihre Hand auf sein Knie, und er legte seine Hand auf ihre. »Ein Felssturz«, sagte er nach einer Weile. »Sie saßen alle zum Abendbrot am Tisch, alle waren tot.« Er blickte sie an. »Übrig blieb nur ich … und die da.« Er hielt die kleine Mundharmonika hoch, »weil sie in meiner Hosentasche war. Weil sie *immer* in meiner Hosentasche war.«

»O Gott, August!« Anna zog seinen Kopf zu sich, und so blieben sie eine Weile. Was war da ihr eigenes Schicksal dagegen – gar nichts.

»Und dann?«, fragte sie.

»Dann habe ich die Metzgerlehre zu Ende gemacht, die ich in Kandersteg begonnen hatte, unsere Nachbarn haben mich solange aufgenommen, und bin dann über die Verbindung eines Verwandten aus Bern nach Steckborn gekommen. Zu Herrn Gegauf.«

Anna dachte nach. Und schließlich sprach sie aus, worüber sie nachdachte.

»August, vorgestern sprachen wir noch über Zufälle. Oder Schicksal. Dass sich dieser Felssturz genau zu dieser Stunde ereignet hat, als alle am Tisch saßen, war das Zufall oder Schicksal?«

»Das habe ich mich als einzig Überlebender oft gefragt. Und auch, warum gerade ich verschont geblieben war. Ich hatte jahrelang Schuldgefühle deswegen. Warum gerade ich? Hätte der Vater jemanden anderen geschickt …«

Anna verstand ihn gut. Das hätte sie auch gedacht. Sie würde auch nicht als Einzige überleben wollen, wenn sie alle weg wären – auf einen Schlag!

»Und da«, sagte sie leise, »bringen sie sich vorsätzlich um. Tag für Tag werden Familien, wird die Zukunft ausgelöscht. Für was? Für wen?« Sie ließ sich nach hinten auf die Decke sinken. Und als sich August dicht neben sie legte, dachte sie nicht darüber nach, ob das wohl anständig sei, sondern empfand nur seine Wärme. Und ein Gefühl der Geborgenheit.

Es hatte sich herumgesprochen. Als sie am nächsten Tag im Frühstücksraum erschien, hefteten sich alle Augen auf sie.

»Und?«, fragte Luisa, »war's schön?«

Aber nun war Anna kein junges Küken mehr, das bei jeder Äußerung erschrak, sondern eine gestandene junge Frau.

»Ja, sehr«, gab sie zur Antwort. »Und wie war es mit deinem Verlobten?« Und sie wusste, dass sich alle, die Douglas kannten, innerlich vor Lachen kugelten.

»Wir hatten einen sehr vergnüglichen Nachmittag«, gab Luisa zurück und ließ ihren Ärger an einer ihrer blonden Locken aus, die unter ihrem weißen Spitzenhaarband hervorquoll.

»Mit einem Automobil abgeholt, das ist schon was!« Ben war noch nicht so lange dabei und schenkte Anna einen bewundernden Blick.

»Na, Automobil nicht gerade«, tat sich Georg hervor. »Da gibt es jetzt schon modernere!«

»Es ist eine alte Benzinkutsche«, bestätigte Anna, »aber sie läuft. Und zwar immer noch um die zwanzig Kilometer pro Stunde.« Dass sie das nur auf schnurgerader und ebener Straße tat, verschwieg sie. August hatte ihr erzählt, dass Gegauf und seine Fahrgäste bei jeder Steigung aussteigen und schieben mussten. Und dass Gegauf einmal die ganzen jungen Schweine einsammeln musste, die vor Schreck aus einem Fuhrwerk gesprungen waren. Sie lächelte, denn sie sah, dass diese Mitteilung ihre Wirkung nicht verfehlt hatte. Die Burschen am Tisch tuschelten, und so manchen Mädchenaugen sah sie das Träumerische an. Ja, so ein Prinz, dachte sie amüsiert, dabei war August alles andere als ein Prinz. Er war genau das, was sie auch war: ein Arbeiter.

Allerdings waren auch Herr und Frau Faiker an der Sache interessiert. »Wie kommt denn der junge Kerl an die Motorchaise des Herrn Gegauf?«, wollte Anton Faiker wissen, als sie anschließend bei ihm im Büro war und sie wie üblich zu viert den kommenden Tag besprachen. Anna erklärte es, Johanna nickte nur, und

Frau Faiker meinte wohlwollend: »Er machte einen sehr guten Eindruck, sehr galant dir gegenüber, und die Idee, dich damit zu überraschen, spricht doch sehr für ihn.« Während sie sprach, nagelte sie ihren Mann mit ihren Augen förmlich fest. »Sich etwas Nettes für eine Frau zu überlegen ist eben nicht *jedem* in die Wiege gelegt.«

Anton Faiker, wie immer in seinem großen Bürosessel hinter seinem mächtigen Schreibtisch sitzend, meinte nur: »Was sie wohl meint?«

Anna verkniff sich ein Lachen, während Johanna ihr heimlich zuzwinkerte.

»Können wir vielleicht mal zu den Hauptthemen dieses Tages kommen, zum Geschäft?«, fragte Faiker, »oder gibt es noch weitere amouröse Abenteuer, die besprochen werden müssten?«

Anna warf Johanna einen Blick zu, doch diese schüttelte sanft den Kopf. Offensichtlich war ihr das noch zu früh. Schade, dachte Anna, denn Urs und Johanna waren sicher ein gutes Paar. Wie lange sie wohl noch warten würden?

Und August? Sie spürte eine neue, bisher nicht gekannte Wärme, die sie beim Gedanken an ihn durchflutete. Dabei kannte sie ihn erst so kurz, aber …

»Und sind wir jetzt vielleicht bei der Sache?«, dröhnte Anton Faikers Stimme, und sein Blick brachte sie in die Wirklichkeit zurück.

Liebesgefühle

Anna konnte sich selbst nicht erklären, woher diese schnelle Zuneigung kam. Sie war von Natur aus eher schüchtern, so hätte sie sich eigentlich selbst beschrieben, schüchtern und zurückhaltend. Eher den anderen den Vortritt lassen, als sich selbst vorzudrängen. Und nun hatte sie innerhalb kürzester Zeit ihr Herz verloren und war sich sicher, dass August der Mann fürs Leben war.

Sie hatte ihrer Mutter von ihren Gefühlen zu August geschrieben, aber selbst nicht gewusst, warum eigentlich, denn über Gefühle war in ihrem Elternhaus bislang selten gesprochen worden. Nüchtern kam deshalb auch die Antwort ihrer Mutter: *Kind, Du bist erst achtzehn geworden. In diesem Alter neigt man zu einem Überschwang der Gefühle. Das erste Mal verliebt, das erste Mal beim Tanz in den Mai, alles zum ersten Mal. Da bleibt keine Zeit, alles genau zu prüfen. Aber glaub mir, welcher Mann der richtige ist, bedarf einer genauen Prüfung, denn Du bist vor Gott Dein ganzes Leben lang mit ihm zusammen. Und das heißt, in guten und in schlechten Tagen. Deshalb achte bei Deiner Wahl darauf, dass es hoffentlich gute Tage sein werden. Lass Dir also Zeit bei Deiner Wahl.*

Anna hatte den Brief mehrfach gelesen. Was wollte sie ihr damit sagen? ... *hoffentlich gute Tage* ... das klang irgendwie nach einer Wahl aus Geldgründen. Ein Großbauer mit Grundbesitz, ein Wirt mit eigenem Wirtshaus oder besser noch, wie ihre Schwester Josefine, ein Fabrikant? August wäre ja Großbauer geworden, wenn ihn das Schicksal nicht zum Waisen gemacht hätte. Und sie hatte ihrer Mutter auch das geschrieben, zu erben gab es nichts. Alles, was sie sich aufbauen würden, müssten sie mit eigener Hände Arbeit erreichen. Aber war es bei ihren Eltern nicht auch so gewesen? Oder war das vielleicht sogar der Grund für die ablehnende oder, besser gesagt, warnende Haltung ihrer Mutter? Weil ihr eigenes Leben eine Abfolge von Schufterei, Kinderkriegen und noch größerer Schufterei war?

Aber konnte es nicht auch schön sein, bereichernd, wenn man gemeinsam etwas aufbaute?

Aber was wäre die Grundlage? August und sie waren beide angestellt. Da ließ sich nicht viel aufbauen. Ihr Monatslohn war nicht schlecht, aber selbstständig war natürlich etwas anderes. Und was August bei Gegauf verdiente? Sie hatte keine Ahnung.

Aber konnte sie ihn so einfach fragen?

Nein. Sie musste also warten, bis er sie fragen würde. Denn wenn sich einer für eine gemeinsame Zukunft interessieren musste, dann würde doch er es sein. Und falls er sie fragte, was sollte sie antworten: Meine Mutter meint, ich soll auf einen Besseren warten?

Auf einen, der etwas ist, etwas darstellt?

Das waren meist die älteren Männer.

Sie wollte aber keinen älteren, nur damit sie sich in ein gemachtes Nest setzen konnte, denn ein älterer Mann war eben … auch älter.

Anna saß auf der Bank bei der Trauerweide und zerpflückte die gelblichen Blätter eines Zweiges, den sie auf dem Boden gefunden hatte. Sie wartete auf August, aber offensichtlich kam er heute nicht so schnell weg, sie wartete schon eine halbe Stunde, und sie müsste bald wieder zurück, auf ihrem Schreibtisch lag noch Arbeit. Anna betrachtete die langsam untergehende Sonne und dachte, wie wunderschön die Natur war und wie wunderschön es wäre, wenn sie mit August einfach Hand in Hand in eine gesicherte Zukunft spazieren könnte.

Sie war so unruhig, dass sie aufstehen musste.

August, dachte sie. Anna, bist du dir sicher? Ist er es?

Sie ließ den halb zerrupften Zweig fallen und zog erneut den Brief ihrer Mutter aus der Tasche. Eigentlich hatte sie gehofft, ein aufmunterndes Wort zu lesen, ein Zeichen, dass sie ihr Glück teilen würde. Das hätte sie dann sofort August vorgelesen. Auf solch nüchterne Worte war sie nicht gefasst gewesen.

Sie begann am Ufer auf und ab zu gehen. Noch ein paar Minuten, und sie müsste zurück. Es war keine gute Idee gewesen, sich hier zu verabreden, ihr Heimweg dauerte zu lang.

Gerade als sie sich endgültig einen Ruck zum Aufbruch gab, hörte sie ihn rufen. »Anna, warte!«

Er kam gerannt, und wie er so im Laufschritt auf sie zukam, dachte sie, dass er doch noch sehr jung war. Ein sportlicher, junger Mann, der schnell rennen konnte, der gut aussah, der ihr zuhörte, der sich für ihr Schreiben interessierte, eine kleine Mundharmonika als seine beste Freundin bezeichnete und eine schwere Vergangenheit hatte – aber was noch? Die Zweifel waren gesät, sie spürte es.

»Entschuldige«, rief er außer Atem, nahm sie in den Arm und wirbelte sie herum, »ich begleite dich. Hast du lange gewartet?«

Anna verkniff sich ein *zu lange*, sondern winkte nur ab. »Gab es etwas Besonderes?«, wollte sie wissen.

»Ja, einer von unseren Fabrikarbeitern hatte die Grippe.«

»Die Grippe?« Anna runzelte die Stirn. »Und deshalb bist du aufgehalten worden?«

»Er ist binnen drei Tagen daran gestorben. Herr Gegauf hat alle Arbeiter zusammengerufen.«

»Weil jemand an der Grippe …«, dann verstand sie und schlug sich die Hand auf den Mund. »Mein Gott! Die Spanische Grippe?«

»Das wird gerade geprüft.« Er sah sie ernst an. »Aber alle Anzeichen sprechen dafür.«

»Dann ist sie nun also auch hier angekommen?« Anna spürte

Angst aufsteigen. Anton Faiker hatte immer mal wieder Schlagzeilen vorgelesen, aber alles schien weit weg. »Aber wo, wo hat er sich denn angesteckt?«

August zuckte die Achseln. »Das wissen wir nicht. Sicher ist nur, dass die Seuche über amerikanische Truppentransporte nach Frankreich kam. Und von dort verbreitet sie sich gerade über ganz Europa.« Er warf ihr einen bedeutsamen Blick zu – und Anna wusste warum. Ihr Bruder und ihre Schwager kämpften in Frankreich an der Front.

»Der Krieg ist schuld«, sagte sie langsam. »Und nun auch noch an dieser schrecklichen Seuche!«

August nahm sie in den Arm »Es wird schon gut gehen. Irgendjemand wird seine schützende Hand über deinen Bruder halten.«

»Und über uns?«, fragte sie, »wenn dieses Virus nun in Steckborn ist? Und wie kam es überhaupt in die Schweiz? Und wieso sagst du, es kam aus Amerika, wenn es Spanische Grippe heißt?«

Anton Faiker hatte das zwar schon erklärt, aber sie hatte nicht richtig zugehört. Es war ja auch nicht wichtig. So weit weg …

»Herr Gegauf hatte einen Arzt da, der uns darüber aufgeklärt hat. Die Spanier waren einfach die Ersten, die in den Zeitungen über die Epidemie berichtet haben. Überall sonst werden die Nachrichten wegen des Krieges zensiert. Der Feind soll nicht erfahren, wie sehr die Truppen durch die Krankheit geschwächt sind.«

Anna holte tief Luft. »August«, sagte sie leise, »ich habe Angst! Angst um meine Familie und Angst«, sie sah ihm in die Augen, »um uns. Wenn die Krankheit nun so nah ist … woher … wie zeigt sie sich denn?«

»Wohl wie eine einfache Grippe. Fieber, Kopfschmerzen, die Glieder tun dir weh. Nach drei Tagen wird es besser – oder es kommt zu einer Lungenentzündung, dann stirbt der Kranke innerhalb von wenigen Tagen.«

»Das hat er gesagt?«

August nickte. »Und er sagte noch etwas.«

»Was denn?«

»Die Grippe wird mehr Opfer fordern als der gesamte Erste Weltkrieg.«

»Der noch nicht mal zu Ende ist …«

»Aber bald, wie man hört. Es gibt im Deutschen Reich eine Welle von Aufständen und revolutionäre Aktionen. Die Menschen haben den Krieg satt!«

»Ich auch«, seufzte Anna.

August küsste sie auf die Stirn.

»August?«, fragte Anna und sah ihm in die Augen. »August, wenn dieser Krieg vorbei ist und mein Bruder und meine Schwager wieder zu Hause sind, begleitest du mich dann zum Kraftstein?«

»Um bei deiner Mutter und deinem Bruder um deine Hand anzuhalten?«, fragte er in einem scherzhaften Ton.

Anna zuckte die Schultern. »Du musst unbedingt Franz kennenlernen.«

»Franz?«

»Die große Liebe meines Lebens.«

»Dein Brauner!« Er lächelte, und Anna nickte nur.

9. November 1918

Sie saßen alle beim Mittagessen, als Anton Faiker hereinkam. Nicht würdig schreitend wie sonst, sondern mit hocherhobener Hand.

»Heute ist der Tag der Tage«, rief er. »Der Reichskanzler hat Kaiser Wilhelm eigenmächtig für abgesetzt erklärt, das Deutsche Reich hat kapituliert, es wird einen Waffenstillstand geben, der Friede ist greifbar! Zehn Millionen Tote hat dieses unsinnige Massaker nun gekostet!«

Alle starrten ihn an.

»Das kam gerade als Eilmeldung im Drahtfunk«, rief er. »Dann wird auch in der Schweiz hoffentlich alles wieder normal!« Und in einem seltenen Anfall von Großzügigkeit rief er. »Darauf gebe ich heute um fünf Uhr hier einen aus! Für alle! Wir trinken auf den Frieden!«

Damit drehte er sich um und rannte wieder hinaus. Alle sahen sich an, dann brach Jubel los.

»Hoffentlich wird alles gut!«, rief Anna.

»Hoffentlich kommen alle gesund nach Hause«, schloss sich Elfriede an, die ebenfalls Brüder an der Front hatte.

»Und da uns bisher auch noch diese elende Seuche verschont hat, sollten wir nun doch alle gemeinsam ein Dankesgebet sprechen«, rief Johanna, stand auf, faltete die Hände, und alle taten es ihr gleich. Und dann erscholl ein vielstimmiges Vaterunser.

Am darauffolgenden Tag rief Anna, wie jeden Sonntag, im Pfarrhaus an. Aber sie erfuhr nur, dass alle über den Frieden glücklich waren, aber es noch keine Nachricht gab, was mit dem Bruder und den Ehemännern an der Front war. Waren sie unverletzt? Gar schon auf dem Heimweg? Also sprach Anna nur kurz mit ihrer Mutter und bangte mit ihr und ihren Schwestern, dass alle gesund zurückkehren würden.

Anna arbeitete viel, um sich abzulenken, aber sie sah auch, wie sehr ihr August in dieser ungewissen Zeit beistand, sodass sie keinen Moment mehr an ihren Gefühlen zweifelte. Sie liebte diesen Mann. Und sollte er es ernst meinen und sie so lieben wie sie ihn, dann würde sie mit ihm die Ehe wagen.

Als sie spätabends mit ihrem Waschzeug zu ihrer Abendtoilette über den Flur ging, kam ihr Johanna im Nachthemd entgegen. Seit dem denkwürdigen 1. Mai am Brunnen hatten sie kein richtiges Gespräch mehr miteinander geführt. Johanna wollte schon mit einem knappen Gruß an ihr vorbeigehen, doch Anna blieb stehen.

»Johanna?«, fragte sie, »wie geht es dir denn?«

Johanna zögerte kurz, schüttelte dann aber den Kopf.

Das konnte nichts Gutes verheißen.

»Ist etwas mit dir? Oder mit Urs?« Da Johanna nicht gleich antwortete, fügte Anna schnell hinzu, »ich will nicht neugierig sein. Ich frage mich nur, warum ihr euch nicht zueinander bekennt, ich meine, offiziell?«

Johanna schüttelte erneut den Kopf.

»Kann ich dir nicht helfen? Irgendwie?«

Johanna legte ihr die Hand auf die Schulter. »Lass. Ich weiß, du meinst es gut. Aber das ist …« Sie blickte kurz zur Decke, um sich zu sammeln, »ein größeres Problem!«

Anna gab nicht auf. »Aber ihr liebt euch doch, das war selbst für mich klar zu sehen!«

»Daran liegt es nicht!«, sagte Johanna ausweichend und schlang die Arme um ihren Körper, weil die Nächte ohne Heizung bereits kalt waren.

»Sollen wir rein?« Anna zeigte zu ihrem Zimmer. »Die beiden anderen sind noch nicht da. Küche braucht länger, wie wir wissen.«

Johanna lächelte leicht über den Scherz, zögerte, willigte dann aber ein und ging voraus. Während sie unter ihre Decke schlüpfte, setzte sich Anna auf ihren Bettrand.

»Was kann so schlimm sein, dass ihr euch weiterhin heimlich treffen müsst?«

»Ich bin eine Uneheliche. So einfach ist das. Und seine Eltern sind streng katholisch. Für den Sohn gehört ein anständiges Mädchen her, kein Bankert!«

»Das sagen die?«

Johanna nickte.

»Was kannst denn du dafür, wenn deine Mutter vergewaltigt worden ist? Darauf hätte sie sicher gern verzichtet!«

»Na ja, vielleicht war sie ja auch einfach verliebt, egal, es ist nun eben mal passiert. Immerhin stand er dazu und steht heute zu mir.«

»Und du erbst das Hotel!«

»Wenn ich den Richtigen bringe!« Johanna verzog das Gesicht. »Aber einen anderen *Richtigen* will ich nicht. Ihn oder keinen!«

Anna zuckte die Schultern. »Ja, dann … wenn er das auch so sieht?«

»Ja, schon. Er wagt es aber nicht, sich gegen seinen Vater aufzulehnen.«

Oje, dachte Anna. Da war August besser dran, wenn dies auch ein böser Gedanke war.

»Und haben sie ihm schon ein *anständiges* Mädchen zum Heiraten präsentiert?« Das hatte sie eigentlich nur so dahergesagt, aber Johanna nickte.

»Eine aus Stein am Rhein. Die Eltern sehr katholisch, der Vater hat eine Apotheke, die Mutter ist rechtschaffene Hausfrau, das

Mädchen hat einen untadeligen Lebenswandel, bekommt eine entsprechende Mitgift, und die Familie ist angesehen, heißt es.«

»Oje!« Anna seufzte. »Das hört sich ja fürchterlich an.« Sie überlegte. »Aber die will er doch gar nicht, dein Urs?«

»Zweckheiraten sind die glücklichsten Ehen, sagt seine Mutter, denn sie sind gottgefällig. Die Liebe wächst mit der Zeit, mehr braucht es nicht.«

»Da hat sie wohl selbst keine guten Erfahrungen gemacht«, überlegte Anna laut. »Und wieso Zweckheirat? Ist der Vater von Urs auch Apotheker?«

»Nein, aber Arzt.«

Anna fiel so schnell nichts dazu ein.

»Urs sollte auch Arzt werden. Es war die erste große Enttäuschung seiner Eltern, dass er das Studium nicht beendet hat.«

»Nun ist er Buchhalter bei Gegauf, das ist doch auch ein respektabler Beruf«, fand Anna.

»Er soll zu seinem Schwiegervater in die Lehre, damit er später die Apotheke übernehmen kann. Das ist der Plan!«

»Also«, Anna schlug leicht auf Johannas Bettdecke, »da müssen wir uns was einfallen lassen. Darf ich August davon unterrichten? Der ist ganz findig. Vielleicht hat er ja eine Idee.«

»Ja, wenn er es für sich behält …«

»Ganz sicher! Und ich denke auch darüber nach. Diese Eltern verschachern ihre Kinder wie Vieh.« Sie überlegte. »Und dieses Mädchen? Will sie bei dem Plan überhaupt mitmachen und Urs heiraten?«

»Ich glaube, sie wird gar nicht gefragt!«

»Mein Gott«, Anna stand auf, »wenn man solche Eltern hat!«

Und damit ging sie in den Waschraum, um sich bettfein zu machen.

In den folgenden Tagen saß Anna ständig wie auf Kohlen. Kam eine Nachricht aus Mahlstetten? Waren alle gesund heimgekehrt?

Aber sie spürte auch eine enorme Kraft, die sie immer stärker zu August zog. Mit ihm konnte sie alles besprechen, ihm konnte sie ihr Herz ausschütten, er war für sie wie der sprichwörtliche Fels in der Brandung.

Als Mitte November die Nachricht kam, dass Bruder und alle Schwager wohlbehalten auf dem Heimweg seien, war Anna so glücklich, dass sie direkt in Tränen ausbrach. Isolde Faiker hatte das Telefonat aus dem Pfarramt entgegengenommen und Anna anschließend in ihr Büro gerufen. Nachdem sie die Nachricht gehört hatte, konnte Anna nicht anders, als sich weinend die Hände vors Gesicht zu schlagen.

Die Wirtin nahm sie in die Arme.

»Ist ja gut, alles ist gut«, sagte sie ein ums andere Mal und strich Anna tröstend über den Rücken.

»Was ist denn das?«, fragte Anton Faiker, der ins Büro trat, »Frauenverschwörung? Bei uns in der Schweiz?«

Da weder Anna noch Isolde lachten, fragte er ernst nach und klopfte Anna schließlich ebenfalls tröstend auf den Rücken.

»Ich könnte mich nicht mehr freuen, wenn du meine Tochter wärst«, erklärte er in feierlichem Ton, und Anna erwiderte, ohne überhaupt darüber nachzudenken: »Ihre Tochter hat auch Probleme!«

»Du weißt?« Anton und Isolde Faiker sahen sich an.

»Woher?«, wollte Anton Faiker wissen.

»Jeder braucht mal einen Menschen, um sich auszusprechen. In diesem Fall war es ich.«

»Besser du als jemand anderes«, sagte Anton Faiker, und seine Frau fand: »Ihr geht es doch gut.« Aber da sie ihren hohen Ton nicht senkte, war klar, dass sie auf eine Erklärung wartete.

Anna biss sich kurz auf die Lippen, aber natürlich war es schon zu spät. »Ich hätte nichts sagen sollen«, bereute Anna ihre impulsive Äußerung.

»Nun raus mit der Sprache! Oder soll ich Johanna dazuholen?«
Faiker fuhr sich durch seinen üppigen, grau melierten Backenbart.

»Ich weiß nicht, ob ich ihr damit helfe, wenn ich alles erzähle.
Oder noch schlimmer mache.«

»Schlimmer mache?« Isolde Faiker wies zu dem kleinen Tisch
in der Ecke, an dem vier Stühle standen. Anna hätte sich ohrfeigen
mögen.

»Johanna ist für mich wie eine Schwester«, begann sie, nachdem
sie Platz genommen hatten und die Wirte sie erwartungsvoll ansahen. »Vom ersten Tag an hat sie sich um mich gekümmert, da bin
ich ihr sehr dankbar.« Faiker nickte, und es war ihm anzusehen,
dass er sich ein »weiter« verkniff. »Und kürzlich hat sie mir ihre
Geschichte erzählt«, sie konnte sich ein bitteres Lächeln nicht verkneifen, »nach fünf Jahren. Ich denke mal, es wissen hier nicht so
viele …«

»Geht ja auch keinen was an!« Faikers Blick verfinsterte sich,
aber Anna ließ sich nicht einschüchtern.

»Vielleicht nicht …«, sagte sie, »doch schöner wäre es natürlich
schon für sie, wenn sie offiziell …«

»Wenn sie uns den richtigen Burschen bringt«, schnitt Faiker ihr
das Wort ab.

»Den hat sie doch!«, erklärte Anna bestimmt.

»Und wo ist er?« Faiker sah sich suchend im Raum um.

»Das ist ja genau das Problem!«, erklärte Anna spontan.

»Also, Anton, jetzt lass das Mädchen doch mal ausreden. Was ist
nun mit Johanna und diesem Burschen? Wer ist es überhaupt?«,
mischte sich Isolde Faiker ein.

Anna lächelte. »Es ist heute für mich so ein glücklicher Tag,
vielleicht könnte es für Johanna ja auch einer werden …«

Faiker warf einen Blick auf die Wanduhr. »Dann schieß mal los.
Ich gebe dir fünf Minuten, dann habe ich eine Verabredung mit
unserem Bierbrauer!« Er lehnte sich in seinem Stuhl zurück. »Also?
Ich höre!«

Wie fast jeden Abend nutzte Anna auch diesen Tag ihre Pause, um sich mit August zu treffen. Da es nun schon sehr viel früher dunkel wurde und recht kalt geworden war, trafen sie sich zwar noch immer draußen, aber in der Nähe der »Krone«. August kam mit dem Fahrrad und hatte als ständigen Treffpunkt ein Café vorgeschlagen, doch Anna hatte abgelehnt, sie brauchte die frische Luft, sie liebte den See auch während der kalten, manchmal nebeligen Jahreszeit.

Diesmal konnte sie es kaum erwarten, August zu sehen.

»Stell dir vor«, rief sie und rannte ihm auf der Promenade entgegen, »mein Bruder ist auf dem Weg nach Hause. Meine Schwager auch. Sie sind unversehrt, zumindest, sagte der Pfarrer heute der Frau Faiker übers Telefon, seien noch alle Gliedmaßen dran!«

Anton lehnte sein Fahrrad gegen die Kaimauer und umarmte Anna. »Wie sehr mich das freut. Das ist eine wunderbare Nachricht!«

»Ja, das ist es! Ich könnte den ganzen Tag singen. Und, August, wenn sie dann daheim sind, dann …«

»… willst du möglichst schnell zu ihnen!«

»Kommst du mit?«, fragte sie mit einem scheuen Seitenblick, den er ahnen, aber nicht sehen konnte.

»Möchtest du das denn?«

»Ich würde mir nichts sehnlicher wünschen!«

Sie standen noch immer eng umschlungen, bis August sie ein bisschen von sich wegschob, um ihr im Licht der Laterne in die Augen sehen zu können.

»Anna, wenn du mich deiner Familie vorstellen willst, dann weißt du, was das heißt.«

Anna schluckte. Er rückte ihr liebevoll das wärmende Kopftuch zurecht, das ein wenig verrutscht war. Sie nickte. Hatte sie ihm jetzt einen Heiratsantrag gemacht?

»Wenn du mich deiner Familie vorstellen willst, liebe Anna, dann möchte ich dich auch meinen Verwandten in Kandersteg vorstellen.«

Anna hielt den Atem an.

»Und wenn wir schon darüber reden, selbst hier an der zugigen Anlegestelle, dann muss ich dir sagen, dass ich dich sehr, sehr lieb habe. Und mir eine Zukunft ohne dich nicht mehr vorstellen mag.«

Anna hielt noch immer den Atem an.

»Wenn du mich also auch magst, was ich hoffe, oder vielleicht sogar etwas mehr als nur mögen, dann sollten wir Pläne machen.«

»Pläne?«, fragte Anna und holte tief Luft.

»Beantworte mir die erste Frage zuerst.«

»Ja«, sagte Anna leise, »auch ich habe dich sehr, sehr lieb und mag mir eine Zukunft ohne dich nicht mehr vorstellen.«

Sie küssten sich. Das war das erste Mal. Kein Wangenkuss, kein Kuss auf die Stirn, kein Handkuss, ein richtiger Kuss.

Anna holte noch einmal tief Luft.

»So schlimm?«, fragte August lächelnd.

»So schön!«

Und gleich küssten sie sich noch einmal.

»Somit, Anna, muss ich dir etwas sagen. Du brauchst nicht gleich darauf zu antworten, überlege es dir gut. Es ist eine schwerwiegende Entscheidung.«

Anna trat von einem Bein aufs andere. Nicht, weil sie fror, sondern weil ihr Herz so überfloss, dass sie kaum wusste, wo sie mit ihren Gefühlen hinsollte.

»Ja?«, fragte sie, nachdem August sie noch immer schweigend ansah.

»Mein Vater hatte Geld auf der Bank. Da aber meine ganze Familie tot ist, hat es mein Onkel bis zu meiner Volljährigkeit verwaltet. Dazu hat er das Familiengrundstück für mich verkauft. Volljährig bin ich im letzten Jahr geworden. Es ist kein beträchtliches Vermögen, aber eben doch ein schönes Vermögen, das mir Freiheit ermöglicht. Und mit diesem Geld möchte ich mich selbstständig machen.« Er wartete eine Reaktion ab, als keine kam, sprach er weiter. »Ich dachte an ein kleines Wirtshaus. Vielleicht sogar in Deutschland, irgendwo am Bodensee. Ich habe als Metzger und nun Kantinenchef die nötige Erfahrung. Und du, durch deine Arbeit in der ›Krone‹, hast das auch.« Er zögerte und suchte ihren Blick. »Könntest du dir so etwas vorstellen?«

Anna schluckte. »Ich habe auch gespart«, sagte sie. »Ich könnte etwas beisteuern.«

»Ja, gespart habe ich auch. Und jetzt nach dem Krieg könnte unsere Goldmark in Deutschland etwas wert sein.«

Anna schüttelte den Kopf.

»Was ist?«, wollte August sofort wissen.

»August, mir schwirrt der Kopf. Es ist so viel heute, mein Bruder gesund, du hast Pläne für uns … und …« Sie konnte nicht weitersprechen.

»Ja«, sagte er, »du hast völlig recht. Ein wichtiges Detail haben wir noch vergessen.«

Er ging auf die Knie und nahm ihre beiden Hände. »Anna, willst du meine Frau werden?«

Verlobung

Anna und August waren sich einig darin, nichts zu überstürzen. Sie hatten sich einander versprochen, das genügte ihnen für den Moment. So hatten sie auch noch keinen Hochzeitstermin festgelegt. Und auch keinen Tag, um zu ihren Familien oder Verwandten zu fahren, im Winter war das Reisen besonders beschwerlich. Zumal sie auf die Schwäbischen Alb und ins Berner Oberland führten, die besonders schneereich waren.

Anna wollte sowieso erst von der »Krone« weg, wenn die Zukunft mit August geklärt sein würde. Und richtig nach einem Gasthaus zu suchen, dafür hatten sie bisher keine Zeit gefunden. Auch August wollte so lange wie möglich bei Gegauf bleiben. Er bekam einen guten Lohn, hatte einen guten Chef und eine gute Arbeitsstelle.

So hatten sie keine Eile.

Doch an diesem 1. Dezember gab es eine kleine Sensation. Es war Sonntag, und nach der Kirche kam Johanna an dem Arm eines Mannes in die »Krone« geschritten, den viele noch nicht kannten.

Anna hatte im Service Dienst und traute zunächst ihren Augen nicht, dann sah sie aber Anton Faiker, wie er hinter dem Tresen hervorkam und Urs die Hand schüttelte.

»Grüß Gott«, sagte er und mit einem Seitenblick zu seiner Tochter, »na, endlich!«

Anna war nicht die Einzige, die gaffend stehen geblieben war.

Es erinnerte sie an ihren Auftritt zum 1. Mai in Eddas teurem Kostüm, so wie damals bildete sich nun recht schnell ein Halbkreis.

»Darf ich vorstellen«, sagte Johanna keck und drückte sich etwas an ihn: »Urs Kimmig, mein Verlobter.«

Da hatte er sich doch tatsächlich freigeschwommen, dachte Anna, und klatschte Beifall, was die anderen sofort nachtaten.

»Vielen Dank«, Urs sah in die Runde, »es ist mir eine Ehre!«

»Na denn«, brummte Anton, »dann lasst uns auf die Ehre ein Bier trinken.«

Anna zwinkerte Johanna zu, die ihr im Vorbeigehen zuflüsterte: »Ich möchte wetten, diese Lunte hast du gelegt!«

Ja, stimmt, dachte Anna.

Sie hatte auch August davon erzählt, der mit Urs gesprochen hatte.

Und er hatte ihr am nächsten Tag das Gespräch mit Urs geschildert: *Ja, ich liebe Johanna. Aber ich kann meine Eltern nach dem verunglückten Medizinstudium kein weiteres Mal enttäuschen. Und nachdem die Hochzeitsplanung schon so weit fortgeschritten ist, kann ich mich unmöglich gegen sie wenden. Sie würden in Stein am Rhein ihr Gesicht verlieren.*

August hatte gekontert: Es war aber doch nicht deine Idee, dieses Mädchen zu heiraten, sondern die deiner Eltern.

Sie wollen meine Zukunft sichern.

Die Zukunft hättest du hier auch. Und dazu mit dem Mädchen, das du liebst!

Ich würde meine Eltern zum Gespött machen.

Und dafür opferst du dein Glück und dein ganzes Leben?

Du hast gut reden, du hast keine Eltern … entschuldige …

An diesem Punkt war das Gespräch abgebrochen, und August war der Meinung gewesen, Johanna solle sich schleunigst nach einem anderen Mann umsehen. Urs würde sich ducken und das Leben leben, das seine Eltern für ihn vorgesehen hatten.

Doch, siehe da, da stand er plötzlich. Mit Johanna am Arm! Anna suchte Isolde Faikers Blick, die inzwischen aus ihrem Büro gekommen war. Sie klatschte in ihre Hände.

»Was soll die Aufregung? Marsch, marsch, an die Arbeit!«

Dann kam sie auf Anna zu. »Gut, dass du uns davon erzählt hast«, sagte sie leise. »Wir haben uns nun schon mehrfach mit dem jungen Mann hinter verschlossenen Türen getroffen. Er macht einen vernünftigen Eindruck, liebt Johanna und kann als Buchhalter sehr gut mit Zahlen umgehen, das ist schon mal ein großes Plus. Ein sehr großes!« Ihre berufsmäßig strenge Miene lockerte sich etwas. »Unsere Nachfolge scheint gesichert, das gefällt uns!«

Damit ging sie in ihr Büro zurück.

Große Überraschung

August hatte Anna zu Weihnachten mit dem Vorschlag überrascht, tatsächlich zum Christfest zu ihrer Familie auf den Kraftstein zu fahren. Er hatte bei den »Kronen«-Wirtsleuten nachgefragt und die Erlaubnis wegen guter Führung, wie Anton Faiker betonte, erhalten.

Und so waren sie am 22. Dezember mit der Eisenbahn in Tuttlingen angekommen. Anna war unglaublich aufgeregt. Wie würde ihre Familie August aufnehmen? Von ihren Heiratsabsichten wussten alle, aber noch war es ja nicht so weit, Anna wohnte und arbeitete in der »Krone«, und August lebte in dem Haus einer Witwe zur Untermiete.

Je näher der Zug Tuttlingen kam, umso höher lag der Schnee. Anna machte sich bereits Sorgen, wie Johann vom Kraftstein herunterkommen könnte. Und vor allem, wie Franz mit dem Gewicht wieder hinaufkam. Doch dann freute sie sich wieder so sehr auf ihre Familie, dass sie ihre Bedenken vergaß. Irgendwie würde es schon gehen. Irgendwie ging immer alles.

Der Schnee stob beim Einfahren in den Bahnhof so hoch von den Geleisen, dass sie kaum etwas erkennen konnten. August und Anna waren aufgestanden und warteten gespannt an der Türe, bis sie aussteigen konnten. Draußen auf dem Bahnsteig herrschte Gedränge, und selbst nachdem sich der Schnee wie feiner Puderzucker auf alles gelegt hatte, konnte Anna ihren Bruder Johann in der Menge nicht entdecken. Dafür hatte er sie gleich gesehen und war sofort bei ihr, kaum dass August Anna aus dem Zug geholfen und das Gepäck geschultert hatte.

»Du bist nun also August!« Johann stand breit grinsend vor ihnen, und Anna fiel ihrem Bruder um den Hals. Wie dünn er geworden war, dachte sie, sein Hals, seine Schultern, wo war der kräftige Naturbursche hin?

»Sachte, sachte«, sagte er zu Anna. »Du reißt mich ja zu Boden!«

Die beiden Männer reichten sich die Hand, dann nahmen sie Anna in ihre Mitte und stapften in ihren dicken Mänteln los. Trug Johann einen umgearbeiteten Militärmantel? Anna war sich nicht sicher. Aber sie erschauderte, denn sie sah, was ihr in der Schweiz bisher nicht begegnet war, zwei Männer an Krücken mit umgeschlagenem Hosenbein. Sie waren noch jung. In ihrem Alter. Max! Sie sah ihn wieder vor sich. Anna wandte den Blick von den jungen Männern ab. Es war einfach grausam und unsäglich, dachte sie. Tot – oder fürs ganze Leben gezeichnet. Für wen? Für was nur?

Auf dem Platz vor dem Bahnhofsgelände standen einige Kutschen, Fuhrwerke und sogar drei Automobile. Sie sahen moderner aus als Gegaufs Motorchaise, aber die war ja auch von 1895, wenn sie sich recht erinnerte. Sie warf August einen Blick zu, und er drückte ihre Hand. Aber dann blieb ihr suchender Blick an Johann hängen.

»Wo ist denn Franz?«

Bange Angst schwang mit, das war leicht herauszuhören, und so beruhigte ihr Bruder sie mit einem Lächeln. »Er muss nicht mehr alles. Der Knabe ist schließlich auch älter geworden. Du erinnerst dich doch an Lisa? Sie war immer das junge Beistellpferd, jetzt ist sie die Nummer eins.«

Tatsächlich, da stand sie, eine Militärdecke auf dem Rücken, vor einen schönen Pferdeschlitten gespannt. »Wo hast du den denn her?«, fragte Anna, aber Johann bat sie mit einer Handbewegung einzusteigen, und August schüttelte die Schafsfelle aus, sodass sie sich darunter auf die bequemen und trockenen Sitzpolster setzen konnten.

»Eine Überraschungsfahrt, meine liebe Schwester«, sagte Johann vom Kutschbock aus, und weil August ihr gleichzeitig die Hand drückte, beschlich sie das Gefühl, er könne Bescheid wissen. Sie warf ihm einen fragenden Blick zu, doch er lächelte nur.

»Nun bin ich in deiner Heimat. Da, wo du aufgewachsen bist. Das bedeutet mir sehr viel«, sagte er leise. »Und ich werde dich danach noch besser verstehen.«

Anna schwieg.

Ja, er konnte ihr Zuhause kennenlernen. Die ärmlichen Bedingungen, die Mühsal nachvollziehen, die der einsame Hof mit sich bringt und die sie nie so gesehen hatte. Für sie war damals alles normal gewesen. Nun wohnte sie in einem Hotel, hatte Elektrizität, und neuerdings schliefen sie sogar auf Federkernmatratzen. Sie waren nicht nur in den Gastzimmern, sondern auch in den Zimmern der Mitarbeiter ausgetauscht worden. Anna genoss eine Form von Luxus, musste sie zugeben, und dachte unwillkürlich an Edda und ihre Kreationen aus Paris. Wie August wohl ihr Zuhause sehen würde? Was sie als heimelig empfand, wirkte in den Augen eines Fremden sicherlich anders. Alt. Schäbig.

Nein, diese Gedanken durfte sie sich nicht machen. Anna drückte Augusts Hand. Er liebte sie. Und er würde alles lieben, was sie auch liebte. Sie wandte sich anderen Gedanken zu. Wer würde sie am Kraftstein wohl begrüßen? Außer ihrer Mutter wohnte ja nur noch Johann dort. Oder ob sich Teile ihrer Familie die Mühe gemacht hatten, auf den Berg zu kommen? Nein, dachte sie, wenn überhaupt, dann an Heiligabend. Vielleicht am Nachmittag. Oder sie trafen sich vor der Christmette bei einer ihrer Schwestern. Oder die Tage danach. Würden sie alle gemeinsam noch einmal für Max beten? Trauerte nicht sowieso jeder jeden Tag für sich alleine? Wie ihr die Mutter geschrieben hatte, gab es zu dem Zeitpunkt ihres Briefes noch keinen richtigen Plan.

Sie lehnte sich an August und ließ die Landschaft an sich vorübergleiten. Es war alles so vertraut. Und je näher sie Mahlstetten kamen, umso mehr meinte sie, jeden Baum und jeden Strauch zu kennen, und als sich schließlich die Silhouette der Gemeinde in der Ferne abzeichnete, leicht verschwommen im immerwährenden Schneefall, freute sie sich wie ein Kind.

»Schau«, machte sie August darauf aufmerksam, »die Kirche von Mahlstetten.«

Er nickte und wischte sich die Schneeflocken weg, die sich in seinem Bart verfangen hatten.

»Richtiger Schnee! Wie herrlich! Anna, ich liebe die Berge, die Winter zu Hause habe ich immer geliebt. So schön es am Bodensee ist, aber das fehlt mir manchmal. Raus in die klare Bergluft, das Knirschen des Schnees unter den Schuhen, die steif gefrorenen gestrickten Handschuhe, an denen man gelutscht hat, weil sich das Eis dann löste und gut schmeckte …« Er sah sie an, und Anna nickte.

»Das kenn ich alles. Und auch die eiskalten Stiefel und steif gefrorenen Schnürbänder, die man nur direkt am heißen Ofen wieder öffnen konnte.«

»Nach einer Weile, ja!«

August lachte, und Anna dachte, dass sie sich am ersten Abend, damals am 1. Mai, direkt in seine warmen braunen Augen verliebt hatte. Er war ein wunderbarer Mensch.

August legte den Arm um ihre Schultern, während die Schlittenkufen über den schneebedeckten Weg glitten und das feine Glöckchen an Lisas Geschirr im Takt bimmelte.

»Sie macht das gut«, sagte Anna nach vorn zu Johann, »die Lisa!«

»Sie hat es sich von Franz abgeschaut, glaube ich, denn ich war die letzten Jahre ja auch nicht da, um es mit ihr zu üben … und Max …«

»Ja, Max«, sagte Anna, »es geht mir noch immer nicht in den Kopf!«

»Mir auch nicht«, sagte Johann und sah sich kurz nach ihnen um. »Aber es sind viele Bilder, die mir mein Leben lang nicht mehr aus dem Kopf gehen werden!«

Dieser vermaledeite Krieg, dachte Anna und versuchte die schrecklichen Gedanken abzuschütteln, denn nun fuhren sie durch Mahlstetten. Anna erklärte August jedes Haus, und als sie an der Kirche vorbeikamen und ihr Blick auf die Wirtschaft gegenüber fiel, wunderte sich Anna über die vielen Pferdeschlitten, die dort standen.

»Hui, da ist ja was los«, sagte sie und machte August darauf aufmerksam. »Das ist die einzige Wirtschaft in Mahlstetten.«

Johann lenkte Lisa an einen freien Platz, brachte sie zum Stehen und zog die Bremse an.

»So, da wären wir«, sagte er und drehte sich mit einem breiten Lachen im Gesicht zu den beiden um.

»Hier?«, fragte Anna verwundert. »Und was machen wir hier?«

»Du wirst schon sehen!«

Während August Anna und sich von den Schafsfellen befreite und sie ausschüttelte, deckte Johann die Stute ein.

»Schön warten«, schärfte er ihr ein. »Brav sein.«

Lisa sah sich nach den anderen Pferden um, die dick eingepackt vor ihren Schlitten standen, und wieherte kurz, worauf sich einige Pferdehälse nach ihr reckten.

»Die junge Dame will Aufmerksamkeit«, lächelte Johann, wartete, bis Anna und August ausgestiegen waren, und ging ihnen voraus zur Eingangstür.

Anna sah August wortlos an und zuckte die Achseln. Der lächelte und küsste sie auf die Stirn. Da wurde die Türe aufgerissen, und Josefines Mann stand vor ihr.

»Hab ich doch richtig gehört«, sagte er und wies in den Raum. »Schön, dass ihr da seid, aber jetzt: herein, herein. Gleich wird das Essen aufgetragen!«

»Das Essen?«

Anna traute ihren Augen nicht. An einer langen, gedeckten Tafel saß ihre gesamte Familie, ihre Schwestern mit den Ehepartnern, und sogar die Kinder waren mit dabei. Am Tischende saß der Pfarrer, der sie vor fünf Jahren nach Steckborn vermittelt hatte. Er stand nun auf, kam ihr entgegen und drückte, nachdem Anna schnell ihre Fäustlinge ausgezogen hatte, ihre Hände.

»Welche Freude, dich gesund wiederzusehen, liebe Anna. Und Sie in unserem Familienkreis begrüßen zu dürfen, lieber August.« Er sah Anna an. »Ich nehme mal an, die Überraschung ist gelungen?«

Anna wusste nichts zu sagen. Sie sah erst ihn an, dann in die erwartungsvollen Gesichter ihrer ganzen Familie.

»Ich bin sprachlos«, gab sie zu, daraufhin standen alle auf, begrüßten sie und August, und es dauerte eine Weile, bis sich der Tumult, das Durcheinanderreden und herzhafte Lachen über die gelungene Überraschung gelegt hatten.

Schließlich erschien die Wirtin, trocknete ihre Hände an der Schürze ab, schüttelte Anna und August die Hand und rief in die Runde: »Die Suppe kann aufgetragen werden, wenn sich alle setzen.«

Sie machte ein paar trotz ihrer Leibesfülle behände Schritte auf den Pfarrer zu und fragte: »Und sonst ist auch alles klar?«

»Noch nicht besprochen.«

Anna hörte es, während sie sich neben ihre Mutter setzte. Ein paar Fältchen mehr, dachte sie, das Haar inzwischen weiß gesträhnt, aber schlank und hübsch wie immer.

»Es freut uns alle, deinen August nun endlich persönlich kennenzulernen«, sagte sie und nickte August zu, der sich neben Anna gesetzt hatte. Dann drehte sie sich ihrer Tochter zu und nahm sie in den Arm. Augenblicklich wurde es am Tisch still, und alle Augen richteten sich auf sie.

»Es tut uns leid, dass du die Einzige warst, die so weit fort war«, sagte ihre Mutter eindringlich. »Aber selbst wenn du alle Hebel in

Bewegung gesetzt hättest, um schnell nach Hause zu kommen, auch du hättest unseren Max nicht mehr lebendig gemacht. Unsere Trauer wird nie enden, aber wir haben mit dem Herrn Pfarrer gebetet. Und wir sind uns gewiss, dass Max heute bei uns ist. So wie er immer da ist, täglich, stündlich, bei jedem und jeder von uns.« Sie brach ab. »Und deshalb sind wir uns auch heute alle einig, dass wir feiern wollen. Fröhlich sein. Wir sind alle hier, auch Max.«

Anna nickte mit feuchten Augen, und nachdem die Suppe serviert worden war, erhob sich der Pfarrer zum Gebet.

Anna versuchte währenddessen an den Mienen ihrer Familie etwas abzulesen, aber es gelang ihr nicht. Auch August hatte seinen Kopf andächtig gesenkt. Aber irgendetwas war da doch vor sich gegangen. Da musste es doch irgendeine Absprache gegeben haben. August und ... ihre Mutter? Aber wie hätte das gehen sollen?

Nach der Suppe, die Anna erst zögerlich, dann immer schneller gelöffelt hatte, stand der Pfarrer wieder auf, alle Blicke richteten sich zuerst auf ihn und sofort auf Anna und August.

»Du hast gehört, was deine liebe Mutter gesagt hat, liebe Anna, wir sind hier nicht zusammengekommen, um um Max zu trauern, das tun wir ohnehin jeden Tag, sondern wir sind hier, um zu feiern. Und zwar nicht das bevorstehende Weihnachtsfest«, er lächelte, »sondern etwas ganz anderes.« Er hüstelte kurz in seine Hand. »Ich möchte das Rätsel nun lösen, liebe Anna. Wir sind hier versammelt, weil August Ruggli auch bei deiner lieben Mutter um deine Hand gebeten hat. Und da wir nicht wissen, was die Zukunft uns allen bringt, dachten wir, dass hier und heute der geeignete Zeitpunkt für eine schöne Trauung sei.« Er sah sich um. »Wir sind alle versammelt!«

»Was?«, rief Anna und wusste nicht, wie sie reagieren sollte. Nun stand August neben ihr auf.

»Liebe Anna, da ich deine Familie kennenlernen wollte, habe ich deiner Mutter geschrieben, und sie hat sich mit eurem Pfarrer und deinen Geschwistern besprochen. Eine schönere Gelegenheit, uns die Hand für den Bund der Ehe zu reichen, wird es sicher nicht mehr geben. Ich habe keine Familie mehr, also ist dies der richtige Rahmen ... in deiner Familie. Wir wollen unser Leben gemeinsam gestalten. Lass uns hier den ersten Schritt, den wichtigsten Schritt, tun.«

»Ihr habt das alles ... alles hinter meinem Rücken«, Anna wusste im Moment nicht, ob sie sich freuen oder sich ärgern sollte.

»Wir alle hofften, dass es für dich eine wunderbare Überraschung sein würde. Hier, heute, kurz vor Weihnachten, im Schoß deiner Familie.«

»Also, ich weiß nicht.« Nun war auch Anna aufgestanden. Sie sah zum Pfarrer. »Richtig trauen, also in der Kirche?«

Der nickte.

»Aber ich ...«, sie sah an sich hinunter, »ich habe doch gar kein Brautkleid ...«

»Doch, hast du«, meldete sich Josefine zu Wort. »Es hängt nebenan! Und wir machen dich schön, Serafine und ich. Mit allem, was dazugehört.«

»Jetzt gleich?«, fragte Anna völlig perplex.

»Ja, jetzt gleich«, sagte der Pfarrer. »In der Kirche ist alles vorbereitet, und hier warten Hauptgang und Dessert, bis wir wieder mit einem glücklich vermählten Ehepaar zurück sind, denn heute ist hier geschlossene Gesellschaft!«

Anna schüttelte ungläubig den Kopf.

»Und du?« Sie sah August an. »Du brauchst doch einen Anzug. Einen guten Anzug!«

August wies auf sein Gepäck, das er am Nebentisch abgestellt hatte. »Hat mir Edda besorgt.«

»Und fragt mich überhaupt jemand, ob ich das will?«, rief Anna in die Runde.

»Willst du?«, fragte August, und sie fiel ihm um den Hals.

»Ja, August, ich will!«

Das weiße Kleid im Nebenzimmer hing an einem Kleiderbügel von einer der Lampen herab und drehte sich im Luftzug der geöffneten Türe. Anna blieb ehrfürchtig stehen.

»Weiß? Aber das ist doch viel zu teuer. Wie wunderschön es ist!«

Josefine winkte ab. »Mach dir keine Sorgen, Anna. Cäcilia hat schon darin geheiratet, dann ich, zuletzt Serafine. Wir haben es ein bisschen verändert. Und der Saum ist auch nicht mehr ganz weiß geworden, aber …«, sie sah hinaus, »bei dem Wetter macht das hoffentlich nichts.«

Ihre Schwester Cäcilia war vierzehn Jahre älter als Anna und längst aus dem Haus gewesen, als sie in die Schule kam. Aber nun hängte sie das Kleid ab und brachte es Anna.

»Bisher hat es uns allen Glück gebracht«, sagte sie. »Und das wird es dir hoffentlich auch.«

»Hübschen Burschen hast du dir da ausgesucht.« Serafine machte sich an Annas Haaren zu schaffen. »Sind noch feucht, aber das bekommen wir trotzdem hin.«

»Ihr seid verrückt!«, stellte Anna fest.

»Aber schön verrückt, oder?« Josefine lachte. »Und falls du uns wegen der Hochzeitsnacht was fragen willst, nun sind wir alle da. Nur zu.«

Anna wurde rot, und das ärgerte sie, vor allem, weil sie die Belustigung in den Gesichtern ihrer Schwestern sah.

»Ja«, sagte sie, »da möchte ich euch wirklich was fragen. Vor allem, wo soll sie denn stattfinden, meine Hochzeitsnacht?«

Josefine und Cäcilia warfen sich einen Blick zu. »Unsere Männer haben das erledigt«, erklärte Josefine. »In unserer Mädchenkammer gibt es jetzt ein breites Bett. Und die Luke zur geheizten Küche hat Mutter heute Morgen schon aufgemacht, damit die warme Luft hochziehen kann. Also wird es angenehm warm sein.«

»Und morgen seid ihr ein verheiratetes Paar«, frohlockte Serafine. »Dann fehlen nur noch Johann und Barbara. Ob das stattfindet, wissen wir nicht so genau!«

»Warum?«, wollte Anna wissen, während sie sich aus ihrem Kleid schälte.

»Der Krieg hat vieles verändert. Bei manchen auch die Gefühle. Wir werden sehen!«

Cäcilia hielt ihr das Brautkleid hin, und Anna spürte ihr Herz rasen, als sie hineinschlüpfte.

»Jetzt hoffen wir, dass es passt. Wir haben ein paar Abnäher eingebaut, weil du ja nie was auf die Rippen bekommst.«

Anna betastete den Stoff.

»Traumhaft!« Dann erschrak sie. »Aber wir brauchen doch Ringe! Und ein Standesamt! Der Pfarrer alleine ... das ist ja nicht rechtens!«

»Der Bürgermeister ist gleich da, die Papiere sind aufgesetzt. Ihr müsst nur noch unterschreiben«, beruhigte sie Serafine.

»Und für die Ringe hat dein August gesorgt«, sagte Josefine. »Der hat alles perfekt vorbereitet. Anfangs mit Mutter per Brief, dann mit mir übers Telefon.«

»Na, der kann was erleben!«

Ihre Schwestern lachten und halfen ihr, das weiße Kleid überzustreifen. »Wunderschön«, sagten sie einstimmig. »Dort ist der Spiegel! Jetzt nur noch die Haare!«

»Sonst noch eine Frage?«, wollte Cäcilia wissen.

»Ja! Wie geht das nun mit der Hochzeitsnacht?«

März 1922

Die Hochzeitsnacht und die darauffolgenden Nächte waren nicht ohne Folgen geblieben, fast genau neun Monate später kam Maria auf die Welt.

Inzwischen hatte das junge Paar in unmittelbarer Nähe zur »Krone« eine kleine Wohnung bezogen, und Anna hatte bis kurz vor der Geburt vor allem im Büro gearbeitet und danach eine Hebamme gefunden, die nun in der »Krone« angestellt war, denn auch Johanna und Urs hatten geheiratet und brauchten tagsüber jemanden für ihren kleinen Sohn. Isolde und Anton Faiker waren stolz auf ihren kleinen Enkel, und auch die leibliche Großmutter fand mehr und mehr Einlass in die »Krone«, zumal sie, wie Isolde Faiker fand, mit zunehmendem Alter keine Gefahr mehr darstellte. Ganz im Gegenteil, ihre Gegenwart war nun praktisch, denn so hatten die beiden Kleinkinder eine geeignete Aufpasserin, wenn der Dienst der Hebamme beendet war.

Anna war glücklich mit der Situation, aber August brannte darauf, etwas Eigenes auf die Beine zu stellen. So durchforstete er täglich alle Zeitungen, derer er habhaft werden konnte, nach entsprechenden Verkäufen, und als er Anfang März völlig aufgeregt in ihr Büro gestürmt kam, war Anna klar, dass sich ihr Leben von Grund auf ändern würde.

Er hatte auf der anderen Seite des Sees ein Wirtshaus entdeckt, das zum Verkauf stand.

»Wo?«, fragte Anna, die gerade eine komplizierte Rechnung

schrieb und Sorge hatte, wieder von vorn anfangen zu müssen, wenn er sie nun unterbrach. Sie hob den Kopf und sah ihren Mann an, der, wie sie fand, in den letzten Jahren noch attraktiver geworden war. Männlicher.

Er legte ihr den *Bote vom Untersee* auf die Rechnung und tippte mit dem Zeigefinger darauf.

»Da!«, sagte er. »Genau einhundert Jahre alt. Eine richtige Wirtschaft mit allem Drum und Dran.«

»Und warum wird sie dann verkauft?«, fragte Anna skeptisch, »ist sie zu alt?«

Sie dämpfte etwas seine Euphorie, wie sie gleich sah, und es tat ihr auch sofort wieder leid.

»Wo ist sie denn?«, fragte sie in etwas versöhnlicherem Ton.

»Horn!« Er wies mit dem Zeigefinger durch den Raum in Richtung Seeterrasse. »Dort drüben! Seeaufwärts!« Er griff nach einem Hocker und setzte sich seiner Frau gegenüber. »Kannst du dich an unseren ersten Ausflug erinnern? Das Picknick am See, mit der Motorchaise?«

Anna nickte und strich sich ihre inzwischen auf Schulterhöhe geschnittenen Haare zurück.

»Damals habe ich auf die andere Seite gezeigt, zu diesem Spitz, und dir gesagt, dies sei die Hornspitze auf der Höri. Erinnerst du dich?«

Ja, an diesen Ausflug erinnerte sie sich gut.

»Wir sind niemals mehr dort gewesen«, sagte sie mit ein wenig Bedauern.

»Ja, stimmt! Aber dafür waren wir an anderen Stellen. In Konstanz zum Beispiel. Und bei deiner Familie, meinen Verwandten …«

»Entschuldige, du hast recht.« Sie hob den Blick. »Und was ist nun mit dieser Hornspitze?«

»Ziemlich dahinter liegt Horn. Und dort steht der ›Hirschen‹!«

»›Hirschen‹«, wiederholte sie langsam. »Das hört sich jedenfalls schon mal gut an.«

»Ob es auch so gut ist, sollten wir schnellstmöglich herausfinden.« August ging um den Tisch herum und küsste Anna aufs Haar. »Nicht, dass andere schneller sind.«

Anna warf einen Blick auf die Wanduhr. »Noch lange nicht Feierabend. Bist du einfach so …«

August lachte. »Man muss Prioritäten setzen. Und wir beide müssen planen, wann wir nach Horn fahren können.«

»Und wie kommen wir dort hin?«

»Mit einem Boot, Anna, mit einem Boot!«

Anna war bereits einige Male mit August auf dem See unterwegs gewesen. Aber da sie noch immer nicht besonders gut schwimmen konnte, hatte sie großen Respekt vor der Strömung. Sie wollte nicht in Schaffhausen über die Klippen stürzen.

August sah es ihr an. »Keine Sorge. Wir nehmen das Schmugglerboot von Hans-Ueli, das ist schnell und wendig.«

»Und wir werden gleich verhaftet.«

August lachte. »Es ist seit jeher ein florierendes Geschäft. Und nur wenige haben Interesse daran, es zu unterbinden.«

Anna seufzte. »Gerade sind am Emmishofer Zoll zwei Saccharin-Schmugglerinnen festgenommen worden!«

»Mit siebzehn Kilo Saccharin in ihren Schmugglerröcken«, er winkte ab, »ich weiß. Aber wissen wir, wie oft sie damit schon durchgekommen sind?« Er zeigte auf eine andere Meldung in der Zeitung. »Hier! Ganz in der Nähe seines Hauses ging einem Fischer eine Forelle mit einundzwanzig Pfund Gewicht ins Garn.« Er sah Anna bedeutungsvoll an. »Bei zwei Franken pro Pfund war das wirklich ein guter Tageslohn!«

»Ja, ich kenne die Meldung«, trumpfte Anna auf. »Eine Woche zuvor war es ein achtzehn Pfund schwerer Hecht!«

»Derselbe Fischer!« August nickte. »Den brauchen wir dann, wenn wir den ›Hirschen‹ haben!«

»Ja, wenn …« Anna schob die Zeitung von ihren Unterlagen weg. »Wann fahren wir?«

»Jedenfalls nicht am Sonntag, wenn alle Zeit haben … Vielleicht bekommst du für morgen Nachmittag frei? Ich will auch für morgen fragen.«

Es war ein denkwürdiger Tag, und Anna schrieb ihn sich später groß in ihr Tagebuch: *Mittwoch, 15. März 1922, unser Leben ändert sich.*

Hans-Ueli hatte sie sicher am anderen Ufer abgesetzt, und weil er sich durch seine Tätigkeit am deutschen Ufer sehr gut auskannte, wusste er auch, wo dieser »Hirschen« zu finden war.

»Da hoch«, wies er sie am schlammigen Ufer an, »durch die Felder und Wiesen hinauf, oben direkt hinter der Kirche.«

Hinter der Kirche, das hörte sich für Anna schon mal gut an. Zumindest hätte man sicherlich die Kirchgänger am Sonntag am Stammtisch.

»Weißt du noch mehr über den ›Hirschen‹?«, wollte Anna von ihm wissen.

»Na ja, die Wirtschaft hat in den letzten Jahren öfters mal innerhalb der Familie Dietrich den Besitzer gewechselt, dann kam Johann Schnur, ein Landwirt, und zuletzt August Auer. Der gehört auch irgendwie zur Dietrich-Familie. Wie man hört, haben sich die Stiefbrüder früher das Leben gegenseitig schwer gemacht – aber egal, nun will dieser Auer verkaufen.«

»Und warum?«

»Weil er auf der Reichenau einen Gasthof übernimmt.«

»Alles Kundschaft bei dir?«, wollte Anna wissen, die sich darüber wunderte, wie gut sich Hans-Ueli auskannte, aber der zuckte nur die Schultern.

»Schaut's euch einfach an. In zwei Stunden hole ich euch hier wieder ab.«

Anna hatte ihre alten, derben Lederstiefel angezogen und war jetzt froh darüber, denn der Boden war matschig, und erst als sie höher gestiegen waren, wurde der Untergrund trocken und griffig.

August wäre auch barfuß hinaufgeeilt, dachte Anna, die sich anstrengte, um mit ihm Schritt zu halten.

An der Kirche angekommen, blieben sie zunächst stehen.

»Schöne Kirche«, sagte Anna, aber dafür hatte August kein Auge. Er lief die Gasse bis zum letzten Haus hinunter und griff dort impulsiv nach Annas Hand, denn nun standen sie vor dem »Hirschen«. Es war ein lang gestrecktes Gebäude, links ein großes Scheunentor, auf der rechten Seite einige Stufen zur Eingangstüre, darüber prangte das Wirtshausschild. Anna zählte je zwei Fenster rechts und links des Eingangs, im ersten Stock fünf Fenster, darüber das Dach.

Verglichen mit der »Krone« war es ein einfaches Wirtshaus, aber auch die »Krone« hatte ja mal klein angefangen, dachte sie und warf einen Blick auf August, um seine Reaktion zu sehen. Es hieß ja immer, der erste Eindruck sei entscheidend, egal worum es sich handelte. Er stand noch immer wie angewurzelt, bevor er sich etwas zu ihr hinunterbeugte.

»Was sagst du?«, wollte er wissen.

»Wir sollten vielleicht mal hineinschauen?«, schlug sie vor, denn so von außen war der »Hirschen« noch kein wirklicher Lichtblick.

»Schauen wir mal, wo wir diesen August Auer auftreiben.«

Sie stiegen die Treppe hinauf und öffneten die Tür. Muffiger Geruch schlug ihnen entgegen, und Anna dachte sofort, dass hier eine ordentliche Wirtin fehlte. Auch der Innenraum war düster und mit vier langen und einem runden Tisch sehr einfach ausgestattet. Immerhin stand ein augenscheinlich neuer Kachelofen an der Wand, registrierte Anna, aber nach diesem ersten Eindruck konnte sie sich in etwa die Küche ausmalen.

»Hallo?«, rief August, »Herr Auer?«

Eine Holztür wurde aufgestoßen, und ein Mann in Arbeitskleidung erschien. Anna schätzte ihn Mitte vierzig, vom breiten Gesicht bis zu seinem hervorspringenden Bauch ziemlich grobschlächtig. Er blieb vor ihnen stehen und musterte sie.

»Wir sind wegen Ihrer Anzeige da«, ergriff August das Wort, »wir würden uns den ›Hirschen‹ gern ansehen.«

»Ansehen oder auch kaufen?«, schnarrte August Auer und kniff die Augen zusammen.

»Zuerst das eine und dann vielleicht das andere«, gab August selbstsicher zur Antwort.

»Schweizer?«, wollte Auer wissen.

»Aus Steckborn.«

»Ah, ja, da drüben habt ihr noch Geld!« Er wischte sich die Hände an seiner dunkelbraunen Jacke ab.

»Was wollen Sie sehen?«

»Alles!«, erklärte August. »Es gibt noch einen Saal, stand in der Anzeige, außerdem Gästezimmer. Was gehört noch dazu?«

»Ich betreibe Landwirtschaft«, erklärte Auer mit rauer Stimme. »Und hab noch Vieh.« Er räusperte sich. »Ist im Kaufpreis aber nicht enthalten.«

»Und Gästezimmer?«, fragte Anna nach. »Wie viele gibt es, und wie sind die ausgestattet?«

»Eins nach dem anderen!« Auer wies in den Raum. »Das ist der Gastraum. Das Inventar ist genau aufgelistet. Hinter mir schließt sich der Saal für rund hundert Personen an. Dafür ist die Küche ausgelegt.« Er musterte zunächst August, dann Anna. »Sie sind noch recht jung. Haben Sie wirklich Interesse?«

»Sonst wären wir nicht hier«, gab August zurück.

»Und genügend Geld?«

»Sonst wären wir nicht hier«, wiederholte August.

Auer drehte sich um. »Gut. Dann gehe ich Ihnen einfach mal voraus. Wenn Sie konkrete Fragen haben, fragen Sie gleich. Für Geplauder habe ich keine Zeit!«

»Wir auch nicht«, sagte August knapp und warf Anna einen Blick zu.

Stimmt, dachte Anna, Hans-Ueli würde mit seinem Boot bald wieder unten anlegen.

Eine gute Stunde später gingen sie schweigsam in Richtung Ufer zurück. Dann sprachen, wie auf Kommando, beide gleichzeitig, sahen einander verdutzt an und mussten lachen.

»Zuerst du!«, entschied August.

»Nein, du!«

»Hmm«, machte August.

»Keine Elektrizität«, begann Anna. »Petroleumlampen. Der Herd in der Küche … mit Holz geheizt. Schilfgras in den Matratzen …«

»Alles …«, ergänzte August, »stark renovierungsbedürftig.«

»Alt und abgewohnt!« Anna holte tief Luft. »Nur zwei Gästezimmer. Und die ohne jeglichen Komfort. Plumpsklo im Hof.«

»Vieh, hat er gesagt?«

»Vier Hühner, zwei Ziegen!«, zählte Anna auf.

»Das will ja kaum jemand geschenkt haben!«

Sie blieben wie auf Kommando stehen, fassten sich an beiden Händen und sahen einander an.

»Und?«, fragte August.

»Man könnte was draus machen. Wird viel Arbeit sein …«

»… aber das sind wir ja gewöhnt!«, vollendete August den Satz. »Und es wäre unser eigenes«, fügte er hinzu.

»Maria könnte so frei aufwachsen, wie wir damals auch aufgewachsen sind, auf dem Land.«

»Aber trotzdem«, wägte August ab. »Die vielen Besitzerwechsel … ich weiß nicht! Dafür muss es ja einen Grund gegeben haben.«

Er wies den Abhang hinunter zum See. »Hans-Ueli ist im Anmarsch.«

Anna folgte seinem Blick. »Wollen wir deinen Schmuggler noch mal fragen? Er scheint sich gut auszukennen.«

»Nenn ihn nicht so. Schmuggeln ist auch Arbeit!«

Anna lachte. »Und riskant. Ich vergaß …«

Sie gingen Hand in Hand weiter.

»Wollen wir noch mal drüber schlafen?«, fragte Anna.

»Wollen wir vielleicht vorher noch irgendwo einkehren, wo wir beide mal wieder Zeit füreinander haben?«

Anna drückte seine Hand. »Und Maria schläft heute bei Johannas Mutter. Sie hat es angeboten …«

August warf ihr einen Blick zu. »Du meinst?«

Anna lächelte vielsagend. »Wir wollten doch noch mal drüber schlafen, haben wir gesagt.«

»Wie recht du hast!«

Hans-Ueli setzte sie in Berlingen ab und wünschte ihnen einen schönen Abend.

»Erste völlig klare Sternennacht«, sagte er dazu. »Noch ein bisschen frisch, aber die Liebe wird's schon richten.«

Sein braunes, wettergegerbtes Gesicht zog sich in hundert Falten.

»Träumst du, Hans-Ueli?«, fragte August nach.

»Ja, von längst vergangenen Zeiten«, er hob die Hand zum Abschied und brauste davon.

»Netter Kerl«, fand Anna, »trotz des etwas … unehrenhaften Berufs …«

Sie schlenderten zu einem gemütlichen kleinen Wirtshaus, mehr Wohnzimmer als Gaststube. Die grauhaarige Wirtin stellte bei ihrem Eintritt das schwere Glätteisen ab und warf ihnen einen fragenden Blick zu.

August grüßte höflich und fragte, ob sie etwas zu trinken und zu essen bekommen könnten? Die Wirtin nickte, zeigte auf einen Tisch am Fenster und verschwand in der Küche, das Glätteisen nahm sie zum Aufheizen mit, die Wäschstücke ließ sie auf dem Holztisch liegen.

»So wird es bei uns auch zugehen«, flüsterte Anna zu Augusts Erheiterung.

»Du meinst, du trägst dann auch einen grauen Dutt?«, wollte er wissen.

»Ja, und dich bügele ich auf dem Tisch platt!«

Bevor er antworten konnte, war die Wirtin wieder da. Anna schätzte sie auf über siebzig.

»Wir haben Mostbröckli da, Siedfleisch und Rösti, hauseigenen Wein und Schnaps.«

»Prima«, stimmte August zu. »Genau in dieser Reihenfolge.«

Die Wirtin runzelte die Stirn, kurz danach brachte sie zwei Gläser und zwei Teller mit dünn geschnittenem, geräuchertem Rindfleisch, stellte einen Buttertopf, eine Flasche Wein und einen Korb mit frisch geschnittenem Brot auf den Tisch.

»Das Siedfleisch und die Rösti dauern noch«, kündigte sie an und verschwand wieder.

»Lassen Sie sich Zeit«, rief ihr August nach. »Wir sind ja nicht in der Kantine«, sagte er zu Anna, die darüber lachen musste.

»Hier sind die neuen Zeiten jedenfalls auch noch nicht eingekehrt.«

Anna zeigte auf die Petroleumlampe an der Decke und zu der Bügelunterlage auf dem Esstisch. »So ein bisschen bang kann da einem schon werden. Die Wäsche, die Küche, der Abort.«

August nickte. »Ja, wenn man den Fortschritt schon hatte, fällt ein Rückschritt schwer.«

Er schenkte beiden Wein ein. »Aber lange kann es da auf der Höri eigentlich nicht mehr dauern. Radolfzell hat schon Elektrizität, Stein am Rhein auch – und die Höri liegt ja dazwischen.«

»Vielleicht ist es mit Horn wie mit unserem Kraftstein ... zu weit ab vom Schuss.«

»Das sollten wir noch herausfinden!«

»Und sonst?«, fragte Anna und verscheuchte eine Fliege von ihrem Teller, »was sagt dein Bauch?«

»Mein Bauch sagt, dass wir uns all die Fragen, die wir jetzt haben, aufschreiben und damit noch mal hingehen.«

»Meinst du, die Wirtin hat Schreibzeug?«

»Hast du etwa nichts dabei, meine kleine Poetin?«

Anna schüttelte den Kopf.

»Dann fragen wir sie.«

So hatte sich Anna ihr Leben immer erträumt: einen anderen Menschen zu lieben, Zeit füreinander zu haben, miteinander am Tisch zu sitzen, gute Gespräche zu führen, gemeinsam, Hand in Hand, durch den Abend zu gehen, dem gemeinsamen Zuhause entgegen. Bisher war alles eingetroffen. Nur, ob sie später noch Zeit füreinander hätten, wenn sie selbstständige Wirte wurden? Sie sah ja, welche Verantwortung die Faikers mit ihrer »Krone« und ihren Angestellten hatten. Und obwohl sie genügend Mitarbeiter hatten, waren sie trotzdem von morgens bis abends beschäftigt.

Wie sollte das also zu zweit gehen?

Sie sprachen auf dem Heimweg darüber.

Ihr Essen war gut gewesen, die Rösti so rösch, wie sie es beide liebten, das Fleisch zart und der Schnaps sehr gut gebrannt, wie August gleich feststellte.

»Du hast Bedenken?«, fragte er, während sie Hand in Hand auf der schnurgeraden Straße Steckborn entgegengingen.

Ja, sie hatte Bedenken, das gab sie zu. Ihr Arbeitsplatz in der »Krone« war sicher, sie beherrschte alle Aufgaben, es machte ihr Spaß. Maria war gut versorgt, sie hatte zudem in Johannas kleinem Bruno einen Spielkameraden.

»Wir sind noch jung«, sagte August und kickte einen großen Stein zur Seite, »wir müssen nichts überstürzen, wir können noch abwarten. Vielleicht findet sich ja auch noch etwas Besseres?«

Aber sie wussten beide, dass die Wahrscheinlichkeit, am Bodensee ein Wirtshaus so nahe am Ufer zu finden, das verkauft werden würde, eher gering war.

»Vielleicht sollten wir es ja auch tun, gerade *weil* wir noch so jung sind und die Kraft haben?«, warf Anna ein.

August fuhr sich mit einer Hand durch sein dichtes Haar und

sah Anna an. »Weißt du, was es für eine Geste ist, wenn man sich durchs Haar fährt?«

»Geste?«, fragte sie erstaunt. »Die Haare fallen dir ins Gesicht. Passiert mir auch oft!«

»Es ist eine Geste der Verlegenheit. Oder des Nicht-weiter-Wissens.«

»Verlegen bist du sicher nicht!« Sie musterte ihn.

Er gab ihren Blick zurück und drückte sie an sich: »Anna, ich bin froh, dass ich dich habe. Du bist ein Geschenk!«

»Ein Geschenk?« Sie lachte auf. »Du freust dich aufs Auspacken?«

»Und wie!«

Da blieben sie mitten auf der Landstraße stehen und küssten sich. Und Anna verschwendete keinen einzigen Gedanken daran, ob das unschicklich sei – oder nicht.

Anna wusste von ihrer Mutter, dass ihre Großmutter ihren Mann nie nackt gesehen hatte. Er sie auch nicht. Was geschah, geschah im Dunkeln.

Seitdem sie August kannte, konnte sie das noch weniger verstehen als früher. Er war ein schöner Mann und ganz besonders dann, wenn er die vielen Kleidungsstücke abgestreift hatte. Nun stand er nackt vor dem Waschtisch und wusch sich mit einem großen Stück Kernseife. Anna beobachtete, wie sich seine Sehnen bewegten, seine Muskeln, wie er nach einem Stück Tuch griff und sich unter den Achseln und zwischen den Beinen gründlich reinigte. Er wäre nie ungewaschen zu ihr ins Bett gestiegen, und dass er so reinlich war, gefiel ihr auch so ganz besonders an ihm. Ob alle Männer so waren?

Sie wusste es nicht, glaubte aber nicht.

Jedenfalls war es ein bisschen ihr Ritual geworden, sie sah ihm beim Waschen zu und er ihr. Und da sie auch ihre intimsten Stellen sorgfältig wuschen, erregte sie das Zusehen.

Nun ging er mit der Waschschüssel auf den Gang, entleerte sie im Abort, wusch sie in der Küche und brachte sie mit warmem Wasser gefüllt zurück.

Nun war sie dran.

Es machte ihr Spaß, sich vor Augusts Augen zu entkleiden, denn sie war stolz auf ihren weißen, perfekten Körper. Üppige Rundungen hatte sie auch durch die Schwangerschaft mit Maria nicht bekommen, aber die brauchte sie auch nicht, fand sie. Und sie hatte von Edda gehört, dass in Paris und Berlin die Korsetts bereits gefallen waren, die Frauen kürzere Röcke trugen, Bubiköpfe und insgesamt männlicher ausschauten. Weil sie während des Krieges viel Männerarbeit geleistet hatten, trugen sie nun auch Hosen und Overalls.

Hosen – das alles traute sich Anna noch nicht, aber vielleicht bald?

Sie streifte ihre Unterwäsche ab und fand, dass dies wirklich viel unnötiger Stoff war. Vielleicht sollte sie mit Edda neue Unterwäsche entwerfen? Kurz, leicht? In der Hauptstadt verwendeten sie oft Seide.

»Warum lachst du?«, wollte August vom Bett aus wissen, und sie wandte sich ihm zu.

Sie zeigte auf ihre mit Rüschen verzierte weite Unterhose, die bis ans Knie reichte.

»Stell dir vor, wenn meine Unterwäsche kurz wäre, aus Seide, das wäre doch auch beim Entkleiden hübscher als dieses«, sie schleuderte ihre Unterhose mit einem Kick weg, »unförmige Ding.«

»Mir gefällt, was drunter ist«, brummte August, und Anna bemerkte seine wachsende Erregung, was ihr Spaß bereitete, deshalb spielte sie beim Waschen ihrer Genitalien noch ein bisschen damit, bis sie sicher war, dass er es kaum noch aushielt.

Dann stürzte sie sich auf ihn.

»Du bist gemein«, sagte er, »mich so hinzuhalten. Nun muss ich mich unglaublich beherrschen …«

Sie lachte, legte sich neben ihn und zeigte zwischen ihre Beine: »Dann kühl dich etwas ab, für den vollen Genuss, wie du immer so schön sagst.«

»Ja«, er zwinkerte ihr zu. »Aus Frankreich kommt eben nicht nur der Feind, sondern auch Freud!« Und damit rutschte er nach unten.

Als sie sich am nächsten Morgen früh aus ihrem Bett schälten, waren sie sehr verschlafen und noch immer ratlos.

»Und?«, fragte August sie nach einem müden Morgenkuss. »Welche Eingebung hattest du heute Nacht?«

»Es wird ein Bub!«

August lachte, schüttelte aber den Kopf. »Noch einmal Nachwuchs können wir nicht gebrauchen, wenn wir gerade ein Wirtshaus aufbauen.«

»Dann hast du dich also schon entschieden?« Anna hielt kurz inne, während sie ihre Wäsche zurechtlegte.

»Was denkst denn du?«, fragte August.

»Ist das Anwesen den Kaufpreis denn wert?«

»Wir handeln ihn runter. Ich glaube nicht, dass es viele Interessenten geben wird.«

»Haben wir dann noch Mittel für die Instandsetzungen? Reparaturen am Haus und im Haus. Wie sieht eigentlich der Ökonomietrakt daneben aus? Genauso verrottet wie das Haus? Außerdem brauchen wir neue Matratzen, frische Bettwäsche – und überhaupt, wo wird die Wäsche gewaschen? Am Brunnen? Im Bach? Im See?«

August schüttelte den Kopf, nachdem er sich sein Leinenhemd über den Kopf gezogen hatte. »Jetzt übertreibst du!«

»Und wer macht die Wäsche? Das ist die mühsamste Arbeit überhaupt. Da pflüge ich noch lieber den Acker!«

»Wir brauchen natürlich Hilfen. Vor allem für den Haushalt, das ist ja klar.«

»Und wir kennen uns in Deutschland nicht aus. Wer sind unsere Lieferanten? Was kostet die Butter, der Fisch, die Kartoffeln? Sie werden alle versuchen, uns über den Tisch zu ziehen.«

»Liebster Schatz, ich leite eine ganze Kantine. Da essen hundert Leute jeden Tag. Ich kenne die Lieferanten und die Preise. Auch in Deutschland.«

»Und, lieber Schatz, bin ich dann die Köchin? Ich habe seit Jahren nicht gekocht!«

»Aber du kannst kochen. Du kochst hier bei uns doch auch.«

»Ja, Familienessen. Nicht in der Wirtschaft, wie Maria das tut.«

»Man wächst an seinen Aufgaben!« August zog seine Hose an und schlüpfte in die Schuhe.

»Und welche Aufgaben hast dann du?«

»Alle. Genau wie du.«

»Kannst du kochen?«

»Ich habe Metzger gelernt. Klar kann ich kochen.«

»Du hast hier noch nie gekocht!«

August setzte sich seinen Hut auf und warf ihr einen Handkuss zu, bevor er, die Türklinke schon in der Hand, sagte: »Weil ich keine Lust dazu habe. Man muss ja nicht alles verraten, was man kann!«

Das eigene Wirtshaus

Anna hatte sich ihr grünes Kleid angezogen, August seinen hellen Leinenanzug, der 1. April 1922 sollte ein denkwürdiger, ein besonderer Tag werden. Sie saßen mit August Auer im »Hirschen« in der Wirtsstube über einige Dokumente gebeugt und lasen sie gemeinsam laut vor.

August Auer hatte eine lange Inventarliste vorgelegt. Vom Teelöffel über die gesetzlichen Eichmaße, die Kommode mit Aufsatz, einen kleinen Küchenkasten, Schirmständer, Bieruntersetzer, Brandweingläser, Bildertafeln bis zu den Zündholzsteinen mit Aschenbecher und den Würfelbechern mitsamt Würfeln war alles aufgeführt. Für alles hatte er einen Preis angesetzt, von dem Anna nicht so richtig wusste, wie er den festgemacht hatte – am Neuwert vor zwanzig Jahren?

Sie war lange genug im Büro gesessen, um zu wissen, was kaputtes Geschirr oder alte Vorhänge wert waren.

Darum räusperte sie sich, als sie bei der Gesamtsumme von 1990 Mark angekommen waren.

»Sehr verehrter Herr Auer«, begann sie, »nun bin ich in der Schweiz auch nicht die letzten Jahre in der Sonne gelegen, sondern ich habe in der ›Krone‹ in Steckborn unter anderem *auch*«, und dieses ›auch‹ betonte sie, »im Büro gearbeitet. Und zwar eigenständig. Ich kenne also den Marktwert gebrauchter Gegenstände sehr gut!«

Auer warf ihr mit zusammengekniffenen Augen einen Blick zu.

»Jetzt fangen Sie auch noch an!«

»Wieso?«

»Hier ist der Kaufvertrag. 60 800 Mark. Das ist für das Gebäude, das Ackerland, die Weinberge darum herum und das Vieh weiß Gott nicht viel!«

Zu dem hochtrabenden Begriff »Vieh« wäre Anna bei vier Hühnern und zwei Ziegen noch spontan etwas eingefallen, aber sie wartete ab. Auer deutete auf August.

»Er hat mich auch schon heruntergehandelt«, sagte er mit vorwurfsvoller Stimme, »aber, bei Gott, ich habe den Preis vor nicht einmal zwei Jahren selbst bezahlt. An meinen Vorgänger, Johann Schnur. Und nicht gehandelt. Der kann das bezeugen. Auf der Reichenau muss ich in meine neue Gastwirtschaft schließlich auch wieder investieren. Es ist also ein Kreislauf. Und schlussendlich bin ich ja auch kein Wohltäter für …«, er zögerte, setzte dann aber doch leise »… Schweizer« hinzu.

August und Anna sahen sich kurz an, sie zuckte die Achseln. Es würde noch genug für einen guten Anfang übrig bleiben, das wusste sie. Sie wusste aber auch, wie schnell Geld weg sein konnte. Also war besser, von vornherein weniger auszugeben.

»Und wo sind eigentlich Ihre Hilfen?«, fragte sie, das war schließlich für die Zukunft wichtig.

»Hilfen?«, er betrachtete Anna kurz, wie um sicher zu sein, dass sie keinen Scherz machte. »Wir haben keine Hilfe. Das sind hier nur ich und meine Frau. Und wenn es mehr brauchen sollte, zur Weinlese oder so, finden sich welche. Oder man hilft sich gegenseitig.«

Anna nickte. Ob die in Horn einem fremden Wirt helfen würden?

Egal, sie hatten sich entschieden, sie würden es schaffen.

»Dann reichen Sie mir den Füller herüber«, sagte sie.

August Auer wartete kurz ab, was August Ruggli dazu sagen würde, aber der grinste nur.

»Meine Frau hat die Hosen an. Ist das bei Ihnen anders?«

In den folgenden Tagen brachten sie alles Wichtige von Steckborn nach Horn, vor allem aber ihre kleine Tochter Maria. Sie war nun zweieinhalb Jahre alt, und weil sie eine schnelle Auffassungsgabe hatte, haben sie ihr das neue Zuhause als großes Abenteuer verkauft. Mit Hühnern und Ziegen, und auch Katzen und bald noch anderen Tieren.

Maria war dunkelhaarig wie ihre Eltern und hatte zudem den schlanken Körperbau ihrer Mutter, was manche in Steckborn als »unterernährtes Kind« bezeichneten, denn Babys und Kleinkinder hatten schön proper zu sein. Pausbäckig mit dicken Beinchen und Ärmchen. Maria war das genaue Gegenteil. Sie war wieselflink, auch im Abhauen und Ausprobieren aller Dinge, die ihr neu und wichtig erschienen. So fand sie das versprochene Abenteuer interessant, wollte aber trotzdem nach dem Abenteuer wieder zur Oma und vor allem auch zu Bruno zurück, der zwar noch kein geeigneter Spielkamerad war, aber mit seinen eineinhalb Jahren doch so etwas wie eine große Puppe.

Am ersten Abend, nachdem sie sich eine Kammer als ihr zukünftiges Schlafzimmer ausgesucht, sie gründlich geputzt und mit frischer Bettwäsche und umgenähten Vorhängen aus der »Krone« ausgestattet hatten, saßen August und Anna in ihrer Wirtsstube am Tisch.

August hatte Köstlichkeiten aus der Kantine aufgetischt, die ihm Herr Gegauf als Abschiedsgeschenk mitgegeben hatte. Auch mit dem Versprechen, wiederkommen zu dürfen, falls das bei »de Dütsche« nichts werden würde. Auch die Faikers hatten Anna angeboten, im Fall der Fälle wieder zurück in die »Krone« zu kommen.

Den Fall der Fälle hatte Anna für sich selbst aber kategorisch ausgeschlossen. Wenn sie etwas anpackte, wollte sie es auch richtig machen, komme, was wolle.

»Unser neues Leben«, sagte August und griff über den Tisch nach Annas Hand, um sie aus ihren Gedanken zu holen. Sie nickte.

»Es ist nun doch schnell gegangen!«

»Ich hoffe, dass du es nie bereust!«

Sie lächelte verschmitzt: »Solange du dich immer mal wieder an unserem Wasserbecken wäschst?«

»Du meinst die Viehtränke vor der Tür?«

Anna lachte, und Maria, die auf ihrem Schoß mit einer kleinen Gurke spielte, fragte nach, was denn eine Viehtränke sei.

»Das hast du nun davon«, spottete Anna und strich Maria über ihr kastanienbraunes, welliges Haar. »Eine hübsche Tochter hast du«, fügte sie versonnen hinzu.

»Es ist mir auch klar, woher sie das hat«, gab August zurück und beugte sich etwas vor, um Maria die Viehtränke zu erklären.

Als sie an diesem Abend Maria in ihr Gitterbettchen gelegt und die Öllampen in ihrem Schlafzimmer gelöscht hatten, kuschelten sie sich eng aneinander.

»Was fühlst du?«, fragte August in Annas Ohr.

»Dass wir uns lieben. Und dass wir es deshalb auch schaffen werden.«

Der ungewohnte Hahnenschrei am nächsten Morgen weckte sie früh, auch Maria wurde wach. August warf einen Blick auf die Uhr.

»Warum schreit denn der so früh? Es ist noch stockdunkel«, sagte er und wollte sich wieder umdrehen.

»Es ist noch stockdunkel, weil die Sonne erst kurz vor sieben Uhr aufgeht und weil es hier nirgends Licht gibt!«, antwortete Anna unter ihrer Decke hervor.

»Du meinst, wir sollen arbeiten, obwohl wir nichts sehen?«

»Denk einfach mal zurück, wie es war, bevor es in Steckborn elektrisches Licht gab. Da haben wir beim Licht der Gaslampen gearbeitet.«

»Du bist so fürchterlich nüchtern«, sagte er und drehte sich zu ihr um, aber Marias Rufen hielt ihn von Zärtlichkeiten ab. Sie war munter und rumorte bereits recht lebhaft in ihrem Bettchen.

»Na denn«, sagte August und holte sie zu sich ins Bett. »Fünf Minuten Familie dürften gestattet sein. Und wie machen wir danach weiter?«

»Das entscheiden wir, wenn wir nachher mal ganz gewissenhaft ums Haus herumgegangen sind. Ich mache mich jedenfalls an die Küche, die hat's nötig.«

August nickte. »Und die Gaststube bringen wir gemeinsam auf Hochglanz.«

»Und dann sollten wir die wichtigen Leute von Horn zu einem Abendschoppen einladen.«

»Und woher wissen wir, wer die wichtigen Leute von Horn sind?«

»Dort oben steht die Kirche«, erklärte Anna und hielt Maria ab, die an ihren Haaren zog, »und zu dem Pfarrer gehe ich heute mal. Mit Maria … Maria, lass, das tut weh! …wenn einer ein Dorf kennt, dann der Pfarrer!«

August nahm Maria hoch, die vor Vergnügen schrie, und stemmte sie mit den Armen weit über sich. »Was habe ich doch für eine schlaue Frau. Und für eine süße Tochter!«

Ein guter Nachbar

Das Gespräch mit dem Pfarrer war ergiebig, und Anna hatte fleißig mitgeschrieben. Er hieß sie und ihre Familie in der kleinen Gemeinde willkommen – nur leider war es nicht bei allen so, wie Anna und August erkennen mussten. Wie in allen Dörfern gab auch hier ein Landwirt den Ton an, war der inoffizielle Bürgermeister. Ihm gehörten die meisten Ländereien, und er hatte gute Verbindungen überallhin. Es war Anna und August schnell klar, dass man, wenn man ihn hatte, alle anderen auch hatte. Aber waren ihm alle wohlgesonnen? Oder forderte man die Feindschaft eines anderen, des größten Konkurrenten heraus?

Es war etwas undurchsichtig.

Vor allem, wenn man von außen kam und keiner mit der Sprache herausrücken wollte.

So luden August und Anna, nachdem sie Haus und Hof einigermaßen auf Vordermann gebracht hatten, einfach am Sonntag nach der Kirche zu einem Schoppen für Frauen und Männer ein, um sich der Gemeinde vorzustellen.

Anna hatte ein Plakat geschrieben, das sie an der ›Hirschen‹-Tür angebracht hatte. Jeder, der in die Kirche ging, musste es wohl oder übel sehen. Und auch der Pfarrer hatte versprochen, am Ende seiner Predigt darauf hinzuweisen.

Anna und August hatten frühmorgens schon alles gerichtet, um ebenfalls in die Kirche gehen zu können, sich dort sehen zu lassen, wie Anna so schön sagte. Sie wusste nur nicht, wie sie das mit Maria schaffen sollte. Kleinkinder waren während des Gottesdienstes nicht gern gesehen, das war klar. Aber alleine zu Hause lassen konnte sie sie auch nicht. Und zum Aufpassen hatte sie noch niemanden gefunden. Das junge Mädchen vom Hof um die Ecke hatte zugesagt, dann aber wieder abgesagt. Die Gründe hatte Anna nicht erfahren.

Schließlich entschied sie, August mit Maria an der Hand in den Gottesdienst zu begleiten und sie beim ersten Glockenschlag wieder abzuholen. Dann waren sie zumindest vor der Kirche gemeinsam zu sehen.

Und der Plan schien aufzugehen, wie sie schnell merkte, denn einige der Kirchgängerinnen blieben an der Seite ihrer Männer zumindest kurz stehen. »Ach, Sie sind die Neuen?«

Und Anna konnte ihre Einladung persönlich übermitteln. Sie hoffte, dass sie schnell den Bann brechen könnten, denn immerhin waren sie schon vierzehn Tage hier.

Bevor sie mit Maria die Wirtsstube in Richtung Kirche verließ, hatte sie die Türe sperrangelweit offen gelassen. Und wenn nötig, würde sie sich direkt an den Eingang stellen und jeden einzeln begrüßen. Sie war nicht umsonst so lange in der »Krone« gewesen und hatte zugesehen, wie Anton Faiker die Leute hereinzog. Wer vor der Tür stand und überlegte, war der Spinne schon ins Netz gegangen, hatte er stets gesagt. Gar keine Zeit zum Überlegen geben, dazu haben wir in Steckborn zu viele Gaststätten. Raus und ansprechen. Und reinziehen, das war seine Devise. Und wie man über die Jahre sehen konnte, hatte sich das reichlich ausbezahlt.

Anna hatte sich eines ihrer älteren Kleider angezogen, nur nicht auffallen, dachte sie, und ihre Haare streng geflochten. Die Arbeitsschürze hing griffbereit neben dem Eingang an der Garderobe. Nun musste nur noch August den Plan erfüllen und einige Horner ansprechen, das musste dann einfach klappen.

Wer ließ sich schon einen kostenlosen Schoppen nach dem

Kirchgang entgehen, und die Damen einen Kaffee mit Likör? Und tatsächlich! Mit dem Pfarrer voran zogen die Horner in den »Hirschen«.

»Vielen herzlichen Dank«, sagte Anna und schüttelte ihm die Hand. »Wir wissen, wem wir das zu verdanken haben …«

»Wenn sie es gut machen, immer sich selbst«, antwortete er lächelnd und trat an ihr vorbei in die Gaststube.

August war vorangeeilt und stand schon am Bierfass, um die hereinkommenden Männer bedienen zu können. Einige setzten sich direkt an den runden Stammtisch, andere wählten einen Platz an einem der anderen Tische, nur die Frauen standen noch etwas unentschlossen da, sie waren es nicht gewöhnt, am Sonntag nach der Kirche einzukehren. Normalerweise kochten sie um diese Uhrzeit den Sonntagsbraten.

»Nur kurz«, sagte Anna liebenswürdig und servierte auf einem großen Holzbrett Kaffee und Likör. »Ich weiß ja, dass Sie alle Arbeit haben.«

Und an der Art, wie sich die Frauen ansahen, erkannte sie, dass sie recht hatte. Müßiggang war eine Sünde, rechtschaffen waren diejenigen, die erst nachts zur Ruhe kamen. Sagte nicht Gott zu Eva: Ich will dir viel Mühsal schaffen? Ja, es war schon so. Frauen waren an allem schuld und sollten deshalb von morgens bis abends arbeiten und nebenbei noch unter Schmerzen Kinder gebären.

Sie schüttelte den Gedanken ab, er hätte ihre Mutter entsetzt. Vielleicht aber auch nicht, sie war sich nicht mehr so sicher.

Aber sie gab den Frauen, was sie hören wollten – dass sie sich nämlich vor der Arbeit in der Küche ebenfalls eine kleine, leckere Pause verdient hatten.

»Das ist das erste Mal, dass ich hier bin«, sagte eine junge Frau mit Zöpfen, die ihr über das mausgraue Kleid bis fast zur Taille reichten. »Mein Mann kennt das gut, aber … wir müssen eben auch haushalten«, fügte sie schüchtern hinzu.

»Die Männer sind hier schon oft verhockt«, bestätigte die korpulente Frau neben ihr. »Dann summiert es sich auf dem Bierdeckel. Und zum Schluss … muss man schauen, wie man klarkommt.«

»Gut ist halt, wenn man Landwirtschaft hat. Vieh und Acker, das hat uns auch im Krieg gerettet«, sagte eine Dritte und griff nach ihrem zweiten Glas Likör, sodass Anna froh um die vielen Likörgläser war, die sie noch in der »Krone« über ihren Lieferanten bestellt hatte.

»Und Sie? Aus Steckborn?«, fragte eine Weitere mit einem ausladenden Hut, der ihr Gesicht stark überschattete, »was haben Sie in der Schweiz denn gemacht? Dem Dialekt nach sind Sie doch Deutsche?«

Und so hielt Anna das Holzbrett mit den Likörgläschen, die nach und nach leer zurückgestellt wurden, und erklärte, woher sie kam und was sie als dreizehnjähriges Mädchen nach Steckborn gebracht hatte.

»So jung«, sagte eine, »aber das ist normal. Die Schwabenkinder sind noch jünger aus den Häusern getrieben worden.«

Anna versuchte, die Situation auf dem Kraftstein zu erklären, aber nun waren die Frauen so sehr mit sich und ihren Dorfgeschichten beschäftigt, dass ihre Lebensgeschichte nicht mehr wichtig war. Anna füllte die Gläser aufs Neue und stellte sich wieder dazu, denn nun redeten die Frauen über Horn und ihre Männer, und Anna konnte daraus wunderbare Schlüsse ziehen.

Die Begegnungen zeigten sich Tage später vor allem deshalb hilfreich, weil Anna bei vielen Dingen erfahrene Bauersfrauen fragen konnte. Sie begann damit, ihr eigenes Gemüse zu pflanzen, Kartoffeln sowieso, aber beim Wein hörte alles auf, was sie an Erfahrung hatte. Auch August hatte zwar stets bei den Winzern eingekauft, aber von der Herstellung keine Ahnung. Also bat Anna eine der Frauen, bei ihr in die Lehre gehen zu dürfen, was für beide einen Vorteil hatte, die eine hatte eine kostenlose Hilfe und die andere lernte das Winzerhandwerk. Und noch etwas zeigte sich im Nachhinein: Das Mädchen aus dem Hof um die Ecke kam wieder, stellte sich als Hilde vor und bot sich an, mit Maria zu spielen. Oder sie mit zu ihren jüngeren Brüdern zu nehmen, auf die sie nachmittags aufpasste. Anna gab ihr als Dankeschön ein paar Pfennige, die Hilde andächtig in ihrer Schürzentasche versenkte.

Weniger gut war, und das bereitete ihnen beiden Kopfzerbrechen, dass nach dem schönen Auftakt kaum ein Gast zurückkam. Nach dem Gottesdienst am Sonntag kamen die Männer auf einen Schoppen, beließen es aber meist bei einem, denn das Geld war knapp.

»Die Inflation«, sagten sie, was am Stammtisch lautstarke Diskussionen entfachte. August hörte vom Tresen aus zu und begriff, dass sie die deutschen Verhältnisse überschätzt hatten. Die Leute hier waren zwar Bauern mit Land und Weinanbau, aber vieles davon war zum Eigengebrauch. Wem sollten sie es auch verkaufen, wenn alle ihre Keller voll hatten? Was fehlte, war Geld. Und das spürten Anna und August. Es kam nichts in die Kasse.

Nach einem halben Jahr fragten sie sich besorgt, wie es weitergehen könnte. Sie saßen abends in ihrem Wirtsraum am Fenster und hatten sich jeder ein Glas Wein eingeschenkt, während Maria auf dem Fußboden mit Kastanien spielte.

»Die Gästezimmer sind gerichtet«, klagte Anna. »Aber es nützt nichts, wenn niemand kommt.«

»Frische Ware einzukaufen, macht auch keinen Sinn«, erwiderte August. »Sie essen alle zu Hause. Sie schlachten selbst, verwursten alles selbst, machen ihren eigenen Wein und Unmengen an Schnaps. Kartoffeln aus dem eigenen Acker, Viehfutter auch, Salat und Gemüse hinter dem Haus. Brot backen sie auch selbst. Sie sind rundum Eigenversorger.«

Er stöhnte und griff sich in die Haare. »Anna«, sagte er zögerlich, »wenn ich einen schweren Fehler gemacht haben sollte, dann sag's!«

»Wenn *wir* einen schweren Fehler gemacht haben sollten, soll das wohl heißen.« Anna stand auf, ging um den Tisch herum zu August und setzte sich auf seinen Schoß. Er schlang die Arme um sie und verbarg seinen Kopf zwischen ihren Brüsten.

»Es tut mir wirklich leid«, sagte er, während Anna ihm übers weiche Haar strich.

»Wir finden eine Lösung«, tröstete sie, nicht zuletzt sich selbst, wie sie sich insgeheim eingestand. »Wir müssen umdenken.«

»Und wie?«, wollte er wissen, dann schnupperte er. »Hmm, du riechst so gut!«

»Und unter mir wird es hart«, stellte sie lächelnd fest und küsste ihn auf den verwuschelten Scheitel.

»Wenigstens das bleibt uns«, brummelte er.

Anna stand auf und blieb neben ihm stehen. »Dann ist es jetzt der richtige Zeitpunkt, um es dir zu sagen, August, ich glaube, ich bekomme noch ein Kind.«

Er sah auf und grinste breit. »Einen Sohn?«

Anna zuckte mit den Schultern. »In dieser Situation mache ich mir Sorgen …«

»Es ist nie zur rechten Zeit«, sagte er, »oder immer!« Und damit zog er sie wieder auf seinen Schoß. »Anna«, flüsterte er ihr ins Ohr, »wir geben nicht auf. Wir sind jung, wir sind stark, uns fällt etwas ein.«

»Du meinst, außer Kinder machen?«

August lachte und legte seine Hand auf ihren Bauch. »Egal, was es wird, es ist willkommen.« Er sah ihr in die Augen. »Und den Rest bekommen wir auch noch hin.«

Aber es wurde nicht besser. Von den Frühschoppen am Sonntag konnten sie nicht leben, ihre Landwirtschaft warf nichts ab. Von Tag zu Tag fand Anna mehr, dass sie sich für ein großes Nichts abrackerten. Sie standen früh auf und gingen spät ins Bett, denn Arbeit gab es täglich genug.

Bevor der Winter kommen würde, dachte Anna, musste ihr etwas einfallen. Augusts Erbschaft gab zwar noch immer ein sicheres Gefühl, aber trotzdem sah sie, wie das Geld schwand. Sie mussten andere Wege gehen.

Und dieser Weg zeigte sich ihr am vergangenen Sonntag, als sie beim Bedienen ein Gespräch aufschnappte. Einer der Bauernsöhne, ein junger Kerl von höchstens sechzehn Jahren, verkündete, dass er demnächst nach Radolfzell um Arbeit in einem der neuen Industriebetriebe ginge.

Radolfzell?

Anna horchte auf.

Bisher war von Radolfzell immer als landwirtschaftlich orientierter Marktflecken gesprochen worden, deshalb fragte sie, als der Bursche schon zum Gehen an der Tür stand, nach. Durch bessere Straßenverhältnisse und durch die Anbindung an das Eisenbahnnetz sei Radolfzell im Umbruch, erklärte er. Inzwischen gebe es dort zahlreiche kleine und mittlere Gewerbe, und nun siedle sich auch richtige Industrie an. Er hoffe, dort eine gut bezahlte Arbeit zu finden.

Während Anna den Stammtisch aufräumte und die Gläser spülte, jagte ein Gedanke den nächsten. Wo es Industrie gab, so überlegte sie, gab es auch Handelsreisende. Und die musste man irgendwie ködern und auf die Gemeinde Horn auf der schönen Höri aufmerksam machen – und vor allem auf ihren »Hirschen«. Auf ihre gute Gastronomie, auf die Gästezimmer und auch auf die Nähe zum Bodensee. Mit Bademöglichkeiten. Und Bootsausflügen, vielleicht. Sie konnte sich alles vorstellen, sie wusste nur noch nicht so recht, wie sie das anpacken sollte.

Kurz entschlossen bat sie Hildes Vater, der sein Obst und Gemüse und allerlei andere Produkte oft nach Radolfzell zum Markttag fuhr, sie beim nächsten Mal mitzunehmen, und so kletterte sie am nächsten Freitag frühmorgens zu Ludwig auf den Kutschbock und genoss die schaukelnde Fahrt nach Radolfzell.

Sie sollte das mal mit August und Maria machen, dachte Anna, denn die Obstbäume und Weingärten hatten ihr herbstlich buntes Kleid angezogen, und der Frühnebel, der noch über der sanften Hügellandschaft hing, war malerisch schön. Dazu ließ sie der weite Blick über den so früh am Tag noch verschleierten See an Sturzenegger und das Bild denken, das sie noch immer sorgsam in ihrem Kasten aufbewahrte. Irgendwann würde dieses wunderbare Porträt seinen Platz finden, da war sie sich sicher.

Sie bedankte sich bei Ludwig, einem fröhlichen Mann um die vierzig, mit klaren wasserblauen Augen und einem Stumpen im Mundwinkel, fürs Mitnehmen. Und auch für das Gefühl, mal wieder auf einem Kutschbock zu sitzen. »Es ist lange her …«

Ludwig schob seine karierte Schiebermütze nach hinten. »Ist ja nicht weit, vielleicht zehn Kilometer, ein Weg«, er deutete nach vorn zu seinen beiden Stuten, »und mit denen ist es ein Vergnügen. Sie sind schnell und furchtlos.«

Anna nickte. Sie hatte Hilde schon auf ihnen reiten sehen, ohne Sattel, nur mit einem Strick am Halfter. Und entweder war das Mädchen wirklich mutig, oder die Stuten waren lammfromm. Sie erzählte von ihrem Franz, nach dem sie immer Heimweh hatte, und Ludwig nickte. »Kann ich verstehen«, brummte er. »Ein gutes Pferd ist ein treuer Kamerad.«

Anna schluckte. In einem ihrer Briefe an ihre Mutter hatte sie mit dem Gedanken gespielt, den Braunen zu sich zu holen. Aber Johann war dagegen: *Lisa und er sind dicke Freunde. Er wäre unglücklich, wenn du die beiden auseinanderreißen würdest. Und Lisa auch … außerdem sind sie ein gutes Arbeitsgespann.*

»Und?«, riss Ludwig sie aus den Gedanken, und Anna warf ihm einen Blick zu.

»Und?«, wiederholte sie fragend, weil sie nicht wusste, was er meinte.

»Wie iss'es so in Horn?«

Ob sie wollte oder nicht, ihr entglitt ein Seufzer.

»Das haben Sie sich anders vorgestellt, stimmt's?«, fragte er nach, und Anna musste es zugeben. »Ja, wir haben beide Erfahrung und dachten, das könnten wir einbringen. Aber alles, was wir können, brauchen wir hier nicht.«

»Und die Horner sind ein eigenes Völkchen.« Ludwig schob seinen Stumpen in den anderen Mundwinkel. Er sah sie an. »Werden Sie aufgeben?«

»Wollen die Horner das denn? Dass wir aufgeben?« Sie war sich sicher, dass er ihr die Empörung ansah. Er zuckte die Achseln und wandte seine Aufmerksamkeit wieder der Straße zu. »Sie sind noch jung«, sagte er. »Beide.«

»Ich bin zweiundzwanzig Jahre alt!«, erklärte Anna mit fester Stimme. »Ich habe fast zehn Jahre Berufserfahrung und eine Tochter!«

»Das ist für so ein Geschäft trotzdem jung!«, beharrte er.

»Dann sollen wir wieder zumachen, nur weil wir jung sind?«

Er schüttelte den Kopf.

Da dämmerte Anna etwas. »Oder hat ein Horner Ureinwohner ein Auge auf den ›Hirschen‹ geworfen, und wir sind ihm in die Quere gekommen?«

Ludwig musste lachen. »Ein Horner Ureinwohner«, er schüttelte den Kopf. Dann überlegte er. »Ja, vielleicht ein bisschen. Vielleicht ist er der Horner Ureinwohner. Jedenfalls ist er der Großbauer hier, der Bertschinger!«

»Bertschinger?« Anna dachte nach. »Ich weiß nicht. War er bei unserer Einladung nach dem Gottesdienst auch bei uns?«

»Vielleicht sehen die Männer beim Kirchgang alle gleich aus, aber seine Frau trug einen großen Hut. Das müsste den Damen ja eher auffallen als ein Mann im schwarzen Anzug.«

Ja. Anna sah sie sofort wieder vor sich. Und hörte auch ihre Fragen wieder. *Und Sie? Aus Steckborn? Was haben Sie in der Schweiz denn gemacht? Dem Dialekt nach sind Sie doch Deutsche?*

Darum war es also gegangen, sie hatte sie aushorchen wollen.

»Dann haben wir in Horn also einen Feind?«

»Aber auch Freunde, denn nicht alle sind Bertschinger-Freunde.«

»Hmm«, Anna zog sich das Schultertuch höher, denn die Erkenntnis jagte ihr einen Schauer über den Rücken.

»Und was heißt das jetzt genau?«

»Das heißt, dass der Bertschinger den ›Hirschen‹ für seinen Zweitgeborenen haben wollte. Weil aber der Auer den Bertschinger nicht leiden kann, hat er den ›Hirschen‹ Ihnen verkauft.«

»Also mehr aus Trotz?« Sie überlegte. »Kann uns dieser Bertschinger irgendwie zuleide leben?«

»Zumindest kann er seine Freunde und Anhänger dazu anhalten, nicht bei Ihnen einzukehren.«

»Also ist es nicht nur die Inflation …?«

»Doch. Auch.« Er spuckte den ausgelutschten Zigarrenstummel in hohem Bogen aus. »Aber eben nicht nur.«

Anna saß eine Weile in sich gekehrt neben ihm, dann wollte sie es aber doch wissen. »Und Sie?«

Ludwig fand einen weiteren Stumpen in seiner Tasche, der ziemlich zerfleddert aussah, deshalb rollte er ihn etwas auf dem Oberschenkel hin und her, biss das dünne Ende ab, wischte sich Tabakkrümel von der Lippe, fummelte ein Streichholz aus seiner Jacke und fluchte barbarisch, bis sein Stumpen endlich brannte. Dann lehnte er sich entspannt zurück.

»Ich mache keine Geschäfte mit dem Bertschinger. Und unsere Hilde sagt, dass es ihr bei Ihnen gefällt. Sie verdient ja sogar was …« Er warf Anna einen lächelnden Blick zu. »Eigentlich waren wir weder noch. Aber meine Frau meinte, einem so jungen Paar mit so guten Absichten müsse man eigentlich helfen.«

»Aha«, sagte Anna, »und wie?«

Ludwig nahm einen tiefen Zug. »Nun, das weiß sie eben auch nicht.«

Radolfzell war eine beeindruckende Kleinstadt, fand Anna, während sie sich die Häuser auf ihrer Fahrt zum Marktplatz ansah und bedauerte, dass sie nicht schon früher da gewesen war. Es erinnerte sie an Steckborn, es gab so vieles, was sie schon vermisst hatte.

Sie fuhren durch die Altstadt, und Ludwig zeigte nach vorn zum Münster. »Daneben ist nun also der Wochenmarkt. Mittendrin im Geschehen!«

Es war schon ordentlich was los, überall wurde abgeladen und Stände aufgebaut, und Anna half Ludwig, obwohl er meinte, das könne er auch alleine.

»Zu zweit geht alles schneller!«, antwortete Anna.

»Aber so eine dünne Dirn«, meinte er und kam damit bei Anna genau an die Falsche.

»Dick heißt nicht, dass man Kraft hat. Sondern nur Speck!«, konterte sie, und er musste lachen: »Auf den Mund gefallen sind Sie jedenfalls nicht!«

Ludwigs Marktstand war schnell aufgebaut, die Waren lud er in Kisten ab. »Und was machen Sie jetzt?«, wollte er wissen, nachdem alles Obst und Gemüse ausgebreitet war und sich Anna zum Gehen wandte.

Anna zögerte. War ihm wirklich zu trauen? Oder wollte er sie, wie die Frau mit dem großen Hut, einfach nur aushorchen? Ludwig schien ihr Zögern richtig zu deuten.

»Sie brauchen mir nichts zu erzählen«, er zuckte mit den Achseln, »aber vielleicht könnte ich Ihnen helfen. Ich kenne mich in Radolfzell aus.«

»Gut.« Anna nickte und runzelte die Stirn. »Sie wissen schon, falls Sie mich reinlegen, müssen Sie das mit Ihrem Leben bezahlen!«

Ludwig stutzte erst, musterte sie mit einem schnellen Blick, dann lachte er schallend. »Gut, abgemacht!« Er hielt ihr seine rechte Hand zum Einschlagen hin. »Das ist wie beim Viehhandel«, sagte er dazu, »ein Vertrag. Ist erst mal eingeschlagen, muss er bei der Ehre eingehalten werden.«

»Und wenn der Gegenüber keine Ehre hat?«, fragte Anna, zwinkerte aber und schlug ein.

»Also«, Ludwig lehnte sich an das Gestell seines Marktstandes und fischte in seiner Tasche nach etwas Rauchbarem, »womit kann ich dienen?«

»Da die Horner ja nicht kommen, muss ich in anderen Gewässern fischen«, begann sie. »Und da sich hier nun das Zeitalter dreht, weg von der Landwirtschaft, hin zur Industrie, muss ich das ausnutzen. Handelsreisende locken, damit sie bei uns einkehren und womöglich sogar übernachten. Vielleicht eine Anzeige in der lokalen Zeitung aufgeben. Und gibt es eine Anlaufstelle für Reisende, die am Bodensee Urlaub machen wollen? Die Frau am Schalter besteche ich natürlich, damit sie alle nach Horn in den ›Hirschen‹ fahren.« Sie hatte das mit einem leichten Lächeln gesagt, aber in Wirklichkeit war es ihr ernst.

»Also«, Ludwig drehte sich zum Stand um, weil zwei Frauen mit großen Einkaufskörben auf ihn zukamen, »einer meiner Schwager, er ist Schuster, schreibt auch für die Zeitung. Der könnte doch mal einen Artikel über den ›Hirschen‹ schreiben.« Er erklärte Anna kurz, wie sie zu seiner Schusterwerkstatt kam, bevor er sich den Wünschen der beiden Frauen widmete.

Anna genoss den Fußweg durch die engen Gassen, besah sich die Häuser und fand, dass Radolfzell eine wirklich hübsche kleine Stadt war. Vor einem der Gasthäuser auf ihrem Weg blieb sie stehen und beobachtete durch die nackten Fenster das Treiben im Inneren. Es waren erstaunlich viele Menschen zu sehen. Was taten sie da so früh? Oder waren es alles Hausgäste beim Frühstück?

Sie fragte sich, warum sie nicht besser ein Hotel in Radolfzell gekauft hatten. Hier schien das Geld hineingetragen zu werden, während sie in Horn um jede Mark kämpfen mussten. Und umso mehr, nachdem man zusehen konnte, wie das Geld von Tag zu Tag weniger wert wurde.

Vor einem niedrigen Schaufenster mit in der Auslage ausgestellten, offensichtlich geflickten Schuhen blieb sie stehen. Sie las den Namen Ernst Götzner über der Eingangstüre, holte kurz Luft und trat ein. Ein glatzköpfiger Mann im Lederschurz, eine Nagelzange in der Hand, blickte auf. Anna sah auf dem Tisch zwischen ihnen ein Sammelsurium von Hämmern, Raspeln und Feilen, Klebstoffen, Polierbürsten und Handwerkszeug, das sie nicht kannte. Und hinter ihm ein Regal voller Schuhe, die sich auf einer Seite schon türmten.

»Holen die Leute ihre Schuhe nicht mehr ab?«, fragte sie statt einer Begrüßung und zeigte zum übervollen Regal.

»Sie fürchten die Rechnung«, antwortete er. »Womit kann ich dienen?«

»Den gleichen Satz hat soeben Ihr Schwager Ludwig benutzt, er schickt mich nämlich«, antwortete Anna und stellte sich vor.

»Aha, also aus Horn.« Götzner legte die Nagelzange aus der Hand und stützte sich mit beiden Händen auf der Tischplatte auf. Anna schätzte ihn gut zehn Jahre älter als Ludwig. »Und was will er, mein Schwager?«

»Es geht eigentlich um mich. Das heißt, um unseren Gasthof in Horn, um den ›Hirschen‹.«

»Ach«, sagte er, »der leidige ›Hirschen‹. Wieder ein neuer Besitzer?«

»Ja«, Anna nickte. »Mein Mann und ich.«

»Soll ich nun gratulieren oder mein Beileid wünschen?«

Anna zog sich ihr dickes Tuch von den Schultern, weil es ihr warm wurde. »Nichts von dem. Sie könnten mir helfen.«

»So? Kann ich das?« Sein Blick wurde leicht spöttisch.

»Also«, Anna hatte keine Lust mehr auf das Katz-und-Maus-Spiel, »die Horner kommen nicht in den ›Hirschen‹, deshalb möchte ich Menschen, die in Radolfzell zu tun haben, erreichen.

Vielleicht Handelsreisende, die auf dem Weg nach Stein am Rhein im ›Hirschen‹ übernachten könnten – oder auch einfach mal die Seele baumeln lassen wollen. Und dann das nächste Mal mit ihren Familien … Urlaub … also kurz, ich muss irgendwie und irgendwo Reklame für mein Wirtshaus machen.«

»Sie klingen, als hätten Sie damit Erfahrung …«

»Ich war ein paar Jahre in Steckborn im Hotel ›Krone‹.«

Götzner fuhr sich kurz über seinen glatten Hinterkopf. »Ja, die ›Krone‹«, sinnierte er, »das ist ein anderes Kaliber. Kenne ich noch von früher.«

Anna nickte.

»Und was habe ich nun damit zu tun?«

»Ich lade Sie für ein paar Tage mit Ihrer Familie ein, und Sie schreiben einen Bericht für die Zeitung.«

Götzner lachte und winkte ab. »Ich tu mich schon schwer, wenn ich mit meiner Frau zu einem der unvermeidlichen Familienfeste muss. Nein, freiwillig bringt mich keiner nach Horn.«

»Wenn es unter uns bleibt.« Anna griff in ihre Rocktasche und zog 50 Mark hervor, die sie vor ihm auf den Tisch legte. »Für eines der nicht abgeholten Schuhpaare«, sagte sie dazu.

»Ganz schön mutig!« Götzner sah auf den Schein. »Ich könnte ihn nehmen und nichts dafür tun. Und dann?«

»Dann soll Sie der Teufel holen!«

Götzner fing an zu lachen.

»Von einer Dame hört man so etwas für gewöhnlich nicht«, sagte er und rieb sich lachend über seinen gezwirbelten Schnurrbart. »Nun gut.« Er nahm den Schein an sich. »Ich sehe, was ich tun kann!«

»Und schnell ausgeben«, sagte Anna zum Abschied, »morgen ist er nur noch die Hälfte wert.«

»Keine Sorge«, hörte sie ihn sagen, da hatte sie die Türklinke schon in der Hand.

Wieder zu Hause in Horn war Anna stolz auf sich. Sie wusste zwar nicht, ob ihr Besuch bei Ernst Götzner den erwünschten Erfolg bringen würde, aber sie hatte ein gutes Gefühl, und das nahm sie ernst. Und außerdem hätte sie beim Abendessen endlich mal ein anderes Gesprächsthema als das schwindende Geld und die Inflation.

Während Anna den Abendtisch richtete und auf August wartete, kam ihr mit Blick auf Maria, die ständig an ihrem Rockzipfel hing, eine Idee.

»Mama kommt gleich wieder«, sagte sie, lief hoch in ihr Schlafzimmer und kam mit einem Bogen Papier und Buntstiften zurück. Mit Maria auf dem Schoß versuchte sie ihre Gedanken so einzufangen, dass es die Grundlagen für ein Werbeplakat gab. Maria, einen Stift in der Hand, malte kräftig mit und zum Schluss war es ein abstraktes Gemälde, aber Anna wusste nun, wie sie es gestalten würde. Und dann musste es gedruckt werden, und sie würde es in Radolfzell an allen wichtigen Stellen aufhängen – vor allem in den Eingangshallen der neuen Fabriken.

Nachdem sie mit Maria noch die Tiere füttern war, wurde sie ungeduldig. Wo war August? Sie waren heute früh mit einem Kuss auseinandergegangen, aber nun war sie bereits seit drei Stunden da und hatte keine Ahnung, wo August blieb. Während sie mit Maria den Hühnern hinterherlief, weil es Maria Spaß machte, bekam sie es plötzlich mit der Angst zu tun. Was, wenn dieser Bertschinger etwas angezettelt hatte und August irgendwas passiert war? Sie dachte an Max, und ihr Herz begann sofort wie wild zu schlagen. Es wurde dämmrig, und von der Kirchturmuhr schlug es sieben Mal.

Betont fröhlich nahm Anna ihre kleine Tochter an die Hand und versprach ihr noch eine schöne Geschichte. So ließ Maria von den Hühnern ab, und sie gingen gemeinsam in die Gaststube an den gedeckten Tisch.

Anna vibrierte vor Nervosität, trotzdem schaffte sie es, Maria eine kurze Geschichte von einer Maus und ihrer Freundin, einem kleinen Mädchen, zu erzählen und ihr ein geschnittenes Brot zu richten.

»Wir essen schon mal, mein Schatz.«

»Und wo ist Papa?«

Ja, wo ist Papa? Das wüsste sie auch gern. »Er kommt bestimmt bald.« Sie versuchte einen scherzhaften Ton, »weißt du, die Väter haben immer viel zu tun!«

Maria nickte wissend, griff nach einem Stück Brot und sah Anna dabei mit großen Augen an. »Aber die Mütter auch!«

Vor allem die Mütter, dachte Anna. »Ja, mein Schatz. Und jetzt iss.«

Sie selbst brachte keinen Bissen herunter. Vor dem Fenster war es bereits stockdunkel, und die Petroleumlampen im Gastraum verbreiteten nur spärliches Licht. Zum ersten Mal, seitdem sie hier waren, verfluchte Anna ihre Entscheidung. Wären sie doch in der Schweiz geblieben. Was wollten sie hier? Es war doch offensichtlich, dass keiner sie wollte. Und heute war es von Ludwig auch noch bestätigt worden. Und was hatte dieser Schuster gesagt? *Der leidige ›Hirschen‹.* Und: *Soll ich Ihnen Beileid wünschen?* Ja, Beileid, das wäre angebracht!

Sie wollte sich gerade so richtig hineinsteigern und war auch schon versucht, ihren Plakatentwurf mitsamt der ganzen Idee in den Ofen zu werfen, als die Tür aufging. Anna starrte hin und war auf alles gefasst.

Es war August. Er kam mit einem Schwung Kälte und augenscheinlich bester Laune herein.

»Papa!«, krähte Maria begeistert, und August rief: »Da ist ja mein kleiner Schatz! Und auch mein großer!«

Anna, die aufgestanden war und ihm am liebsten aus der aufgestauten Emotion heraus eine Ohrfeige gegeben hätte, so wütend und zugleich erleichtert war sie, blieb einfach stehen.

»Habt ihr mit dem Abendessen auf mich gewartet? Lieb von euch!«

Er trug etwas Großes, von einem Tuch Verhülltes, unter dem Arm und stellte es vor Anna auf den Tisch.

»So!«, sagte er. »Meine neue Geschäftsidee!«

Anna besah das Ding von oben. »Und deshalb kommst du so spät?«

»Die Verhältnisse! Es ging nicht anders!«

Ihr fiel seine dunkle Kleidung auf. Selbst seine Mütze war schwarz.

Mit zwei Fingern zog sie das Tuch von dem Ding ab.

»Eine Nähmaschine?« Anna sah ihren Mann stirnrunzelnd an. »Was hat das zu bedeuten?«

»Das hat zu bedeuten, dass ich die Maschinen bei Gegauf günstig bekomme und sie hier teuer verkaufe!«

»Das ist«, Anna holte Atem, »Schmuggel?«

August zuckte die Achseln.

»Und!«, fuhr sie scharf fort, »ist dir bekannt, dass es hier in diesem gottverlassenen Nest nicht einmal Strom für deine tollen Nähmaschinen gibt?«

Sie war außer sich. Vor allem nach den Sorgen, die sie sich um ihn gemacht hatte.

»Bitte, Anna, hör mir doch erst einmal zu!«

Anna schnappte Maria, die still von einem zum anderen sah, klemmte sie sich unter den Arm und rauschte hinaus.

»Guten Appetit«, rief sie noch, bevor sie die Tür zuknallte.

Oben, in ihrem Schlafzimmer, wurde ihr bewusst, dass dies der erste handfeste Streit mit ihrem Mann war.

»Hast du Papa noch lieb?«, fragte Maria, als sie aufrecht auf dem hohen Brett saß, das August für sie zum An- und Auskleiden angebracht hatte. Anna fuhr mit ihrem Kopf an ihren Bauch, rüttelte und schüttelte und machte so lange »Brumm, brumm, brumm«, bis Maria lachen musste.

»Wir haben uns alle lieb«, sagte sie, während sie Maria zum Schlafen umzog. »Und wir haben beide dich lieb«, fügte sie zu ihrem Gutenachtkuss noch hinzu, während Maria schon fast die Augen zufielen. Nun haben wir sogar unser Nachtgebet vergessen, dachte Anna, aber der Zweck heiligt die Mittel. Sie wird schöne Träume haben, ganz im Gegensatz zu mir.

Nach einigen Minuten gab sie sich doch einen Ruck und ging in den Gastraum zurück. August saß am Tisch, hatte aber noch nichts von dem Essen angerührt.

»Gut, dass du wiederkommst«, sagte er. »Ich hatte es gehofft.«

»Du hast mir sicher einiges zu erzählen«, begann Anna und schenkte aus dem Steinkrug Wein in ihre Gläser.

»Du vermutlich auch«, antwortete August.

»Na dann!« Anna setzte sich August gegenüber und hob das Glas. »Der Abend ist noch lang!«

Anna sucht Lösungen

Es wurde früh dunkel und außerdem recht kalt. Kälter als auf der Schweizer Seite in Steckborn, stellte Anna fest. Zu Marias Freude war zu Allerheiligen sogar Schnee gefallen.

»Liegt eben weiter oben«, erklärte August, der im Gegensatz zu ihr die langen, dunklen Nächte begrüßte.

Anna war nicht wohl bei dem Gedanken, was August da so trieb. Aber sie wollte es auch nicht so genau wissen. Nähmaschinen, Schnaps, Stumpen, alles, was irgendwie Gewinn brachte. Und alles, was strafbar war.

Sie hatte versucht, vernünftig mit ihm darüber zu reden. Dass die Zöllner wenig zimperlich waren und sogar schon auf flüchtende Schmuggler geschossen hatten, wenn sie sich nicht stellten. Dass sie immer wieder am langen Ufer patrouillierten und man nie wusste, wo sie auftauchten. Genau das hatte ihr Hilde erzählt.

Aber August hatte auf alles eine Antwort gehabt. Hans-Ueli sei ja nicht der Einzige, es seien mehrere, und untereinander wüssten alle genau, wo sich die Grenzer aufhielten. Und manche Grenzer profitierten ja auch und hätten überhaupt keine Absicht, ihre Einnahmequellen zu verhaften.

Und die anderen? Die Gewissenhaften, die nicht bestechlich sind?, wollte sie wissen, aber es zeigte keine Wirkung.

»Zwischendurch knallt es mal«, hatte August geantwortet, »aber nur fürs Protokoll. Sie schießen in die Luft.«

Anna war sich da nicht so sicher, aber es nützte ja nichts, deshalb versuchte sie, sich die Schreckensbilder eines Augusts im Gefängnis gar nicht erst auszumalen, sondern arbeitete an ihrer eigenen Idee.

August hatte die Reklameidee großartig gefunden.

»Du hast eben doch eine künstlerische Ader«, hatte er mit Blick auf ihr entworfenes Plakat gemeint.

»Ich dachte, Weihnachten könnten wir hier auch schön machen«, sagte sie, und August sah noch einmal genauer hin.

Weihnachten auf der Höri

Wie zu Hause, nur noch schöner –
in einer lieblichen Landschaft,
mit der ganzen Familie
ohne Arbeit, nur Genuss,
schöne Gästezimmer, behagliche Wirtsstube
im Hotel »Hirschen« in Horn.
Fragen Sie an, Ihr August Ruggli

»Weihnachten!« Er küsste Anna auf die Stirn. »Ja, klar, und dann können die Gatten ihren Ehefrauen zu Weihnachten auch gleich eine Nähmaschine schenken.« Er grinste. »Kannst du das noch irgendwo hinschreiben?«

Anna boxte ihn in die Seite. »Du bist unverbesserlich! Sag mir lieber, wo wir das drucken lassen können. Also mindestens zwanzig Stück, ich werde sie überall in Radolfzell verteilen. Und aufhängen!«

»Verteilen? Dann bräuchten wir etwas Kleineres«, überlegte August. »Und eine höhere Stückzahl. Und das Plakat, ja, warte mal, das muss mindestens so groß sein«, er deutete auf ein altes Gemälde an der Wand. »Ich messe das gleich mal ab!«

»Und die Druckerei?«, wollte Anna wissen.

»Na, unsere. Buchdruckerei in Steckborn. Da, wo auch der *Bote vom Untersee* erscheint.«

»Buchdruckerei?«, überlegte Anna. »Das ist doch sicher recht teuer!«

»Ich kenne die Jungs«, winkte August ab. »Das kriegen wir hin!«

Und tatsächlich, es dauerte nur knapp eine Woche, da war August mit einem Packen Papier zurück.

»Alles noch rechtzeitig vor dem ersten Advent«, sagte er und breitete eines der Plakate auf dem Stammtisch aus. »Ich finde, sie sind sehr schön geworden! Was sagst du?«

»Halt es mal an die Wand«, forderte Anna ihn auf und trat einige Schritte zurück. »Das Blau leuchtet. Und die Tannenzweige mit der Weihnachtskugel auch!« Sie nickte zufrieden. »Es fällt auf, ist aber nicht kitschig, sondern geschmackvoll. Eben genau passend zu Weihnachten!«

August legte es zu den anderen zurück.

»Ja, nun kannst du also wieder losfahren.« Er ging an den Tresen und schenkte sich ein Bier ein. »Ist eigentlich schon was erschienen? Ich meine, von dem du erzählt hast, dem Schuster?«

Anna holte tief Luft. Das hatte sie sich auch schon gefragt, zumal sie fünfzig Reichsmark geopfert hatte. »Wenn ich mit dem Papierpacken nach Radolfzell fahre, werde ich nachfragen.«

»Und wie kommst du hin?«

Anna zuckte die Achseln. »Wir müssen uns ja auch überlegen, wie wir die Gäste hierherbekommen … sollte jemand kommen wollen.«

»Tja«, August rieb sich seinen kurzen Bart, »da hast du recht. Mit dem Boot geht es nicht. Pferd und Kutsche haben wir nicht.« Er warf ihr einen fragenden Blick zu. »Sollten wir uns das anschaffen? Pferde? Eine Kutsche?«

Anna bekam sofort ein warmes Gefühl. »Ich würde mir wirklich ein Pferd wünschen«, sagte sie. »Du weißt ja, wie sehr ich meinen Franz vermisse.« Sie wiegte den Kopf. »Aber für Pferde braucht

man Zeit. Die kommen nicht einfach daher und funktionieren …
wie Maschinen. Sie brauchen Ansprache, Fürsorge. Man muss sich
ihr Vertrauen verdienen, sich um sie kümmern, ihnen alles bei-
bringen. Und dann, wer von uns soll die Kutsche hin- und herfah-
ren, wenn wir beide beschäftigt sind?«

August nickte. »Ja, da hast du sicherlich mit allem recht. Wir
würden so einem Tier zeitlich wohl nicht gerecht werden.« Er
überlegte. »Dann werden wir jemanden engagieren müssen! Einen Kutscher aus Radolfzell.«

»Das wird die Lösung sein.« Anna nickte. »Alles ganz schön
kompliziert«, fuhr sie nach kurzem Nachdenken fort, und August
vollendete den Satz, den er dahinter vermutete: »In Steckborn sind
sie der ›Krone‹ die Tür eingelaufen, ja, stimmt. Und sind bequem
mit dem Dampfschiff angereist.« Er stellte sein Bier ab und nahm
Anna in den Arm. »Aber Anna, wir waren uns einig, dass wir es
schaffen wollen. Wir haben gut überlegt.«

Anna nickte, ja, das wusste sie. Und trotzdem hatte sie Mühe,
die aufsteigenden Tränen zurückzuhalten.

»Ja, August, das haben wir. Und ich mache auch keinen Rück-
zieher – ich habe es mir nur nicht so schwer vorgestellt. Ich dachte,
die Menschen hier brauchen eine Wirtschaft, aber sie brauchen
keine. Oder sie würden gern kommen, haben aber kein Geld.
Oder sie wollen uns von vornherein einfach nicht hier haben!«

Sie schniefte, und August zog ein Taschentuch aus seiner Hosentasche.

»Komm«, sagte er, »heute Abend machen wir es uns schön. Du
kochst was Feines für uns, und ich sorge für einen guten Wein. Und
wenn Maria schläft, erfreuen wir uns mal wieder aneinander.«

Anna streichelte ihren gewölbten Bauch. »Du meinst ein Geschwisterchen für den da?«

Er lächelte und legte seine Hand auf ihre. »Es werden Zwil-
linge!«

Der Sonntag nach dem Kirchgang blieb ihre einzige Einnahmequelle. Immerhin dann kamen ein paar Gäste. Es waren stets dieselben Männer, eine Handvoll, meist um Ludwig herum gruppiert. Sie tranken ein paar Bier, vielleicht noch einen Schnaps, mehr war nicht drin. Und verabschiedeten sich mit einem oft etwas sarkastischen: »Na, dann schau'n mer mal zum Sonntagsbraten.« Zwischendurch kamen auch ein paar Männer zum Kartenspielen, dem Jassen, aber Einnahmen konnte man das nicht nennen.

Doch immerhin gab es inzwischen einige Frauen, die Anna wohlgesonnen waren. Sie bemerkte es beim Kirchgang, wenn ihr die eine oder andere Bauersfrau freundlich zunickte.

An diesem Sonntag hatte Anna seit langer Zeit mal wieder ausführlicher in ihr Tagebuch geschrieben und war gut gelaunt zum Kirchgang aufgebrochen, weil Hilde bei Maria war und August in seinem dunklen Wintermantel mitkam. Sie reihten sich in der Kirchgasse in die Einheimischen ein, die gemächlich in Richtung Kirche gingen. Anna betrachtete ihren Mann und war wirklich stolz auf ihn: Er stach schon alleine durch seine aufrechte Statur hervor, dazu der schöne Mantel und seine volle Haarpracht. August war ein wirklich gut aussehender Mann, freute sie sich, während sie ein paar Schritte hinter ihm herging, weil er sich angeregt mit einem der Horner Männer unterhielt.

»Na, ob es wohl um Nähmaschinen geht?«, fragte eine weibliche Stimme neben ihr, und Anna antwortete spontan: »Warum? Wollen Sie eine?« Erst danach erkannte sie Renate Bertschinger. Diesmal nicht mit ausladendem Hut, sondern der Kälte wegen mit dicker Mütze. Anna erkannte sofort, dass sie einen großen Fehler gemacht hatte. Sie hielt die Luft an, aber es war zu spät. Schmallippig und mit genüsslich verzogenem Gesicht sagte die Großbäuerin: »Dachte ich mir's doch!«

»Da gibt es nichts zu denken«, wehrte Anna schnell ab, aber trotzdem ging ihr das während des gesamten Gottesdienstes nicht aus dem Kopf. Hatte sie mit diesem Satz nun etwas angerichtet?

Warm unter einem Schafsfell verpackt fuhr sie Mitte November mit Ludwig nach Radolfzell. Ein eisiger Wind fegte über die Höhe und brachte den Vorgeschmack auf den Winter. Anna hatte ihre Strickmütze weit in die Stirn gezogen, sodass zwischen Mütze und Schal fast nur noch ihre Augen und die Nase herausschauten. Ludwig schien von der Kälte ziemlich unberührt. Er hatte beim Einsteigen einen kurzen Blick auf ihren Bauch unter dem dicken Mantel geworfen und sich unter seiner Schiebermütze gekratzt.

»Und was, wenn es unterwegs kommt? Der Weg ist holperig.«

»Es kommt Ende Dezember«, hatte Anna ihn beruhigt.

»Weiß die Hebamme schon Bescheid?«

Anna zuckte die Schultern. Zu ihrer Zeit in der »Krone« war es einfach gewesen, sie war einfach zur rechten Zeit und Stunde da.

»Meine Frau kennt sie gut.« Ludwig grinste. »Kein Wunder, nach vier Kindern!« Er warf ihr einen Blick zu. »Soll sie ein gutes Wort für dich einlegen?«

»Ja, gern. Ich frag sie nachher, wenn ich Maria bei euch abhole.«

Bei ihr zu Hause sei es wärmer, hatte Hilde gemeint, und außerdem fände Maria das Spielzeug ihrer Brüder so schön.

»Und wie hat es mit Ernst funktioniert? Dem Götzner?«, wollte Ludwig wissen und kramte in seiner Manteltasche nach einem Stumpen.

»Ich habe nichts gehört«, sagte sie und hielt sich kurz am Holzrahmen fest, weil die Pferde munter vorantrabten und es wirklich sehr schaukelte.

Ludwig nickte nach vorn zu seinen beiden Stuten. »Das Wetter gefällt ihnen. Sie lieben es, wenn es frisch ist, es weckt ihre Lebensgeister.«

»Meine eher nicht«, sagte Anna, worauf Ludwig lachte und fragte. »Und du hast nichts gehört ... ist doch schon eine Weile her?« Er schüttelte erstaunt den Kopf, während er sich den Stumpen anzündete. »Normalerweise erscheinen seine Artikel in der Zeitung recht häufig. Hast du es vielleicht übersehen?«

Anna bekam die »Freie Stimme« zwar nur unregelmäßig, aber sicher hätte der Schuster ihr doch eine geschickt. Ludwig bestätigte das und wies dann nach hinten, zu Annas Prospekten.

»Frag ihn. Und dann soll er wenigstens eines der Plakate in sein Schaufenster hängen.« Er verzog den Mund. »Das wäre sowieso eine Aufwertung für seinen Laden!«

»Hast du lange in Radolfzell zu tun?«, wollte sie wissen, denn er hatte heute das kleine Fuhrwerk genommen und keinen Marktstand geladen. Und was er an Waren dabeihatte, war durch eine Plane geschützt.

»Lange genug, bis du deine ganzen Plakate aufgehängt hast. Hätte August nicht besser helfen sollen? Die Plakate, die Handzettel, das ist doch ordentlich viel …«

»Ich schaffe das schon. Und August …«, sie zögerte, »hat etwas anderes vor.«

Ludwig nickte nur und schob sich seinen Stumpen in den anderen Mundwinkel. »Jeder nach seiner Façon.«

In Radolfzell, das hatte sich Anna vorgenommen, würde sie vor allem die Ladenbesitzer in der Innenstadt fragen und außerdem die entsprechenden Firmen ausfindig machen, um ihre Plakate dort in den Eingangshallen aufzuhängen. Sie hatte alle Plakate zu einer großen Rolle eingerollt, trotzdem waren sie schwer und schlecht zu tragen. Und der Träger ihrer Umhängetasche mit den vielen Handzetteln rutschte ständig von der Schulter. Ihre anfänglich euphorische Stimmung kippte zusehends, vor allem nachdem sie bei Ernst Götzner in der Schusterwerkstatt gewesen war.

»Ich habe schon auf Sie gewartet«, sagte er, bückte sich zu einem Hocker und zog zwei Blätter unter einigen Lederteilen hervor, die er ihr über seinen Tisch reichte.

»Das ist der Artikel. Fix und fertig. Und so liegt er auch in der Redaktion.« Er blickte in Annas verständnisloses Gesicht. »Nur gedruckt wird er nicht.«

Anna warf einen Blick darauf. »Weihnachten auf der Höri« stand fett als Überschrift darüber, und darunter sein Name. Ja, er hatte ihn geschrieben.

»Er wird nicht gedruckt?«, fragte sie, »wenn er doch fertig ist? Warum denn nicht?«

Götzner schob eine Schuhleiste hin und her. »Zuerst hieß es, es sei eine tolle Idee. Ausflugsziele, jetzt, da ja auch der Fremdenverkehr in und um Radolfzell stärker wird, seien sehr willkommen, da könne man ja vielleicht mehrere Episoden draus machen. Das würde den Reiz der Region steigern und natürlich auch den Reiz der Stadt Radolfzell selbst.«

»Ja, und dann?«

»Dann«, er hob beide Hände, »ist nichts passiert. Also habe ich nachgefragt. Mir wurden andere Ziele genannt. Die Mettnau, die Insel Reichenau, die Hegau-Vulkane mit ihren Ruinen. Daraus soll ich Episoden machen.«

»Und gibt es einen Grund … ich meine, wurde gesagt, warum ausgerechnet Horn nicht?«

Der Schuster legte die Leiste auf die Seite und beugte sich etwas über den Tisch. »Es dürfte mit dem Redakteur zu tun haben. Zuerst wollte er, dann nicht mehr. Als wollte jemand verhindern, dass dieser Bericht erscheint.«

Anna richtete sich auf. »Wer könnte …«

»In diesen Zeiten lässt man sich gern schnell überzeugen. Mit ein paar Flaschen Schnaps, mit Wein, mit einigen Stumpen …« Er richtete sich wieder auf. »Und die Netzwerke funktionieren hier. Viele kennen sich noch aus der Schule oder vom Jagen, vom Fischen, aus Stammtischrunden, da ist schnell etwas verbreitet, das noch nicht offiziell ist.«

»Aber wegen so einem kleinen Artikel, wer sollte denn da …«

»Fragen Sie doch mal meinen Schwager, wer in Horn daran Interesse haben könnte, wenn der ›Hirschen‹ wieder zumachen müsste?«

»Fried Bertschinger«, schoss es aus Anna heraus.

»Der Bertschinger?« Götzner runzelte kurz die Stirn. »Was könnte der für ein Interesse haben?«

»Der wollte den ›Hirschen‹ für seinen zweitgeborenen Sohn kaufen. Der Auer konnte ihn aber nicht leiden und hat ihn uns verkauft. So wird es jedenfalls gesagt.«

»Tja! Ha!« Er lachte kurz auf. »Das ist der Obergauner schlechthin und versucht überall mitzumischen. Aber, Achtung, bei anderen hängt er die Moral sehr hoch ...«

Anna holte tief Luft.

»Na gut.«

Sie deutete auf ihre Plakate. »Darf ich eines aufhängen?«

Götzner nickte. »Lassen Sie eines da. Und ein paar Handzettel auch. Ich mach das.«

Er zog einen Schreibblock und einen Stift hervor. »Ich schreibe Ihnen mal ein paar Adressen auf, wo es Sinn macht. Die Handelsreisenden steigen natürlich in den Hotels am Bahnhof ab, also im ›Schiff‹, der ›Sonne-Post‹, ›Victoria‹ und in der ›Krone‹. Und falls die Wirte keine Lust auf Konkurrenz haben, pflastern Sie halt den Bahnhof zu.«

Er grinste und listete die Adressen, auch von ortsansässigen Firmen, fein säuberlich untereinander auf. »Und falls Sie mal Schuhe zum Flicken haben oder neue nach Maß brauchen«, er verbeugte sich knapp, »stets zu Diensten!«

Nach zwei anstrengenden Stunden kam Anna wieder bei Ludwigs Fuhrwerk an. Die Ladefläche war leer, nur die Plane lag fein säuberlich gefaltet in einer Ecke. Von Ludwig keine Spur. Die beiden Stuten waren eingedeckt worden, sie spielten miteinander und würdigten Anna keines Blickes. Anna sah sich um. In der Nähe war ein Wirtshaus, ob er da ...?

Ein heißer Tee würde ihr auch guttun, zumal ein leichter Schneeregen eingesetzt hatte. Sie sah zum Himmel. Über ihr hatte sich ein dunkles Ungetüm aufgebaut, das sich bis weit in den Himmel hinaufschraubte. Das verhieß nichts Gutes. Sie musste Ludwig schnell finden, damit sie loskamen, bevor das Unwetter losbrach.

Am Stammtisch des Wirtshauses fand sie ihn tatsächlich, und als er sie beim Näherkommen entdeckte, hob er sein Schnapsglas.

»Ah, da kommt ja meine fesche Nachbarin!«

Die Männer am Tisch drehten sich nach ihr um, und Anna wusste im Moment nicht, wie sie reagieren sollte. Dann besann sie sich, dass ein launiger Spruch am besten wirken würde.

»Ja, ich habe den strikten Auftrag deiner Frau, dich auch wieder nach Hause zu bringen«, sagte sie.

Alle johlten, und einer schlug Ludwig auf die Schulter. »Na, Junge, ganz schön unter der Fuchtel.«

»Und das gleich von zwei Frauen«, rief ein anderer.

»Ich kann ihn auslösen«, erklärte Anna, drehte sich zum Tresen um und bestellte eine Runde Schnaps. Das war sie ihm fürs zweite Mal Mitnehmen sowieso schuldig, dachte sie.

»Die ist richtig, deine Nachbarin«, erklärte der Wirt, während er die Stamperl füllte und Anna die Rechnung gleich beglich. Zwei Schnäpse waren zu viel, stellte sie fest, als der Wirt die Gläser verteilte.

»Na dann«, sagte er, reichte ihr ein Stamperl und nahm selbst eines in die Hand. »Auf die neuen Zeiten, da Frauen Männer zum Trinken verführen!«

Alle lachten und riefen »Hoch!«, und Anna trank mit, weil sie keine Spielverderberin sein wollte. Der Schnaps brannte durch ihre Kehle, gegen ihren eigenen Schnaps zu Hause war es ein fürchterlicher Fusel.

»Na dann!«, Ludwig stand auf, »da gibt es jetzt ja wohl keine Widerrede mehr!« Die Runde lachte und klatschte Beifall auf den Oberschenkeln.

Nachdem Ludwig seine Zeche bezahlt hatte und sie gemeinsam

nach draußen gingen, wurde ihm die Tür schier aus der Hand gerissen, so scharf fuhr der Wind durch die Gasse.

»Oh, oh!«, sagte er mit Blick zu Anna. »Sind meine Rösser noch da?«

»Vorhin war es noch still. Aber ich habe es kommen sehen.« Nur, dass sich der Himmel nun völlig verändert hatte, der Wolkenturm von vorhin hatte seine Ladung ausgeschüttet, und nun jagte ein wirbelnder Schneesturm über das Pflaster, gegen den sich Anna mit dem Rücken stemmte. Ludwig war zu seinen Pferden gerannt, die heftig an ihren Geschirren zerrten, sodass die Deichsel zwischen ihnen und dem Wagen tanzte.

»Ho, ho«, versuchte er sie zu beruhigen, und tatsächlich half es. Sie streckten ihre Nüstern zu ihm und wurden ruhiger. Anna kam nach und kletterte schnell auf den Wagen, denn sie sah, wie sich die zusammengelegte Plane durch den Sturm zu entfalten begann. Das hätte noch gefehlt, dachte sie, mit so einem wild flatternden Monstrum im Rücken wären die Pferde sicherlich durchgegangen!

Ludwig beobachtete sie, während er seine Pferde von ihren Decken befreite. Dabei sprach er die ganze Zeit mit den Tieren und rief schließlich Anna zu, dass sie schleunigst losfahren sollten. Anna machte eine Geste, dass sie hier hinten auf dem Wagen bleiben würde. Sie saß auf der Plane, damit die nicht davonfliegen konnte, und hielt auch die abgelegten Pferdedecken fest, indem sie alles um sich herumraffte.

Ludwig löste die Bremsen, und so fuhren sie im heftigsten Schneesturm, den Anna seit Jahren erlebt hatte, aus Radolfzell hinaus in Richtung Horn. Doch allmählich besserte sich die Sicht, die Pferde, die ihre Köpfe gesenkt hatten, hoben sie wieder, und nach einer Weile hatten sie den Sturm offensichtlich hinter sich gelassen.

»Puh!« Ludwig drehte sich nach Anna um. »Das dürfte geschafft sein! Willst du vorkommen?«

Anna nickte und machte Anstalten, über die Holzumfassung nach vorn zu klettern, aber Ludwig winkte ab.

»Es ehrt dich ja, dass du so unkompliziert bist, aber mit dem schweren Mantel und in deinem Zustand, nein, da gehen wir doch besser den sicheren Weg.«

Er hielt die Pferde an, ließ die kleine Trittleiter hinten am Fuhrwerk hinunter und geleitete Anna am Arm zu ihrer Seite. Dort zog sich Anna hinauf und vergrub sich gleich unter den warmen Schafsfellen.

»Abenteuer auf der Höri«, sagte sie zu Ludwig, als er wieder neben ihr saß und nach den Leinen griff, »das wäre vielleicht auch noch ein Lockmittel für Winterfrischler.«

Er lachte, und nach einer kleinen Weile warf er ihr einen Seitenblick zu. »Du bist eine wirklich tapfere Frau.«

»Wenn einem nichts anderes übrig bleibt …«, antwortete sie. Die Fahrt ging ereignislos weiter, aber die Landschaft zeigte mit abgerissenen Ästen und weißen Wiesen, dass der Sturm auch hier durchgezogen war.

»Was hat mein Schwager eigentlich gesagt?«, wollte er nach einer Weile wissen.

Anna schilderte die Gespräche in der Schusterei.

»Der Bertschinger also«, er nickte und schnalzte mit der Zunge, was die Pferde antraben ließ, »na ja, da gibt es im Dorf zwei Lager. Für ihn und gegen ihn.«

»Und wovon hängt das ab?«, wollte Anna wissen.

»Wie immer im Leben. Ein Geben und ein Nehmen, Freundschaft, Feindschaft, Meinungsverschiedenheiten, andere Auffassungen, auch politisch, und natürlich gibt es Menschen, die sich im Mittelpunkt allen Geschehens glauben, selbst wenn sie es gar nicht sind.« Während Anna darüber nachdachte, kramte er nach Kautabak und schob sich eine Prise zwischen die Zähne. »Wenn meine Frau wüsste, dass ich hier so lange Reden schwinge, sie würde es nicht glauben.«

»Nein? Nicht? Wieso?«

»Ich bin der schweigsame Typ!«

Die Felle hatten sie warm gehalten, trotzdem war Anna froh, als sie in Horn angekommen waren. Ludwig hatte sie vor den »Hirschen« gefahren, obwohl sie protestiert hatte. »Ich muss Maria doch sowieso noch abholen.«

»Das hat Zeit. Es ist zwar dunkel, aber noch nicht spät. Wärm dich erst mal auf.«

Anna wusste nicht, wie sie sich im »Hirschen« aufwärmen könnte, sicherlich war das Holz in allen Öfen seit Stunden heruntergebrannt, und wenn August, was sie vermutete, nach ihr heimkommen würde, war es in allen Räumen frostig kalt.

Es nützte nichts. Bevor ihre kleine Tochter und ihr Mann heimkamen, sollte sie zumindest den Gastraum einheizen.

Anna bedankte sich und ging über den gefrorenen Boden die wenigen Treppen hinauf zum Eingang. Hinter der Tür stand die Petroleumlampe bereit, Anna zündete sie an und nahm sie mit in den Raum, um die Deckenleuchte anzuzünden. Sie hoffte, dass das Petroleum für heute Abend noch ausreichen würde, sonst müsste sie nach der Kanne sehen und nachfüllen – und dazu verspürte sie im Moment nicht die geringste Lust. Sie würde nun den Ofen einheizen und in der Küche ein Abendbrot richten. Und ein paar Wärmflaschen für die Betten, damit die Leintücher nicht so feuchtkalt waren. Und wenn sie dann Maria auf dem Schoß hätte und August gegenüber am Tisch, sähe die Welt schon wieder besser auf.

Während sie auf dem Stuhl stand, um an die Deckenleuchte heranzureichen, sah sie plötzlich, wie sich ein Schatten von der Wand löste. Zutiefst erschrocken starrte sie hin und schwankte zwischen Schreien und Flucht, denn es war ein dunkel gekleideter Mann.

»Anna, keine Angst, ich bin's, Hans-Ueli. Ich habe hier auf dich gewartet, weil ich nicht wusste, wo ich dich finden könnte.«

»Hans-Ueli?« Ihr Herz pochte noch immer bis zum Hals, und sie stieg von ihrem Stuhl herunter, ohne die Lampe angezündet zu haben. »Wieso … was ist? Wo ist August?«

»Ich brauch deine Hilfe«, sagte er. »Alleine schaffe ich es nicht!«

»Was schaffst du nicht?« Ihre Stimme wurde hoch.

»Wir sind überfallen worden. Unten am Ufer. Aber sie hatten es auf August abgesehen, offensichtlich! Er liegt dort …«

»Er liegt wo?« Die Angst schnürte Anna die Kehle zu. »Lebt er?«

»Ja. Aber es ist kalt. Ich konnte ihn nicht … wir müssen ihn holen!«

Anna starrte ihn an. »Wie? Wir zwei? Hochtragen?«

Sie dachte sofort an Ludwig. Ob er helfen würde?

Als ob Hans-Ueli ihre Gedanken gelesen hätte, sagte er: »So wenig Aufsehen wie möglich. Hast du eine Karre? Ich hab im Schuppen schon nachgesehen, aber nichts gefunden.«

»Doch! Haben wir! Sie steht nicht im Schuppen, aber … warte, ich hole Decken. Ist er schwer verletzt?«

Hans-Ueli zuckte mit den Schultern. »Ich konnte nicht alles sehen. Es waren drei! Und er war bewusstlos. Sonst hätte ich ihn ja …«

Anna winkte ab. Sie lief in den ersten Stock in die eingerichteten Gästezimmer, schnappte sämtliche Decken, eilte wieder hinunter, drückte Hans-Ueli die Decken in den Arm und sagte: »Komm durch die Küche zur Hintertür. Ich hol den Wagen. Weißt du, wo er liegt?«

Sein Nicken sah sie nicht mehr, sie war schon zum Holzstapel losgelaufen, dort hatte sie den zweirädrigen Karren abgestellt.

Er war nass, aber egal, mit den Decken würde es gehen. Wichtig war, dass sie rechtzeitig kamen.

»Bastarde!«, fluchte sie zwischen den Zähnen, während sie den Wagen zum Zücheneingang schob.

»Sehr gut!« Hans-Ueli nahm ihr den Karren ab, und gemeinsam gingen sie, so schnell sie konnten, die Wiesen hinunter. Anna glitt einige Male aus, die Ledersohlen ihrer alten Stiefel waren für den rutschigen Boden zu glatt. Zwischendurch hielt sie sich an Hans-Ueli fest, er schien das griffigere Schuhwerk zu haben. Zwischen Büschen und Gestrüpp hindurch gelangten sie zum Ufer.

Hans-Ueli hielt Anna mit einer Hand zurück.

Sie blieb stehen und kniff ihre Augen zusammen, um ihn in der Dunkelheit nicht aus den Augen zu verlieren. Dann sah sie ihn winken und stürzte vorwärts.

»Er lebt«, raunte er Anna zu. Anna ging in die Knie, sehen konnte sie nicht viel, aber sie ging mit dem Ohr an sein Gesicht und hörte ihn atmen.

»August«, flüsterte sie. »Wir sind hier, wir helfen dir! Du bist in Sicherheit!«

Ob er sie verstanden hatte oder nicht, vermochte sie nicht zu sagen. Er atmete schwer, aber das konnte alles bedeuten.

»Sind die Kerle noch hier?« Anna sah zu Hans-Ueli auf, der sich umschaute.

»Schwer zu sagen«, raunte er. »Lassen wir es besser nicht darauf ankommen. Also kein Licht. Wir ziehen ihn jetzt auf den Karren und dann nichts wie weg!«

Auf den Karren ziehen, dachte Anna, jede Bewegung könnte für ihn nun die falsche sein. Was war, wenn er sich einen Wirbel gebrochen hatte? Aber hatten sie eine andere Wahl?

Auf jeder Seite griffen nun Hans-Ueli und Anna in Augusts Achseln und zogen ihn Stück für Stück auf den Wagen. Was für ein Glück, dass diese Karre hinten offen war, dachte Anna, obwohl sie schon oft, wenn ihr das Brennholz wieder heruntergefallen war, darüber geflucht hatte. August stöhnte bei jedem Ruck leise, aber es war besser, wenn er stöhnte, als wenn er überhaupt keinen Mucks mehr gemacht hätte, dachte Anna.

Schließlich war er drin.

»Dann los«, kommandierte Hans-Ueli, und gemeinsam nahmen sie die Deichsel rechts und links und zogen ihre Last bergauf. Zwischendurch mussten sie stehen bleiben, weil Anna einfach die Kraft ausging und ihr Herz für zwei pochte.

»Wir schaffen das«, flüsterte Hans-Ueli ermutigend.

Ja, wir schaffen das, dachte Anna, wie sie bisher alles geschafft hatte. Wann würde das mal ein Ende nehmen und alles einfach sein?

»Wo ist eigentlich euer Kind?«, fragte Hans-Ueli, als sie schon in Reichweite von Horn unterhalb der Kirche waren.

»Eines bei einer befreundeten Familie«, keuchte sie, »und eines noch im Bauch!«

»Im Bauch?« Ihm war das Erschrecken trotz Dunkelheit anzumerken.

»Ja, es kommt im Januar.«

»Also hochschwanger!« Er sagte nichts mehr, bis sie vor dem Privacy angekommen waren.

»Habt ihr eure Schlafzimmer oben?«

Anna nickte.

»Dann hole ich jetzt eine Matratze herunter!«

»Nein. Wir tragen ihn nach oben.«

Hans-Ueli sah sie zweifelnd an.

»Das ist gefährlich für dich!«

»Was ist im Leben nicht gefährlich?«

Es war kurz still.

»Schieben wir ihn erst mal hinein, damit wir sehen können, was los ist«, entschied Anna.

Im Schein der Petroleumlampe betrachteten sie sein zugeschwollenes Gesicht, Blut überall. Anna dachte wieder an ihren Bruder Max. Jetzt galt es, Stärke zu beweisen. »Ich setze Wasser auf«, sagte sie.

»Du bist eine tapfere Frau!« Hans-Ueli, trotz der Kälte durchgeschwitzt, nahm seine Mütze ab.

»Du bist heute schon der Zweite, der das sagt. Dabei sage ich dir, Tapferkeit ist weder männlich noch weiblich. Viele Frauen haben schon um Hab und Gut, um das Leben ihrer Lieben gekämpft.«

Mit einem Topf Wasser und einem Tuch kehrte sie zurück und kniete neben August nieder.

»August, Liebster, hörst du mich?«

Er bewegte die aufgeplatzten Lippen. Hans-Ueli brachte ein Glas Wasser, das sie ihm an den Mund hielten, aber offensichtlich konnte er nicht trinken. »Irgendwas zum Lutschen«, überlegte Anna und lief wieder los. Maria hatte einen Becher mit einem Sauger, den sie als Kleinkind geliebt hatte. Und der noch irgendwo im Schrank war. Und weil es zu dunkel war und sie den Schrankinhalt nicht richtig sah, warf sie kurzerhand alles raus, bis sie in der hintersten Ecke den Becher gefunden hatte. Sie füllte ihn und kam gleich darauf zurück.

»Hans-Ueli, musst du nicht heim?«

Er nickte.

»Deine Frau macht sich doch sicher Sorgen.«

Er nickte erneut.

»Haben sie euch … eure Ware abgenommen?«

Das dritte Nicken.

»Und was war es?«

»Allerlei.«

»Auch Nähmaschinen?«

»Zwei!«

Anna nickte. »Danke, Hans-Ueli. Danke für deine Treue zu August, du hättest ihn auch liegen lassen können!«

»Wir sind Kameraden!«

»Nimm dir was zum Essen, in der Küche ist Brot und Wurst, und dann geh zu deiner Frau.« Sie stutzte. »Ist das Boot noch in Ordnung?« Nicht, dass es ein Loch hatte und er mitten auf dem See … den Gedanken wollte sie nicht weiterdenken.

»Das Boot hat keinen Schaden.« Er beugte sich noch mal über August und sah zu, wie Anna ihm mit dem angefeuchteten Tuch sorgfältig das Blut aus dem Gesicht wischte. »Kommst du wirklich klar?«

»Du kannst jetzt sowieso nichts mehr tun. Ich hole nachher noch meine Tochter ab und hoffe, dass es ihm morgen besser geht.«

»Dann lass ihn uns noch gemeinsam nach oben bringen. Sonst habe ich keine Ruhe.«

Anna dachte an Maria und den Schock, wenn sie ihren Papa so sehen würde, und stimmte zu.

»Ich nehme ihn vorn und du die Beine«, bestimmte Hans-Ueli, und so schafften sie Augusts leblosen Körper Stufe für Stufe langsam nach oben.

Im Licht aller Petroleumlampen, die sie an ihr Bett schaffen konnte, zog sie August langsam und voller Angst aus. Hoffentlich hatte er sich nichts gebrochen. Sie hatte, nachdem sich Hans-Ueli verabschiedet hatte, Maria geholt und sich, trotz allem, die Zeit genommen, sich allerlei gute Ratschläge von Ludwigs Frau Christine anzuhören.

»Vor allem solltest du dich in dem Zustand etwas schonen«, sagte sie mit Blick auf Annas schmutzigen und durchnässten Mantel. »Lass die schwere Arbeit draußen deinen Mann machen. Der ist jung und kräftig!«

Anna nickte und versprach, das zu berücksichtigen.

»Und wenn es so weit ist, werde ich nach der Hebamme schicken lassen, sie ist schnell da. Sie wohnt nicht weit von hier!«

»Vielen, vielen Dank«, verabschiedete sich Anna, »ich weiß, was ich an dir habe, und schätze das sehr!«

Auf dem Weg nach Hause, mit Maria an der Hand, erklärte sie ihrer kleinen Tochter, dass sie nun ein großes Geheimnis hätten. Der Papa sei die Treppe heruntergefallen und hätte sich weh gemacht. Das dürfe aber niemand wissen, sonst würden alle denken, der Papa sei schusselig.

»Schusselig«, lachte Maria, das Wort gefiel ihr, und versprach hoch und heilig, dass sie es niemandem verraten würde, auch nicht Hildes Brüdern, die immer so neugierig seien.

An Augusts Bett war Maria andächtig stehen geblieben.

»Und wieso sagt er nichts?«, wollte sie wissen, nachdem sie ihn längere Zeit still betrachtet hatte.

»Er schläft«, erklärte Anna. »Schlafen tut ihm gut.«

»Und wieso sieht er so komisch aus?«

»Weil er ganz blöd auf den Kopf gefallen ist. Die Treppe ist gefährlich, Maria, also pass auf!«

Maria nickte und begann sich auszuziehen. Dass sie das nun konnte, war ihr Stolz, und wenn sie das warme Nachthemd auch verkehrt herum anzog, so applaudierte Anna doch, bevor sie gemeinsam das Abendgebet sprachen. Bei ihren kindlichen Worten: »Und mach den Vater wieder ganz gesund«, trieb es Anna die Tränen in die Augen.

»Es ist kalt«, beschwerte sie sich, als sie in ihr kleines Bett kletterte und unter die Decke schlüpfte. Stimmt, dachte Anna, heute hatte sie keine Zeit für eine warme Bettflasche gehabt. Weder für Maria noch für ihr eigenes Bett. »Schlimm?«, fragte sie.

»Nein, ich träum einfach, dass Sommer ist«, antwortete Maria, und Anna überlegte, von wem sie das heute aufgeschnappt haben könnte. »Gut so!« Sie drückte ihr einen Gutenachtkuss auf die Stirn. »Schlaf schön!«

»Ist der Papa morgen wieder gesund?«

»So Gott will.«

Maria drehte sich in Seitenlage und zog die Beine an. »So ist es schon wärmer«, murmelte sie, dann war sie eingeschlafen.

Anna ging zurück an Augusts Seite, schlug die Decke zurück und besah sich die vielen blauen Flecken. Sie hatten brutal auf ihn eingedroschen, wahrscheinlich, als er schon lag, auch noch getreten. Sie würde ihm nun Umschläge machen und darauf hoffen, dass der Arzt, den Hans-Ueli aus Steckborn schicken wollte, auch kam.

In Horn, so hatte sie beschlossen, sollte es niemand erfahren. Sie wusste nicht, wer sich ob dieser Nachricht die Hände reiben würde, aber wenn ihre Vermutung stimmte, dann steckte auch hier der Bertschinger dahinter. Und der sollte glauben, dass es August gut ging.

Während sie August pflegte, schilderte sie ihren ganzen Tag in Radolfzell, weil sie hoffte, dass ihm ihre Stimme guttun würde.

Und als sie ihm alles erzählte, kam ihr plötzlich eine Idee.

Wie kann man jemanden schlagen, der hofft, dass es einem schlecht geht? Indem man ihm ein heiles, glückliches Leben vorspielt. Und wenn dieser Großbauer nun meint, sie mit seinen Schandtaten treffen zu können, musste sie ihm zeigen, dass sie diese nicht einmal wahrnahm. Was hieß das also?

Sollten aufgrund ihrer Plakate und Handzettel keine Gäste kommen, würde sie noch Reklame in der Zeitung annoncieren. Sollte diese auch keinen Erfolg bringen, dann würde sie ihren Erfolg einfach vorspielen.

Anna saß neben dem Bett auf einem Hocker und malte sich gerade aus, wie so eine Eulenspiegelei aussehen könnte, als sie: »Du lächelst?«, hörte.

Sie riss die Augen auf, und August sah sie durch zwei schmale Schlitze an.

»August!«, entfuhr es ihr so laut, dass sie gleich zu Maria hinüberblickte, die aber keinen Mucks tat. »August«, wiederholte sie leise und legte ihre Hand auf seine Stirn. »Wie bin ich froh, dass du ein Lebenszeichen gibst!«

»Mir tut alles weh«, brachte er mühsam hervor. »Bin ich … überfahren worden?«

»Überfallen, mein Schatz! Drei Kerle waren es, sagte Hans-Ueli, er sei dazwischen, aber sie hatten es nur auf dich abgesehen.«

»Sie wollten die Ware.«

War's zum Schluss doch nicht Bertschinger?

»Versuch mal, deine Beine zu bewegen.«

Anna sah zu, wie er sie mühsam etwas anhob.

»Gut«, erleichtert drückte sie seine Hand.

»Autsch!«

Nach und nach bewegte August eine Gliedmaße nach der anderen. Jedes Mal hielt Anna von Neuem die Luft an und ließ sie dankbar wieder aus. Da hatte, bei allem Unglück, doch jemand die Hand über ihn gehalten.

»Und … wie bin ich hierhergekommen?«, wollte August nach einer Weile angestrengt wissen.

»Hans-Ueli hat mich alarmiert. Wir haben den Karren genommen.«

»Den Karren … mein Gott!« Er überlegte. »Von dort unten … und du …« Er versuchte, seine Augen etwas weiter zu öffnen, was aber nicht gelang. »Und hier hoch?«

»Hans-Ueli und ich.«

August schloss die Augen. »Hoffentlich … das Kind …«

»Dem Kind geht es gut. Es bekommt gleich mal mit, was Leben heißt.«

»Die Anna!« August grinste schief.

Anna zuckte die Schultern. Sie war nicht aus Zucker, schon seit ihrer frühesten Kindheit nicht.

»Bist du hungrig? Magst du etwas essen, etwas trinken?«

August hob einen Finger seiner Hand, die schlaff auf der Bettdecke lag, und deutete auf sein Gesicht. »Und wie?«

Anna nahm den Sauger hoch. »Damit. Wasser und Brei. Kein Problem.«

August bewegte leicht den Kopf, was Anna als »Nein« deutete. Stattdessen sagte er: »Schnaps!«

Schnaps? Ja, Schnaps tat ihm bestimmt gut. Ein Heilmittel für und gegen alles. Sie nickte. »Gut, also Schnaps.«

An der Tür drehte sie sich noch einmal nach August um. Da sah sie, dass er bereits wieder eingeschlafen war.

Weihnachtsgäste

Mit der Hilfe des Arztes und dem Heilkräuterwissen ihrer Mutter war August zwei Wochen später so weit hergestellt, dass er am Körper zwar noch Prellungen hatte, die Schwellungen und Blutergüsse im Gesicht aber verschwunden waren. Auf neugierige Fragen hatte Anna in der Zwischenzeit stets mit: »Gegauf hat nach ihm gefragt. Sie brauchen Hilfe vor Weihnachten«, geantwortet. »Die Nachfrage ist groß.«

Frau Bertschinger, einen grünen Filzhut mit Feder weit in die Stirn gedrückt, hatte sich am vergangenen Sonntag vor der Kirche an sie herangeschoben.

»Ich habe jetzt auch eine«, brüstete sie sich. »Ein wirklich feines Maschinchen, das stimmt!«

Ihr Blick gierte nach einer Reaktion, und Anna hätte ihr gern ins Gesicht geschlagen, so wie einst auf dem Schulhof, wenn sie wegen ihrer ärmlichen Kleidung gehänselt wurde, aber sie besann sich eines Besseren und lächelte freundlich.

»Oh, gratuliere! Ja, und gerade jetzt, da das Geld jeden Tag weniger wert wird, ist es in so einer Nähmaschine ganz besonders gut angelegt.«

An Bertschingers Blick sah sie, dass sie keine Mark dafür bezahlt hatte. Deshalb legte sie nach. »Was haben Sie denn dafür ausgegeben?«

Renate Bertschinger fasste den Ausschnitt ihres Waschbärkragens enger.

»Um die Finanzen kümmere ich mich nicht«, sagte sie schnell. »Das erledigt alles mein Mann!«

Anna nickte ihr freundlich zu und sagte: »Dann grüßen Sie ihn herzlich von mir!«

August hatte später lauthals über Annas Schilderung gelacht und sich an die Rippen gefasst. »Keine Witze bitte, lachen, schlucken und husten tut weh!«

»Ich finde es nicht zum Lachen«, ärgerte sich Anna noch immer. »Das zeigt doch nur, dass diese Kuh eine deiner Maschinen hat!«

Maria, die gerade in dem Alter war, ihr auf Schritt und Tritt zu folgen, wenn nicht gerade Hilde mit ihr spielte, wollte es genau wissen und fragte nach, welche Kuh eine Maschine hätte? Denn Kühe standen einige in Ludwigs Stall, Maschinen hatte sie dort aber noch keine gesehen.

Nachdem sich August in Horn wieder blicken ließ, mit Mütze und dicker Jacke im Hof und am Haus werkelte, erfuhr er bald darauf von Otmar, einem der Stammtischbrüder, dass vor Kurzem eine Kutsche, die offensichtlich zum »Hirschen« wollte, am Ortseingang wieder umgedreht hätte. Warum?, hatte er nachgefragt und sich etwas zu Otmar hinunterbücken müssen, weil der das nicht so laut herausschreien wollte ... man wusste ja nie.

»Oder sollen wir auf einen Schnaps ins Haus gehen?«, versuchte August zu locken.

»Zum Stammtisch. Am Sonntag«, winkte Otmar ab und vergrub seine Hände in den ausgebeulten Manteltaschen. »Der Kutscher hat umgedreht. Vier Leute saßen in der Kutsche, Mann, Frau, zwei Kinder.«

»Aber warum?«, fragte August erneut, diesmal mit mehr Nachdruck.

»Angeblich kam da einer aus dem Haus am Ortseingang und hat ihnen erklärt, dass der ›Hirschen‹ geschlossen sei. Es hätte gebrannt!«

»Es hätte gebrannt?« August runzelte die Stirn. War das dazu auch gleich noch eine Drohung? Wie weit würde Bertschinger gehen?

»Ja, Küchenbrand. Wirtschaft geschlossen!«

»Da wohnt doch der Wigald Maier am Ortseingang, oder?«

»Ja. Bertschingers Schwager.«

Anna war außer sich, als August ihr das beim Abendbrot erzählte. »Und sie kriegen uns nicht!«, sagte sie und schlug mit der flachen Hand auf den Tisch.

»Es sind nicht alle gegen uns«, beruhigte August.

»Aber die, die gegen uns sind, reichen mir vollauf!«, entgegnete sie scharf. »Vielleicht hat er seinen wirklichen Plan ausgeplaudert!«

»Und der wäre?«

»Den ›Hirschen‹ anzuzünden!«

»Das traut sich nicht mal ein Bertschinger!«

»Er ist bei der Feuerwehr. Er wäre nicht der Erste, der was anzündet, damit er es später stolz wieder löschen kann!«

»Aber doch nicht eine Wirtschaft. Zumal er sie ja selbst will. Was macht es also für einen Sinn, sie anzuzünden?«

»Wie die Kinder mit ihrem Spielzeug. Bekommt man was nicht, macht man es kaputt! Genau so!«

August griff nach seinem Bierkrug. Etwas Wahres war dran.

Maria sah von ihrem Brot auf, das sie hingebungsvoll zerkrümelte. »Warum schimpft die Mama?«

August legte seine Hand beruhigend auf ihre. »Die Mama schimpft nicht, sie …« Er wusste auch nicht, wie er es erklären sollte, aber Maria war schon zufrieden und krümelte weiter.

»August«, sagte Anna nach einer Weile. »Nur gut, dass wir unser gespartes Geld noch auf Schweizer Konten haben. Und deine Erbschaft dazu. Der Franken gibt uns noch Sicherheit. Hätten wir das alles in Deutschland, wären wir schon längst pleite.«

»Da hast du wohl recht!«

»Trotzdem!«, fuhr Anna fort. »Wir leben hier, und die Preise galoppieren uns davon, Weihnachten steht vor der Tür. Wir brauchen Gäste!« Sie sah ihn eindringlich an, und August hielt ihrem Blick stand.

»Und wie?«, fragte er.

»Ich habe einen Plan. Den habe ich schon länger, aber er erschien mir irrwitzig bis … ja, nun, bis sich die Ereignisse so häuften.«

»Verrätst du ihn mir?«, fragte er.

»Er wird unsere Ersparnisse angreifen.«

»Wenn es sich auszahlt?«

»Davon gehe ich aus.« Anna zögerte. »Hoffe ich!«

»Bisher hattest du immer einen guten Riecher.« August beugte sich näher. »Dann lass mal hören«, und war ganz Ohr.

Drei Tage vor Weihnachten fing es an zu schneien und tauchte die Hügel, Wiesen und Weinberge über Nacht in eine Märchenlandschaft. Die Äste der Laubbäume trugen bizarre Eiszacken, an den Schlafzimmerfenstern blühten Eisblumen, und von den Dächern wuchsen Eiszapfen und wurden länger und länger. Die Horner Kinder hatten ihren Spaß, brachen sie ab und lutschten daran, und wie Anna in ihrer Kindheit saugten sie an ihren gestrickten Wollhandschuhen und froren in ihren eng geschnürten Lederstiefeln.

Anna schmückte die Wirtschaft und hatte die beiden Gästezimmer gerichtet, genau so, wie sie es in der »Krone« gelernt hatte. Sie strich die Spiegelkommoden, nachdem sie sie abgeschmirgelt hatte, neu mit weißer Farbe und putzte den glatten Stein auf dem Waschtisch, bis auch noch der letzte Schmutz entfernt war. Dann stellte sie eine Waschschale und einen Porzellankrug darauf, beides mit Porzellanfarben bemalt, die sie aus Schaffhausen hatte kommen lassen. Zuerst hatte sie mit weihnachtlichen Motiven gespielt, Weihnachtssterne vielleicht, aber dann siegte doch ihr Pragmatismus, denn sie hätte im Frühjahr alles neu machen müssen. Also wählte sie blaue Vergissmeinnicht. Passende Vorhänge fand sie bei einem Besuch in Radolfzell, wo sie, unverdrossen, auch neu plakatierte. Bis auf das Plakat beim Schuster waren alle verschwunden. Das eine aber hing noch in seinem Fenster und verdunkelte den Laden, sie ging hinein und hielt einen kleinen Plausch mit Ernst Götzner. Und der bot ihr Hilfe an, sollte sie welche benötigen. Und deshalb weihte sie ihn in ihren Plan ein.

Am frühen Nachmittag des Heiligen Abends fuhren zwei Kutschen nach Horn. Dem Mann, der hastig in offenen Schuhen aus dem Haus gerannt kam und sie mit der Geschichte vom Küchenbrand zum Umkehren bewegen wollte, sagte der Kutscher, dieser Unsinn sei schon so alt, dass er schon einen Bart habe. Seinen Gästen hinten auf dem Wagen erklärte er, dass dies ein altbekannter Brauch in Horn sei. Frei nach dem Motto: Nur die Richtigen kommen durch.

Die Herrschaften in der Kutsche lachten und riefen dem Mann im Schnee etwas in einem Dialekt zu, den er nicht verstand. So blieb er stehen und sah den Kutschen nach, bevor er verdrossen in sein Haus zurückstapfte.

»Es müssen Fremde sein«, hatte Anna Ernst Götzner beschworen. »Also keine aus unserer Region, sonst nehmen die das in Horn nicht ernst. Es müssen Leute aus Sachsen oder Franken oder Preußen sein, jedenfalls richtige Gäste von weither.«

»Und wo soll ich die herbekommen?«

Anna zuckte mit den Schultern.

»Ich lade sie für drei Tage ein. Mit allem. Auch mit der Kutsche ab Bahnhof Radolfzell.« Sie legte Ernst einen 50-Mark-Schein auf den Tisch. »Nur den Zug bezahle ich nicht.«

Ernst sah auf den Schein und schob ihn wieder zurück.

»Mir ist eine herzhafte Mahlzeit im ›Hirschen‹ lieber.«

»Die bekommen Sie! Mit allem, was dazugehört! Auch für Ihre Familie, selbstverständlich!«

»Die ist groß!«

»Sei's drum!«

Und nun war der Plan aufgegangen.

René Leher und Martin Mangartz stiegen vor dem »Hirschen« aus, wo August den Weg bis zur Treppe vom Schnee befreit und Anna einen kleinen geschmückten Tannenbaum aufgestellt hatte. Die Männer klappten die Einstiegtreppen der Kutschen herunter und reichten ihren Frauen die Hand, während ihre Kinder schon an ihnen vorbei hinausgesprungen waren und aufgeregt herumrannten.

Die Kutscher brachten das große Gepäck in den Wirtsraum, wo Anna bezahlte und zur Begrüßung schon mit einem Willkommensgetränk für die Gäste wartete. Während draußen die ersten staunenden Horner stehen geblieben waren, hatte August alle großzügig zu einem Getränk nach dem Kirchgang eingeladen.

»Wir wollen nachher gemeinsam auf eine friedliche Zeit anstoßen. Und deshalb gibt es nach dem Familiengottesdienst und dem Krippenspiel hier vor der Wirtschaft Kakao und Spritzgebäck für die Kinder und für die Erwachsenen Glühwein.«

Das Gute war, und das war Anna und August bewusst, dass jeder, der nach der Messe aus der Kirche trat, die Gasse vorbei an ihrem Haus nehmen musste, es gab keinen anderen Weg. So kamen alle an den Tischen mit Kakao und Gebäck vorbei – und an dem Kupferkessel mit dem Glühwein. Und sahen die ersten »Hirschen«-Gäste von außerhalb. Und damit war es Dorfgespräch.

Dabei durfte besonders der preußische René Leher aus Frankfurt mit seiner Frau Yvonne im Mittelpunkt stehen. Zwei französische Vornamen, das war schon was. Zudem hatte sich bis zu diesem Tag auch kein echter Universitätsprofessor, wie Martin

Mangartz und seine Familie aus Erlangen, nach Horn verirrt. Eine kleine Sensation war das ja schon.

Anna freute sich wie eine Schneekönigin. Es würde ordentlich Franken kosten, aber Ernst Götzner hatte ganze Arbeit geleistet. Und eines war sicher: Mit dieser Aktion hatte sie Bertschinger ein für alle Mal den Wind aus den Segeln genommen, denn was wollte er ausrichten, wenn die Leute sogar aus Preußen und Franken anreisten?

Anna ging den beiden Familien gut gelaunt die Treppen hinauf voraus in die beiden Gastzimmer, die sie mit ihren kleinen, tragbaren Petroleumöfen vorgewärmt hatte. Der etwas strenge Geruch war zwar da, aber besser als Eisblumen am Fenster. Anna hatte darauf gesetzt, dass dies nicht weiter auffallen würde – selbst wenn es in Frankfurt und Erlangen schon längst Elektrizität und Beistellöfen gäbe, würden sich die Gäste in der hübsch dekorierten Einrichtung gleich wohlfühlen. Und dem war auch so.

Yvonne, die ihre warme Pelzmütze vom Kopf zog und ihre prachtvoll dicken Haare ausschüttelte, drückte Anna die Hand.

»Es kam alles etwas überraschend, und wir haben noch nie Weihnachten außerhalb gefeiert, aber Herr Götzner hat uns das so ans Herz gelegt, dass wir bei diesem Komplott gern dabei sind – zumal ich auch aus einer ländlichen Gegend komme und weiß, wie missgünstig manche Menschen sein können!«

Anna lachte herzlich und gab den starken Händedruck zurück.

»Sie ahnen nicht, wie sehr ich mich freue, dass Sie alle hier sind. Und dass Sie diesen weiten Weg für uns auf sich genommen haben.«

»Ich bin sicher«, sagte René Leher, »es wird uns ein Vergnügen werden!«

Anna schenkte ihm ein Lächeln und beugte sich zu den beiden Buben – sie schätzte sie auf etwa sechs und acht Jahre – hinunter, die, eng an die Beine ihres Vaters gedrückt, zu ihr hochschauten.

»Und ihr beiden, freut ihr euch schon aufs Christkind?«

Beide nickten schüchtern.

Und wahrscheinlich, dachte Anna, würden sie nun gern fragen, ob das Christkind auch Geschenke brächte, trauten sich aber nicht.

»Wenn Sie sich hier eingerichtet haben«, Anna wies auf das Gepäck und den Schrank, das Doppelbett und das aufgeschlagene Lager für die beiden Kinder, »dann würde ich Sie und die andere Familie gern unten im Gastraum begrüßen und Ihnen das heutige Programm vorstellen.« Nachdem René und Yvonne Leher einvernehmlich geantwortet hatten, ging sie zu ihren beiden anderen Gästen hinüber, deren beide Mädchen etwas älter waren und schon unternehmungslustig am Fenster standen.

Auch Martin Mangartz und seine Frau Verena waren einverstanden, und so ging Anna beschwingt in den Gastraum hinunter. August stand noch immer draußen und beantwortete neugierige Fragen, selbst nachdem die Kutschen längst nach Radolfzell zurückgefahren waren. Anna trat zu ihm und erklärte selbstbewusst in die Runde, dass alle Fragen sehr viel gemütlicher nach dem Kirchgang bei Kakao und Glühwein beantwortet werden könnten, vielleicht wolle man ja den Gästen die Fragen selbst stellen. Und dass sie ihren Mann jetzt für die Vorbereitungen bräuchte, und damit dirigierte sie August unter vielstimmigen Kommentaren zurück ins Haus.

Drinnen, für einen Moment alleine, zog August Anna an sich.

»Ich weiß nicht, wo es eine Frau wie dich noch einmal gäbe.«

»Und ich weiß nicht, wo ich einen August wie dich ein zweites Mal finden könnte!«

Sie sahen sich in die Augen und schenkten sich einen Kuss.

»Du hast das nicht nur wunderbar inszeniert, sondern auch wunderbar gerichtet!« Er zeigte auf den geschmückten Gastraum.

»Mag sein«, sagte sie, »aber die eigentliche Herausforderung beginnt jetzt erst. Dieser Abend soll auch für die Horner unvergesslich werden!«

»Du bist schon jetzt unvergesslich!«

August ließ sie noch immer nicht los.

»Und weil du das bist, darfst du nun diese Frage beantworten: Wann bist du bereit für dein Weihnachtsgeschenk?«

»Mein?« Anna sah ihn groß an. »Ich habe dir nur eine Kleinigkeit besorgt. Wie allen anderen auch.« Sie überlegte. »Was hast du vor?«

»Das sage ich dir natürlich nicht. Aber ich möchte, dass du es ganz alleine, ganz für dich genießen kannst und Freude daran hast. Ohne Trubel. Der natürlich in spätestens einer halben Stunde hier losbrechen wird.«

Anna wurde es trotz der Vorbereitungsliste, die sie im Kopf hatte, ganz warm ums Herz.

»Es ist etwas Besonderes?«

»Etwas ganz Besonderes!«

»Soll ich mich heute, zu Heiligabend, schon daran erfreuen können? Nicht erst morgen?«

»Heute.«

»Mit dir alleine?«

August nickte, und mit dem Blick aus seinen braunen Augen, die sie nun gefangen hielten und ihr so viel Liebe und Wärme spendeten, vergaß sie auch, dass sie eigentlich keine Zeit hatte.

»Wenn es für uns ist?«, sagte sie leise.

»Für uns«, wiederholte er. »Aber ganz besonders für dich!«

Sie nickte.

August wies in Richtung Küche.

»Dann geh mal kurz hinter diese Tür, und komm, wenn du auf zwanzig gezählt hast, wieder herein!«

Anna ging folgsam in die Küche, konnte aber nicht anders, sie kontrollierte noch einmal, während sie bis zwanzig zählte, ob für das Essen alles parat war, dann ging sie voller Vorfreude zurück in den Gastraum, der noch immer ihnen alleine gehörte.

Ihr Blick glitt über die gedeckten Tische, dann über den geschmückten Weihnachtsbaum und blieb schließlich an August hängen, der mit einem erwartungsvollen Gesichtsausdruck an der holzgetäfelten Wand zwischen den beiden Fenstern stand.

Anna überlegte und ging auf August zu. Als sie fast bei ihm war, machte er einen Schritt zur Seite, und sie erkannte, dass da etwas an der Wand hing, ein dunkles Tuch über einem Bild. Sie warf ihm einen Blick zu, und erst als sie völlig still stand, zog August an dem Tuch, und Anna traten sofort die Tränen in die Augen.

»August, wie schön!«

Sie schluckte und spürte, wie ihr ein Schauer über den Rücken lief. Alles war gut, dachte sie, während August an ihre Seite trat und ihr seinen Arm um die Schultern legte: Und würde heute und morgen alles schiefgehen, dieser Augenblick bedeutete Glück.

Und das stand über allem.

August drückte den Kopf an ihren, und so betrachteten beide ehrfürchtig das Bild, das Hans Sturzenegger vor neun Jahren von ihr gemalt hatte und das sorgsam verwahrt bis jetzt in ihrem Kästchen gelegen hatte.

Nun hing es in einem prachtvoll handgeschnitzten schwarzen Rahmen da, und Anna wurde bewusst, wie viel Zeit seither vergangen war. Dieses Gemälde war ein Zeitzeuge, ein Blick in ihre Vergangenheit, als sie noch ein junges, verletzliches Mädchen von dreizehn Jahren war und trotzdem schon in der harten Realität des Alltags angekommen.

»August«, sagte sie und zog seinen Kopf zu sich herunter, »es gibt nichts auf dieser ganzen Welt, womit du mir eine größere Freude hättest machen können!«

Er lächelte, und Anna sah, dass auch er feuchte Augen hatte.

»Und der liebe Gott hätte mir mit nichts eine größere Freude machen können als mit dir!«, antwortete er.

Sie gönnten sich noch eine Weile der glücklichen Zweisamkeit, betrachteten die junge Anna mit den losgelösten Haaren auf der Sandinsel, dahinter das glitzernde Wasser und das Gefühl der Ewigkeit.

Schließlich gab ihr August einen leichten Kuss auf die Stirn.

»Wir werden heute Abend darauf anstoßen.«

Anna nickte. »Es hat einen wunderschönen Rahmen …?«

Die Frage ließ er einen Moment im Raum schweben, doch schließlich flüsterte er ihr mit einem Lächeln ins Ohr: »Nicht nur du hast ein Netzwerk, auch ich.«

»Ja.« Anna schmiegte sich noch einmal an ihn. »Gemeinsam sind wir stark! Und ich denke, dass unsere Gäste gleich erscheinen, und auch Hilde wollte mit Maria herüberkommen.«

»Dann auf!« August löste sich von ihr. »Die nächsten drei Tage liefern wir hier das Theater Ruggli ab. Und so, wie mir unsere Gäste erscheinen, werden alle wunderbar mitspielen. Vor allem hat mir René Leher vorhin schon gesagt, er würde nachher in der Horner Glühwein-Runde nebenbei erzählen, dass auch schon weitere Bekannte aus Erlangen Interesse am ›Hirschen‹ gezeigt hätten.«

Anna lächelte verschmitzt. »Es wäre wunderbar, wenn unser Plan aufgehen könnte.«

»Dein Plan, Anna! Dein Plan! Ehre, wem Ehre gebührt!«

Fast schien es, als ob der Kindergottesdienst schneller vorbeigegangen wäre als die Jahre zuvor, denn auch beim Krippenspiel verhaspelte sich keiner der Jungen, sondern die Texte flossen ohne große Pausen. Und als auch noch der Pfarrer ankündigte, dass es ja nun für die Kinder vor dem »Hirschen« Kakao und Schmalzgebackenes gäbe, war es beim letzten Amen mit der sittsamen Ruhe vorbei, die Kinder stürmten johlend hinaus, und ihre Eltern kamen gemessenen Schrittes hinterher, aber auch da war klar, dass sich viele auf einen Becher Glühwein freuten und vorn in der Schlange stehen wollten.

Der Wein war von Anna mit Zimt, Nelken, Sternanis und Orangen verfeinert worden, und August hatte einen großen, dreibeinigen Kupferkessel über das Feuer gestellt, das den Glühwein nicht nur heiß hielt, sondern mit seinen rot leuchtenden Flammen in der Dunkelheit sehr einladend wirkte. Es dauerte nicht lange, und die Kinder spielten miteinander, und die Erwachsenen fragten die Fremden neugierig, wie es denn so in Franken und Preußen sei? Der Glühwein löste die Zungen, und es gab nur wenige Horner, die sich dieses Spektakel entgehen ließen oder demonstrativ am »Hirschen« vorbeigingen, was für die Erwachsenen nicht einfach war, weil die Kinder unbedingt einen Becher mit Kakao und Schmalzgebackenes wollten.

Es gab einiges zu erzählen, als sie alle an der festlichen Tafel saßen und Anna das traditionelle Essen, Kartoffelsalat mit Würstchen, serviert hatte. Die Kinder waren nicht leicht zu bändigen, denn sie hatten sich bereits angefreundet und waren gespannt, was das Christkind wohl bringen würde. Schließlich erbarmten sich die Erwachsenen und meinten, es sei Zeit, und schickten alle nach oben in eines der Zimmer.

August hatte für jedes der Kinder ein Holzspielzeug schnitzen lassen, in der Hoffnung, dass die Pferde, Kühe und Schweine gut ankommen würden. Und die Eltern hatten die Geschenke für ihre Kinder mitgebracht und legten sie nun unter dem Weihnachtsbaum aus, während Anna die Kerzen anzündete und Yvonne Leher kurz danach mit der kleinen Glocke, die Anna dafür bereitgelegt hatte, an der Treppe stand und läutete. Der helle Ton lockte die Kinder sofort auf den Flur, und sie stürmten die Treppe hinunter. Yvonne war an der Türe stehen geblieben und brachte wieder Ordnung in die Schar.

»Langsam«, sagte sie. »Das Christkind ist gerad erst weggeflogen. Und es wünscht sich artige Kinder.«

Ehrfürchtig traten sie nun der Größe nach einer nach dem anderen ein. Vornweg Maria, die an ihrem ungewohnten festlichen Kleidchen zog, danach die anderen, ebenfalls hübsch angezogen. Sie standen, betrachteten den Baum, die Eltern gesellten sich zu ihnen, und Verena Mangartz stimmte mit heller Stimme ein Weihnachtslied an, das alle mitsangen. Zum zweiten Mal an diesem Tag bekam Anna eine Gänsehaut, denn sie sah sich wieder als Kind in ihrer Stube im Hofgut.

Am Kraftstein hatte die Mutter den Abend auch stets zelebriert, und auch sie hatten damals die Weihnachtslieder gesungen, die nun die Kinder sangen. »Stille Nacht, heilige Nacht«, dann »Ihr Kinderlein kommet« und voller Inbrunst »O Tannenbaum, o Tannenbaum«. Und als die Kinder schon zu ihren Geschenken wollten, bat Martin noch um ein letztes »Leise rieselt der Schnee«, denn dies sei sein Lieblingslied, vor allem weil es Vreni, seine Frau, so schön sänge.

Doch dann gab es kein Halten mehr, und während die Kinder mit »Oh« und »Ah« ihre Geschenke auspackten, gab es auch am Tisch die Geschenke unter den Paaren.

Anna hatte Ernst Götzner gebeten, für August einen schönen Ledergürtel mit besonderer Schließe zu fertigen – und das war ihm auch gelungen. August, dessen einziger Gürtel wirklich schon alt war, legte seinen Arm um seine Frau und flüsterte ihr ins Ohr: »Ein wirklich schönes Fest, danke, Anna! Ich liebe dich!«

Bis zur Christmette hatten alle am Tisch genügend Zeit, sich etwas besser kennenzulernen. Und so erfuhren Anna und August, wie die Verbindung zwischen Ernst Götzner und ihren Gästen überhaupt zustande gekommen war. Martin war im Krieg Arzt in einem Lazarett gewesen und hatte Ernsts Bruder nach einer schweren Verletzung wieder auf die Beine gestellt, dieser Kontakt war nie abgebrochen, und René hatte Ernst bei einer Reportage in Baden-Baden kennengelernt. Ernst schrieb damals über das Casino, das sich seit seiner Entstehung 1850 zu einem der glamourösesten Casinos in Europa entwickelt hatte und auch nach dem Krieg wieder viele prominente Gäste anzog. Und René war zu einem Kuraufenthalt in Baden-Baden gewesen, und weil Ernst neben ihm in Fjodor Dostojewskis Roman »Der Spieler« las, kamen sie ins Gespräch. Und hatten den Kontakt gehalten.

»Ich würde Ernst so gern einladen«, erklärte Anna, »aber wenn Ludwigs Schwager hier aufkreuzt, könnte sich der eine oder andere einiges zusammenreimen.«

Und so erzählten Anna und August in kurzen Sätzen ihren Lebensweg und ausführlicher ihre Schwierigkeiten mit Bertschinger.

Nachdem sie im Laufe des Abends so viel voneinander erfahren hatten, waren sie bald der Meinung, zum freundschaftlichen *Du* überzugehen. Und nachdem dies durch allgemeines Anstoßen besiegelt worden war, die Kinder im Bett waren und August einen weiteren Krug Wein auf den Tisch gestellt hatte, deutete Martin auf Augusts Oberkörper.

»Ist dir eigentlich was passiert?« Und auf Augusts erstauntes Nachfragen zeigte sich, was Martins Arztaugen nicht entgangen war: »Schonhaltung«, stellte er fest. »Schulter und Rippen, habe ich recht?« Er legte ein wenig die Stirn in Falten: »Das schau ich mir morgen mal genauer an.«

Augusts abwehrende Gesten nützten nichts, und auch die beiden Frauen hatten sich schon etwas vorgenommen, sie erklärten Anna, ihr morgen beim Vorbereiten des Festmenüs helfen zu wollen.

»Lass es uns doch gemeinsam machen, wir möchten euch wirklich helfen, und August kann sich ein wenig schonen«, schlug Yvonne vor, »das macht uns Freude. Und kochen kann ich auch!«

»Dann bau ich mit den Kindern einen Schneemann vor dem Haus und erkläre den Hornern, dass der ›Hirschen‹ als interessantes Haus sicher bald überall als Reiseziel bekannt sein wird!« René lachte und strich über seinen ansehnlichen Bauch. »Und eines mit hervorragender Küche!«

Bei der Küchenarbeit am nächsten Tag fand Anna, dass sie sich seit Langem nicht mehr so rundherum wohlgefühlt hatte, und sie merkte auch, was ihr fehlte: die Arbeit mit anderen. Das fröhliche Lachen, das konzentrierte Schnippeln, die Fragen, wie man dies oder jenes vorbereite und wo dieses oder jenes Gerät zu finden sei. Erinnerungen an die »Krone«-Köchin Maria kamen hoch und an die Kartoffeln, die sie warf, wenn etwas nicht nach ihrem Willen oder nicht schnell genug geschah. Und das gestohlene Fleisch, das ihrer Mutter beim Überleben half.

Sie war hier zur Einzelkämpferin geworden, stellte Anna fest. Alles machte sie alleine, und wenn es Fragen oder Probleme gab, machte sie dies meist mit sich selbst aus. August sah sie manchmal nur zu den Mahlzeiten, denn er versuchte ständig irgendwie Geld zu verdienen. Vor allem, weil er im nächsten Jahr das Haus umbauen wollte.

»Ich bin richtig froh, dass ihr da seid«, sagte sie, sah sich nach ihren beiden Mitstreiterinnen um und bekam ein Lächeln zurück.

»Für uns ist es eine wundervolle Abwechslung!«, erklärte Yvonne. »Dieses Weihnachten wird uns immer in Erinnerung bleiben!«

Zudem stellte sich Yvonne als wirklich gute Köchin heraus. Sie suchte in Annas Kräutertöpfen nach Gewürzen, die Anna nicht mit ihrer Weihnachtsgans in Verbindung gebracht hätte, denn sie selbst mischte die Füllung noch genau so, wie es ihre Mutter mit den Äpfeln, Zwiebeln und Gewürzen auch schon getan hatte. Doch Yvonne brachte einen Hauch französische Küche mit, wie sie sagte, und Vreni fragte, ob sie sich um die Beilagen kümmern könnte.

»Und an welche denkst du?«, wollte Anna wissen, »ich habe nur die klassischen Beilagen da.«

»Gut, aber wenn wir nun schon einen französischen Hauch in der Gans haben, dann vielleicht eine fränkische Soße?«

Yvonne, das scharfe Messer in der Hand, mit der sie die Gans aufgeschnitten hatte, sah zu Vreni hinüber. »Da bin ich gespannt!«

»In Franken gibt es dazu eine Lebkuchensoße, die hat meine Oma schon immer gemacht.« Sie sah zu Anna. »Haben wir Lebkuchen im Haus?«

Anna schüttelte den Kopf, aber Vreni lächelte schelmisch. »Ich habe für die Kinder welche mitgebracht. Bei all den anderen Leckereien hier werden sie den Verlust gar nicht bemerken.«

Und so kam schließlich eine knusprige, gefüllte Gans mit Kartoffelklößen, Rotkohl, Maronen und einer Lebkuchensoße auf den Tisch. Die Männer spendeten Beifall, und René wollte wissen, wo dieses erstaunlich große Tier her sei.

»Habt ihr eigenes Vieh am Hof?«

»Nicht wirklich«, schüttelte August den Kopf und hob dann, auf die fragenden Blicke hin, beide Hände. »Alles muss man ja auch nicht verraten.«

Um Mitternacht waren sich die Erwachsenen einig, dass dieser Kontakt bestehen bleiben müsse.

»Wir kommen wieder«, erklärte Martin und fügte mit Blick zu René hinzu, dass sie ihren Aufenthalt bezahlen wollten. »Das war eine sehr schöne Idee von Anna, wir wussten nicht, was auf uns zukommen würde, aber wir vier«, er zeigte auf sich, seine Frau, René und Yvonne, »werden die Einladung für die Kutsche annehmen, aber nicht den Aufenthalt hier.«

»Das kommt natürlich nicht infrage!« Anna schüttelte den Kopf. »Nein, die Abmachung war eine Einladung. Ihr habt uns hier so viel geholfen, und vor allem habt ihr unser Ansehen als Wirte gestärkt, das ist mit Geld nicht aufzuwiegen!«

»Und außerdem«, ergänzte August, »hatte ich gestern noch eine ärztliche Sprechstunde! Diese Behandlung möchte ich dann auch bezahlen!«

René winkte ab. »Lasst gut sein. Wir haben wunderbare Tage hier, da sind wir uns alle einig. Und ihr braucht diese Einnahmen. Wir sind ja keine armen Leute! Gieß mir lieber noch einen Schluck vom guten Schnaps ein.«

»Ja, der Obstler ist ausgezeichnet«, fand auch Martin.

August nickte. »Im nächsten Jahr bauen wir hier um, der Stall kommt weg, fünf Gästezimmer statt zwei, und dann kommt eine Brennerei ins Haus.«

Anna warf ihm einen Blick zu. Das hörte sie zum ersten Mal.

»Eine eigene Brennerei?«, wiederholte René, »das klingt sehr verlockend.«

»Na ja«, August zuckte mit den Schultern, »in dieser Gegend trinken die Leute mehr Schnaps als Bier und Wein. Wie ich höre, hat die Brauerei in Radolfzell auch verkaufen müssen. An Fürstenberg. Also konzentriere ich mich auf den Schnaps!«

Am 26. Dezember setzte Tauwetter ein. Die schöne weiße Pracht verschwand schnell und hinterließ Matsch auf den Straßen und schmutziges, nasses Grün auf den Wiesen. Der graue Tag tat ein Übriges, um nichts mehr in Horn schön zu finden. Der Schneemann vor dem Haus war nur noch ein kleiner grauer Haufen, und die malerischen Eiszapfen tropften oder brachen gleich ganz ab.

»Nur gut, dass uns der liebe Gott so ein wunderschönes Winterwetter beschert hat«, sagte Anna zu August, während sie nach dem Frühstück den Tisch abräumte.

Ihre Gäste waren nach oben gegangen, in einer Stunde etwa sollten die Kutschen kommen. Anna hatte in der Küche einen großen Topf Wasser aufgesetzt, um den Abwasch zu machen, auch vom Vortag stand noch manches gestapelt in der Ecke. Sie sortierte das schmutzige Geschirr und war dankbar. Es hatte alles wunderbar geklappt. Und dass die Gäste ihr nun einen Batzen Geld unter das Vesperbrett geschoben hatten, stimmte sie froh, denn eines war sicher: August und sie konnten es gebrauchen.

August sah kurz zu ihr in die Küche, um nachzufragen, ob sie Holz für den Herd bräuchte, er werde jetzt einen Karren voll holen, als Anna statt einer Antwort einen spitzen Schrei ausstieß und beide Hände auf ihren Bauch presste.

August war sofort bei ihr. »Was ist los?«

Anna hob nur etwas den Rock und besah sich die Flüssigkeit, die ihre Unterwäsche nässte.

»Mein Wasser geht ab!«, sagte sie tonlos. »August, es geht los!«

»Ich helfe dir rauf ins Bett. Und dann lauf ich zu Ludwig, damit er die Hebamme holt!« Er schob den Kochtopf mit dem Wasser von der heißen Kochstelle, rückte ihn aber wieder zurück, denn warmes Wasser würden sie ja wohl brauchen.

»Und die Gäste?«, fragte Anna, »die kann ich doch jetzt nicht …«

An der Treppe kam ihnen Yvonne entgegen, die mit einem Blick erfasste, worum es ging, und schnell wieder oben war. Bevor Anna und August viel weitergekommen waren, hörten sie, wie Yvonne an Martins Tür klopfte.

»Martin, wir brauchen einen Arzt. Das Kind kommt!«

»Wir brauchen keinen Arzt«, protestierte Anna, der das peinlich war. »Ich habe eine Hebamme.«

»Ich bin auch eine gute Hebamme«, erklärte Vreni, die die Tür aufmachte.

»Und ich habe auch schon Kinder bekommen«, Yvonne legte den Mantel, den sie schon angezogen hatte, wieder ab, »wir brauchen Tücher und warmes Wasser! Und du legst dich hin!«

Anna protestierte. »Aber eure Kutschen sind auf dem Weg hierher.«

»Dann muss ihnen jemand entgegenreiten. Oder mit dem Fahrrad.« Martin stand nun ebenfalls in der Tür. »Ich gehe mir erst mal die Hände gründlich waschen, und dann sehen wir weiter.«

»Das kann doch noch ewig dauern«, versuchte es Anna noch einmal.

»Dann fahren wir eben später!« René sah die anderen an. »Das werden wir wohl hinkriegen.«

Yvonne drehte sich zu den Kindern um, die nun neugierig aus den Zimmern kamen. »Und ihr, husch, in die Zimmer zurück. Spielt was, aber verhaltet euch ruhig.«

August lief los, um Ludwig zu informieren und Anna, die nun die ersten heftigen Wehen bekam, sagte nichts mehr, sondern ließ sich in ihr Schlafzimmer führen.

»So habe ich mir das nicht vorgestellt!« Sie schüttelte den Kopf, während Vreni ihr beim Aus- und Anziehen half, Yvonne das Bett richtete, René den Topf mit warmem Wasser brachte und Martin schließlich mit hochgekrempelten Hemdsärmeln und sauberen Tüchern kam.

»Ich rufe euch, wenn ich euch brauche«, sagte er in die Runde. Anna sah ihn aus ihrem hohen Kissen noch immer unwillig an, daraufhin meinte er nur: »Ich habe im Krieg viele schwere Operationen machen müssen, aber ich war zum Glück auch sehr oft Geburtshelfer, wenn die Hebammen überlastet waren oder es Komplikationen gab. Ein Kind auf die Welt zu bringen ist das Schönste, was man im Leben tun kann!«

Anna schloss die Augen, denn eine weitere Wehe ging durch ihren Körper.

»So, und nun wollen wir gleich mal sehen, wo das kleine Menschenkind steckt!« Martin streichelte Anna beruhigend über die Hand. »Sollten die Schmerzen zu groß werden, habe ich etwas zur Linderung dabei. Ein Arzt verreist nie ohne Medikamente.«

Es klopfte, und August steckte den Kopf herein.

»Ludwigs Ältester reitet den Kutschern entgegen. Wir wussten nur nicht, welche Zeit wir ihnen nennen sollten.«

»Gar keine.« Martin lächelte ihm zu. »Wir reisen erst ab, wenn wir auf das neue Erdenkind den ersten Obstler getrunken haben.«

Zwei Stunden später kreiste die Schnapsflasche an Annas Bett auf »Cecil«. Anna hielt den Säugling in ein warmes Tuch gehüllt an ihre Brust gedrückt und staunte, wie schon bei Maria, über das Wunder des Lebens. Gerade noch unsichtbar im Bauch – und nun ein vollkommener kleiner Mensch.

»Kein Caesar?«, hatte August beim Hereinkommen scherzhaft gefragt, aber Anna glaubte trotzdem herauszuhören, dass er nach Maria nun lieber einen Buben gehabt hätte.

»Ein wunderschönes kleines Mädchen«, da waren sich alle einig. Die Kinder fanden, dass die kleine Cecil mit ihren dunklen

Haaren und winzigen Fingernägeln ein richtiges kleines Christkind war. »Wie im Krippenspiel!« Und auf alle Fälle hätte Cecil in der Krippe schöner ausgesehen als das Wachskind, das so steif in die Luft gestarrt hatte.

»Wer hilft dir denn jetzt, wenn du neben der kleinen Maria auch noch Cecil hast?«, wollte Vreni wissen.

»Wie bei allen Frauen«, antwortete Anna, »ich helfe mir selbst, das wird schon gehen.«

»Wir brauchen natürlich jemanden«, warf August ein, »wenn wir im nächsten Jahr anbauen wollen, müssen noch zwei Hände mehr her.«

»Du denkst aber doch eher an schwielige Hände?«, neckte ihn René. »Für den Hausbau?«

»Jedenfalls solltest du dich zumindest heute und morgen noch erholen!« Vreni warf Martin einen vielsagenden Blick zu.

»Gut, wenn Vreni einspringen will.« Martin zog seine Frau an sich. »Mein Dienst beginnt erst wieder im neuen Jahr... aber«, er wandte sich an August, »sind unsere Zimmer so lange frei?«

Über diesen Witz lachten alle, und für Anna wurden es, wie sie den beiden Ehepaaren bei ihrer Abreise kurz vor Silvester sagte, die schönsten Tage überhaupt. Mit ihrem Neugeborenen und ihrer Dreijährigen verbrachte sie die Tage im Bett, von zwei Frauen umsorgt, das ließ Anna glücklich nach vorn in die Zukunft schauen.

Schwere Zeiten

1923 wuchs in ganz Deutschland der Unmut. Auch in Horn. Nicht wenige fanden, man hätte sich den Franzosen nicht so bereitwillig unterwerfen sollen. Das war Wasser auf Bertschingers Mühlen, denn kaum hatten die Ersten diese Parolen lautstark verkündet, streute Fried Bertschinger das Gerücht, August hätte zu Weihnachten französische Spione eingeladen, denn was könnten Namen wie René und Yvonne sonst bedeuten? Als dies August abends am Stammtisch zum ersten Mal zugetragen wurde, schüttelte er nur den Kopf.

»Warum Fried Fried heißt, möchte ich auch mal wissen. Eigentlich müsste er Krieg heißen!«

Alle lachten, aber trotzdem können auch die dümmsten Äußerungen auf fruchtbaren Boden fallen, das war August klar. Und dass dieses »Diktat von Versailles«, wie der Friedensvertrag überall nur genannt wurde, den Deutschen das Genick brechen würde, darüber waren sich alle einig. 132 Milliarden Goldmark Reparationsforderungen – das nahm der Regierung den Atem, den Städten und den Bauern auf dem Land. Und überhaupt, die Regierung, die Weimarer Republik. Was sollte das werden? Das fragten sich alle in diesem Winter von 1923.

»Seht euch vor«, donnerte Josef, Landwirt aus dem benachbarten Gundholzen. »Die Sozis ziehen uns noch die Hosen aus!«

»Stimmt nicht!« Fritz spuckte seinen Kautabak knapp an dem Spucknapf auf dem Boden vorbei. »Stimmt nicht!«, wiederholte er ein weiteres Mal, »nach dem Kaiserreich ist diese Republik eine demokratische Errungenschaft. Wir haben endlich eine anständige Verfassung!«

»Pfeif drauf!«, erboste sich Paul. »Was haben wir denn? Aufstände, Putschversuche, Unruhe überall, und schlussendlich, und das ist das Schlimmste, haben die Leute nichts zu fressen!«

»Ich glaube, ich gebe jetzt mal eine Runde Schnaps aus!« August erhob sich. »Für den allgemeinen Frieden.«

»Frieden?« Josef lachte düster. »Wenn die in Berlin die Öfen schon mit Geldscheinen heizen, weil es davon mehr gibt als Holz, wo denkst du denn, wo der Friede herkommen soll?«

»Wir hätten nicht nachgeben sollen. Und der Stresemann? Hat der was drauf??« Paul hielt August sein Glas hin. »Und jetzt zahlen wir den Franzosen, den Engländern und den Belgiern Unsummen! Wofür denn eigentlich?«

»Na ja«, hielt August dagegen. »Wir haben ja auch einiges kaputt gemacht.«

»Wir?«, schnaubte Josef, »das wüsste ich aber! Ich habe überhaupt nichts kaputt gemacht! Ich ackere da auf meinen Feldern herum, dass wir überhaupt noch was in den Bauch bekommen!«

»Und das mit deinen Franzosen stimmt auch«, griff Paul das allgegenwärtige Horn-Thema auf, »mit deinen Franzosen da über Weihnachten, du bist ganz schön mutig, das kann man sagen!«

»Es sind keine Franzosen«, erklärte August zum wiederholten Mal. »Sie leben in Frankfurt. Die Großeltern kamen aus dem Elsass!«

»Da siehst du, meine Großeltern … da weiß ich, woher die kommen. Aus Horn! Und die Eltern von den Eltern auch! Seit Generationen! Das sind keine Reingschmeckte!«

Daraufhin war es still, und alle Blicke richteten sich auf August. Er hob beide Hände.

»Ja, tut mir leid, den ›Hirschen‹ gibt es seit hundert Jahren, uns erst seit April!« Es war noch immer still. »Und?«, fragte er, »was haben meine Vorgänger aus der Wirtschaft gemacht? Warum haben sie denn aufgeben müssen? Warum konnten wir den ›Hirschen‹ überhaupt übernehmen?«

Es war noch immer still am Tisch.

»Schon gut, August!« Fritz hob beide Hände. »Es war nicht gegen dich. Früher ist man halt in kein Wirtshaus, da ist man mal bei dem einen oder anderen in der Stube verhockt!«

»Und jetzt verhockt ihr halt bei mir!«

Alle lachten, und Fritz steckte sich eine neue Prise Kautabak in den Mund. »Rück mal die Karten raus, damit wir endlich spielen können. Es ist ja gemütlich bei dir. Vor allem, wenn die Weiber im Bett sind und du noch eine Runde Schnaps ausgibst!«

Im Frühjahr begann August damit, den Stall abzureißen und Mauern hochzuziehen. Den Dachboden baute er aus und setzte Zimmer ein. Mit Heini hatte er einen guten Mann gefunden, er war erst 18, aber konnte fast alles. So rissen sie gemeinsam ab, zimmerten und mauerten. Darüber war es Sommer geworden, und Anna versuchte ihre Küche, so gut es ging, praktischer und übersichtlicher zu gestalten.

»Wenn wir endlich Elektrizität hätten«, ärgerte sie sich, wenn August und sie für ein schnelles Abendbrot müde am Tisch saßen.

»Ja, das würde mir auch helfen. Aber die Stromleitungen bleiben irgendwo vor Horn hängen. Sie kommen weder von der einen Seite, von Radolfzell, noch von der anderen Seite, von Stein am Rhein.«

»Dann ist die Hornspitze das allerletzte Zipfelchen am See…«

»So sieht es aus«, sagte er und legte seine Hand auf ihre. »Dafür haben wir schon fließend Wasser!«

»Tja«, Anna dachte an 1913 und den achteckigen Brunnen, den Leuen, vor der »Krone« zurück. Und an ihre eigene Kindheit, als jeder Tropfen Wasser am Kraftstein umständlich herangeschleppt werden musste und deshalb kostbar war. »Mit einem Brunnen hinter dem Haus wäre das hier auch gar nicht zu schaffen.«

»Früher ist es gegangen.«

Darauf wusste Anna nichts zu sagen. Früher war alles anders, das war klar.

»Aber schau«, August lächelte ihr über seinen Bierkrug zu, »wir haben ein neues Stückchen Land …«

Anna hatte Maria, die auf ihrem Schoß saß, gerade ein Butterbrot in kleine Stücke geschnitten und gab den Blick zurück.

»Du hast … wieder Geld verliehen?«

»Was nützt es, Anna, wenn sie nicht zurückzahlen können? Soll ich darauf warten, dass sie mir einige Millionen bringen, die am nächsten Tag schon nichts mehr wert sind?«

Anna steckte das Stückchen Brot in Marias weit aufgerissenen Mund. »Es macht mir trotzdem Angst, August. Sie haben dich schon einmal zusammengeschlagen!«

»Ich bin vorsichtiger geworden, Anna. Ich kenne jetzt den Feind. Aber sie brauchen Geld, sie brauchen ihre Stumpen, und in Radolfzell hat man jetzt die elektrische Nähmaschine entdeckt, die Frauen müssen nicht mehr treten, sie können einfach nähen. Der Bedarf ist da – und ich kann liefern.«

Anna holte tief Luft.

»August Ruggli, du bist ein schreckliches Schlitzohr!«

Je mehr Tage ins Land gingen, umso schlimmer wurde die Situation. Es war keine Inflation mehr, es war eine Hyperinflation. Da die Regierung kein Geld für Reparationszahlungen hatte, wurden in der Berliner Reichsdruckerei riesige Mengen an Banknoten mit immer höheren Zahlenwerten gedruckt.

An diesem späten Sommerabend saßen die Männer zum Jassen bei August und klopften ihre Karten wütend auf den Tisch, denn nun war es so weit, so hörte man, dass man in der Hauptstadt für einen Laib Brot eine ganze Schubkarre Geld brauchte.

»Das sagen die in Berlin?«, wetterte Josef, »dann pass du mal auf. Mein Bruder ist gestern mit der Kuh auf den Markt, hat sie verkauft und hat kurz danach für das gleiche Geld nur noch ein paar Schuhe bekommen. So sieht es aus!«

Anna stand in der Küche, hörte den Gesprächen durch die offene Tür zu und überlegte, wie es weitergehen könnte. Ihr fiel bald nichts mehr ein, was sie noch kochen könnte. Kaninchen und Hühner, das war es, was man sich in diesen Zeiten hielt, Kaninchen vermehrten sich einfach schnell. Aber immer die dünnen Beinchen, das magere Fleisch vom Knochen ablösen, wer konnte schon tagein, tagaus Kaninchen essen.

Nun war Sommer, da gab es noch allerlei Gemüse, aber was würde der Winter bringen? Wie alle Frauen in Horn machte sie vieles ein. Ihre Speisekammer war mit Einmachgläsern gefüllt, aber es brauchte für die Männer eben auch Fleisch. Da war August als gelernter Metzger gefragt. Immer wieder kamen Bauern, um bei ihm schwarz zu schlachten. Er schlachtete und bekam dafür Fleisch, das Anna verwerten konnte.

Doch es war viel Arbeit, dazu die beiden Töchter, Cecil noch ein Säugling, Maria noch zu klein, um auf sie aufzupassen, es war nicht leicht. Und Augusts Landzugewinne bedeuteten eben auch mehr Feldarbeit. Dazu der Weingarten und nun auch noch die Brennerei, die er im neuen Anbau unterbringen wollte.

Wenn Anna bei Tagesanbruch aufstand, dachte sie manchmal an die »Krone« zurück. Dort hatten sie auch viel Arbeit gehabt, aber eben doch einen Rahmen, innerhalb dessen sie sich sicher fühlen konnte. Dazu ein Frühstück, ein Mittagessen, geregelte Mahlzeiten und Arbeitsaufteilungen.

Nun stemmte sie alles alleine. Und sollten die fünf Gästezimmer, die es gab und die sie noch einrichten musste, jemals alle gleichzeitig gebucht sein, dann würde ihr Tag auf alle Fälle zu wenig Stunden haben – zumal ohne Elektrizität und noch immer mit einem altmodischen Herd und Petroleumlampen, die bei der abendlichen Arbeit und der Zubereitung der Speisen wenig Licht spendeten.

Manchmal, wenn sie im Bett ihr Abendgebet sprach, bat sie den lieben Gott um Hilfe. Das war vielleicht vermessen, vielleicht müsste ihr nur selbst wieder etwas einfallen, so wie vor bald einem Jahr ihre Weihnachtsgäste aus Frankfurt und Erlangen?

Im Rückblick war das zwar eine tolle Aktion gewesen, die sie im Ansehen so mancher Horner als Wirtsleute aufgewertet hatte, aber mehr Gäste hatte es nicht gebracht. Und eigentlich hatten sie ja ein Wirtshaus gekauft, um Gäste zu bewirten. Und zu beherbergen. Inzwischen fühlte sich Anna fast nur noch als Landwirtin. Es ging meist um Feldarbeit, oder sie arbeitete in ihrem Küchengarten, verwertete, was sie erntete, oder half im Weingarten. Genau gesehen hätten sie gar kein so großes Haus wie den »Hirschen« gebraucht. Ein kleines Bauernhaus hätte es auch getan.

Dabei schien August mit seinen Umbauten froh nach vorn zu denken. Oder wollte er ihr nur Mut machen?

Wenn sie ihre Buchhaltung machte und mit August ihre Ausgaben- und Einnahmenliste und die Auszüge ihrer Radolfzeller Bank besprechen wollte, setzte er sich zwar zu ihr an den Tisch, blieb aber unberührt. »Alles steht da auch nicht drin«, sagte er dann und blinzelte ihr zu.

»Du meinst, deine Schwarzgeschäfte?«

»Zumindest müssen wir keine Franken angreifen. Höchstens für den Umbau. Aber sonst …«

»Hast du dafür deine eigene Buchhaltung?«, wollte sie stirnrunzelnd wissen, »oder stopfst du einfach alles in eine große Kiste?«

»So groß ist die Kiste gar nicht«, schmunzelte er, »aber ausreichend.«

»August, wir stemmen das hier gemeinsam. Also möchte ich auch …«

»Ja, das stimmt. Und das steht dir auch zu. Und alles, was unsere Konten angeht, machen wir ja auch gemeinsam. Aber sieh's doch mal so, ganz vieles ist ein schneller Austausch. Muss ja auch, sonst wäre das Geld am nächsten Tag futsch. Das über eine Bank laufen zu lassen wäre viel zu aufwendig.«

Völlig unabhängig davon quälte Anna, dass sie ihre Familie so lange nicht gesehen hatte. Sie hatte Heimweh. Sollte sie einfach mal wieder nach Hause fahren? Nur für ein paar Tage? Oder sollte sie ihre Familie einfach einladen? Sie waren ja noch nie da gewesen, und vor allem ihre Mutter müsste doch kommen, solange es ihr körperlich noch gut ging? Mit der Eisenbahn war die Reise kein Problem mehr.

Eher die Arbeit, die dann im Hofgut liegen blieb.

Aber vielleicht könnten ihre Schwestern das ja irgendwie meistern. Und Johann könnte ihre Mutter begleiten.

So ein Gedanke war ein guter Gedanke und schenkte Anna ein Lächeln.

Mitte Oktober gab es einen kleinen Aufruhr in Horn, denn es holperte etwas die Dorfstraße herauf, das in Horn noch nie gestrandet war: ein Automobil. Die Kinder hatten es zuerst entdeckt und begleiteten es halb andächtig, halb johlend. Selbst die kleine Maria rannte hinterher, so schnell ihre Beinchen sie zu tragen vermochten. Und trotzdem war sie die Letzte, die vor ihrem Elternhaus ankam, denn dort blieb das imposante Gefährt stehen.

August, der einem Nachbarn gerade ein Schwein geschlachtet hatte, kam mit blutiger Schürze um die Hausecke und wischte sich die Hände an der Hose ab. Auch Anna hatte der Lärm aus der Küche gelockt, und sie war, genau wie August, sprachlos. Es brauchte einen Moment, bis sie begriff, wer da vor ihren »Hirschen« gefahren war … es war Josefine, ihre Schwester. Und die Sensation war – sie war selbst gefahren! Eine Frau!

Anna musste erst einmal tief Luft holen, brauchte ein paar Sekunden, um sich zu fassen, dann ging sie die Treppen hinunter auf

Josefine zu, sich augenblicklich ihrer schäbigen Küchenschürze und der alten Stiefel bewusst, die sie im Alltag trug.

Josefine sah für Anna aus wie ein Wesen von einem anderen Stern. Der Wagen glänzte wie reinstes Metall in der Sonne, die Trittbretter und Räder waren grün lackiert. Ein leichtes Verdeck, das nach hinten geschoben war, und mittendrin saß ihre Schwester in einem dicken Mantel, den sie nun lässig abstreifte, bevor sie ausstieg.

»Na, Schwesterlein, ist das eine Überraschung?«

Anna schluckte, denn sie war sich nicht sicher, ob sie träumte.

»Josefine«, versuchte sie sich zu fassen, »ich versteh nicht …«

Josefine lachte und nahm ihre kleine Schwester in den Arm. Inzwischen kamen immer mehr Horner angelaufen, nicht nur wegen des sportlich aussehenden Autos, sondern auch wegen der Frau. Eine Frau, die Auto fuhr!

Als das Staunen kein Ende nehmen wollte, richtete sich Josefine auf und sagte laut zu den Schaulustigen: »Es ist ein Alvis. Und ich bin kein Weltwunder, die erste Automobilistin ist bereits 1888 Auto gefahren – und sie hieß Bertha Benz!«

Damit legte sie ihren Arm um Anna und ging mit ihr die Stufen hoch ins Haus.

»Den kannst du doch nicht einfach so stehen lassen«, warnte Anna leise, »die krabbeln bestimmt gleich überall herum, wer weiß, was passiert!«

»Die können sich Appetit holen und später einen kaufen, Karls Bruder verkauft sie.«

»Arthur?«

»Genau der!« Sie drückte Anna. »Freust du dich denn gar nicht, mich zu sehen?«

»Entschuldige, Josefine, ich bin einfach … völlig sprachlos!«

»Aber Kaffee machen kannst du trotzdem?«

Anna schüttelte nur noch den Kopf und ging ihrer Schwester voraus in die Küche. *Dort* schüttelte Josefine den Kopf.

»Petroleumlampen? 1923?«

»Tja«, Anna stieß einen leisen Seufzer aus, »ich hätte es auch lieber anders. Aber wir sind hier das letzte Zipfele von der Höri … ich befürchte fast, wir müssen die Leitungen irgendwann selbst legen.«

Josefine lachte.

»Das traue ich dir sogar noch zu!« Sie drehte Anna zu sich um. »Lass dich mal ansehen, kleine Schwester. Seit deiner Hochzeit haben wir uns ja nicht mehr gesehen.«

»Weihnachten 1918«, bestätigte Anna.

»Dreiundzwanzig Jahre bist du jetzt alt.« Josefine lächelte. »Noch immer ein Küken.«

»Und du wirst bald dreißig, eine gestandene Frau!« Mit einem bewundernden Blick von oben nach unten fügte sie hinzu: »Man sieht's!«

»Ach«, wehrte Josefine ab, »das sind nur Kleider!«

»Aber was für welche!« Kurz sah Anna ihren Auftritt vor sich, damals als Grande Dame in der »Krone«. »Du musst nicht mehr viel arbeiten, stimmt's?«

Sie drehte sich zu ihrem Wasserkessel um, den sie auffüllte, und griff nach der großen, geblümten Kaffeekanne, um sie anzuwärmen.

»Karl hat mit den medizinischen Geräten aufs richtige Pferd gesetzt, anders kann ich es nicht sagen. Alles, was man in Krankenhäusern braucht, Pinzetten, Klemmen, Skalpelle.«

»Schlau.« Anna nickte.

»Ja, da entwickelt sich etwas, einige der Unternehmer haben sich zusammengeschlossen, jetzt können sie alles anbieten. Das volle chirurgische Instrumentarium, wie Aesculap das mit seinen Instrumenten ja auch macht.«

»Aesculap? Tuttlingen? Hab ich schon mal gehört!« Anna schob ein paar Vorratsdosen in ihrem Regal zur Seite. »Magst du etwas zum Kaffee – ich habe leider nichts Frischgebackenes.«

Josefine schüttelte lächelnd den Kopf.

»Ich habe zwei Kinder, du hast zwei Kinder, und jedes Mal wird es schwieriger, danach abzunehmen.« Sie maß Annas Gestalt mit einem Blick. »Bei dir offensichtlich nicht …«

Anna wusste nicht, was sie darauf sagen sollte. Wahrscheinlich hatte das Essen zum Ansetzen keine Zeit, weil sie ständig in Bewegung war.

»Wie geht es Mutter? Und den anderen?« Sie stellte zwei Kaffeetassen auf ein Servierbrett, als die Tür aufging und August mit Maria erschien. »Nun muss ich doch mal meine Schwägerin begrüßen, die hier so für Aufruhr sorgt!«

Breit grinsend ging er mit ausgestreckten Armen auf sie zu, und Anna bemerkte mit Wohlwollen, dass er sich umgezogen hatte. Offensichtlich wollte er nicht wie ein Bauer vor ihr stehen.

»Hast du mich denn überhaupt noch erkannt?«, wollte Josefine kokett wissen. »Immerhin sind wir ja drei Schwestern im ähnlichen Alter.«

»Das mit den Schwestern scheint in der Familie zu liegen«, stellte er statt einer Antwort fest. »Wir haben nun auch schon zwei Töchter.«

»Sei froh!«, erwiderte Josefine und verzog leicht den Mund. »Da hast du den besseren Teil der Menschheit gezeugt!«

»Bist du unter die Frauenrechtlerinnen gegangen?«, wollte August mit leicht spöttischem Unterton wissen.

»Wir sind noch viel zu wenige!«, erklärte Josefine. »Ich setze auf die Zukunft. Wenn die Menschen wieder was zu essen haben, fangen sie auch wieder an zu denken.«

»Fragt sich nur in welche Richtung«, konterte August. »Und du«, setzte er nach, »liebe Schwägerin, siehst nicht so aus, als ob du Not leiden müsstest.«

»Magst du auch einen Kaffee?« Anna goss das heiße Wasser langsam auf den gemahlenen Kaffee in der Kanne und hoffte, das Gespräch in andere Bahnen zu lenken.

»Lieber einen Schnaps!«, antwortete August und sah zu Maria hinunter, die sich ehrfürchtig an seinem Hosenbein festhielt.

»Und das, Maria, ist deine Tante Josefine.« Und mit einem schnellen Blick zu Josefine. »So viel zu deiner Annahme, ich hätte dich nicht erkannt.«

»Raus jetzt!« Anna stellte den Wasserkocher auf die heiße Herdplatte zurück und wischte mit beiden Händen in der Luft, so wie sie es bei Anton Faiker so oft gesehen hatte.

»Zu Befehl!« August salutierte und zwinkerte Josefine zu. »Das ist die bittere Wahrheit. Bei mir führt Anna das Regiment!« Er nahm Maria an der Hand. »Und die nehme ich mit raus, sonst lernt sie mir zu viel!«

Über Marias fragenden Blick musste Anna lachen.

»Gut. Und, Maria, eine Tasse Kakao?« Die Kleine strich sich ihre langen dunkelbraunen Lockenhaare zurück und antwortete ernst: »Ja, bitte, Mama!«

»Und erzähl du mir jetzt was über Mutter«, bat Anna, nachdem sich die Tür hinter den beiden geschlossen hatte.

»Das Gute ist, dass ich durch Karls Erfolg einiges für sie tun kann – und da zeigt sich Karl wirklich großzügig. Unsere beiden Schwestern Serafine und Cäcilia kümmern sich auch. Johann ist fleißig, tut, was er kann, und hat in Barbara auch eine tatkräftige Unterstützerin.«

»Barbara?« Anna horchte auf. »Das sah, als ich das letzte Mal bei euch war, nicht so aus.«

»Sie haben Zeit gebraucht«, erklärte Josefine. »Vor allem Johann – nach dem Krieg. Er hat schlimme Erlebnisse mit nach Hause gebracht, über die er nie gesprochen hat.« Sie überlegte. »Vielleicht wird er das mit Barbara. Später.«

»Und … haben sie geheiratet?«, fragte Anna, bestürzt darüber, dass sie nicht dabei war – und, noch schlimmer, es nicht einmal gewusst zu haben.

»Noch nicht. Sie haben es vor.«

Anna nickte erleichtert und griff impulsiv nach Josefines Arm. »So schön, dich zu sehen! Ich vermisse euch alle schrecklich, und ich freue mich wirklich sehr, dass du jetzt da bist!«

»Ich mich auch! Wir alle sprechen immer wieder davon, dass du die Einzige bist, die es in die Fremde verschlagen hat ...«

Anna holte tief Luft. »Der Pfarrer meinte, es sei das Beste ...«

Josefine schüttelte leicht den Kopf. »Mama leidet bis heute darunter. Kürzlich meinte sie, sie hätte diesem Vorschlag nicht zustimmen dürfen.«

Anna spürte Tränen aufsteigen und flüchtete sich in die Zubereitung von Marias Kakao. »Sie hat es für mich getan, für meine Zukunft. Sie dachte, es sei das Beste ... für uns alle.«

Josefine antwortete nicht.

»Und, es hat ja nichts geschadet«, fügte Anna schnell hinzu. »Ich habe viel gelernt.«

»Aber ... bist du glücklich?«, hörte sie ihre Schwester hinter sich sagen, während sie die Milch warm machte.

»Diese Frage stelle ich mir nicht«, entgegnete Anna, schluckte ihre aufkommende Traurigkeit hinunter und hoffte, dass das Thema damit beendet war.

August saß mit Maria in der noch leeren Wirtschaft am Tisch und spielte mit ihr ein Kastanien-Spiel.

»Alt, aber brauchbar«, sagte er zu seiner Frau und seiner Schwägerin, als sie mit dem Tablett hereinkamen. »Immerhin kann sie jetzt schon die Beine an dem Tier aufzählen. Stimmt's, Maria?«

Maria nahm den Kastanienleib mit den vier Streichholzbeinen und dem Streichholzhals vorsichtig in die Hand und fing direkt an: »Das ist ein Pferd, und es hat vier Beine.« Sie blickte kurz auf, ob das Eindruck machte. Josefine nickte ihr zu, während sie sich ihr gegenüber hinsetzte.

»Eins, zwei, drei, vier«, begann Maria konzentriert. »Und wenn man es umdreht, hat es fünf, sechs, sieben, acht. Und außerdem«, sie tippte zweimal auf den Hals, »neun, zehn!«

»Donnerwetter!« Josefine staunte wirklich. »Und woher weißt du das?«

»Hilde spielt es manchmal mit mir«, Maria warf sich in die Brust, »und Cecil lernt es bestimmt auch bald.«

»Wie alt ist denn Cecil?«

»Noch ganz klein!«

Anna schob ihr den Becher mit Kakao hin.

»Und Cecil … wo ist sie?«, fragte Josefine nach.

»Oben, im Zimmer«, gab Maria bereitwillig Auskunft.

Anna zuckte die Schultern. »Im Laufgitter. Ich kann nicht ständig auf sie aufpassen, sie krabbelt zu schnell weg.«

»Ich passe manchmal auf sie auf«, erklärte Maria stolz.

»Ganz die große Schwester«, lächelte Josefine, »bei uns war das Cäcilia!«

»Und nachdem dies nun alles geklärt ist«, mischte sich August ein, kam aber nicht weiter, denn Josefine war aufgestanden.

»Dieses Gemälde dort an der Wand«, sie ging ein paar Schritte vom Tisch weg, um es besser sehen zu können, »Anna, bist das du?« Sie sah sich kurz zu Anna um, ging weiter und stellte sich direkt davor, um es besser betrachten zu können.

»Anna, das ist wunderbar. Klar bist das du. Diese zarte Figur, dein feines Gesicht, die fülligen, weichen Haare …« Sie verstummte kurz. »Das ist ein Meisterwerk. Wer hat es denn gemalt?«

Nun waren auch Anna und August aufgestanden und neben sie getreten, während Maria mit ihrem Kakao beschäftigt war.

»Hans Sturzenegger aus Schaffhausen«, erklärte August. »Anna hat ihn durch Hermann Hesse kennengelernt.«

»Hermann Hesse?« Josefine sah sie ungläubig an. »Das musst du mir erzählen!«

»Aber, nein, halt«, ging August dazwischen, »zuerst musst du uns erzählen, wie es kommt, dass du mit so einem großartigen

Automobil hier auftauchst. Und auch noch am Steuer!« Er fuhr sich mit den Fingern durch seine zu langen Haare. »Ich muss nämlich wieder raus und arbeiten, während ihr beim Kaffee jede Zeit der Welt zum Austausch habt.«

Anna runzelte nur kurz die Stirn, aber Josefine stimmte zu.

»Gut, Schwager, dann sind wir dich los.«

»Gut«, sagte er, »dann gib Gas!«

Sie setzten sich an den Tisch zurück, und nun hatte Anna Gelegenheit, ihre Schwester genauer zu betrachten. Und sie dachte, dass ihre Schwester, obwohl sechs Jahre älter, jünger aussah. Nachdem Josefine ihren kleinen weichen Hut abgelegt hatte, kam ihr auf Kinnlänge geschnittener Bubikopf zum Vorschein, der ihre hochwangigen Gesichtszüge betonte, ihre Augenbrauen waren gezupft, der Mund akkurat geschminkt. Sie sah nicht aus, als ob sie gerade mit einem offenen Wagen eine längere Strecke gefahren wäre. Und auch ihr Kostüm, das musste Anna zugeben, war einfach nur hinreißend. Ein tabakfarbener, gerade geschnittener langer Rock und ein passendes »englisches« Jackett, das Anna von Fotos aus den Illustrierten kannte, betonten ihre schlanke Figur.

»Du siehst aus wie aus einem Modeheft«, sagte Anna, während sie ihr dampfenden Kaffee einschenkte.

»Ist das ein Kompliment – oder das Gegenteil?« Josefine lächelte spitzbübisch.

August musterte sie, als ob ihm Josefines Aussehen noch nicht aufgefallen wäre.

»Ein Kompliment!« Anna sah kurz an sich hinunter. »Ich glaube, ich müsste auch mal wieder in eine Stadt. Oder zu einer Schneiderin.«

»Das Problem ist«, ging August dazwischen, »dass wir die vielen Billionen für ein solches Kostüm gar nicht in die Stadt karren könnten. Dazu bräuchten wir ein Fuhrwerk voller Geldscheine!«

»Es soll besser werden«, reagierte Josefine schnell.

»Sagt wer?«

»Mein Schwager!«

»Was hat dein Schwager mit Annas Kleidung zu tun?«

»Er lebt in Berlin, und er verkauft …«, sie deutete zum Fenster, »diese Automobile.«

»Ist es ein ganz besonderes?«

»Ja, Alvis ist ein englisches Modell. Gibt es zweisitzig, wie ihr seht, aber auch viersitzig und ist ein ziemlicher Renner.«

»Ein Renner, jetzt, wo die Leute hungern? Das Ruhrgebiet von Frankreich und Belgien besetzt, überall eskaliert die Gewalt, Putschversuche nach fünf Jahren Weimarer Republik, die Leute haben buchstäblich nichts zu essen und auch nichts zum Heizen, wenn der Winter kommt, und dann sollen sie Sportwagen aus England kaufen?«

»Es gibt stets Leute mit Geld«, sagte Josefine ernst. »Es gibt ja auch Kriegsgewinnler – oder warum meinst du, finden einige den Krieg so gut? Weil er ihnen Geld in die Kasse spült. Viel Geld.«

»Makaber!«, sagte August.

»Aber wahr. Und jetzt sage ich dir, was kommt. Oder was die Politiker in Berlin sagen.«

»Da bin ich aber gespannt!« August beugte sich vor.

»Die Regierung arbeitet daran«, begann Josefine, die sich ebenfalls etwas nach vorn gebeugt hatte, um August direkt in die Augen sehen zu können. »Mitte des nächsten Monats wird die Rentenmark eingeführt werden. Eine Übergangswährung, aber trotzdem könnt ihr euch auf einen festen Wechselkurs einstellen, eine Billion Papiermark sind dann eine Rentenmark.« Sie richtete sich wieder auf. »Und außerdem sind von den Siegermächten Signale zu hören, die Höhe der Reparationszahlungen in Zukunft von der deutschen Wirtschaftskraft abhängig zu machen.«

August schenkte sich ein zweites Glas Schnaps ein.

»Und du bist sicher, dass du dich da nicht verhört hast?«

»Nur Männer können Politik? Es wurden 1919 immerhin

siebenunddreißig weibliche Abgeordnete ins Parlament gewählt. So neu ist das nicht mehr!«

»Ich sage ja immer: Frauen vor!«

»Vor zur Arbeit, vor in die Küche, vor zum Kinderkriegen«, ergänzte Josefine, und Anna sah sie erschrocken an, aber August lachte. »Ich muss schon sagen, liebe Schwägerin, ganz schön resolut. Und weißt du was, das gefällt mir!«

Er nickte Anna zu. »Die hat Mumm!« Und überlegte. »Wie wohl alle Kraftstein-Frauen. Keine Ahnung, wie diese karge Hochebene das aus euch gemacht hat!«

»Es ist der Mut, an etwas zu glauben und es auch durchzusetzen«, sagte Josefine, »das dürfte uns Frauen vom Kraftstein eigen sein. Und nun, lieber Schwager, hätte ich auch gern einen Schnaps. Und dann können wir übers Geschäftliche reden.«

August hatte gerade nach der Schnapsflasche auf dem Tisch gegriffen, zögerte aber noch einmal.

»Geschäftlich?«

»Na, du willst doch was über meinen Alvis 12/40 wissen? Die unlackierte Aluminiumkarosserie, die grünen Kotflügel und Speichenräder hast du ja gesehen. Es ist eine Ingenieur-Marke und deshalb fortschrittlich konstruiert, das Fahrgestell bewältigt jede Horner Straße, und die mechanische Komponente ist im Vergleich zu anderen Automobilen ganz weit vorn. Das heißt also im Klartext, dass die Alvis-Automobile den Konkurrenten weit voraus sind.«

August hatte sein Glas ungetrunken wieder abgesetzt. Er hörte ihr mit offenem Mund zu.

»Führst du gerade ein Verkaufsgespräch?«

Josefine zuckte mit den Schultern. »Anna hätte sicher auch gern einen.«

August war nach einer Weile kopfschüttelnd hinausgegangen, während Anna Wein auf den Tisch gestellt und die kleine Cecil nach unten geholt hatte, wo sie nun mit Maria quer durch die Wirtschaft um die Wette krabbelte.

»Musst du für heute Abend irgendwas vorbereiten?«, wollte Josefine mit Blick auf die Wanduhr wissen. »Kann ich dir helfen?«

Nach Annas zweifelndem Blick lachte sie.

»Ich habe es noch nicht verlernt, falls du das meinst. Kartoffelschälen bei Petroleumlicht, das werde ich auch noch in hundert Jahren können …«

Anna stimmte in ihr Lachen ein.

»Nein, nur für uns selbst. Aber das ist schnell gemacht. Die Essensgäste sind leider sehr rar. Vielleicht mal zu einem Fest. Die Männer jassen, verspielen ihr Geld und sagen dann, es sei sowieso nichts wert gewesen.«

Josefine zuckte die Achseln. »Die Hoffnung aufs Glück, das ist die ewige Triebfeder, ob männlich oder weiblich!«

Anna nahm einen Schluck Wein und fuhr sich über die Augen.

»Ich wäre so gern mal wieder nach Hause gekommen …« Sie stockte und unterbrach sich selbst, »lebt Franz denn noch?«

Josefine nickte. »Mit seiner Lisa hat er eine junge Stute an seiner Seite … und du kennst doch die alten Herren, da ist Aufgeben eine Schande.«

»Ganz schön anstrengend«, stimmte Anna zu, »aber was für ein Glück! Siehst du, auch ihn würde ich gern mal wieder …«, sie überlegte, »riechen. Kannst du das verstehen?« Sie wartete einen Moment auf Josefines Reaktion. »Meine Nase in sein Fell drücken, ihm über die Nüstern streicheln, seinen warmen Atem in meinem Kragen spüren, es gibt so vieles, was mich mit ihm verbindet.« Sie seufzte kurz. »Ist es schlimm, wenn ich sage, dass ich nach ihm eigentlich die größte Sehnsucht habe?«

Josefine wiegte den Kopf. »Bestimmt hat er dich auch sehr lange Zeit vermisst. Und wahrscheinlich«, sie sah auf, »vermisst er dich immer noch. Aber Mutter auch. Und, ich verrate dir ein Geheimnis, ich wollte sie eigentlich hierhin mitnehmen.«

Anna, die mit ihren Gedanken ganz bei Franz war, horchte auf. »Und?«, fragte sie mit leichter Furcht vor der Antwort, »wollte sie nicht?«

Josefine hob das Glas und prostete Anna zu. »Sie wird kommen. Sie meinte, ich solle erst einmal vorfühlen, ob das auch in Ordnung sei.«

»In Ordnung! Meine Mutter!« Anna brauste auf. »Wie könnte es nicht in Ordnung sein, wenn mich meine Mutter besucht?«

»Sie wollte nicht unvorbereitet kommen. Und da für einen Brief keine Zeit mehr blieb und Telefon …«, sie zuckte kurz mit den Achseln, »bin ich die töchterliche Vorhut!«

Anna wäre vor Freude am liebsten aufgesprungen und verhaspelte sich vor Überschwang. »Und bringst du sie dann alle mit … ich meine, in dem Viersitzer, von dem du gesprochen hast? Johann und Barbara auch?«

»Wenn ja, dann ja«, Josefine trommelte kurz mit den Fingerspitzen auf der Tischplatte. »Aber da gibt es noch was.«

»Noch was? Heiratet unsere Mutter wieder?«

»Nein«, Josefine musste lächeln, »aber wenn ich das nächste Mal nach Berlin fahre, würde ich dich gern mitnehmen.«

Anna schoss das Blut ins Gesicht, und es wurde ihr am ganzen Körper heiß.

»Berlin?«, wiederholte sie. »Was soll ich da?«

»Leben, liebe Schwester. Mal raus. Du bist jung, du musst mal wieder andere Luft schnuppern. Tanzen, fröhlich sein, die Arbeit und die Welt vergessen.«

»Andere Luft!« Anna überlegte. Das letzte Mal war sie vor Marias Geburt in Schaffhausen gewesen. Seitdem nur in Horn und manchmal in Radolfzell. Über drei Jahre.

»Ja, tanzen war ich lange nicht mehr. Zuletzt in Steckborn. Hier gab es … noch keinen Anlass.«

»Siehst du? Du wirst irgendwann vierzig sein und hast die jungen Jahre deines Lebens verpasst!«

Anna zuckte mit den Schultern. »Ich sehe das vielleicht gar nicht so wie du. Du bist dort, wo du lebst, mittendrin. Ich hier.« Sie unterstrich es mit einer kurzen Handbewegung. »Weißt du, Josefine, es ist, als würden zwei Welten aufeinandertreffen. Du fährst hier perfekt angezogen in einem unglaublichen Automobil vor, und ich sitze mit der Küchenschürze im Dunkeln und pule Kaninchenbeine aus.« Sie griff nach ihrem Weinglas. »Ich bin nicht neidisch, das darfst du mir glauben. Ich habe hier auch meine schönen Momente, selbst wenn es auf den ersten Blick nicht so aussehen mag, aber es gibt dann doch zu denken. Die Welt ist zweigeteilt.«

»Ja«, bestätigte Josefine. »Das war sie schon immer. Die Welt war noch nie gerecht, darum muss man die Jahre und Tage, die man zu leben hat, auch leben!«

»Ich lebe.« Anna wies auf Cecil und Maria. Maria lief auf allen vieren voraus, wartete, bis die vor Freude kreischende Cecil sie krabbelnd eingeholt hatte, und lief dann wieder einige Schritte weiter. »Und das ist auch Glück!«

Josefine war ihrem Blick gefolgt. »Das bestreitet ja niemand. Auch ich habe ja Kinder! Aber, Anna, du bist dreiundzwanzig Jahre alt! Du musst auch einmal herauskommen aus deinem Dorf, musst die Arbeit Arbeit sein lassen!«

Anna dachte an ihr Waschritual, das August und sie früher so oft betrieben hatten, die Freude an ihren Körpern. Es hatte nachgelassen, doch für ein Kind reichte es noch immer. Sie fühlte sich schon wieder schwanger.

Das Gefühl, von Josefine beobachtet zu werden, brachte sie in die Wirklichkeit zurück.

»Es wird spät. Du bleibst doch hier? Die Gästezimmer sind gerichtet.«

»Gern! Danke!«, Josefine sah kurz zum Fenster. »Du hast recht, es wird dunkel.« Sie legte ihre Hand auf Annas. »Anna, können wir, wie früher, zu zweit in einem Bett schlafen? Es gibt so viel zu erzählen. Deine letzten fünf Jahre, ich meine, ihr habt ja tatsächlich dieses Wirtshaus gekauft, das ist eine großartige Leistung, und da ist in diesen Jahren ganz viel passiert. Und meine letzten fünf Jahre ... das schaffen wir nie, wenn wir uns heute Nacht nicht zusammenkuscheln.«

Anna spürte die Wärme, die sie überkam.

»Nur wenn ich ein Nachthemd aus rauer Baumwolle tragen darf – und, ich warne dich, liebe Schwester, es könnte sein, dass ein kleines Monster zu uns unter die Bettdecke kriecht.«

Und während Josefine herzhaft lachte und sich offensichtlich freute, dachte Anna darüber nach, ob ihr das wunderschöne grüne Kleid von Edda nach so langer Zeit wohl noch passen würde ... als Überraschung fürs heutige gemeinsame Abendbrot.

Sie hatten sich viel zu erzählen gehabt und deshalb wenig geschlafen. Und Anna hatte sich über Josefines Kompliment gefreut, als sie in ihrem grünen Kleid erschienen war.

»Das ist ein zeitlos schönes Modell«, hatte sie gesagt, »und steht dir wunderbar. Es passt zu deinen prachtvollen Haaren!«

Nun war der nächste Tag angebrochen, und Anna lag eine Weile mit offenen Augen neben Josefine, die noch immer tief schlief. Ein wohliges Gefühl erfüllte sie, etwas, das sie schlecht beschreiben konnte. Geborgenheit? Freude? Vorfreude?

Obwohl sie das Fenster im Rücken hatten, sah sie am hereinfallenden Licht, dass es ein schöner Tag werden würde. Genau richtig für Josefines offenes Automobil.

Sie lächelte vor sich hin. Unglaublich, was ihre Schwester sich da traute. Aber sie war in Mühlheim nicht die Einzige, hatte sie ihr verraten, Karl Baron von Enzberg war schon lange motorisiert, ihr Ehemann Karl sowieso, und nun machte auch noch die ›Krone‹-Marie ihren Führerschein. Die Wirtin! Da wo Josefine einst geheiratet hatte! Nicht zu fassen. Anna staunte, wie die Welt da draußen trotz aller Schwierigkeiten weiterlief und sie hier an der Hornspitze nichts mitbekam.

Als die hölzerne Zimmertür aufgestoßen wurde, war es mit der Ruhe vorbei. Maria kam, ihre gehäkelte Puppe im Schlepptau, freudestrahlend über die rohen Fußbodendielen auf sie zugelaufen.

»Mami«, rief sie, »bist du schon wach? Cecil ruft nach dir.«

»Und Papa?«

»Hat mir die Türe aufgemacht.«

Statt Cecil aus dem Bettchen zu nehmen und sie zu beruhigen, dachte Anna kurz verärgert, legte aber schnell den Zeigefinger auf den Mund und schälte sich vorsichtig aus dem Bett.

»Psst! Ganz leise. Tante Josefine schläft noch«, flüsterte sie und ging leise hinter ihrer kleinen Tochter her.

»Und wenn du Cecil versorgt hast, meinst du, zwei Schwestern könnten einen Kaffee im Bett trinken?«

Anna drehte sich nach Josefine um. Sie hatte sich auf die Ellbogen gestützt und zwinkerte ihr zu.

»Kaffee im Bett? Das habe ich meiner Lebtage noch nicht gemacht!«, entfuhr es Anna.

»Dann wird's Zeit!«

Anna zuckte mit den Schultern. Warum nicht? Wer wusste schon, wann Josefine wieder einmal kommen würde?

»Nur Kaffee … oder was dazu?«

»Nur Kaffee.«

Anna nickte und bückte sich zu Maria hinunter. »Dann Marsch! Cecil trocken legen, ihr beide bekommt was zu essen, und ich gehe wieder zu Josefine ins Bett. Und du passt auf Cecil auf!«

Maria nickte eifrig, und Anna war eine halbe Stunde später tatsächlich mit zwei großen Bechern dampfendem Kaffee zurück.

»Jetzt wird es gemütlich!« Josefine schlug die Decke für sie zurück. »Und außerdem müssen wir noch planen.«

»Planen? Was denn?«

Sie hatten den hohen Kopfteil des Bettes mit ihren Kissen weich gepolstert, lehnten sich an und prosteten sich mit ihren Kaffeebechern zu.

»Und was gibt's jetzt?«, wollte Anna wissen und fühlte sich tatsächlich um fünfzehn Jahre zurückversetzt in die Zeit, da sie an manchen Schlechtwettertagen ihre Geheimnisse im Bett ausgetauscht hatten.

»Nun, Berlin. Da haben wir doch gestern schon drüber gesprochen.«

»Nach Berlin, das war doch gestern ... so dahergesagt.«

»Nein, es war mein voller Ernst. Wir fahren mit der Eisenbahn, das geht gut, habe ich schon oft gemacht, werden in Berlin abgeholt und wohnen für zwei Nächte im ›Adlon‹!«

Anna verschluckte sich, musste husten und erst einmal Luft holen. »Wo?«

»›Adlon‹!«

»Im ›Adlon‹.« Anna sah ihre Schwester fassungslos an. »Da wohnen nur reiche Leute. Bist du verrückt?«

Josefine zog Anna an einer dicken Strähne ihrer wild abstehenden Haare. »Du siehst süß aus, so frisch aus dem Schlaf. Wie dreizehn!«

Anna zog unwillig den Kopf weg. »Jetzt hör auf! ›Adlon‹! Das geht doch nicht!«

Josefine lachte. »Mach dir keine Gedanken. Arthur hat viele Kunden im ›Adlon‹, und deshalb genießt er einen speziellen Preis.«

Nun riss Anna doch die Augen auf. »Also, Fine, du führst ein Leben ...«

»Und das lebst du jetzt einfach ein bisschen mit. Zwei Nächte Berlin, das wird ja wohl gehen!«

Anna überlegte. Die Kinder, gut, da könnte sie mit Ludwigs Frau Christine sprechen. Vielleicht könnten die beiden so lange bei ihr drüben bleiben. Hilde passte gut auf, und Maria war sowieso gern dort. Und Anna war auch klar, warum. In ihrem geräumigen Bauernhaus hatten sie eine große Wohnküche, in der sich das ganze Leben abspielte. Und hier, im »Hirschen«, spielte sich das ganze Leben im Gastraum ab. Es gab, außer dem Schlafzimmer, keinen privaten Raum.

»Ich habe nichts anzuziehen!«

Josefine lachte auf. »Darauf habe ich gewartet. Wir Schwestern haben alle ungefähr die gleiche Figur, erinnere dich an unser gemeinsames Brautkleid! Du wirst wunderbar in eines meiner Kleider passen, und, im Übrigen, dein grünes Kleid besteht auf jedem Parkett!«

Anna nahm einen weiteren Schluck und überlegte. Sollte sie tatsächlich ihre wohlgehüteten Franken für eine Vergnügungsreise nach Berlin aufwenden? War es das wert?

»Mach dir kein falsches Bild von Berlin. Es ist zwar die Hauptstadt, aber auch da regiert die Armut. Du wirst viele Menschen sehen, die alte Kleider tragen und in unendlich langen Schlangen um einen Laib Brot anstehen.«

Anna schluckte.

»Und wie kann man dann im ›Adlon‹ wohnen?«

»Weil die Welt eben so ist. Sie wird sich nicht ändern. Und du kannst sie nicht retten, indem du nicht im ›Adlon‹ wohnst!«

Anna nickte. Ja, dass das Leben ungerecht war, musste man ihr nicht erzählen.

Zwei Stunden später saß sie neben Josefine auf dem ledernen Beifahrersitz im Alvis. Ihre Schwester hatte sie überredet, zumindest eine kurze Strecke mitzufahren, und so hatten sie das Verdeck zurückgeschlagen, und Josefine zeigte, bevor sie den Motor startete, nach oben in den Himmel. »Ein prachtvoller Tag, schöner kann der Oktober nicht sein!«

Anna war aufgeregt, nicht nur, was die Fahrkünste ihrer Schwester anging, sondern auch, weil das halbe Dorf zusammengelaufen war. Sie liebte es nicht, im Mittelpunkt zu stehen, doch als Josefine losgefahren war und sie am Ortsausgang Fried Bertschinger mit seinem Ochsenkarren begegneten, lachte sie ihm frech ins Gesicht, während er übel gelaunt seinen Kautabak ausspuckte.

Das machte ihr dann doch Freude, und sie legte ihrer Schwester die Hand aufs Knie.

»Wie in einem Traum«, sagte sie. »Und wie weich sich dein Wagen gegen die Motorchaise von Gegauf anfühlt. Damit hatte mich August mal in Steckborn abgeholt.«

»Motorchaise?« Josefine lachte. »Das dürfte ein älteres Modell gewesen sein. Mit solchen Automobilen«, sie klopfte leicht auf das große Lenkrad, »fährt man auf der Avus Rennen!«

»So wie wir jetzt«, rief Anna fröhlich.

Es war ein wirklich berauschendes Gefühl, das musste sie zugeben. Wie die Felder und Wiesen an ihnen vorbeiflogen, die Bäume herbstlich gefärbt, dazu der Blick zum glitzernden See hinunter, es waren so malerische Momente, die Anna einfach überwältigten. Sie hätte ewig so weiterfahren können.

Josefine freute sich über Annas Begeisterung. Das war ihr deutlich anzusehen.

»Womit bewegst du dich eigentlich fort, wenn du nach Radolfzell oder sonst wohin willst?«

»Sonst wohin gibt es bei uns nicht«, witzelte Anna. »Und nach Radolfzell komme ich mit Fuhrwerk, Kutsche oder Fahrrad – und es geht auch zu Fuß.«

Josefine stupste sie spöttisch. »Irgendwann zieht auch bei euch der Fortschritt ein.«

»Ist er denn im Kraftstein schon eingezogen?«

»Nein!«

»Na, siehst du!«

Nachdem Anna ihre Schwester verabschiedet und ihr nachgewinkt hatte, bis das in der Sonne gleißende Gefährt nicht mehr zu sehen war, ging Anna zum ersten Mal, seitdem sie hier wohnte, ganz ohne Eile, sondern in gemächlichem Tempo zurück nach Horn.

Und sie besah sich alles mit den Augen einer Fremden. Die

schöne, sanfte Landschaft, später dann aber auch die ersten Häuser, wenn man nach Horn hineinkam.

Auf Anna wirkte heute alles grau in grau. Die Häuser zweckmäßig, nichts Schönes, fand sie. Manche mit ein bisschen Fachwerk, andere einfach nur verputzt, bei einigen war das Mauerwerk beschädigt, bei vielen bröckelte der Putz ab, manchmal sogar in großen Flächen. Kein Blumenschmuck, keine Farben. Die Frauen in dunklen Schürzen, alle emsig, alle beschäftigt. Sitzbänke vor den Häusern, auf denen nie jemand sitzen würde, weil Müßiggang unvorstellbar war. Was hätte man auch über eine gesagt, die sich da am helllichten Tag hingesetzt hätte? Das war höchstens den ganz Alten vorbehalten, die noch etwas Sonne erhaschen wollten, bevor es in die dunklen Räume hinter den kleinen Fenstern zurückging.

Anna war mitten auf der leeren Straße stehen geblieben. Außer der schönen Kirche wirkte hier alles freudlos. Die Menschen lebten, aber lebten doch nicht. Sie lebten, um zu arbeiten. Für wen? Für was? Für die nächste Generation. Und die arbeitete wieder von früh bis spät, das ganze Leben, ohne Unterlass, bis der Sargdeckel zuging.

Anna stand noch immer mitten auf der Straße und war über ihre eigenen Gedanken erschrocken. Gern hätte sie sich jetzt auf den Brunnenrand des achteckigen Leuen gesetzt und mit Johanna gesprochen. Ein bisschen philosophiert.

Sie hatte stets jemanden zum Philosophieren gesucht, jemanden zum Gedankenaustausch. In Steckborn hatte sie ihre Tagebücher gebraucht wie Wasser zum Leben. Und jetzt? Jetzt hatte sie nichts mehr hineinzuschreiben, außer »aufstehen, arbeiten, schlafen gehen«.

War das der Sinn ihres Lebens?

Sie dachte an Josefine. Welchen Sinn sah sie im Leben?

Darüber hatten sie nicht gesprochen.

Aber einen Sinn musste es doch haben?

Arbeiten, Kinder großziehen, sollte das tatsächlich alles sein?

Warum ist sie mit dreizehn in die Fremde geschickt worden?

Es erschien ihr geradezu unvorstellbar. Sie war noch ein Kind gewesen.

War das Leben vielleicht sogar durch und durch sinnlos?

Ein Irrtum Gottes?

Sie sah zur Kirche. Durfte sie solche Gedanken überhaupt haben? Waren sie Sünde? Aber wer hatte entschieden, dass die Frau dem Mann gehorchen und dienen solle? Gehorchen! Sie war doch kein Hund! Das war doch kein Gott gewesen. Das war doch wohl jemand gewesen, der sich selbst gern bedienen lassen wollte. Und da war so ein Ehegelübde natürlich praktisch!

Anna spürte, wie ihre Schritte sie der Kirche entgegentrugen, am Eingang zum »Hirschen« vorbei. Sie brauchte einfach mal wieder jemanden zum Reden. Nicht über die Arbeit, nicht über die Gäste und nicht über die Jahreszeit, einen Menschen wie Hermann Hesse, einen Menschen, der die Welt mit anderen Augen sah.

Sie sehnte sich zu diesem einen Tag zurück, damals an der Sandbank. Sie hätte heute so viele Fragen, auf die sie keine Antwort wusste. Sie würde sich heute ein Glas Wein einschenken lassen und versuchen, die Welt ganz anders zu begreifen. Universeller. Nicht nur als Welt voller Kriege, Kittelschürzen und Ave Marias.

An der Kirche vorbei ging sie zu dem alten Friedhof, betrachtete die Grabsteine und Inschriften. Wie früh manche Menschen sterben mussten. Wie viele Kinder. Und wie viele Geschichten hier beerdigt lagen, Tränen über Tränen.

Anna ging ein paar Schritte weiter, lehnte sich an den rissigen Stamm einer mächtigen Rotbuche und sah zum See hinunter. So stand sie eine ganze Weile, ganz ohne Gedanken, sondern nahm nur dieses Bild in sich auf: den strahlenden Oktobertag, den blauen Himmel, die ziehenden weißen Wolken, den See, das gegenüberliegende Ufer, die schier endlose Weite dahinter bis zu den hohen

Bergen am Horizont. Und dann verfolgte ihr Blick den Flug eines Vogels, der ohne einen einzigen Flügelschlag in großer Höhe über sie hinwegsegelte, und plötzlich spürte sie Tränen über ihre Wangen laufen wie schon lange nicht mehr.

Hochzeitstag 1923

Es war Dezember geworden. In diesem Jahr hatten sich überraschend Gäste angemeldet, allerdings nicht zu Weihnachten, sondern zu Silvester. Anna dachte an das letztjährige Weihnachtsfest zurück. Sie hatte noch Kontakt mit den beiden Familien, aber zu einem Wiedersehen war es in diesem Jahr nicht gekommen.

Anna gab sich auch in diesem Jahr Mühe, alles schön zu gestalten, aber wie es aussah, würden sie Weihnachten alleine feiern. Vielleicht würden sich noch einige Männer von zu Hause absetzen, um am Stammtisch unter Kameraden anzustoßen, aber eine Festtafel würde es sicherlich nicht geben.

Sie war nicht sicher, ob sie das traurig stimmte. Es war ja auch eine Erleichterung, traurig stimmte sie eher, dass sie ihre Familie so lange nicht gesehen hatte. Josefine wollte zwar alle Ende Oktober in den viersitzigen Wagen ihres Mannes packen, aber es klappte dann doch nicht, weil es ihrer Mutter nicht so gut ging und sie die weite Reise scheute. Anna war in Sorge und spielte mit dem Gedanken, sich in den Zug zu setzen. Doch immer wieder hielt sie die Arbeit von der Reise ab. Seitdem August umgebaut hatte, versuchte sie, Reklame für ihr Wirtshaus zu machen, ließ Postkarten mit einem schönen »Hirschen«-Motiv drucken, sodass Gäste sie verschicken konnten, außerdem gab sie Annoncen auf und hatte wieder Plakate und Handzettel in Umlauf gebracht.

Ein bisschen Erfolg hatte das gebracht, zwischendurch waren im Herbst Übernachtungsgäste gekommen, die sich auch sehr zufrieden geäußert hatten, aber nun, im Winter, gab es wohl attraktivere Urlaubsorte. Anna gab jedoch nicht auf. Und dass sich nun trotzdem Gäste für Silvester angemeldet hatten, gab ihr recht, fand sie. August war indessen mit seiner Brennerei beschäftigt und mit anderen Dingen, wie er sagte.

Seit in Berlin die Rentenmark eingeführt worden war, schien es tatsächlich wieder bergauf zu gehen, und August zollte Josefine manchmal Respekt: »Sie hat es gewusst, deine Schwester. Allerhand!«

Für den 22. Dezember hatte sich Anna etwas Besonderes ausgedacht. Sie hatte Maria, die im Nebenzimmer mit Cecil schlief, eingeschärft, dass sie ganz bestimmt nicht stören dürfe, denn heute sei ein besonderer Tag. Und dann hatte sie sich, mit nichts als einem großen roten Pappherz bedeckt, morgens neben ihr Ehebett gestellt und so lange leise »August« geflüstert, bis er die Augen aufgeschlagen hatte, erst leicht verkniffen, und dann, als er im Licht der vier Kerzen erkannte, was da vor ihm stand, sperrangelweit.

»Ja, das ist doch«, sagte er und richtete sich auf. »Träum ich?«

»Ein schöner Traum?«, fragte Anna nach.

»Es ist«, er schüttelte den Kopf, »unglaublich!«

Dann streckte er eine Hand nach ihr aus. »Was ist denn in dich gefahren?«

»Du musst aufstehen und mir das abnehmen«, sagte sie.

Und als er das tat, flüsterte sie ihm: »Herzlichen Glückwunsch zum fünften Hochzeitstag« ins Ohr.

Er hob ihre Haare etwas an und küsste sie in den Nacken, ganz so, wie er es früher oft getan hatte. Anna spürte die Gänsehaut, die ihr den Rücken hinunter über den Körper lief. Vorsichtig löste er die Bänder, die das Herz zusammenhielten, und betrachtete sie, während sie aus der Pappe hinausstieg.

»Du bist wunderschön, meine geliebte Ehefrau«, sagte er und schlang die Arme um sie. »Nichts Besseres hätte mir in meinem Leben geschehen können!«

Anna lachte glücklich. »Dann ist diese Überraschung also gelungen?«

»Und wie!«

Er schlüpfte aus seinem Schlafanzug und zog sie langsam zu sich aufs Bett.

»Ich habe auch eine Überraschung für dich«, nuschelte er ihr ins Ohr.

»Die kenne ich schon«, flüsterte sie und genoss seine Hände, die über ihren Körper streichelten.

»Die meine ich nicht«, gab er leise zurück, stöhnte aber gleich darauf auf, weil sie ihn ganz genau dort angefasst hatte. »Das tut gut. Bleib noch ein bisschen, lass uns noch ein bisschen spielen, bevor wir den Hochzeitstag feiern …«

Der frühe Morgen hatte einen leichten Brautschleier über die Landschaft gelegt, alles weiß bestäubt, aber dennoch hatten alle Pflanzen ihre Formen und Farben behalten. Mit der Sonne, die seltsam verhangen hinter der Kirchturmspitze stand, aber ihre goldenen Strahlen breit gefächert über die Höri schickte, kamen sie zum Leuchten, bevor sie eine halbe Stunde später ihren Brautschleier abschüttelten und aussahen wie immer.

Anna, August, Maria und Cecil hatten gemeinsam gefrühstückt, was eher selten vorkam, und August hatte sich Zeit genommen, was noch seltener vorkam. Maria spürte, dass es irgendwie ein besonderer Tag war, und auch Cecil saß still in ihrem Hochstuhl und versuchte, dem Geschehen zu folgen. August erklärte Maria, dass sie heute Abend auf ihre Anna verzichten müssten, denn heute hätten Mama und Papa etwas ganz Wichtiges zu feiern.

»Was denn?«, wollte Maria wissen.

»Wenn sich deine Mama am 1. Mai 1918, also vor etwas mehr als fünf Jahren, nicht in deinen Papa verliebt hätte, dann wärst du jetzt nicht da.«

Maria versuchte, den Zusammenhang zu begreifen, und Anna schüttelte den Kopf.

»Aha! Ich habe mich in dich verliebt – und du?«

August krabbelte mit seinen Fingern langsam zu ihr über die Tischplatte. »Ich war versessen auf dich!«

Anna legte den Kopf schief. »Mäßige dich!«

»Wenn's aber doch wahr ist? Ab diesem Moment, als du erhitzt vom Tanzen kamst … mit diesem, diesem …«

»Beat«, half Anna aus.

»Ah, den Namen kennst du noch?« August hob eine Augenbraue.

»Er konnte gut tanzen!«

»Nun gut!« August richtete sich an seine Kinder. »Sie kam an meinen Tisch, und um mich war's geschehen! Die oder keine, habe ich mir damals gesagt!«

»Hort, hört«, warf Anna schmunzelnd ein. »Du wärst also Eremit geworden!«

»Nein«, stellte August klar, »ich hätte aber keine geliebt.«

»Und deshalb sind wir da?«, fragte Maria und hielt ihren Löffel noch immer unbewegt in der Hand.

»Genau deshalb!«, bestätigte August.

»Und wo wären wir sonst?«

Ihre Eltern warfen sich einen Blick zu.

»Du bist dran, du superschlauer Vater«, spöttelte Anna.

August zuckte mit den Achseln. »Wo es keine Liebe gibt, gibt es keine Kinder.«

»Nun ist sie auch nicht schlauer«, flüsterte Anna, aber Maria war mit der Antwort augenscheinlich zufrieden, denn sie tauchte den Löffel in ihre Schüssel mit Haferbrei.

August wandte sich Anna zu. »Was ich damit sagen will, heute ist ein besonderer Tag und deshalb hast nicht nur du dir heute Morgen etwas ganz Besonderes ausgedacht, sondern ich auch!«

Anna lächelte. Ja, es war ein schöner Morgen gewesen. Sie waren jung, Fine hatte völlig recht, sie mussten leben. Heute Morgen, das war wieder so ein bisschen wie damals in Steckborn gewesen, in den Tag hinein.

Sie war 23 Jahre alt, August 27. Wenn nicht jetzt, wann dann?

»Hörst du überhaupt zu?« Augusts Frage brachte sie zurück.

»Ich höre.« Sie lächelte ihm zu.

»Ich entführe dich heute. Wie einst mit der Motorchaise.«

»Die Motorchaise!« Anna lächelte. »Ja, das war ein wunderbarer, ein unvergesslicher Ausflug.«

»Ich pflege sie noch immer!«

»Was?«

»Ja, das habe ich Karl Friedrich Gegauf damals versprochen, du erinnerst dich doch sicher. Und was ich verspreche, halte ich.«

Anna spürte Wärme aufsteigen. Ja, vielleicht waren ein Alvis und eine Übernachtung im »Adlon« etwas Besonderes, aber der wahre Schatz blühte im Inneren, die Liebe zu August.

»Das ist schön, dass du dich daran hältst!«

»Ein Versprechen, eine Selbstverständlichkeit.« Er nahm Cecil das Messer aus der Hand, das sie irgendwie hatte erwischen können. »Er hat uns mit seiner Großzügigkeit ja auch etwas Wunderbares beschert!«

Selten hatte Anna ihren Mann in den letzten Jahren so sprechen hören, und es tat unwahrscheinlich gut. Es war also alles noch da. Nicht nur die Leidenschaft, wie sie am Morgen erleben durfte, sondern auch die Liebe. Das Vertrauen, der Respekt.

»Und deshalb, liebe Anna, und dann höre ich mit dem Gezwitscher auch wieder auf, zieh dir heute Nachmittag ein hübsches Kleid an, darüber aber auch etwas Warmes. Stiefel an die Füße und deine Schühchen in eine Tasche. Wir werden feiern!«

»Wir werden feiern?«

»Ja, das werden wir wahrlich tun!«

»Und wo?«

»Überraschung, meine Liebe, Überraschung!«

Anna hatte nicht lange überlegen müssen – sie hatte nur ein schönes Kleid, das grüne. Und damit stand sie, einen dicken Wintermantel darüber, ein wärmendes Schultertuch, ihre alten Stiefel an den Füßen und die Steckborner Schühchen in der Tasche, kurz vor vier Uhr an der Wirtshaustür und fantasierte, was nun kommen könnte. Eine Kutschfahrt nach Radolfzell? Oder hatte er ein Automobil organisiert? Was auch immer, sie fand es aufregend schön.

Mit dem letzten Schlag der Glocke kam August die Treppe herab. Auch er hatte sich festlich angezogen, schwarzer Anzug, weißes Hemd, Krawatte, seinen dicken Mantel darüber und Hut.

»Darf ich bitten?« Er reichte ihr den Arm, doch draußen vor dem Wirtshaus war gar nichts zu sehen. Keine Kutsche und auch kein Automobil.

Anna blieb kurz auf den Stufen stehen und ließ ihren Blick schweifen, es war aber alles wie sonst auch. Ochsenkarren und Pferdegespanne.

Nur Augusts Grinsen war anders.

»Nein«, sagte er, »ganz was anderes.«

Und als er in der winterlichen Dämmerung den Weg zu den Wiesen einschlug, dämmerte es ihr plötzlich.

»Wir fahren nach Steckborn!«

»Könnte sein.«

August küsste sie auf die Stirn.

»Sag schon!«

Anna boxte ihn in die Seite, und er musste lachen.

»Hans-Ueli holt uns gleich ab. Der Rest ist geheim!«

»Hans-Ueli! Oh, da bekomme ich gleich wieder Erinnerungen.«

»Nur gute!«, betonte August, »denn er hat mich letztes Jahr gerettet!«

Anna sagte nichts dazu, sondern schürzte ihren Rock, damit er durch die nassen Wiesen möglichst nicht zu schmutzig wurde.

»Seidentaft!«, sagte sie zu Augusts belustigtem Blick. »Das ist feinstes Material, ein Stoff der französischen Haute-Couture!«

Nun lachte sie über seinen Gesichtsausdruck.

»Edda hat sich die Waren aus Paris kommen lassen. Und in Horn beziehen sie alles aus Radolfzell!«

Sie liefen wie Kinder lachend den Wiesenhang hinab, stolperten in der Dunkelheit, tasteten sich durch den Schilfgürtel hindurch, und da lag wie ein lang gestreckter Schatten auch schon das Ruderboot von Hans-Ueli.

»Lang nicht gesehen«, sagte er und trat seitlich aus der Dunkelheit. Anna drehte sich nach ihm um.

»Aber noch immer in lebhafter Erinnerung!«

Hans-Ueli lachte.

»Eine Frau der Sprache und der Taten«, sagte er zu August und streckte Anna die Hand zum Gruß hin. »Drück meine raue Hand, dann weißt du, dass ich uns gut hinüberbringe. Und auch wieder zurück!«

Anna legte Kraft in ihren Händedruck. »Ich freu mich wirklich, dich zu sehen. Und ich freue mich unbändig auf Steckborn. Selbst wenn wir dort in der Eiskammer säßen, wäre es ein wunderbares Erlebnis für mich!«

»Na, na, na!« Hans-Ueli schob seine dunkle Schiebermütze etwas zurück und sah August an. »Etwas Schöneres wirst du doch wohl geplant haben?«

»Passend zum Vollmond heute Nacht. Der fünfte Hochzeitstag, Hans-Ueli, da hängt man sich schon mal eine besondere Laterne an den Himmel!«

Anna stieg ein, setzte sich vorn im Bug auf ein schmales Sitzbrett und sah zu, wie die beiden Männer das Boot kundig vom Ufer lösten. Wie tausendmal geübt, dachte sie. Zudem unglaublich leise, denn Hans-Ueli tauchte die Ruder so sanft ein, dass selbst für sie im Boot nur ein Plätschern zu hören war. Anna hatte alle Sinne geschärft, um sich keiner Gefahr auszuliefern, aber dann stellte sie plötzlich etwas Erstaunliches fest: Ihre Angst war verschwunden. Diese Angst vor dem tiefen Wasser, die sie immer gehabt hatte, war einfach weg. Sie konnte es sich nicht erklären. Dieses andere Wesen in ihr, diese Anna ohne Furcht vor der Tiefe, genoss die Fahrt über den See, den Blick auf das schimmernde Wasser, auf die kaum noch wahrnehmbaren Ufer rechts und links, und selbst die leichte Strömung, die das Boot versetzte und die Hans-Ueli geschickt ausnützte, um seeabwärts in Steckborn anzulanden, erfüllte sie mit Freude.

Steckborn. Die Lichter, die Silhouette, alles kam näher. Schon zeichneten sich die vier Türme des Turmhofs gegen den Horizont ab, vereinzelt brannten Straßenlaternen, und sie spürte, wie die Aufregung in ihr wuchs, gleich würde sie auch die »Krone« sehen. Sie meinte ihr Herz im Hals schlagen zu spüren, so nah ging ihr das.

Vor eineinhalb Jahren, am 1. April 1922, hatten sie den »Hirschen« gekauft. Seither war sie nicht mehr in Steckborn gewesen. Es war ein Heimkommen wie ... ja, wie nach Mahlstetten, dachte sie. Dies hier war ihre zweite Heimat gewesen.

Sie drehte sich zu August um, der auf der Bank hinter ihr saß.

»Du machst mir eine riesengroße Freude«, flüsterte sie ihm zu.

»Wart's ab«, sagte er. »Der Vorhang geht gerade erst auf. Erst wenn alles nach Wunsch gelaufen ist, gibt es den Applaus!«

Hans-Ueli legte an der neuen Steckborner Anlegestelle an, die für große Schiffe gebaut und für das Ruderboot eigentlich zu hoch war, doch August schwang sich an einer kleinen Eisenleiter hinauf und half Anna vom Steg aus beim Hochsteigen. Oben angekommen, reichte Hans-Ueli ihre Tasche nach, und Anna wechselte ihre Schuhe. Dann richtete sie sich auf und blieb einen Moment versonnen stehen, denn von hier aus sah sie direkt auf die überdachte Seeterrasse der »Krone«, die mit funkelnden Weihnachtsgirlanden geschmückt war. Alle Fenster waren hell erleuchtet, auch die Gastzimmer oben. Es gab ihr einen Stich, den sie nicht zu deuten wusste.

Nein, mit dem Erlebnis in dem Eckzimmer hatte das nichts zu tun.

Was war es? Eine Art Heimweh?

Hier war sie jemand gewesen, hatte sich hochgedient und war die rechte Hand der Chefin geworden. Mit eigenem Büro, guten Kleidern, kräftigem Essen. Und auch Maria war gut versorgt gewesen.

Wer war sie dagegen in Horn?

Durfte sie das aufrechnen?

War das August gegenüber gerecht?

Nun hatten sie ihren eigenen Gasthof.

Waren ihre eigenen Herren.

Aber zu welchem Preis?

Sie spürte Augusts Blick und rang sich ein Lächeln ab.

»Entschuldige, mein Liebster, ein Moment der Rührung!«

»Kann ich verstehen!« Er küsste sie und winkte Hans-Ueli zu, der leise und unsichtbar verschwand.

»Komm«, sagte er. »Das ist unser Tag!« Sie gingen eng umschlungen los. »Denk mal fünf Jahre zurück, welche Überraschung das war!«

»Ja, es war einfach unglaublich! Die ganze Familie ... der starke Schneefall, das Brautkleid, die Trauung.« Anna lehnte im Gehen ihren Kopf an seine Schulter. »Wie ein Traum. Ein Märchen.«

August drückte sie fest an sich, wandte sich auf der Straße aber nicht nach links, sondern nach rechts.

Nicht zur »Krone«?, dachte Anna und spürte sofort Enttäuschung aufsteigen. August blieb mitten auf der Straße stehen und drehte sich mit ihr langsam um die eigene Achse. »Na, heimatliche Gefühle?«

Anna ließ sich darauf ein, und ja, die Straße, die sie so oft in jede Richtung gelaufen war, doch nun war manches anders und ungewohnt. Der Kolonialwarenladen an der Ecke hieß plötzlich Gemischtwarenladen, und es gab elektrisches Licht, wo früher die

Gaslaternen gehangen hatten. Einige dunkel gekleidete Passanten eilten vorbei, Anna musterte sie, konnte aber niemanden erkennen.

»Ob der Leuen noch steht?«, fragte sie scheinheilig und sah Augusts Schmunzeln.

»Sollen wir das im Laufe des Abends noch herausfinden?« Sie hörte sein Lächeln in der Stimme.

»Ich würde mich freuen«, entgegnete sie nur.

»Aber zunächst einmal, Augen zu. Du spielst jetzt Blinde Kuh, und ich führe dich!«

»Was hast du vor?«

»Frag nicht, Augen zu. Vertrau mir!«

Er legte seinen Arm um ihre Taille und presste sie an sich, während sie losgingen. »Hast du sie auch wirklich zu?«

»Ganz fest.«

August drehte sich zweimal mit ihr im Kreis, und Anna verlor die Orientierung und war nun doch versucht, mal heimlich zu spieken, aber als ob er es gespürt hätte, hielt er ihr die Hand vor die Augen.

»Wir geben sicher ein seltsames Paar ab«, überlegte Anna laut, während sie vorsichtig neben ihm herging.

»Und wenn schon«, sagte er. »Zu deiner Beruhigung, gerade sind wir völlig alleine unterwegs. Und wenn ich *jetzt* sage, darfst du die Augen wieder öffnen.«

»Du machst es spannend!«

»Das ist der Sinn der Sache!« Sein Lächeln in der Stimme war nun noch deutlicher zu hören, und es war eindeutig Vorfreude.

»So groß ist Steckborn doch gar nicht«, sagte sie nach einer Weile, »marschieren wir jetzt nach Schaffhausen?«

Er lachte. »Das kommt dir nur so vor … und außerdem«, August blieb stehen, »Augen auf!«

Sie standen direkt vor Eddas Modegeschäft, und Edda stand breit lachend in der Tür.

»Na«, zwitscherte sie, »Überraschung gelungen?«

Anna sah zuerst sie, dann August an.

»August?«

»Wenn mich selbst meine Stammtischler darauf aufmerksam machen, dass du mal wieder ein neues Kleid brauchen könntest …«, er grinste breit, »von der Aufmachung deiner Schwester ganz zu schweigen, wie direkt aus dem Modejournal, da dachte ich mir …«

»August!« Anna fiel ihm um den Hals.

»Wenn wir nachher zum Essen in die ›Krone‹ gehen, sollst du doch einen perfekten Auftritt haben!«

Edda Michels hatte bereits einige Kleider, die sie für Anna als passend empfunden hatte, dekorativ nebeneinander an die Wand gehängt. August blieb mit Anna im Arm vor der Auswahl stehen.

»So auf den ersten Blick?«, fragte er.

Ein leicht schimmerndes blaues Kleid mit einer gerafften Seite stach ihr ins Auge.

»Indischblau«, sagte Edda sofort, die ihren Blick bemerkt hatte und wollte es herunterreichen, doch August hielt sie ab.

»Wir haben Zeit, schau in Ruhe. Und dann probierst du alles an, was dir gefällt. Das ist eine wunderbare kostenlose Vorführung für mich!«

»Bleibt nicht kostenlos«, sagte Edda zwinkernd.

August zuckte mit den Achseln. »Meine Frau ist mir jeden Preis wert!«

Eine gute Stunde lang schlüpfte sie aus dem einen Kleid in das nächste, während August, wie im Theater, auf einem Stuhl saß und sich jedes der Kleider vorführen ließ:

»Dreh dich doch mal! Schwingt der Rock?«

»Nein, das wird deiner perfekten Figur nicht gerecht.«

»Die Farbe passt nicht zu deinen schönen Haaren.«

»Doch, das kommt in die engere Auswahl …«

»Was meinst du?«

August schien wirklich in seinem Element. Und Edda hatte ebenfalls Spaß. »Ich kann natürlich auch maßschneidern«, schlug sie vor. »Genau auf Annas schmale Taille. Und den Busen!«

»Wenn es heute Abend zu unserem Festessen fertig wird?«, scherzte August. »Nein, nein, wir finden schon das Passende, nicht wahr, Liebste?«, fragte er zum Vorhang hin, der sich immer wieder an verschiedenen Stellen ausbeulte, wenn es Anna beim Umkleiden zu eng wurde.

Schließlich waren noch zwei Kleider in der engeren Auswahl, und Edda zauberte eine Flasche gekühlten Sekt aus einem Nebenzimmer hervor und stellte drei Sektschalen auf einen kleinen Beistelltisch.

»Ich glaube, das ist nun der richtige Moment«, fand sie, ließ den Korken knallen und schenkte ein. »Ich freu mich nämlich, dass es Ihnen so gut geht!« Sie reichte Anna, die in einem cremefarbenen Kleid vor dem Spiegel stand, eines der Gläser und stieß freudig mit ihren Kunden an. »Sie sehen glücklich aus, das heißt, Ihre Entscheidung, sich selbstständig zu machen, war richtig!« Sie trank einen Schluck. »Wie meine auch. Ich bin eine selbstständige Frau. Von niemandem abhängig, so etwas ist unbezahlbar.«

August nickte, relativierte aber gleich darauf: »Doch! Wir sind alle von unseren Kunden und Gästen abhängig. Kommen sie nicht, nützt auch die schönste Selbstständigkeit nichts.«

Edda warf Anna einen Blick zu. »In so einem Fall muss man sich eben etwas Neues überlegen.« Sie lächelte. »Ich habe damals meinen alten Laden mit den schweren Stoffen umgekrempelt, und Anna war mit ihrem Auftritt als unerkannte *Grande Dame* in der ›Krone‹ meine beste Reklame. Von diesem Auftritt wusste kurz danach ganz Steckborn und die ganze Region. Ich denke, bei jedem Kirchgang war das das vordringlichste Gespräch unter den Damen.«

»Wirklich?« Anna staunte.

»Ja, das grüne Kleid und die Accessoires haben sich schnell ausgezahlt.«

»Dann bekommen wir ja heute wieder einen Reklame-Rabatt«, stellte August nüchtern fest.

»Und ob!« Edda zwinkerte ihm noch einmal zu. »Ich habe vorhin alle Preise nach oben gerechnet und kann Ihnen jetzt einen schönen Nachlass geben.« Sie lachte wenig damenhaft über ihren eigenen Witz, und August stimmte ein.

»Wollten Sie nicht eine der neuen, modernen Gegauf-Nähmaschinen?«, fragte er. »Und Sie wissen, dass es über mich günstiger wird als über den offiziellen Verkauf?«

Edda drehte sich zu Anna um. »Da haben Sie einen!« Sie schüttelte, noch immer lachend, den Kopf. »Das gefällt mir. Ich sehe schon«, sagte sie zu August, »wir kommen so oder so ins Geschäft!«

Anna sah von Edda zu August und stellte ihr Sektglas ab.

»Bevor ihr mich auch noch verschachert ... welches ist an mir denn nun das schönste Kleid?«

»Welches gefällt dir denn am besten?«, fragte August.

»Das blaue! Und dir?«

»Auch!«

»Indischblau«, warf Edda ein. »Es gibt den passenden Hut und natürlich die passenden Schuhe dazu!«

August drehte sich zu ihr um. »Dann bitte mal die gesamte Ausstattung. Sie bekommen ihre Nähmaschine ja auch mit dem dazugehörenden Kabel!«

Im neuen Kleid, mit passendem Hut und Schuhen spazierte Anna eine halbe Stunde später an Augusts Arm die Straße entlang in Richtung »Krone«.

»Was für eine schöne Idee«, sagte sie und drückte sich an August.

»Nicht dass du denkst, du hättest einen Bauern geheiratet, der für Schönes keinen Sinn mehr hat.«

»Immerhin haben deine Bauern dich doch wohl auf meine alten Kleider aufmerksam gemacht ...«

August lachte. »So kommt manchmal eins zum anderen.«

Edda hatte Annas grünes Kleid mitsamt den Schuhen und dem Hut im Laden behalten.

»Das braucht eine professionelle Reinigung«, hatte sie bestimmt. »Danach glänzt der Stoff wieder für die nächsten Jahre!«

Anna war es sehr recht, denn jetzt hatte sie keinen hinderlichen Kleidersack dabei, sondern nur die Tasche mit ihren derben Stiefeln für den Nachhauseweg.

Vor dem Leuen blieben sie stehen.

»Er hat sich nicht verändert«, flüsterte sie August zu.

»Na ja, weglaufen kann er schlecht«, scherzte August, aber er verstand Annas Rührung. »Hier habt ihr früher das Wasser geholt, stimmt's?«

Anna nickte. »Das war ein ständiges Gerenne. Von der Küche zum Brunnen und wieder zurück!«

»Alles leichter geworden. Und wenn bei uns die Elektrizität kommt, machen wir noch einmal einen großen Sprung.« Anna nickte und verkniff sich das »Wann?«, das ihr auf der Zunge lag.

In der Eingangshalle blieben sie stehen, die Rezeption war unbesetzt, also zogen sie ihre dicken Wintermäntel aus und hängten sie an die Garderobe.

»Niemand da?«, flüsterte August, »alle ausgeflogen? Zum ›Hirschen‹ nach Horn?«

Anna stupste ihn und schüttelte den Kopf.

»Aber gleich!«

Sie ging forsch zum Tresen und schlug sanft auf die Tischglocke. Und mit dem hohen »Bing«, das sie so viele Jahre gehört hatte, kam Isolde Faiker aus ihrem Büro.

»Nein, das ist doch!« Sie lief auf Anna zu und rief über ihre Schulter nach hinten. »Anton! Unsere Anna ist da!«

Und gleich darauf standen nicht nur Anton Faiker, sondern auch Johanna und Urs vor ihr, und jeder drückte sie zur Begrüßung wie eine verlorene Tochter. Anna standen Tränen in den Au-

gen, und sie schniefte, bis Anton Faiker ein blütenweißes Taschentuch aus seiner Brusttasche zog und es ihr reichte.

»Eine ganz besondere Freude«, sagte er dazu, und Isolde meinte:
»Du fehlst hier. So einen kleinen guten Geist wie dich braucht
jedes Haus!«

Anna sah zu August auf, und der grinste. »Tja, und nun ist der
kleine gute Geist bei mir eingezogen.« Er schüttelte jedem die
Hand. »Ihr müsst uns eben mal besuchen kommen!«

»Ja«, entgegnete Isolde Faiker, »wenn die Brücke gebaut wird.
Mich bekommen keine zehn Pferde in so ein schwankendes
Boot!«

»Hätte ich vor Kurzem auch noch gesagt«, Anna stand noch immer mit dem weißen Taschentuch in der Hand da, »ist aber gar
nicht so schlimm!«

»Du warst von Anfang an die Tapfere im Haus!« Johanna lachte.
»Wenn ich an dein Aufnahmeritual denke, der arme Geist wusste
gar nicht mehr, was er noch machen sollte!« Alle stimmten in ihr
Gelächter ein, offensichtlich, dachte Anna, war auch das damals
kein Geheimnis geblieben.

Anton Faiker streckte die Hand aus. »Nun, gib das Tuch wieder
her, wir haben inzwischen eine moderne Wäscherei.«

»Und Sie haben einen modernen Bart«, gab Anna zurück, »ich
hätte Sie ja kaum wiedererkannt«, worauf der Wirt verlegen an die
spitzen Enden seines neuen Zwirbelbarts griff.

»Na ja, mein geliebter Backenbart«, er warf einen Seitenblick zu
seiner Frau, »»man muss mit der Zeit gehen‹, sagte meine Frau,
und schenkte mir einen von diesen neuen elektrischen Rasierern.
Was soll ich da noch machen?«

Die Wirtin nickte. »Und ich gehe nächste Woche nach Zürich
zum Friseur.« Sie griff zu ihren hochgesteckten Haaren. »Mal sehen, ob mich danach noch jemand erkennt.«

Anna erzählte kurz von ihrer Schwester und ihrem Bubikopf,
und als sie ihren Alvis erwähnte, sagte Anton Faiker sofort: »Den

soll sie uns mal hier in Steckborn vorführen. Ich suche schon lange nach etwas Besonderem!«

»Warum?«, fragte seine Frau und runzelte kokett die Stirn. »Du hast doch mich!«

Alle lachten, bis Johanna zur Gaststube wies.

»Euer Tisch ist gerichtet, ich bringe euch hin.«

»Aber zuerst muss ich zu Maria in die Küche!«

»Tu das!« Johanna nickte ihr zu. »Sie wird vor Freude direkt in Ohnmacht fallen!«

»Ich kann sie ja auffangen!«

Alle lachten über Annas Scherz und Anton Faiker meinte: »Das wäre sicherlich sehenswert!«

»Aber stürmt jetzt nicht alle die Küche«, warf seine Frau ein. »Ich dachte, dass wir uns nach dem Essen noch auf einen Plausch zusammensetzen?«

Anna nickte erfreut, und als sie schon in Richtung Küche gehen wollte, hielt sie Isolde noch einmal zurück. »Schönes Kleid«, sagte sie, »sieht sehr nach Edda aus?«

Anna nickte wieder. »Geschenk von August zum Hochzeitstag.«

»Da hat er sich aber heute ins Zeug gelegt! Steht dir ausgezeichnet!«

Es war weit nach Mitternacht, als sie zum Anlegesteg zurückkehrten.

»Was hast du denn mit Hans-Ueli ausgemacht?«, fragte Anna und zog ihr Schultertuch über den Kopf, denn der Wind kam schneidend über das Wasser gefegt und brachte Schneeregen mit.

»Er dürfte gleich kommen.«

Anna versuchte in der Dunkelheit etwas zu erkennen, aber sie sah nur eine schwarze Wand vor sich und hörte den Wind um die Häuser pfeifen. Gut, dass sie zumindest ihre festen Stiefel schon anhatte. Der Schneeregen, dachte sie, die Gischt, das arme Kleid!

»Ich werde mein schönes Kleid nachher ganz schön hochraffen

müssen«, erklärte sie, »damit es durch die nassen Wiesen keinen Schaden nimmt!«

»Zieh es doch aus!«, schlug August vor.

»Ich habe einen besseren Vorschlag, du könntest mich tragen!«, gab Anna zurück und suchte hinter Augusts Rücken Schutz vor den Windböen, die ihr eisig ins Gesicht schnitten.

»Wir sind schnell drüben!« August drehte sich um und nahm sie wärmend in den Arm. »Hans-Ueli hat ein wirklich schnelles Boot. Und wenn wir zu zweit rudern, sind wir noch schneller.«

»Ihr seid ja geübt«, meinte Anna süffisant.

»Ja, sind wir. Und schau, da kommt er schon.«

»Kann er Gedanken lesen?«, fragte Anna, bekam aber keine Antwort, weil August sie an der Hand nahm und mit ihr zum Ende der Anlegestelle eilte.

Anna versuchte, die Lage von der Kante des Anlegestegs einzuschätzen. Es sah gefährlich aus, denn der Steg war hoch, und nun hing da unten dieses kleine Boot an der Mauer, das wild auf den Wellen tanzte. Anna schluckte ihre aufkommende Angst hinunter. Sie war vom Boot hinaufgekommen, dann würde es umgekehrt auch gehen.

August reichte ihr seine Hand. »Halt dich fest«, sagte er, »ich lasse dich langsam runter.« Mit der anderen hielt er sich selbst am Geländer fest, während Hans-Ueli ihr seine Hand von unten entgegenstreckte. »Vielleicht kannst du mit deinen Füßen die kleine Eisenleiter ertasten.«

Anna kniete sich hin, ergriff Hans-Uelis Hand, hatte kurz das Gefühl zwischen den Händen der beiden Männer völlig in der Luft zu hängen, weil sie die Eisenleiter nicht fand und von oben kaum sehen konnte, wohin sie trat.

»Passt schon«, Hans-Ueli stellte ihren Fuß auf eine der Bänke und hielt sie an der Taille fest, »jetzt musst du dich nur noch setzen und gut festhalten. Und dann geht es auch schon los.«

August war akrobatisch schnell neben ihr, flüsterte ihr: »Ich liebe dich«, ins Ohr und setzte sich neben Hans-Ueli. Sie nahmen die schweren Holzruder, und sofort glitt das Boot hinaus.

Die gleichmäßigen Ruderschläge brachten es schnell vorwärts, seeaufwärts gegen die Strömung. Anna hüllte alles, was sie umwickeln konnte, mit ihrem Wintermantel ein und zog das Schultertuch weit in die Stirn nach vorn, sodass nur noch ihre Augen und die Nasenspitze hervorschauten. Am liebsten hätte sie auch die Augen zugekniffen, denn das kabbelige Wasser, die sprühende Gischt und dazu der Schneeregen trieben ihr in die Augen, aber sie mühte sich trotzdem, in der Dunkelheit etwas zu sehen, denn das hatte sie schon in ihrer Kindheit gelernt, Gefahren musste man direkt ins Auge blicken. Sie versuchte sich abzulenken, indem sie sich in die schönen Stunden zurückversetzte, die hinter ihnen lagen. Und sie nahm sich vor, alles in ihr Tagebuch zu schreiben.

Wie lange hatte sie das schon nicht mehr getan? Seit Cecils Geburt, das war bald ein Jahr her. Damals, von ihren Gästen umsorgt, hatte sie Zeit gehabt und alles verewigt, was sie in dieser Zeit bewegt hatte. Und nun war es wieder so. Dieser fünfte Hochzeitstag war so besonders, dass sie es aufschreiben musste. Und dazu eine bunte Zeichnung von Eddas Schneiderladen, diesem gemütlichen Atelier der vielen Stoffe und Farben. Und wie August auf seinem Stuhl gesessen hatte, Hut und Mantel beiseitegelegt, im dunklen Anzug, mit passender Weste, weißem Hemd und fein gestreifter Krawatte. Es war sein Hochzeitsanzug, das war ihr gleich klar gewesen, denn er besaß nur diesen einen dunklen Anzug. Und bald, das wusste sie, würde er ihn wieder tragen – zur Taufe ihres dritten Kindes. Ihrer Berechnung nach Mitte Juli.

»Geschafft«, hörte sie August sagen und tauchte aus ihren Gedanken auf. Unglaublich, dachte sie, wie sie es geschafft hatte, Raum und Zeit zu vergessen, sie waren schon ganz nah am Ufer. Noch eine halbe Stunde, dann wären sie oben in ihrer Kammer und im wärmenden Bett. Sie atmete durch, doch da schrie Hans-Ueli plötzlich: »Achtung!«

Im selben Moment peitschten Schüsse. Anna sah das Mündungsfeuer, verstand zuerst nicht, aber August war sofort bei ihr, riss sie weg von der Bank auf den Boden und warf sich auf sie.

»Bleib liegen!«, schrie er, während Hans-Ueli sein Ruder übernahm und seeabwärts ruderte. Doch offensichtlich rannten die Personen am Ufer mit, Anna lag auf den rauen, nassen Brettern, hörte die Schüsse und dann Hans-Ueli, der »Verdammt!« schrie.

August löste sich sofort von ihr: »Liegen bleiben! Ducken!«, und setzte sich schnell neben Hans-Ueli auf die Bank, um mitzurudern.

»Weiter! Gleich haben wir's, durchs Gebüsch kommen sie nicht!«, rief August.

»Verdammt!«

»Bist du getroffen?«

»Ich nicht! Aber das Boot! Vorn!«

Anna spürte das Wasser, das schnell hereinströmte, und überlegte, was zu tun war.

»Es läuft voll«, rief sie. »Ich liege schon im Wasser!«

»Hoch!« August packte sie am Ärmel. »Hoch, aber ducken!«

Anna versuchte trotzdem, etwas zu sehen. Doch es war stockdunkel. Das Ufer zeichnete sich nur noch als dunkles Band ab. Wo waren die Kerle, die geschossen hatten?

»Wir müssen ans Ufer, wir sinken!« Hans-Ueli änderte die Richtung.

»Sind sie weg?«, fragte Anna und biss sich auf die Lippen. Sie zitterte jetzt am ganzen Leib und war sich nicht sicher, ob vor Aufregung oder vor Kälte.

»Grenzer!«, fluchte August. »Ausgerechnet heute!«

Er ruderte mit Hans-Ueli aus Leibeskräften, denn das Boot ließ sich kaum noch steuern.

»Wir müssen an Land! Hier ist es verdammt tief!«

Ich kann nicht schwimmen, dachte Anna. Immer noch nicht! Der nächste Gedanke galt ihren Töchtern. Aber dann rumpelte es unter ihr und gleich darauf bekam das Boot so einen Stoß, dass sie fast vornüber geschossen wäre.

Sie hörte Hans-Ueli trotz des heulenden Windes fluchen, als es sich um etwas drehte und mit dem Heck voran weitertrieb.

»Wir treiben ab!«

»Ich geh raus!«, rief August.

»Bist du verrückt? Das hältst du nicht!«

»Das war dieser Fels! Ich kenn den. Dahinter … ich schaff das«, und bevor Anna begriff, was geschah, flog Augusts Wintermantel über sie, und sie hörte ein lautes Platschen.

»August!« Nun bekam sie es wirklich mit der Angst. Er würde ertrinken! Und sie alle mit ihm. Inzwischen hüllte das eiskalte Wasser ihre ganzen Beine ein. Sie spürte es, aber es berührte sie nicht, es war nicht wichtig. Wichtig war jetzt zu überleben! Das Boot begann sich wie ein Kreisel zu drehen. Und wo war August?

Anna hob den Kopf, duckte sich nicht mehr. Das war nun auch nicht mehr wichtig! Sie konnte ihn nicht sehen. Sie hörte nur Hans-Ueli fluchen. »Verdammter Idiot!« Damit war wohl August gemeint. Sie spähte in die Dunkelheit, doch der heftige Schnee-regen trieb ihr so schmerzhaft in die Augen, dass sie sie zukneifen musste. Sie hielt ihre vor Kälte zitternde Hand abwehrend vors Gesicht, aber es nützte nichts.

Hans-Ueli ruderte noch immer.

Was, wenn er mit einem der schweren Holzruder August am Kopf traf?

»Wo ist er?«, schrie sie, inzwischen überspülte das gurgelnde Wasser die Sitzbänke, ihr Körper war da irgendwo dazwischen, und sie dachte nur noch, wir müssen raus. Das Boot reißt uns mit in den Abgrund.

Da gab es einen erneuten Ruck, der Anna so heftig gegen Hans-Ueli schleuderte, dass er rücklings von der Ruderbank ge-gen den Bug fiel. Anna kam auf ihm zu liegen, er stemmte sie von sich weg.

»Wir müssen raus!«, sagte er. »Zieh deinen Mantel aus. Schnell! Der ist nass zu schwer und zieht dich runter!«

Sie versuchte es, kam aber aus dem Mantel nicht raus, er klebte wie eine zweite Haut an ihr, und ihre Schultern schafften es nicht, sie konnte ihre Arme kaum noch bewegen.

»Jetzt!« Hörte sie da Augusts Stimme. »Springt! Wir haben die Sandbank erreicht! Schnell!«

Anna wälzte sich irgendwie über die Bordkante, Hans-Ueli hinter ihr. Sie spürte seine Hand an ihrem Mantelkragen, dann verschlang sie das Wasser. Sie ging unter, schluckte Wasser, kam wieder hoch, die Strömung zerrte an ihr, sie versuchte, sich irgendwo festzuhalten, um nicht mitgerissen zu werden, griff ins Leere, spürte Grund unter ihren Füßen, stemmte sich hoch und bekam das Boot zu fassen. »Loslassen!«, schrie ihr Hans-Ueli ins Ohr und löste ihre Finger von der Bordkante, sie ging wieder unter, bekam keine Luft mehr, nur noch Finsternis um sie, doch irgendetwas zog sie hoch, sie tauchte auf, prustete, die Augen geschlossen, fühlte sie sich dem Tod näher als dem Leben.

»Anna, kämpfen, Anna!«, schrie eine Stimme sie an. August! War er neben ihr? Sie spürte Hände an ihren Armen, zugleich Boden unter ihren Füßen, die Strömung hatte nachgelassen, und das Wasser, das sie umspülte, wurde mit jedem Schritt, den sie nun tat, niedriger. Ein paar Meter weiter wurde sie in eine Böschung hingestoßen, in ein Gestrüpp, sie fiel zwischen die beiden Männer, die einfach umkippten.

Gleich darauf überfiel sie ein Hustenreiz, sie drehte sich auf den Bauch, um das viele Wasser, das sie geschluckt hatte, herauszuhusten und blieb erschöpft liegen.

»Das war knapp!«

Augusts Stimme. Sie freute sich, konnte sich aber nicht rühren. Hans-Ueli fluchte auf schweizerisch, also waren alle drei gerettet. Mehr musste Anna nicht wissen, es wurde ihr schwarz vor Augen.

Doch gleich darauf rüttelte August sie wach.

»Nicht einschlafen! Wir erfrieren!«

Hans-Ueli war aufgestanden.

»So«, sagte er, und seine Zähne schlugen vor Kälte hörbar aufeinander. »Das ist nun also das Dickicht, durch das die Grenzer nicht kommen.« Er streckte die Hand aus und tastete das Gestrüpp ab. »Wir auch nicht!«

»Doch!« August kniete neben Anna und rüttelte sie. »Komm hoch«, sagte er und half ihr beim Aufstehen.

»Doch«, wiederholte er. »Anna, du hältst dich an mir fest, Hans-Ueli, du machst die Nachhut. Wenn ich mich nicht stark täusche, sind wir kurz vor der Stelle, an der ich manchmal fische. Und da habe ich einen Trampelpfad freigeholzt.« Er knirschte wütend. »Den kennen die Grenzer nicht. Den kenn nur ich!«

»Dein Wort in Gottes Ohr!« Hans-Ueli fluchte wieder. »Nun ist das Boot weg! Verdammt! Und wie komme ich jetzt zurück??«

»Gar nicht!« August hielt Annas kalte Hände in seinen, während sie, an seinen Rücken gepresst, hinter ihm stand. »Wir gehen auf schnellstem Weg heim, ziehen die nassen Kleider aus und wärmen uns in den Betten.«

»Du hast gut reden«, grummelte Hans-Ueli.

Sie marschierten los, wateten hintereinander vor der Böschung durch knöcheltiefes Wasser. Anna spürte ihre Füße nicht mehr, ihre Beine bewegten sich automatisch mit Augusts Beinen im Takt. Sie dachte auch nichts mehr, nur dass August so warme Hände hatte, fiel ihr auf. Wie konnte das sein?

Inzwischen hatte sich ein fahler Mond zwischen die Wolken geschoben, was August bei der Orientierung half. Er murmelte, dass er sicher sei, die Stelle zu finden. Hans-Ueli nuschelte etwas, aber das Wasser wurde wieder tiefer, und der Seegrund war mit Steinen gespickt, über die sie stolperten. Anna fürchtete, mit August der Länge nach hinzuschlagen.

Als sie ihn »Aha« sagen hörte, blickte sie an seinem breiten

Rücken vorbei nach vorn. Sie waren um eine scharfe Biegung herumgegangen, nun änderte sich das Bild.

Der Mond warf eine glitzernde breite Spur über den See auf sie zu, wie ein Teppich aus lauter bewegten kleinen Sternen. Es sah direkt gespenstisch aus, Anna schloss die Augen.

»Gott sei Dank!« Sie hörte, wie August erleichtert Luft ausstieß. »Hier ist es. Gut zu sehen. Aber nun hilft der Mond auch den Grenzern!« Er drehte sich zu Hans-Ueli um. »Also leise, wer weiß, wo sie noch herumstrolchen!«

»Sie hätten zuerst rufen müssen«, zischte Hans-Ueli. »Nicht einfach schießen!«

»Vielleicht haben wir es durch den Sturm nicht gehört«, flüsterte August. »Aber hätten wir uns ergeben?«

»Aber gleich ballern?« Hans-Ueli spuckte aus. »Ich bring sie um!«

»*Sie* haben die Gewehre«, ermahnte August. »Nicht *wir*. Lassen wir es nicht darauf ankommen.«

Kaum spürte Anna trockenen Boden unter ihren Füßen, erwachten ihre Lebensgeister. Und obwohl ihre Kleidung nass war, schien der Stoff zu isolieren, jedenfalls spürte sie eine gewisse Wärme und entschied, dass sie als Kind schon einige eiskalte Situationen erlebt hatte und dass dies hier zu meistern war. Sie reckte ihren Kopf und ließ Augusts Hand los.

»Geht's wieder?«, fragte August, und sie antwortete leise: »Ja, alles gut.«

»Alles gut«, wiederholte Hans-Ueli, und sie konnte sich seinen ironischen Gesichtsausdruck vorstellen.

August streckte die Hände nach links und rechts aus und tastete sich so durch das Dickicht vorwärts. In seinem Rücken war es einfach, ihm zu folgen. Zwar verfingen sich zwischendurch dornige Zweige in ihrem Mantel oder streiften über ihr Gesicht, aber Anna war es egal, ob Blut floss oder nicht, Hauptsache, sie kamen bald im »Hirschen« an.

Als sie aus dem Dickicht heraustraten, blieben sie stehen und lauschten. Vor ihnen lag die Wiese, die sich den ganzen Hang bis nach oben zum Dorf erstreckte. Der Mond hing wie eine zu große Laterne zwischen den dunklen Wolken und warf ein milchiges Licht über die Landschaft. Die Bäume waren gut zu erkennen, doch so vereinzelt, wie sie standen, boten sie keinen Schutz. Im Gegenteil. Die Grenzer könnten dahinter lauern.

»Ob sie noch da sind?«, fragte Anna flüsternd.

»Die denken, dass wir abgesoffen sind«, raunte Hans-Ueli.

»Denen ist zu kalt!«, gab August leise zurück.

Sie warteten noch einige Minuten ab, versuchten, irgendetwas zu erkennen oder zu hören, aber schließlich wurde es ihnen so kalt, dass August das Zeichen um Aufbruch gab.

»Auseinander«, sagte er. »Und geduckt. Und leise auftreten. Sollten sie schießen, dann Haken schlagen wie die Hasen. Und verstecken.«

Anna sog die Luft ein.

Da oben sind meine Kinder, dachte sie. Dort muss ich hin, komme, was da wolle!

An das neue Leben in ihrem Bauch wollte sie erst gar nicht denken. Egal wie, sie musste es schaffen!

»Vorwärts!«

August rannte los, Anna und Hans-Ueli taten es ihm gleich. Anna versuchte alles andere auszublenden. Sie hielt ihre Kleidung mit beiden Händen weit nach oben gerafft, lief mit tief geducktem Oberkörper so schnell sie konnte. Zweimal rutschte sie auf dem nassen Gras aus, fiel hin, kam auf allen vieren hoch und rannte weiter.

Erst ganz oben, bei der Kirche, fühlte sie sich in Sicherheit und richtete sich schwer atmend auf. Wo waren die anderen?

Sie drückte sich an die Mauer, ließ ihren Blick schweifen und erschrak zu Tode, als sie eine dunkle Männergestalt auf dem Friedhof zwischen den Grabsteinen wahrnahm. Doch nach der Schrecksekunde erkannte sie August, der einen anderen Weg gewählt hatte. Hans-Ueli kam nach ein paar Minuten von der anderen Seite, und alle drei atmeten auf.

»Geschafft!«, sagte er, doch August hob die Hand.

»Falls sie wussten, wer da unterwegs war … ich schau nach!«

Und bevor Anna ihn zurückhalten konnte, lief er eng an die Häuser gedrückt die Kirchgasse hinunter bis zum »Hirschen«. Anna sah ihm voller Sorge nach, doch Hans-Ueli legte ihr beruhigend seine Hand auf die Schultern. »Abwarten!«

Auf den Ruf eines Käuzchens hin verstärkte Hans-Ueli den Druck und schob Anna leicht vorwärts.

»Niemand zu sehen«, sagte er. »Aber wir gehen trotzdem lieber im Schatten der Häuser.«

Im »Hirschen« stand August in der offenen Eingangstüre.

»Was für ein sinnloses Abenteuer!« Damit nahm er Anna in seine Arme und klopfte anschließend Hans-Ueli auf den Rücken. »Gut, dass wir es geschafft haben!«

Er ging voran in die Wirtsstube. Anna erschien es hier drin kälter als draußen, obwohl sie am Nachmittag, bevor sie gegangen waren, Holz im Kachelofen nachgelegt hatte.

»Ich feuere in der Küche gleich den Herd an, mach uns heiße Bettflaschen und Grog, aber zuerst alle Kleider runter. Hans-Ueli, das Gästezimmer neben uns, Nummer 4, und ich bring dir trockene Kleider von mir. Und Anna, ab ins Bett!«

Anna widersprach nicht. Sie war einfach nur froh, heil angekommen zu sein.

Trotzdem nahm sie ein großes Tuch aus der Wäschekammer, rollte, nachdem sie in ihr wärmstes Nachthemd geschlüpft war, ihr neues Kleid darin ein und presste die Nässe aus dem Stoff heraus. Dann hängte sie es an einem Kleiderbügel an die Deckenlampe, damit es gleichmäßig trocknen konnte. Mit etwas Glück, dachte Anna, könnte sie Augusts Geschenk retten. Anschließend lief sie barfuß zur Kammer und holte die beiden kleinen, mobilen Petroleumöfen, die lange nicht benutzt worden waren. Einen stellte sie vor Hans-Uelis Zimmertür und machte ihn durch die Tür darauf aufmerksam, und den zweiten zündete sie in ihrem Schlafzimmer an.

Von Kälte hatte sie heute genug. Besser schlechte Luft als frieren. Bis August mit Grog und Bettflasche kommen konnte, sollte der Raum etwas wärmer werden, denn im Moment glich das ganze Haus einer riesigen Eishöhle.

Anna zog sich warm an, dicke Socken an die Füße, Schal um den Hals, eine selbst gestrickte Mütze auf den Kopf und igelte sich unter der dicken Decke ein. So hatte sie es als Kind schon gemacht – der warme Atem half beim Aufwärmen.

»Alles gut gegangen, lieber Gott, vielen Dank«, flüsterte sie, »und vielleicht habt ihr ja auch mitgeholfen, Max und Papa, meine guten Engel, vielen Dank!«

Und während sie noch darüber nachdachte, was alles hätte schiefgehen können, schlief sie ein.

Der Putsch

August und Hans-Ueli waren früh auf den Beinen, denn Hans-Ueli war vor allem in Sorge wegen seiner Frau.

»Sie denkt sich sonst was«, befürchtete er. »Und wenn sie heute Morgen hört, dass die deutschen Grenzer geschossen haben, wird es ganz schlimm. Sie weiß ja nicht, dass ich noch lebe.«

August hatte volles Verständnis.

»Ich leih mir das Ruderboot von Karl aus. Stammtischbruder. Ich frag ihn. Bin gleich wieder da.«

Anna richtete in der Zwischenzeit ein warmes Frühstück und setzte sich mit Hans-Ueli an den Kachelofen in der Wirtsstube, den sie gerade erst eingefeuert hatte.

»Warm ist er nicht gerade«, Hans-Ueli hob scherzhaft seine Hand an die Kacheln.

»Ja, die Erfindung einer Blitzheizung, das würde mir auch gefallen«, bestätigte Anna und füllte seine Tasse. »Dafür dampft der Kaffee! Ist doch auch schon was!«

»Da haben die uns doch tatsächlich aufgelauert!« Hans-Ueli schüttelte nachdenklich den Kopf. »Wer wusste denn, dass ihr in Steckborn seid?«

Anna erschrak. »Eigentlich dachte ich, es geht um euren Schmuggel. Du meinst …« Das war ein ganz neuer Gedanke. Dass es jemand auf sie beide abgesehen haben könnte, auf August und sie, und deshalb die Grenzer heißgemacht hatte?

»Nein«, wehrte sie ab. »Das wäre ja … Mord!«

Hans-Ueli zuckte die Achseln. »Menschen schrecken vor nichts zurück!«

Anna runzelte die Stirn. »Aber wieso … wieso sollte jemand so etwas tun?« Sie spürte, wie es ihr eng ums Herz wurde. »Und überhaupt, da sind ja zwei kleine Kinder! Die wären Waisen.« Anna starrte ihn an. »Nein, Hans-Ueli, das glaube ich nicht. So herzlos …«, sie brach ab und dachte nach. Oder doch?

»Kinder?«, Hans-Ueli lachte bitter auf. »In keinem Krieg der Welt sind Kinder sicher. Und es gibt auch nie einen Grund, etwas nicht zu tun, wenn es dem eigenen Vorteil dient.«

Anna blieb stumm.

»Wo sind sie überhaupt?« Hans-Ueli zog den Teller mit Rührei zu sich, den Anna ihm hingestellt hatte.

»Bei meiner Nachbarin. Sie sind gern dort.« Sie sah auf die Wanduhr. »Ich hole sie nachher.«

»Gut, dass alles gut ausgegangen ist.«

Beide versanken in Schweigen. Hans-Ueli löffelte das Rührei, Anna nippte an ihrer Tasse.

»Aber dein Boot…«, fiel Anna plötzlich ein.

Hans-Ueli winkte ab. »Ärgerlich, ja. Aber das neue ist schon fast fertig. August und ich hatten da ein paar Verbesserungsvorschläge, es wird das schnellste und wendigste Boot am Untersee werden.«

August und ich, dachte Anna. Das war ihr neu.

Hans-Ueli sah von seinem Teller auf. »Das alte hat gute Dienste geleistet. Es hat uns unser neues auf alle Fälle finanziert.«

»Behalte das besser für dich, sonst habe ich schlaflose Nächte!«

»Du siehst doch, dass am Ende immer alles gut ausgeht.«

Anna sah ihm direkt in seine graublauen Augen.

»War das jetzt dein Ernst?«

Er grinste, und es zeigten sich tiefe Lachfalten in seinem müden Gesicht. »Na ja. Meistens jedenfalls …«

Zwei Stunden später ging sie die Straße entlang zu Ludwigs Bauernhof, der etwas zurückversetzt stand. Ja, dachte sie, da hatte sie Glück. Ludwig und seine Familie, das war eine große Hilfe für sie. Und umgekehrt? Darüber hatte sie noch nie nachgedacht. Klar mussten sie im »Hirschen« nichts bezahlen, wenn sie einkehrten – aber das taten sie ja doch eher selten. Eher war es ja so, dass ihre Kinder bei Christine in der Obhut waren. Und sie steckte Hilde ab und zu ein paar Groschen zu. Aber eigentlich müsste sie sich mal ein großes, ein angemessenes Dankeschön für die ganze Familie überlegen.

Wie immer war die Haustür nicht abgeschlossen. Anna öffnete und rief kurz in den Flur hinein, bekam aber, wie meist, keine Antwort. Also ging sie weiter, an der Tür zur guten Stube vorbei, und klopfte an die Wohnküche. Die war groß, mollig warm und gemütlich. Das ganze Leben, von den Kindern bis zu den Großeltern, spielte sich hier ab.

Als sie die Tür sachte aufdrückte, sah sie Ludwig, der sich zu ihr umdrehte. Er hatte Stallkleidung an und einen Becher in der Hand. »Grüß dich, Anna!«

Nun sahen auch die Kinder auf. Maria saß mit Hilde und ihren kleinen Brüdern am großen massiven Esstisch, alle mit Butterbroten in der Hand, und Cecil saß auf Hildes Schoß. Es war ein Idyll, wie es Anna für sich selbst auch erträumt hätte. Vielleicht würde sie es ja noch schaffen, wenn das Leben im »Hirschen« leichter wurde.

»Und Christine?«, fragte sie Ludwig.

»Mit unserem Ältesten im Stall. Ich gehe auch gleich.«

Er lehnte sich an den eisernen Handtuchumlauf des großen Herdes.

»Heute Morgen sind unzählige Stumpen seeabwärts angeschwemmt worden. Eine riesige Fuhre, würde ich sagen.«

Anna schluckte.

»Stumpen?«

»Ja, und es sind auch Schüsse gehört worden.«

Sie war in der Zwickmühle. Ludwig war ein Freund. Er hatte ihr schon oft genug geholfen. Auf der anderen Seite … da hatte Hans-Ueli doch tatsächlich Schmuggelware an Bord gehabt. Und nicht wenig. Und August? Klar hatte der das gewusst!

»Bist du sicher? Stumpen?«

»Eine richtige Weihnachtsladung. Seeabwärts in Richtung Gaienhofen. Die hätten sich dort ordentlich gefreut, wenn die Dinger noch brauchbar gewesen wären.« Sein Blick unter den dichten Haaren, die ihm in die Stirn hingen, war forschend, das entging Anna nicht.

Sie schüttelte den Kopf. »Wir hatten gestern unseren fünften Hochzeitstag, das weißt du ja, deshalb waren die Kinder ja über Nacht bei euch.«

Ludwig nickte.

»Es war eine Überraschung. August hat mich in die ›Krone‹ eingeladen. Hans-Ueli hat uns gefahren.« Sie senkte die Stimme. »Auf dem Rückweg wurden wir beschossen. Das Boot ist untergegangen.«

Ludwig runzelte die Stirn.

»Was? Mit euch drin?«

Anna nickte, warf aber einen schnellen Blick zu den Kindern. »Wir hatten Glück«, sagte sie einfach. »Aber Ludwig«, sie ging näher an sein Ohr. »Von Stumpen weiß ich nichts. Das höre ich gerade zum ersten Mal!«

Ludwig verzog das Gesicht.

»Keinen Weg umsonst.« Er senkte die Stimme. »August muss aufpassen. Das mit den Stumpen macht gerade die Runde. Und auch, dass die Grenzer ein Boot versenkt haben.« Er stellte seinen Becher ab. »Es ist nur noch ein großes Rätselraten, wen es erwischt hat.«

Anna spürte eine Gänsehaut und fuhr sich die Oberarme entlang.

»Eigentlich hatte ich heute Nacht schon mit meinem Leben abgeschlossen!«

»Das solltest du nicht«, Ludwig richtete sich auf, »aber du solltest aufpassen, dass deine Kinder nicht zu Halbwaisen werden!«

»Du machst mir Angst!«

»Es ist nur so«, er zeigte zu seinem abgestellten Becher, »jeder Krug geht so lang zum Wasser, bis er bricht!«

Anna vermied es, August auf dieses neue Boot anzusprechen. Wenn er es ihr nicht von selbst erzählte, hatte er wohl seine Gründe. Vielleicht wollte er sie nicht beunruhigen. Oder er stellte ihr das neue Boot bei einer Jungfernfahrt vor. Wer wusste schon, was in so einem Männergehirn vor sich ging?

Der 24. Dezember 1923 war angebrochen, Heiligabend. Am Morgen hatte Anna noch ihre Geschenke verpackt, ein rotes Kleidchen für Maria, ein buntes Holzspiel für Cecil und ein neues Hemd für August. Sie war zufrieden mit ihrer Ausbeute und auch mit der Ecke im großen Gastraum, die sie heimelig mit einem schön gedeckten Tisch eingerichtet hatte. Es war wie bei anderen Familien auch, sie würden um vier Uhr zum Krippenspiel gehen, dann würde das Christkind für die Kinder kommen, und schließlich würde es Wiener Würstle mit Kartoffelsalat geben, das obligate Weihnachtsessen.

Der Unterschied war nur, dass ihr Wohnzimmer eben ein ganz besonders großes Wohnzimmer war, deshalb hatte Anna den Christbaum so gestellt, dass er von ihrer Ecke aus die Sicht auf den leeren Raum mit Theke und den anderen Tischen verdeckte.

»Das hast du hübsch gemacht«, lobte August und nahm sie in den Arm. »Wie geht es dir? Hast du dich ein bisschen erholt?«

Insgeheim lauerten beide auf die ersten Anzeichen einer Erkältung, aber seltsamerweise schienen ihre Körper die eiskalte Nacht gut überstanden zu haben.

»Ich weiß nicht«, sagte Anna, »ich habe alles gegen Fieber und

Grippe bereitgelegt, sämtliche Heilmittel meiner Mutter, aber noch fühle ich mich gesund!«

»Und da?« Er legte seine Hand auf ihren Bauch.

»Nein, ich spüre keinen Schmerz, auch da nicht.«

»Du bist schon eine sehr ungewöhnliche Frau!« Er nahm sie in seinen Arm. »Wie du das gemeistert hast, ich bin stolz auf dich!«

»Es war ja bis zu dem Vorfall ein sehr schöner Abend. Du hast mir eine große Freude gemacht, vielleicht hat das Glücksgefühl meinen Körper gewärmt.«

August fuhr ihr liebevoll übers Haar. »Hoffentlich wird das Kleid wieder.« Er musste lachen. »Das kannst du jetzt glauben oder nicht, als ich gestern zu unserer Zimmertür rein bin, du hast schon geschlafen, habe ich mich wahnsinnig erschrocken … das Kleid dort im Dunkeln an der Lampe sah wie ein Geist aus …«

Anna musste lachen, aber bevor sie etwas sagen konnte, kam Maria um die Ecke gerannt: »Mama, ab wann kann Cecil denn endlich laufen? Damit wir besser spielen können?«

August nahm Maria auf den Arm, während Cecil krabbelnd im Türrahmen erschien und Anna sich nach der fast Einjährigen bückte.

»Bald«, sagte er. »Sie zieht sich ja schon überall hoch, und an der Hand geht sie auch schon!«

»Nein, so richtig! Richtig schnell!«

»Auch bald. Und wenn Cecil dann so richtig mit dir um die Wette rennen kann, kommt ja vielleicht bald ein Brüderchen.«

Maria schüttelte den Kopf. »Ich will kein Brüderchen, die sind doof. Die nehmen einem alles weg!«

August schmunzelte.

»Dann, liebe Maria, musst du dich wehren. Frag mal deine Mama, wie sie es bei ihren Brüdern gemacht hat?«

»Aber Hannes und Paul sind ja nicht meine Brüder, sondern die Brüder von Hilde. Und ich bin dort Gast. Ich darf sie nicht schlagen.«

Anna setzte die strampelnde Cecil ab, die unbedingt zurück auf den Boden wollte.

»Schlagen sie denn dich?«, wollte sie wissen.

»Nein, aber sie haben so schöne, kleine Automobile aus Holz. Und wenn ich damit spielen will, nehmen sie sie mir weg und geben mir so eine blöde Puppe! Ich will aber so ein Automobil wie Tante Fine.« Sie machte ein trotziges Gesicht.

August nickte ernsthaft. »Das kann ich verstehen!« Er gab ihr einen Kuss. »Vielleicht hat dir das Christkind ja auch ein Automobil gebastelt und bringt es dir heute?«

Maria sah ehrfürchtig zum Christbaum. »Soll ich es darum bitten?«

»Das ist eine gute Idee!«

»Nachher in der Kirche?«

»Ja, da hört es dich bestimmt.«

Maria strich sich ihre Locken aus dem Gesicht. Ihre Wangen wurden rot vor Eifer. »Dann überlege ich mir jetzt schon mal, was ich nachher bete«, sagte sie und wollte von Augusts Arm herunter. »Ich muss nachdenken.«

Anna sah ihrer kleinen Tochter nach, wie sie zielstrebig zum Kachelofen ging, ihrem Lieblingsplatz. Cecil krabbelte zügig hinterher, und Anna half ihr auf die warme Sitzbank.

»Und wo bekommst du nun so schnell ein schönes Spielzeugautomobil her?«, wollte Anna zweifelnd wissen.

August musste lachen. »Manchmal braucht es eben ein bisschen Glück. Unser Stammtischbruder aus Weiler hat von der Seifenkiste seines Sohnes erzählt. Die hat er ihm mal zusammengeschraubt, als er noch klein war. Aber nun will er sie verkaufen, weil sein Sohn gewachsen ist und lieber ein Fahrrad will. Also schnappe ich mir mein Fahrrad und mach den Handel perfekt. Dann sind heute Abend alle glücklich!«

Anna warf einen Blick auf die Uhr. »In einer halben Stunde beginnt das Krippenspiel. Ich richte jetzt die Kinder und mich …«

»Passt genau. Dann fahre ich jetzt nach Weiler und schwänze das Krippenspiel, damit das Christkind heute Abend das Richtige bringt!«

»Und so kommt es, dass die erste Automobilistin in Horn ein vierjähriges Mädchen ist«, ulkte August gute zwei Stunden später, nachdem Maria außer sich vor Freude kaum noch Zeit für ihr Würstchen hatte. Und es war ja auch eine wirklich schöne, rot bemalte Seifenkiste, mit einem kleinen Sitzbrett, vier Vollgummireifen und einem Lenkrad. Und als Antrieb liefen unten die Beinchen mit.

Maria sauste zuerst in der Wirtschaft herum und wollte nach kurzer Zeit unbedingt auf die Straße, um zu Hannes und Paul zu fahren.

»Morgen«, vertröstete August sie. »Da begleite ich dich.«

Und während August das seiner Tochter fest versprechen musste, überlegte Anna, ob sie morgen überhaupt ein Festessen auftischen sollte, denn so wie es aussah, war eine Gans viel zu viel. Etwas wehmütig dachte sie ein Jahr zurück, als sie mit Yvonne und René, Vreni und Martin und den Kindern eine richtig große Familie waren.

Anna riss sich aus ihren Gedanken und lud sich etwas Kartoffelsalat auf den Teller. Drei Würstchen waren noch im Topf, aber auch Cecil, die sonst gern Würstchen aß, saß völlig versunken neben dem Christbaum auf dem Boden und legte ihre bunten Holzteile zusammen.

August angelte sich eines der Würstchen heraus und steckte es sich in den Mund.

»Ich denke auch, dass du dir den Aufwand sparen kannst. Mach in der Zeit lieber was für dich selbst.«

»Und was?«, wollte Anna wissen.

»Tagebuch schreiben, etwas zeichnen, Zeit für dich, das hast du doch sowieso selten.«

»Du meinst doch eher Zeit für uns?«, gab sie zurück, und Augusts Blick wurde versonnen.

»Auch das wäre nicht schlecht.«

Anna ging nicht darauf ein. Sie war zu sehr in Fahrt.

»Ich denke ganz was anderes, August, wenn das jetzt mit den Zimmern für Silvester geklappt hat, ist das doch ein gutes Omen fürs nächste Jahr. Vielleicht tragen meine ganzen Werbeaktionen nun doch langsam Früchte.« Sie zeigte nach oben zur Decke. »Frühling genießen auf der Höri. Das wären meine nächsten Plakate. Wir haben mit den Gästezimmern doch alle Voraussetzungen!«

»Ja, da hast du recht! Und nachdem die Währung nun stabil ist, müsste es im nächsten Jahr tatsächlich aufwärts gehen ...«, er zögerte.

»Wieso? Was ist?«

»Dieser Putschversuch im November, von diesem kleinen Österreicher. Das stimmt mich nachdenklich.«

»Was meinst du?«

August griff nach der Weinflasche.

»Nach dem Essen lieber als ein Bier?«

Und als Anna zustimmte, schenkte er zwei Gläser ein.

»Er ist ja nicht durchgekommen, dieser Verrückte. Sie haben ihn verhaftet. Aber er hatte Ludendorff an seiner Seite. Und der ist immerhin ein berühmter General aus dem Ersten Weltkrieg. Und sie haben tatsächlich einen Putsch versucht, haben die Bayerische Landesregierung festgesetzt und wollten mit ihrer lächerlichen NSDAP bis nach Berlin marschieren.«

»Aber wenn sie ihn doch festgenommen haben?« Anna nahm einen Schluck. »Dann wurde diese Geschichte doch verhindert?«

»Dieser völkische Nationalismus, der verheißt nichts Gutes. Vielleicht war es ja nur ein Schuss ins Blaue, aber mir ist es beim Gedanken an diesen Zwerg nicht wohl.«

Anna überlegte. »Die nutzen die Unzufriedenheit aus, die Angst der Menschen vor dem Niedergang. Die hohe Inflation, die vielen Gesichter der Weimarer Republik. Wahrscheinlich schreien sie Parolen und haben keine Lösungen!«

August nickte. »Und genau das ist die Gefahr. Wenn Menschen verzweifelt sind, glauben sie auch dem allerletzten Heilsverkünder alles!«

Anna sah zu ihrem Christbaum, an dem noch vereinzelte Kerzen brannten, von da zu ihren beiden glücklichen Kindern und schließlich wieder zu August.

»August, sprichst du nun von Unruhen in Deutschland – oder von mehr?«

August beugte sich etwas vor. »Ich will nur sagen, Augen und Ohren auf. Solche wie diese kleinen Spinner gibt es überall. Bekommen sie Macht, sind sie unberechenbar.«

»Wir haben den letzten Krieg gerade hinter uns.« Anna schob ihren Teller zur Seite.

»Einen Krieg, von dem viele Deutsche glauben, dass er zu Unrecht verloren gegangen sei, dass Hindenburg und Ludendorff zu früh kapituliert hätten ...«

»*Der* Ludendorff, der jetzt ... mit diesem, wie sagst du, Österreicher in Bayern geputscht hat?« Anna schüttelte ungläubig den Kopf.

»Genau der!«, bestätigte August. »Vielleicht will er es der Welt noch einmal zeigen!«

»Aber der Putsch wurde doch niedergeschlagen, sagst du?«

»Der Putsch ist niedergeschlagen, aber die Gesinnung nicht. Dieser revanchistische Gedanke steckt halt vielen Deutschen in den Knochen, Recht und Ordnung, Wiedergutmachung nach dem Unrecht von Versailles ...«

August runzelte die Stirn.

»Na, ich sehe Fried Bertschinger auch in diesem Lager.«

»Ja«, gab August Anna recht, »das ist auch so einer. Wenn der einen denunzieren kann, tut er es. Obwohl er wahrscheinlich mehr Dreck am Stecken hat als das gesamte Dorf!«

»Es ist so ein friedlicher Abend, bringen wir die Kinder ins Bett und gehen in die Christmette?«, schlug Anna vor. August griff über den Tisch nach ihrer Hand und drückte sie.

»Egal, Anna, was kommt, wir beide sind stark, und wir werden es schaffen. Wir bauen uns hier unsere Existenz, die Heimat für unsere Kinder, und wenn du mit deiner Schwester nach Berlin musst, um dort die Welt kennenzulernen, dann ist das genau richtig, denn von dort bringst du neue Ideen mit, die uns hier nützen werden. Alles zusammen, deine Tatkraft und Kreativität, und meine Art, die Dinge zu bewegen, werden unsere Zukunft sichern!«

Anna ließ das Gesagte wirken, bevor sie aufstand, um den Tisch herumging und ihre Arme um August schlang.

»Ich liebe dich«, sagte sie. »Und genau, wie du es sagst, gemeinsam werden wir alles schaffen!«

»Ja! Und dein blaues Kleid wird auch wieder werden!«

Die dritte Tochter

Am 16. Juli 1924 kam Trudi zur Welt. Ganz ohne Komplikationen und schnell. Die Hebamme war kaum da, die Wehen noch nicht so schlimm, wie Anna sie bei den beiden Töchtern zuvor erlebt hatte, ganz so, als ob die Kleine möglichst schnell die Welt erobern wollte. Annas erster Blick war sofort, ob alles an ihr dran, sie gesund war, denn insgeheim hatte sie wegen der »Grenzernacht« im eiskalten Wasser doch Sorge gehabt. Aber die Hebamme bestätigte, dass es zwar ein kleines und leichtes, aber doch ein vollkommenes Kind sei. Anna atmete auf und hatte es gewaschen an der Brust, als August ins Zimmer stürzte. »Ist es schlimm?«, fragte er, bereit, seiner Frau Mut zuzusprechen und die Hand zu halten, aber sie lächelte nur.

»Schon da. Ist einfach gekommen, als sei es das Einfachste auf der Welt.«

Er setzte sich ans Bett, und sie sah ihm an, dass er sich nicht zu fragen traute.

»Eine Trudi«, sagte sie deshalb. »Ein gesundes Mädchen, trotz unserer Eisnacht.«

»Gut gemacht!« Er küsste Anna auf die Stirn und betrachtete seine kleine Tochter, die mit leisen Schmatzgeräuschen an Annas Brust saugte.

»Eine Hübsche!«, lobte er. »Kommt ganz nach dir!«

Die Hebamme kam mit frischen Tüchern zur Tür herein, gefolgt von Maria und Cecil, die inzwischen längst laufen konnte.

»Nun bist du die Große«, sagte August und hob Cecil hoch. »Schau, euer neues Schwesterlein.«

Maria stellte sich neugierig ans Bett, meinte dann aber, nachdem sie ihr Schwesterchen eine Weile beobachtet hatte: »Das dauert ja wieder so lange, bis man mit der spielen kann! Die ist ja winzig!«

»Ja, so ist es nun mal mit Neugeborenen«, erklärte die Hebamme. »Du warst auch mal so winzig!«

Maria schüttelte den Kopf. Das konnte sie sich nicht vorstellen.

»Kommen Sie zurecht?«, wollte die Hebamme wissen und öffnete das Fenster weit, um frische Luft hereinzulassen. »Ich müsste weiter. Eine Straße weiter hoch liegt die Agneta auch in den Wehen!«

Anna streckte ihr die Hand entgegen und bedankte sich.

»Und ich wünsche Agneta viel Glück!«

»Vor allem wünscht sie sich nach drei Buben ein Mädchen.« Die Hebamme lächelte ihr zu. »So ist es manchmal!«

August begleitete die Hebamme an die Tür und lockte seine Kinder. »Wir machen eurer Mutter jetzt einen richtig guten Kaffee, und ihr bekommt einen Kakao.«

Nachdem sie alleine war, betrachtete Anna das kleine Wesen in ihrem Arm genau: die feinen Adern am Kopf, die dunklen, noch feuchten Haare, die perfekten Ohren, die kleinen Finger mit den Fingernägeln und fragte sich wieder einmal, wie das in ihrem Bauch hatte so wachsen können.

Das Wunder des Lebens, dachte sie und dankte ihrem Gott, dass alles so gut gegangen war. Inzwischen war die Kleine an ihrem Busen mit offenem Mündchen eingeschlafen, und Anna horchte zuerst auf ihren Atem und dann zum offenen Fenster hinaus.

Seit diesem Frühjahr hatte das Geschäft angezogen. Ob ihre neuerliche Reklame-Aktion etwas bewirkt hatte, wusste Anna nicht, doch offensichtlich hatten die Radolfzeller Horn als Ausflugsziel entdeckt. Plötzlich fanden sie Gefallen daran, im »Hirschen« einen Kaffee mit Kuchen zu genießen und anschließend wieder heimzufahren. Inzwischen hatte sich Anna ein Vorbild an den Postkutschen genommen und eine Art Sammelbeförderung erfunden. Die Kutsche fuhr vom Bahnhof aus zu bestimmten Zeiten los und war für jeden Einzelnen günstiger als allein zu fahren und außerdem bequemer als mit dem Fahrrad. Und so hatten sie nicht nur Kaffeegäste, sondern nun auch vermehrt Abendessen. Annas Kutschenidee war ein voller Erfolg und fand auch bei den Kutschern in der Umgebung, die sich abwechselten, großen Anklang.

»Wenn wir kräftig sparen«, hatte sie August noch am Vortag erklärt, »dann kaufen wir Arthur ein Automobil ab und ersetzen die Pferdebeförderung. Was meinst du, was dann erst los ist!«

Und sie waren nicht die Einzigen, die nach vorn dachten. Dieses Jahr schien es gut mit ihnen zu meinen. Die Menschen atmeten auf, hatten wieder Geld und Freude daran, sich etwas zu leisten. Und auch August plante bereits, die provisorische Holzterrasse, die er für die nachmittäglichen Kaffee- und Kuchengäste gebaut hatte, durch eine stabile Terrasse zu ersetzen.

»Es braucht was für den Gaumen«, hatte er gesagt, »aber auch fürs Auge!«

»Dafür bin doch ich da«, hatte Anna scherzhaft geantwortet, und er hatte genickt. »Ja, du wirst immer schöner. Ich weiß überhaupt nicht, wo das noch hinführen soll.«

Es war schön. Sie vertrugen sich nach fünf Ehejahren noch immer gut, und Anna fand sogar, dass ihr Umgang miteinander durch den zunehmenden Erfolg leichter geworden war, heiterer.

Und nun war also Mädchen Nummer drei da. Anna streckte sich wohlig aus, gab sich ganz dem Glücksgefühl hin, ein gesundes Kind geboren zu haben. Und so schickte sie ein Stoßgebet zum Himmel, dass es so bleiben möge. »Lieber Gott, mach, dass die schwierigen Jahre vorbei sind. Und mach, dass Josefine bald mit Mutter kommt. Jetzt können wir ihr ein paar richtig schöne Tage bereiten.« Und weil Anna auch an Engel glaubte, erweiterte sie diese Bitte und schickte sie ebenfalls an Max und ihren Vater.

So wie Anna schon so manches Mal in ihrem Leben an Telepathie geglaubt hatte, reihte sich am 1. August 1924 ein Automobil in heranfahrende Kutschen ein. Da die Straße zwischen Radolfzell und Horn wenig ausgebaut war, konnten sich zwar entgegenkommende Kutschen und Fuhrwerke gut ausweichen, wer aber einmal hinter einem langsamen Fuhrwerk feststeckte, musste die Geschwindigkeit mitfahren. Und obwohl die angeschirrten Pferde immer mal wieder versuchten, einen Blick auf das seltsame Geräusch hinter ihnen zu erhaschen, konnte es nicht schneller gehen.

So kam Josefine im viertürigen Wagen ihres Mannes mit ihrer Mutter Cäcilia auf dem Beifahrersitz und mit Johann und Barbara auf der Rückbank im Schritttempo gemächlich vor den »Hirschen« gefahren.

Anna, die inzwischen Gertrud, eine junge Frau aus Gaienhofen, als Aushilfe für die Küche und den Service angestellt hatte, stürzte mit Trudi auf dem Arm aus der Gaststube hinaus auf die Straße.

»Ich glaube es nicht!«, rief sie und wäre fast über ihre lange weiße Schürze gestolpert.

»Langsam!«, lachte Johann, der ausgestiegen war und die Arme ausbreitete. »Holla, du kleines Schwesterchen!«

Er war wieder der Alte, fand Anna. Hatte an Gewicht zugelegt, war breit in den Schultern und muskulös so, wie sie ihn kannte. Die schwere Kriegszeit schien er überwunden zu haben.

»Und das ist Barbara«, schob er eine junge Frau vor, die Anna sofort an Luisa in der »Krone« erinnerte. Drall, pausbäckig, hübsch, mit strahlendem Lächeln, das Urbild einer gut situierten Bäuerin. Sie schüttelten einander wohlwollend die Hand, bevor sich Anna ihrer Mutter zuwandte.

»Das freut mich ganz besonders, dass du den Weg hierher gefunden hast.«

»Nun, gefunden hat ihn ja Josefine, aber ich bin glücklich, mein verlorenes Kind endlich wieder in die Arme schließen zu dürfen!«

Verlorenes Kind, erst seitdem Anna selbst Kinder hatte, konnte sie nachvollziehen, was dieser Schritt vor elf Jahren auch für ihre Mutter bedeutet hatte. Sie umarmten sich, Trudi zwischen ihnen, lange, und sahen sich, als sie sich voneinander lösten, tief in die Augen.

»Ich hoffe, es geht dir gut?«, fragte Anna, denn sie fand ihre Mutter fast durchsichtig dünn.

»Am besten geht es mir, wenn ich alle um mich habe«, gab ihre Mutter zur Antwort, dann neigte sie sich zu Trudi, die ihre Großmutter aus dunkelblauen Augen betrachtete.

»Ein hübsches Mädchen«, meinte sie, »meine Enkelin, wie ich mich freue, euch zu sehen, und ich gratuliere dir aus tiefstem Herzen!«

»Nun bist du mir ein Kind voraus!« Josefine trat an ihre Seite und stupste sie. »Na? Überraschung?«

Anna konnte nur strahlend den Kopf schütteln.

»Schöner als Weihnachten und Geburtstag zusammen!«

Inzwischen waren, wie schon im Jahr zuvor, etliche Kinder zusammengelaufen und standen staunend um den Wagen herum, und als ob sie es gerochen hätte, kam nun auch Maria mit ihrer Seifenkiste angesaust, Cecil auf dem Schoß.

»Gestatten«, Anna zeigte auf die beiden und musste lachen, »sie macht ihrer Tante alle Ehre, das sind Maria und Cecil – und Maria ist die erste Automobilistin in Horn, wie August immer so schön sagt!«

Alle stimmten in Annas fröhliches Lachen ein und beugten sich zu Maria hinunter, die Cecil absetzte, aus ihrer Seifenkiste stieg, unbeeindruckt an allen vorbeiging, durch die offene Fahrertür in die Limousine kletterte und sich dort am großen Holzlenkrad hoch auf den Fahrersitz zog.

»Ich werde Rennfahrerin«, rief sie. »Das sagen Hannes und Paul auch.«

»Womit das schon mal besprochen wäre«, schmunzelte Josefine und fragte Anna: »Soll ich den Wagen da stehen lassen?«

»Mitten im Weg, das macht sich gut, dann weiß man gleich, dass die interessantesten Leute im ›Hirschen‹ sitzen.« Anna drehte sich zu Johann um. »Habt ihr Gepäck? Übernachtet ihr?«

Ihre Mutter schüttelte den Kopf. »Du kennst doch unseren Hof!«

»Ja, schon. Aber du hast doch noch andere Töchter … und Schwiegersöhne.«

Johann winkte ab. »Zeig uns doch erst mal dein neues Reich. Das Haus, die Kirche, den Blick auf den See, alles!«

»Möchtet ihr vielleicht vorher was trinken?«, fragte Anna, »oder sollen wir gleich losmarschieren?«

»Ein Kaffee wäre schön«, fand ihre Mutter freudig.

»Etwas trinken, etwas essen. Ich richte euch auf der Terrasse einen Tisch – oder möchtet ihr lieber in der Stube essen?«

»Bei dem schönen Wetter doch lieber draußen, oder?« Barbara wartete die Zustimmung ab, dann griff sie ihrer Schwiegermutter unter den Arm.

»Nun machen wir es uns erst mal gemütlich!«

Anna war ganz ihrer Meinung, doch die Geste stimmte sie nachdenklich. War etwas mit ihrer Mutter?

Seit ihrer Hochzeit vor fünf Jahren hatte Anna ihren Bruder und ihre Mutter nicht mehr gesehen. Es gab viel zu erzählen, viel nachzuholen. Und als sich später August dazugesellte, gab es noch ein paar Gesprächsthemen mehr, vor allem, als Johann die Brennerei sehen wollte und ein paar Sachen fragte, deren Antworten Anna lieber nicht hörte. Irgendwann zogen die beiden Männer ab, hinunter zum See. Wollten sie eine Erkundungsfahrt mit Hans-

Ueli machen, das neue Boot in Augenschein nehmen, das, wie sie ja von Ludwig wusste, beiden gehörte? Sie wartete noch immer auf die Jungfernfahrt, und in einem passenden Moment würde sie ihren Herrn Gemahl dezent darauf hinweisen. Sie freute sich schon jetzt auf sein Gesicht.

Ihre Mutter wollte die Kirche sehen, die so malerisch am Ende der Kirchgasse stand. Und weil Anna immer wieder nach dieser Kirche gefragt wurde, die Johannes dem Täufer und St. Veit geweiht war, wusste sie in der Zwischenzeit gut Bescheid.

»Spätgotisch«, erklärte sie, während sie der Kirche langsam entgegengingen, »mit romanischem Mauerwerk. Drinnen seht ihr eine üppige Barockausstattung und zwei kostbare, um 1500 geschaffene Altarflügel des Konstanzer Malers Matthäus Gutrecht dem Älteren!«

Josefine nickte. »Und beten kann man dadrin auch?«

Anna stupste sie mit dem Ellbogen.

»Und heiraten?«

Alle sahen wie auf Kommando Barbara an.

»Heiraten?«, wiederholte Anna. »Ja, wenn ihr das demnächst vorhättet, wäre dies hier ein wirklich schöner Platz.«

Barbara ließ den Blick über die Kirche schweifen, verharrte kurz an dem glänzenden Kreuz auf der Kirchturmspitze, sagte aber nichts dazu.

»Ich will dir ja nicht zu nahe treten«, Anna fasste sie sacht an der Schulter, »aber wie lange seid ihr jetzt schon zusammen?« Sie gab sich selbst die Antwort: »Deinen Namen habe ich schon gekannt, als ich noch in der Schule war. Da war ich elf, zwölf.«

Barbara nickte. »Wir hatten feste Absichten. Aber dann kam der Krieg.«

»Ja«, sagte Anna. »Aber das ist lang her!«

»Mag sein«, Barbara sah ihr in die Augen, »doch Johann war nach dem Krieg nicht fähig. Er sagte, seine Erlebnisse, alles, was er hatte mitansehen, selbst hat tun müssen, verhinderten eine Ehe. Er hätte immer wieder diese Bilder vor Augen und sei sich nicht sicher, ob er ...«, sie senkte die Stimme, »die Ehe vollziehen könne.«

Anna brauchte kurz, um das zu verarbeiten.

»Und«, fragte sie, »wie habt ihr denn bisher gelebt, die letzten Jahre?«

»Unter einem Dach. Unter unserem Dach.« Ihre Mutter lächelte Barbara zu. »Barbara ist mir eine große Hilfe! Wie meine eigene Tochter!«

Anna holte tief Luft. Johann und Barbara, fünf Jahre nebeneinanderher leben? Das musste schrecklich sein.

»Aber nun«, Barbara schlug einen lebhafteren Ton an, »hat er offiziell um meine Hand angehalten.«

»Also doch!« Anna nahm sie lachend und zugleich erleichtert in den Arm. »Wenn ihr hier heiraten würdet, das wäre doch wunderbar. Die Trauung in dieser schönen Kirche und das Festessen bei uns mit Blick auf den See. Die Zimmer haben wir auch!«

»Lass uns einfach mal hineingehen«, bremste Josefine ihre Schwester und öffnete die Kirchentür. »Das wäre doch schon mal ein Anfang für weitere Überlegungen.«

Gegen Abend kamen immer mehr Gäste, auch mehr Automobile, denn in der Umgebung waren manche mit dem wirtschaftlichen Aufschwung vom Pferd auf Pferdestärken umgestiegen. Anna hatte den Ecktisch auf der Terrasse für ihre Familie frei gehalten, weil aber Gertrud mit der zunehmenden Arbeit nicht mehr hinterherkam, entschuldigte sie sich recht bald und stand auf.

Barbara fragte, ob sie vielleicht irgendwo mithelfen könne?

Anna wehrte ab. »Bleib sitzen und genieß den Tag, gleich kommt eure Brotzeit!«

»Der Laden läuft ja recht gut«, fand Johann und folgte August mit den Augen, der zwischen den voll besetzten Tischen unterwegs war, Bestellungen aufnahm und Getränke servierte.

Schließlich kam er mit einem vollen Bierkrug an den Tisch zurück und klärte Annas Familie auf: »Das sind alles Schaulustige, denn heute ist der 1. August, und der 1. August ist der Schweizer Nationalfeiertag, den feiern die Eidgenossen jedes Jahr mit riesigen Höhenfeuern und großem Feuerwerk. Und dieses Spektakel kann man von hier aus gut und bequem sehen … Anna hat damit für unseren ›Hirschen‹ Reklame gemacht.« Er grinste und stellte Johann den Krug hin. »Und außerdem wird es in diesem Jahr besonders hoch hergehen, denn die Schweizer sind ja frisch gekürte Fußball-Europameister!«

Johann nahm den Krug dankend an und lachte.

»Stimmt! Europameister! Was für ein einmaliges Erlebnis!«

»Ja«, sagte August anerkennend, »sie haben es geschafft!« Er bemerkte die leeren Gläser auf dem Tisch. »Und ihr, meine Damen, noch einen Wein? Oder lieber auch ein Bier?«

»Zum Vesper ein Bier«, entschied Josefine.

»Und du fährst uns nachher noch heil heim?«, argwöhnte ihre Mutter mit hochgezogenen Augenbrauen.

»Und ob!«, bestätigte Josefine. »Spätestens um Mitternacht seid ihr alle wohlbehalten in euren Betten.«

Augusts Voraussage traf ein. Kaum war es dunkel, glühte auf der anderen Seite des Sees der Himmel. Die »Hirschen«-Gäste hatten sich mit Gläsern in der Hand die besten Plätze gesucht, manche standen sogar an der Friedhofsmauer, um möglichst viel vom gegenüberliegenden Ufer sehen zu können. Andere waren einfach sitzen geblieben, denn was in der Schweiz an Feuerwerkskörpern in den Himmel stieg, konnte man auch von der Terrasse aus sehen.

Anna hatte dieses Spektakel nun bereits elf Jahre lang erlebt, aber Barbara war begeistert aufgesprungen und war mit ihrer Schwiegermutter an der Hand zu einer kleinen Anhöhe gelaufen. Nur Johann schien wenig begeistert. Er war mit Josefine am Tisch sitzen geblieben und sah in die andere Richtung.

»Das will mir noch immer nicht gefallen«, erklärte er, als sich

Anna neben ihn setzte. »Diese Kanonenschläge, das Zischen und Knallen, das mag ich auch an Silvester nicht. Es weckt unangenehme Erinnerungen.«

Anna drückte seine Hand, und Josefine strich nachdenklich ihren Bubikopf glatt.

»Die anderen empfinden es anscheinend nicht so«, sagte sie schließlich und zeigte auf die begeisterten Gäste.

»Die haben vielleicht auch keinen Bruder verloren.« Johann griff nach seinem Bierglas. »Auf Max!«

Anna nahm den Weinkrug und zog zwei Gläser heran. »Warte, wir trinken gemeinsam auf Max!«

»Und jetzt liegt er irgendwo in Frankreich, und wir können nicht mal sein Grab besuchen«, meinte Johann düster, bevor sie ihre Gläser in den Himmel reckten.

»Auf dich, Max!«, sagte Josefine und stieß mit den beiden anderen an.

»Wo immer du bist!«

»Und ist mit unserer Mutter alles in Ordnung?«, wollte Anna wissen, jetzt, da sie alleine waren. »Sie kommt mir so … gebrechlich vor. So dünn. Sie war doch immer so stark, so wie Serafine.«

Johann schüttelte den Kopf. »Sie ist vierundsechzig Jahre alt, hat uns Kinder auf die Welt gebracht, hat uns großgezogen ohne Hilfe, sie hat den Hof alleine bewirtschaftet. Jetzt, da ich das mache, sehe ich, was das bedeutet. Sie hat ihr Leben lang viel gearbeitet, das tut sie bis heute, sie hilft überall. Sie ist … einfach abgeschafft.«

»Mir hat sie gesagt, dass Barbara ihr viel hilft.«

»Jaaa«, antwortete Johann lang gezogen.

Anna warf ihm einen forschenden Blick zu. »Was ist?«

»Barbara hätte einen besseren Mann verdient!« Er holte tief Luft. »Einen richtigen Mann!«

»Johann!« Anna wäre am liebsten aufgesprungen, hätte seinen Kopf an ihre Brust gedrückt und ihm durch sein dichtes Haar gestreichelt, »Johann, du bist das Beste, was einer Frau passieren kann! Und sie weiß das! Wenn ihr heiratet, werden wir uns alle sehr freuen, sie wird glücklich sein, wie sie es auch heute schon ist, das sehe ich doch!«

»Ja, das ist sie«, sagte er lahm.

»Johann!« Anna wurde etwas lauter. »Sie liebt dich! Etwas Besseres kann dir nicht passieren! Und Mutter auch nicht!«

Josefine klopfte ihm sanft auf den Rücken. »Komm, großer Bruder, mach dir keine Gedanken. Ihr heiratet, dann muss sie sich nicht mehr wie eine Hausangestellte auf Kraftstein fühlen, und alles andere kommt mit der Zeit von alleine.«

»Wenn ihr meint.«

»Und ob!«

Anna winkte August zu, der mit einem Tablett voller Schnapsgläser herumging.

»Na«, sagte er, »Schwager, wir beide heben noch einen!«

»Ich nicht, ich muss unsere Trude noch stillen.« Anna nahm es zum Anlass, schnell in ihr Schlafzimmer zu laufen, um nach den drei Kindern zu sehen. Maria und Cecil taten zumindest so, als ob sie schliefen, während Trudi, nachdem sie die Brust bekommen hatte, gleich wieder einschlief. Anna vermutete, dass Maria und Cecil am Fenster klebten, sobald sie wieder draußen war.

Eine gute Stunde später, gegen zehn Uhr, drängten die meisten Gäste zum Aufbruch. Unter viel Gelächter versuchten sie, ihre eigenen Gefährte wiederzufinden, und mit viel Gehupe und Pferdegewieher sortierte sich langsam eine lange Schlange aus Kutschen, Fuhrwerken und Automobilen in Richtung Radolfzell.

August und Anna hatten die Mutter, Josefine, Johann und Barbara zu ihrem Auto begleitet, nun reihten sie sich mit ihrem Gefährt in die Schlange ein und winkten noch einmal zum Abschied, bevor Josefine den Wagen beschleunigte.

»Das wird dauern«, prophezeite August.

»Bis zum Hofgut sind es nur fünfzig Kilometer, hat Josefine gesagt. Etwas weniger als zwei Stunden«, widersprach ihm Anna und lehnte sich kurz an seine Schulter.

»Und was sagst du? War es ein Erfolg?«

August nickte. »Und ausgerechnet deine Familie reist am 1. August an. Anfangs dachten sie, bei uns ginge es immer so zu.«

»Wir arbeiten dran, lieber Gatte«, Anna gab ihm einen Kuss, »und ich gehe jetzt zum Abwasch in die Küche!«

Anna hatte während ihrer Arbeit tausend schöne Bilder im Kopf, doch plötzlich wurde sie unsanft aus ihrer Gedankenwelt herausgerissen: Der Lärm draußen zeigte ihr, dass irgendetwas passiert war. Und schon stürmte August in die Küche, wo sie und Gertrud gerade die letzten Teller und Gläser gespült und zufrieden die Handtücher aus den Händen gelegt hatten.

»Da muss etwas Schlimmes passiert sein, gerade kam einer unserer Gäste angaloppiert und fragte nach einem Arzt!«

Erschrocken drehte sich Anna zu Gertrud um, die eben ihre Schürze aufband. »Dein Onkel ist doch Arzt!«

»Ja, aber wohnt in Weiler. Ich wüsste nicht, wie wir ihn benachrichtigen sollten!«

»Wir brauchen endlich ein Telefon!«, wetterte August. »Das ist doch kein Zustand!«

»Wo ist der Mann?«, fragte Anna und lief aus der Küche hinaus.

Draußen stand ein junger Mann, sein nass glänzendes Pferd neben sich am Zügel. »Was ist passiert?«, wollte Anna wissen und dachte sofort an ihre Familie.

»Es ist schwer zu sagen! Zwei Kutschpferde sind durchgegangen, haben andere angesteckt, irgendwie ist wohl ein Fuhrwerk umgekippt, dazwischen die Automobile, ein großes Durcheinander in der Dunkelheit.«

»Ich fahr hin!«, rief August sofort. »Falls ein Fuhrwerk umgekippt ist, brauchen sie jede Hilfe, die sie kriegen können!«

»Mein Kamerad ist in die andere Richtung geritten, er alarmiert in Radolfzell die Feuerwehr.«

Wenn die anrücken, drehen die Pferde vollends durch, dachte Anna, während August bereits losgelaufen war, um sein Fahrrad zu holen.

»Also gibt es hier in Horn keinen Arzt?«, fragte der Mann und tätschelte sein Pferd, das noch immer die Nüstern blähte.

»Eine Hebamme!«, sagte Anna schnell. »Hebammen sind auch medizinisch ausgebildet.« Sie überlegte. »Ich laufe zu unseren Nachbarn. Ich bin gleich zurück!«

Ludwig war noch auf, seine Frau Christine bereits im Bett. Nachdem er Annas aufgeregte Nachricht vernommen hatte, sattelte er ein Pferd und ritt zum »Hirschen«, wo der junge Mann auf ihn wartete.

»Die Hebamme wohnt nicht weit von hier, das liegt auf dem Weg. Sie hat einen schnellen Einspänner, und wir sollten Licht mitnehmen!«

Anna rannte ins Haus und brachte einige Sturmlampen, die sie Ludwig aufs Pferd reichte, während der andere wieder aufsaß. Gemeinsam ritten sie los, und Anna sah ihnen nach, bis die Dunkelheit sie verschluckte und nur noch die schwankenden hellen Punkte der Laternen zu sehen waren.

»Lieber Gott im Himmel, lass nichts Schlimmes passiert sein«, betete Anna inbrünstig und überlegte verzweifelt, wie sie helfen könnte. Inzwischen war Gertrud neben sie getreten.

»Können wir was tun?«, fragte sie.

»Ja, am liebsten würde ich auch los! Weil ich einfach Angst … um alle habe.«

»Aber wenn sie jemanden Verletzten bringen, ist es ja besser, wir sind hier.«

Gertrud war noch keine zwanzig, aber sie hatte einen klaren Verstand, dachte Anna und gab ihr recht. »Dann machen wir mal überall Licht, setzen Wasser auf und legen Tücher bereit. Und falls

sie wirklich einen Verletzten bringen, richten wir eines der Gästezimmer.«

»Ja!«, meinte Gertrud schlicht und ging voraus ins Haus. Ob ich
mit achtzehn auch schon so erwachsen war, fragte Anna sich und
war froh, dass sie diese resolute Gertrud hatte, die ihr mit ihrem
langen blonden Zopf, den tiefblauen Augen und den hohen Wangenknochen vom ersten Moment an gefallen hatte. Und jetzt erinnerte Gertrud sie an Helene, die als rechte Hand der Köchin immer genau gewusst hatte, was zu tun war.

Eine halbe Stunde später war alles parat, und sie gingen hinaus,
die Hauptstraße entlang bis zum letzten Haus. Vielleicht kam ja
jemand, der etwas berichten konnte, denn inzwischen war es Anna
wirklich angst und bange.

Warum nur gab es überall schon Telefone, nur in Horn exis-
tierte noch kein Anschluss. Weder in Richtung Stein am Rhein
noch in Richtung Radolfzell. Sie waren in der Mitte dieser beiden
Städte das sprichwörtlich letzte Zipfelchen am See. Wie die Elektrizität ließ auch das Telefon auf sich warten.

»Das geht doch nicht«, schimpfte Anna. »Wir müssen uns endlich für unseren Ort einsetzen, wir müssen mit der Zeit Schritt
halten können!«

»Ja«, bestätigte Gertrud, »hier hinkt man wirklich hinterher!«

»Still!« Anna lauschte. »Da kommt doch was?«

Ein Fuhrwerk und eine Kutsche, die Pferde im Schritt, schälten
sich hintereinanderher aus der Dunkelheit. Anna hielt die Hand
mit ihrer Sturmleuchte hoch.

»Ich bin Anna aus dem ›Hirschen‹, sagt ihr mir, was passiert
ist?«

»Zu euch wollten wir gerade!« Einer ihrer Gäste, sie erkannte
ihn an der karierten Mütze wieder, beugte sich zu ihnen hinab.
»Im Moment ist kein Durchkommen, ein Fuhrwerk liegt quer, die
Pferde sind ausgespannt, den Mann haben sie darunter hervor-
gezogen, was mit ihm ist, das weiß ich nicht, eines der vorderen

Automobile hat ihn nach Radolfzell gefahren. Zwei Pferde sind mit einer Kutsche über die Wiese ab, von der haben wir nichts mehr gehört, alles ein großes Durcheinander.«

Die Kutsche kam neben das Fuhrwerk gefahren und hielt nun ebenfalls. Ein Ehepaar, das Anna auch gut in Erinnerung hatte, weil sie einen wagenradgroßen Hut trug, zu dem Josefine leise: »Etwas aus der Mode gefallen, die Gute«, geflüstert hatte.

»Na«, sagte der Mann müde, »so haben wir uns das Finale nicht vorgestellt.«

Anna ging gar nicht darauf ein. »Wissen Sie denn, was mit der großen grünen Limousine meiner Schwester passiert ist?«

Das Ehepaar sah sich an, dann schüttelten beide den Kopf. »Wir waren ja Gott sei Dank ziemlich hinten und konnten deshalb auch umkehren. Wie es weiter vorn aussieht, wissen wir nicht.«

»Und Sie sind auch nicht hingelaufen, um zu helfen?«, fragte Anna entrüstet.

Der Mann aus dem Fuhrwerk beugte sich herüber. »Einer der Männer in einer der Kutschen vor uns ist Arzt, habe ich gehört. Und dann kam ja auch noch eine Frau in einem schnellen Einspänner, Krankenschwester, wie ich glaube. Die haben wir durchgelassen.«

»Bekommen wir nun bei Ihnen noch was zu trinken?«, fragte die Frau unter ihrem großen Hut hervor, »wir sind müde, die Pferde auch.«

Eigentlich war das Anna egal.

»Und wenn Sie mich hinfahren würden?«, fragte sie den Mann auf dem Fuhrwerk, »Sie können mich dort einfach absetzen.«

»Und dann?«, fragte er.

»Dann drehen Sie um und bekommen einen guten Wein.« Sie warf einen Seitenblick auf Gertrud.

»Ja«, sagte Gertrud, »und Sie beide bekommen natürlich auch etwas!« Und mit einem Blick auf die Pferde: »Und die haben sicher auch Durst!«

»Kann ich jetzt noch anders?«, fragte der Mann auf dem Fuhr-werk und streckte Anna die Hand entgegen. »Kommen Sie!«

Anna war schneller oben, als er gedacht hatte.

»Ich heiße Wilhelm«, erklärte er und wendete das Fuhrwerk. »Und meine Frau wird mich schelten, weil ich so spät komme!«

»Warum ist sie nicht mitgekommen?«

»Wir haben Kinder!«

»Es steht morgen bestimmt in der Zeitung. Ein sicherer Be-weis ...«

Er schnalzte mit der Zunge. »Hü!« Und dann sagte er: »Die Zei-tung bin ich!«

Anna, obwohl voller Sorge, horchte auf. »Die Zeitung sind Sie? Was heißt das ... sind Sie der Verleger?«

»Nein, ich bin der wichtige Teil. Ich schreibe!«

»Und deshalb waren Sie heute bei uns im ›Hirschen‹?«

»Nein, eigentlich eher privat.«

»Aber so ein großes Ereignis wie das Feuerwerk der Schweizer ist doch nicht privat?«

»Das habe ich einem Mitarbeiter überlassen. Ich leite die Re-daktion.«

Annas Herz machte einen Sprung. Das war der richtige Mann für ihre Pläne. Die beiden Pferde fielen in Trab. »Sie denken, es geht heim«, bemerkte er.

»Und Sie haben sich den Unfall wirklich nicht angesehen?«, fragte Anna, der es schleierhaft war, wie ein Redakteur an so ei-nem Ereignis vorbeigehen konnte.

»Ich sage doch, mein Mitarbeiter ... der steckt nun irgendwo da vorn drin. Und was wollen Sie da eigentlich?«

»Meine Schwester. In dem viertürigen Automobil. Mit meiner Mutter und meinem Bruder und meiner ... Schwägerin.«

Wilhelm kratzte sich unter der Mütze. »Na, das wäre dann na-türlich schon eine interessante Geschichte, wenn der Familie der ›Hirschen‹-Wirtin nach einer ›Hirschen‹-Feier etwas passiert wäre.«

»Das wäre schlicht furchtbar! Ich hoffe doch sehr, dass keinem etwas passiert ist! An so eine Schlagzeile mag ich nicht einmal denken!«

»Woran dann?«

»An einen schönen Bericht über die Annehmlichkeiten des ›Hirschen‹ in Horn. Und wenn Sie eine Sensation brauchen, dann könnten wir unseren Badestrand anführen«, schwindelte sie. Den gab es zwar noch nicht, wäre am Ufer aber schnell einzurichten.

»Wieso das?«

»Nun, in Radolfzell haben Sie ja nur die ›See-Badeanstalt‹.«

»Was heißt denn da ›nur‹?«

»Na ja, ziemlich altmodisch nach Herren und Damen getrennt.«

»Altmodisch?«

Anna spürte seinen fassungslosen Blick. »Bei uns dürfen die Paare auch gemeinsam ins Wasser. Oder finden Sie es nicht seltsam? Da schlafen Ehepartner nebeneinander im Bett, sollen aber getrennt zum Baden gehen?«

»Das hat mit den Sitten zu tun – und außerdem ist es ja nicht nur ein Ehepaar, sondern es sind eben mehrere Ehepaare. Und die schlafen ja nicht alle in einem Bett!«

»Wir haben die Möglichkeit, Eheleuten ein gemeinsames Bad zu ermöglichen.«

Obwohl er nichts mehr sagte, spürte sie, wie es in seinem Kopf arbeitete. War das eine Geschichte oder nicht?

»Interessant«, sagte er und gleich darauf, »brrr!«

Sie waren schneller angekommen als gedacht, und Anna reichte ihm die Hand zum Abschied. »Vielen Dank. Und lassen Sie sich bei Gertrud verpflegen. Die Pferde auch. Und ich weiß, dass in Radolfzell viele Reisende absteigen. Ich finde, diesen Touristen könnte ein bisschen Abenteuer guttun.«

»Und das Abenteuer sind Sie?«, fragte er süffisant und hielt sie, als sie schon vom Kutschbock hinunterklettern wollte, zurück.

»Da tut sich vor uns eine Lücke auf. Bleiben Sie mal sitzen, wir schauen, ob wir durchkommen.«

Offensichtlich hatte sich das Chaos ein wenig gelegt, und das umgekippte Fuhrwerk war wohl durch viele Hände wieder aufgestellt worden, hatte allerdings, soweit Anna erkennen konnte, einen Radbruch. Vor der leeren Deichsel stand eine große Gruppe, die heftig diskutierte. Anna versuchte weiter nach vorn zu sehen, aber sie konnte nicht viel erkennen. Drei Kutschen und ein dunkles Automobil, alles Weitere verlor sich in der stockfinsteren Nacht.

Wo war ihre Familie?

Wilhelm gab ihr ein Zeichen zum Absteigen. »Kommen Sie!«

»Und die Pferde?«

»Kein Problem!!«

Sie traten zu der Gruppe, und Anna erkannte hinter all den dunkel gekleideten Menschen ihre Mutter und Barbara, die sich unterhielten.

Anna schlängelte sich durch.

»Mutter! Bin ich froh!!« Ihr fiel ein großer Stein vom Herzen. Barbara drehte sich zu ihr um und umarmte sie. »Was für ein verrückter Tag!«, sagte sie.

»Geht es euch gut?« Und als beide bejahten, fragte sie nach Johann und Josefine, die sie nirgends sehen konnte.

»Es gab einen Verletzten«, erklärte ihre Mutter, »aber auch einen Arzt und sogar eine Hebamme, die angefahren kam. Johann hatte schon geholfen, den Mann unter dem Fuhrwerk hervorzuziehen, und gemeinsam haben sie ihn auf die Rückbank von Josefines Auto gelegt und sind mit ihm losgefahren. Nach Radolfzell, ins Krankenhaus.«

»Und was ist dem Mann passiert?«, wollte Wilhelm wissen.

»Der Arzt meinte Beinbruch.«

»Aber«, fügte Barbara hinzu, »Fines Wagen hat einen ordentlichen Schaden.« Sie legte ihren Arm um die Schulter ihrer Schwiegermutter. »Es grenzt an ein Wunder, dass nicht noch mehr passiert ist!!«

»Was ist denn überhaupt passiert?«, wollte Anna wissen, und ein Mann, der bisher mit dem Rücken zu ihr gestanden hatte, drehte sich bei der Frage zu ihr um. »Darüber diskutieren wir gerade.«

»Aha?« Wilhelm machte ein paar Schritte auf ihn zu. »Offensichtlich sind doch zwei Pferde durchgegangen.«

Der Mann brummte etwas und zeigte auf andere Männer in der Runde: »Die Frage ist nur, warum.«

Die weiteten ihren Kreis, sodass Anna und Wilhelm mit Barbara und Annas Mutter auch mithören konnten.

»Es waren ja wohl die Ersten in der Reihe«, mutmaßte Wilhelm. »Und so etwas kann schon mal passieren!«

»Ja, aber die nachfolgenden Pferde sind ebenfalls ausgebrochen und mitsamt der Kutsche über die Wiese ab. Die Leute dadrin hatten wirklich Glück, dass sich die Pferde bis zum Waldrand wieder beruhigt hatten und nichts im Weg war, keine Gräben, keine Zäune, keine Bäume.«

»Also, das da ist meine Kutsche und sind meine Pferde!« Ein dicker Mann zeigte auf die Kutsche und die Pferde, die absolut friedlich dastanden. »Meine Pferde kannst du mit kleinen Kindern losschicken, die marschieren heim und bleiben vor dem Haus stehen.«

Wilhelm nickte. »Genau wie meine!«

»Aber wenn da plötzlich aus der Dunkelheit eine Spukgestalt auftaucht«, fuhr der Mann fort, »etwas Großes, Weißes, Flatterndes, dann bekommen selbst meine braven Gäule die Panik.«

»Warst du ganz vorn?«, wollte Wilhelm wissen.

»Und wer bist du?«, kam die Gegenfrage.

»Mir gehören die da. Ich war hinten.« Er zeigte zu seinem Fuhrwerk. »Und außerdem arbeite ich für die Zeitung.«

Ein weiterer Mann gesellte sich zur Gruppe. »Ah, Wilhelm? Ich dachte schon, die Stimme kenne ich.«

»Ich glaube, das ist eher was für die Gendarmerie«, meldete sich ein anderer zu Wort. »Das war volle Absicht, denn dieses Schreckgespenst brachte ja nicht nur die Pferde zum Durchgehen, sondern das ganze Durcheinander hier war die Folge. Auch der umgestürzte Wagen, auch der verletzte Mann darunter, auch das demolierte Automobil, alles hier!«

Anna schluckte. Hatte das wieder mit dem »Hirschen« zu tun? So wie damals die Männer am Ufer über August hergefallen waren, war das wieder so ein Anschlag? Wo war August überhaupt?

»Und wo ist eigentlich August?«, fragte sie Barbara, die sich leise mit ihrer Schwiegermutter unterhielt.

»Er führt die beiden Pferde des kaputten Fuhrwerks zurück nach Radolfzell. Zusammen mit dem Schwager des Verunglückten. Um das Fuhrwerk kümmern sie sich morgen, haben sie gesagt.«

»Wollt ihr nun doch vielleicht bei uns übernachten? Dann würde ich jemanden bitten …«

Ihre Mutter schüttelte müde den Kopf. »Wir haben gerade darüber gesprochen. Nein, wir warten und fahren nachher gemeinsam nach Mühlheim. Der Wagen ist zwar beschädigt, aber er fährt noch!«

»Ein Schreckgespenst«, überlegte Anna laut. Wie damals bei ihr in der »Krone«. Ein dummer Scherz? Daran glaubte sie nicht. »Hat man denn etwas gefunden? Bettlaken vielleicht oder ein Holzgestell?«

Eine Frau mischte sich ein. »Dazu war das Durcheinander zu groß. Der Spuk war so schnell vorbei, wie er entstanden war.«

»Aber vielleicht gibt es ja noch Spuren.« Anna zeigte zum Weg. »Vielleicht ist das Gespenst ja selbst unter die Räder gekommen … oder zumindest Teile davon …«

»… die verschwinden, sobald wir weg sind und es hell wird«, vervollständigte Wilhelm ihren Satz.

»Deshalb haben wir schon eine Nachtwache eingeplant«, erklärte ein massiger Mann, der alle überragte. »Meine Freunde und ich bleibe hier und warten, bis es heller wird.« Er deutete zu seinem Automobil. »Wir haben keine Pferde, die in den Stall müssen. Und außerdem können wir uns nachher im ›Hirschen‹ noch etwas Proviant holen. Wenn Sie keine Einwände haben.«

»Aber natürlich, keineswegs!«, sagte Anna schnell. »Auch etwas zu trinken.«

»Egal wie«, erklärte Wilhelm, »ich informiere nachher auf dem Nachhauseweg die Gendarmerie. Wenn ihr so lange hier aufpasst, dass niemand zum Gespenster-Aufräumen kommt, können die ja dann übernehmen!«

»Glaubst du wirklich, das war mit Absicht?«, fragte Barbara leise. »Also kein Spaß, der aus dem Ruder gelaufen ist, sondern ein übler Anschlag auf die Kolonne?«

Anna nickte und ging nahe an die Ohren ihrer Mutter und ihrer zukünftigen Schwägerin. »Das war die Strafe für den heutigen Erfolg. Ich gehe davon aus, dass dieses Unglück meine Gäste davon abhalten soll, zukünftig nach Horn in den ›Hirschen‹ zu fahren.«

Es war weit nach Mitternacht gewesen, bis sich alle Kutschen und Fuhrwerke wieder in Bewegung gesetzt hatten. Josefine war in der Zwischenzeit mit Johann, August und dem Arzt zurückgekehrt, und der Arzt konnte verkünden, dass der Unfall glimpflicher ausgegangen war, als zunächst befürchtet: drei Rippen gebrochen, Prellungen und ein verdrehtes Knie, aber kein Beinbruch.

Vor ihrer endgültigen Abreise nach Mühlheim noch etwas zu trinken oder vielleicht ganz dazubleiben, wie es Anna vorgeschlagen hatte, lehnten sie ab. Sie alle wollten nur noch Richtung Heimat.

»Der Wagen fährt, also bringt er uns auch nach Hause«, hatte Josefine gesagt. »Hat jetzt ein paar Beulen, aber so ist es halt im Wilden Süden!«

Dass sie darüber noch lachen konnte, fand Anna bemerkenswert. Sie selbst fand überhaupt nichts zum Lachen. Sie witterte nur, dass der Gegenwind in Horn wieder gefährlich werden konnte.

Im »Hirschen« saßen nach ihrer Rückkehr noch ein paar letzte Gäste, die Gertrud mit Bier- und Schnapsbestellungen auf Trab hielten und erst aufbrachen, als Anna und August alle Neuigkeiten erzählt und nachdrücklich »Feierabend!« gesagt hatten.

Nachdem alle endlich gegangen waren, bestand August darauf, Gertrud nach Hause zu begleiten.

»In so einer Nacht lasse ich dich nicht alleine nach Gaienhofen spazieren. Wer weiß, was da passiert.«

»Ich bin mit dem Fahrrad da.«

»Ich begleite dich trotzdem. Sicher sind auch deine Eltern in Sorge um dich.«

Das wiederum glaubte Gertrud nicht, denn diese Neuigkeit hatte sich garantiert wie ein Lauffeuer verbreitet. August bestand dennoch darauf, sie zu begleiten, und während die beiden mit den Fahrrädern losfuhren, räumte Anna die Wirtsstube auf, stapelte das Geschirr in der Küche, stieg schließlich müde die Treppen hinauf, schlich leise ins Kinderzimmer und nahm Trudi aus der Wiege zu sich hinüber ins Bett. Sollte das Kind in der Nacht Hunger bekommen, war das der einfachste Weg, um nicht hinauszumüssen.

Sie war kurz vorm Einschlafen, als sie August in die Kammer kommen hörte. Während er sich im schwachen Licht der Petroleumlampe auszog, gähnte er und schlüpfte gleich zu ihr ins Bett.

»Eines kann ich dir sagen, Anna, wenn sich mein Verdacht irgendwie bestätigt, dann müssen wir diesem Burschen das Handwerk legen, bevor er noch größeren Schaden anrichtet!«

»Und wie willst du das machen?«, flüsterte sie, um Trudi nicht zu wecken.

»Ich denke darüber nach!«

»Und du meinst, das war wirklich er und nicht so ein … verunglückter Bubenstreich?«

»Alle sagen das Gleiche … ein meterhohes, weißes, flatterndes Tuch, wahrscheinlich auf einem großen Holzgestell befestigt. Also eine lange Stange und oben eine waagrechte Latte. Und das Ganze ist urplötzlich hinter der Biegung auf der Straße aufgetaucht.« Er drehte sich auf den Bauch und griff nach ihrer Hand. »So ein Holzgestell ist nicht gerade leicht. Das kann so ein Bursche gar nicht stemmen. Also kein Dummejungenstreich.«

»Oder es waren zwei.«

»Wahrscheinlich waren es zwei. Aber keine kleinen Buben.«

»Mal sehen, was die Gendarmerie herausbekommt. Und was in der Zeitung steht.«

»Ja, da bin ich auch gespannt.« Er streichelte sanft über ihren Arm. »Warst du bei dem Redakteur auf dem Fuhrwerk?«

»Ja. Und ich habe ihm ausführlich geschildert, warum der Aufenthalt im ›Hirschen‹ so schön ist.«

Sie hörte ihn leise lachen. »Hättest du das nicht getan, wärst das auch nicht du …«

Kurz darauf verwandelte sich sein Lachen in leise Schnarchtöne.

Obwohl die Männer Wache gehalten und die Gendarmen am nächsten Tag jede Spur untersucht hatten, gab es keinen einzigen Anhaltspunkt zu diesem »Gespenst«. In der Umgebung wurde schon von der »Geistervision« bierseliger Männer gespottet – nur eben, dass es die Pferde gewesen waren, die Reißaus genommen hatten, war nicht wegzudiskutieren. Schließlich stand in der Bestandsaufnahme der Gendarmen: *ein Personenschaden, ein beschädigtes Fuhrwerk, ein beschädigtes Automobil der Marke Avril, ein lahmendes Pferd nach Galopp über unwegsames Gelände, Ursache: unbekanntes Wesen.*

Dafür gab es tags darauf einen langen Artikel in der »Freien Stimme«. Und dazu noch einen Kommentar vom Chefredakteur persönlich, der sich darüber ausließ, welchen Schaden grobe

Dummheit anrichten könne. Sollte dahinter eine Absicht gesteckt haben, so sei schwer zu hoffen, dass die Verantwortlichen gefasst und zur Rechenschaft gezogen würden – denn immerhin habe sich nicht nur eine Person verletzt, sondern es sei auch großer Sachschaden entstanden.

Anna las August den Artikel beim Mittagessen vor, und Gertrud, die ebenfalls am Tisch saß und nebenbei Cecils Essenskünste überwachte, erzählte, was in Gaienhofen darüber gedacht wurde. Nämlich genau das, was auch Anna und August schwante, dass da jemand mit aller Macht einen möglichen Erfolg des »Hirschens« verhindern wolle.

»Und wissen die Gaienhofener auch, wer das sein könnte?«, fragte August.

»Da hat jeder so seine eigene Theorie«, wich Gertrud aus.

»Aber am Schluss zeigt es, dass wir nicht bei allen Hornern gut gelitten sind«, fasste Anna zusammen. »Wir sind halt Fremde. Dazu auch noch aus der Schweiz. Würde ein Einheimischer den ›Hirschen‹ betreiben, gäbe es wahrscheinlich keine Probleme.«

Gertrud musste lachen. »Als ob die sich alle leiden könnten!« Sie winkte ab. »Die machen sich untereinander doch auch das Leben schwer. Neid und Missgunst gibt es nicht nur gegen *Reingschmeckte*, sondern ...«, sie stockte, »nun ja, wahrscheinlich noch schlimmer innerhalb von Familien. Der eine schafft's, der andere nicht.«

Anna hörte etwas wie eine persönliche Erfahrung heraus, aber sie verkniff sich die Nachfrage.

August war weniger diplomatisch.

»Aha?«, machte er und sah von seinem Teller auf, »ich glaube, wir bräuchten Nachhilfestunden. Wer hier mit wem kann und wer nicht, wer das Gebot der Nächstenliebe nach dem Kirchgang schon wieder vergessen hat, wer morgens beim Aufwachen schon vor Neid gelb wird, wer mit der falschen Frau oder dem falschen Mann ...«

»August!«, Anna zog die Augenbrauen zusammen, »die, die bei uns jassen und ihr Bier trinken, sind auf alle Fälle Freunde.«

»Und da bist du dir sicher? Vielleicht sind ja gerade die die falschen Freunde!«

»Also«, Gertrud wischte Cecil, die unbedingt ihren Brei selbst essen wollte, den verschmierten Mund ab, »das wissen ja selbst die Einheimischen untereinander nicht immer so genau. Ich denke, man muss es immer drauf ankommen lassen. Es gibt auch die, die wie die Fähnchen im Wind sind, je nachdem, von wem sie profitieren, sind sie gut Freund.«

»Hört sich schrecklich an«, fand Anna. »Ludwig beispielsweise und seine Frau Christine sind echte Freunde.«

August stimmte zu. »Da gebe ich dir recht. Und auch sein Schwager, der mit dem Schuhgeschäft in Radolfzell, der kürzlich mit seiner ganzen Familie da war. Sehr angenehme Leute.«

»Ja, Ernst Götzner hat mir wirklich schon sehr geholfen. Ein loyaler Mensch!«

Gertrud nickte. »Und ich möchte fast wetten, dass dieser Schuss mit dem Schreckgespenst nach hinten losgeht.«

»Wie meinst du das?«

Gertrud zeigte zum Fenster. »Ich würde mal sagen, das sind vier Fahrradfahrer aus Radolfzell, die gerade ihre Drahtesel bei uns abstellen. Das heißt Mittagsgeschäft!«

Anna und August sahen beide gleichzeitig zum Fenster und sich dann in die Augen.

»Ganz was Neues!« Anna legte ihre Gabel beiseite. »Vielleicht sogar ein Mittagessen?«

»Soll ich?«, fragte Gertrud, als die Tür aufging und zwei Ehepaare sichtlich erhitzt im Eingang standen.

»Nein, danke!« Anna stand auf. »Das interessiert mich jetzt wirklich selbst!«

»Können wir bei dem schönen Wetter auch draußen sitzen?«, fragte einer der Männer in karierten Knickerbocker, während sich

seine Frau im farblich passenden Rock mit der Hand Luft zu-
fächelte. »Wir haben gehört, dass Ihre Terrasse so schön sei. Und
der Seeblick auch.«

»Ja, gern!« Anna zeigte nach draußen.

»Nach der Radtour können wir etwas Stärkung sehr gut vertragen.«

»Natürlich«, sagte Anna und blickte kurz über ihre Schulter zu
August und Gertrud, die beide breit lachten.

Die Wette

Nach Lotti im Dezember 1925 kam am 11. April 1927 Elli zur
Welt. Während Anna mit ihrem Neugeborenen im Arm erschöpft
im Bett lag, gab sie sich einem Tagtraum hin und ließ die letzten
Jahre an sich vorüberziehen.

Die Abschreckung, die mit dem »Schreckgespenst« offensichtlich bezweckt worden war, hatte das Gegenteil bewirkt: Der »Hirschen« war zu einer Attraktion geworden, und nachdem der Chefredakteur der »Freien Stimme« auch noch über freies Baden an der
Hornspitze geschrieben hatte, kamen Männer und Frauen von
überallher angeradelt, zur Körperertüchtigung, wie sie sagten. Nun
war es Mode geworden, auf der »Hirschen«-Terrasse zu verweilen,
vielleicht mit einem Badeanzug unter dem Arm die Wiese bis zum
See hinunterzulaufen, um sich anschließend einen Schmaus aus
Annas Küche zu gönnen, bevor man sich wieder aufs Rad schwang.
Abends kamen Reiter, Kutschen und Automobile, Letztere konnte
man noch immer an wenigen Fingern abzählen, aber alle vereinte
der Wunsch nach etwas Außergewöhnlichem, und das bot ihnen
der »Hirschen« mit seiner Gespenstergeschichte, der pittoresken
Kirche, dem schönen Seeblick und dem Gefühl eines kleinen
Idylls im Alltagsleben. Plötzlich waren auch die Gästezimmer gefragt, und neben Gertrud half auch Hilde aus, die inzwischen zu
einer hübschen jungen Frau herangewachsen war. August machte
Pläne, um den »Hirschen« zu erweitern, und hatte das mit der Terrasse schon umgesetzt, die ein gutes Stück gewachsen war.

Johann und Barbara hatten im April 1925 geheiratet, wenn auch nicht in der Horner Kirche, so doch in Mühlheim, und brachten die ganze Familie endlich wieder zu einem großen Fest zusammen. Josefines Gatte, Karl, gab noch einmal die »Schreckgespenst«-Geschichte zum Besten mitsamt seinem demolierten Auto, aber da seine Firma gute Umsätze machte, hatte er dafür nur einen Spruch übrig: »Ein bisschen Verlust muss sein.«

Josefine hatte Anna ein weiteres Mal nach Berlin eingeladen, aber inzwischen lief das Geschäft im »Hirschen« so gut, dass sie nicht wegkonnte. Anna hatte ihre Kochkünste erweitert und schrieb auch saisonale Speisekarten, weil sie etwas Besonderes bieten wollte. Außerdem waren durch Augusts Geschäfte etliche Felder dazugekommen, die bewirtschaftet werden mussten. Und es gab die Schnäpse aus Augusts Brennerei, die ebenfalls inzwischen begehrt waren. Der besondere Coup war aber das Telefon. Seitdem August das einzige Telefon weit und breit sein eigen nannte, mussten alle, die telefonieren wollten, in den »Hirschen« kommen. Seine Telefonnummer »13« pries er überall an, und weil die Nummer so eingängig war, kamen auch Tischreservierungen über die Telefonleitung. Alles, was sich an bösen Vorzeichen gezeigt hatte, verkehrte sich plötzlich ins Gegenteil, sodass sie mit der Arbeit kaum noch nachkamen.

Und nun war also die Tochter Nummer fünf geboren. Anna fand es erstaunlich, dass jede Geburt anders verlief. Eigentlich müsste das nach vier Niederkünften doch schon Routine sein, aber dieses fünfte Kind hatte sich so gesperrt und wollte so ungern in die kalte Welt entlassen werden, dass alle meinten, diesmal sei es ein Bub.

»So zögerlich«, hatte die Hebamme gemeint, »sind nur die Buben. Die wollen partout nicht raus.«

August war, nachdem er eine Weile Annas Hand gehalten hatte, die ihren Schmerz herausschrie, weil sie meinte, ihr Rückgrat würde brechen, zum Stammtisch gegangen und hatte eine

Runde Schnaps ausgegeben, weil er sich schon selbst ganz elend fühlte.

»Es wäre nicht die erste Frau, die im Kindbett stirbt«, sagte Fritz düster und hob sein Schnapsglas. »Auf Anna, damit sie es bald geschafft hat und einen gesunden Buben zur Welt bringt!«

August stürzte seinen Schnaps hinunter und lief rastlos hin und her.

»Setz dich!« Josef schüttelte den Kopf. »Von deinem Herumgerenne geht es auch nicht schneller!«

»Ich kann nicht sitzen, während sie dort oben …«

August hatte Angst, einfach nur Angst, denn Fritz hatte natürlich recht. Immer wieder starben Frauen unter der Geburt.

Er ohne Anna. Die Kinder ohne ihre Mutter. Der »Hirschen« ohne eine Wirtin.

Er horchte, konnte aber nichts hören, weil die Männer am Stammtisch zu laut waren und außerdem die Holzdecke zu dick. Also lief er wieder die Treppe hoch, an Maria vorbei, die mit der eineinhalbjährigen Lotti an der Hand Stufe für Stufe hinunterstieg.

»Die Mutter hat große Schmerzen«, sagte Maria angstvoll. »Sie schreit so arg. Stirbt sie?«

»Nein, sie stirbt nicht«, zwang sich August zu sagen, kniete nieder und nahm seine beiden Töchter in den Arm. »Sie bekommt ein Kind. Gleich habt ihr ein kleines Geschwisterchen.«

»Ein Schwesterchen?«, fragte Maria hoffnungsvoll, darauf gab August keine Antwort.

Und dann wurde es doch ein Mädchen. August war nur froh, dass beide gesund waren, das Kind und seine Frau, mehr dachte er nicht. Er kniete neben dem Bett und legte seinen Kopf zu Anna.

»Anna, mir sind fürchterliche Dinge durch den Kopf gegangen. Ich hatte solche Angst um dich.«

Und Anna, schweißgebadet, tröstete ihren Mann und strich ihm über die Haare. »Es ist alles gut gegangen. Sie hatte sich verkeilt, ich weiß es nicht, die Hebamme hat es gerichtet. Ich habe es nicht mehr gespürt.«

»Das Wichtigste ist, dass du lebst! Ich …« Er brachte den Satz nicht zu Ende. Dann stand er auf, sah das viele Blut unter ihren Beinen im Bett, und es wurde ihm übel. Er stürzte hinaus und begegnete dabei der Hebamme, die das kleine Bündel Mensch frisch gewaschen im Arm hielt.

»Komm gleich«, würgte er hervor und verschwand auf dem Abort.

Und Anna nahm ihre Elli in die Arme, betrachtete das kleine Gesichtchen, die Wimpern, die Fingerchen mit den Fingernägeln und dachte, wie schon vier Mal zuvor, es ist ein Wunder!

Und August, den Mund frisch gespült, fand das auch. Er war, nachdem die Hebamme mit Gertrud zusammen alles in Ordnung gebracht hatte, wieder ins Zimmer gekommen und hatte zusammen mit Anna das kleine neue Erdenkind begrüßt.

»Eine kleine Elli«, sagte er. »Bist du sicher? Könnte es nicht ein Elias sein?«

Anna schüttelte den Kopf. »Alle Anzeichen deuten auf ein Mädchen hin«, sagte sie und konnte schon wieder lächeln.

»Dann hole ich jetzt unsere Kinder, damit sie ihr neues Schwesterchen begrüßen können.«

Anna nickte, und als sich die Aufregung der Kinder gelegt hatte und alle wieder weg waren, nuckelte ihr Neugeborenes mit geschlossenen Augen an ihrer Brust, und sie dämmerte ein wenig vor sich hin und ruhte sich aus.

Am nächsten Tag beschlich Anna das Gefühl, dass irgendetwas in ihrer Umgebung nicht stimmte. Sie wusste nur nicht so genau, was es sein könnte.

Nachdem sie den ganzen Tag im Bett geblieben war, wollte sie am Abend einen kurzen Blick in die Wirtschaft werfen und stand deshalb vorsichtig auf.

Um sich nicht anziehen zu müssen, streifte sie nur eine Kittel-schürze über, die sie manchmal in der Küche trug, weil sie leicht war und sie nicht einengte.

In der Küchentür begegnete ihr einer ihrer Stammgäste, der offensichtlich Gertrud nachgegangen war, um eine weitere Bestellung aufzugeben.

»Ah, Anna, du bist schon auf den Beinen? Sie soll gleich eine ganze Flasche bringen, damit sich das lohnt!« Er nickte ihr anerkennend zu. »Gratuliere! Es wurde ja auch Zeit, dass der gute August mal zeigt, was er kann!«

Damit ging er wieder in die Wirtschaft zurück.

Anna sah ihm fragend nach. Gertrud, die am Herd hantierte, drehte sich zu Anna um.

»Alter Suffkopf!«, sagte sie. »Bier und Schnaps, die saufen sich noch ihr letztes bisschen Verstand weg!«

Anna lehnte sich an den Türrahmen. »Kommst du zurecht? Ist viel los?«

»Ich?« Gertrud schob eine Pfanne, in der ein Stück Fleisch brutzelte, auf die Seite. »Ich denke, das sollte ich eher dich fragen. Und was du hier unten machst. Hilde bedient draußen, ich koche, es geht erstaunlich gut.« Sie griff nach einem Teller. »Und worauf hast du Appetit? Ich bring es dir in deine Kammer. Fleisch? Gemüse? Eine kleine Brotzeit?«

Anna schüttelte den Kopf.

»Dann eine Suppe! Suppe ist für alles gut. Eine Kartoffelsuppe, die steht dort im Topf, ist unsere heutige Tagessuppe.«

»Gut«, stimmte Anna zu. »Die nehme ich mir aber selbst mit, ich bin ja nicht krank.«

Gertrud zog die Augenbrauen hoch. »Ganz ehrlich, bei allem, was du da mitgemacht hast, habe ich mir geschworen, nie Kinder zu bekommen!«

»Und wie willst du das machen?«

»Nicht heiraten. Ganz einfach!«

Annas Gefühl hatte sie nicht getäuscht. Am nächsten Morgen fühlte sie sich wesentlich besser und ging, mit Elli im Arm, in den Garten, um nach ihren Kräutern zu sehen. Es war ein Frühlingstag, wie man ihn sich nur wünschen konnte. Sie zeigte der schlafenden Elli den blauen Himmel mit den flauschigen Wolken und die ersten Blumen, die ihre bunten Köpfe aus dem Boden streckten.

»Schau, Elli, das sind Krokusse, das Narzissen und die roten dort sind Tulpen.«

Die Zeit zu haben, diese erwachende Natur genießen zu können, war ein Geschenk, dachte sie. Wie oft sah sie vor lauter Arbeit überhaupt nichts, aber nun stand sie unter dem alten Apfelbaum und bewunderte die Pracht seiner vielen weißen Blüten.

»Schau, ein Schmetterling«, sagte sie mehr zu sich selbst als zu Elli und sah dem weißen Falter nach, der vor ihr in der Luft tanzte. Bestimmt wird gleich ein zweiter kommen, und sie beginnen ihr immerwährendes Liebesspiel.

Anna lächelte vor sich hin, drückte ihr Baby an sich und sah Maria mit ihren Schwestern über die Wiese tollen. Maria hatte einen kleinen Blumenstrauß in der Hand und lief ihr entgegen.

»Mama, für dich«, rief sie schon von Weitem. »Das haben wir für dich und Elli gepflückt.«

Anna freute sich und spürte, wie ein Lächeln über ihr ganzes Gesicht ging. So ein Glück, dachte sie, fünf gesunde Töchter zu haben. Und jede auf ihre Weise hübsch. Und doch jede auf ihre Art anders.

Die fünfjährige Cecil kam direkt hinter Maria an. Sie strich sich ihre wilden Haare aus dem Gesicht, und während Maria ihrer Mutter mit großer Geste den Blumenstrauß überreichte, fragte sie: »Mama, kann ein Schwesterchen auch gleichzeitig ein Brüderchen sein?«

Anna ging in die Hocke und zeigte die schlafende Elli. »Das ist ein Schwesterchen, genau wie ihr, ein Mädchen.«

»Ja, aber warum heißt Elli dann Elias?«

»Elias?« Annas Blick ging zu ihrer Großen, zu Maria. »Wieso denn Elias?«

Ihrer Siebenjährigen war die Sache offensichtlich peinlich.

»Ach«, wiegelte sie ab. »Das ist ein dummes Gerede der Männer!«

»Was für ein Gerede?«

»Dass die Elli ein Elias ist!«

Anna stand auf. Irgendwie passte dieses dumme Gerede mit der Äußerung von Fritz zusammen, die sie sich gestern nicht erklären konnte.

»Wo ist denn euer Vater?«

»Er muss ständig Schnaps brennen, weil die so viel trinken, sagt er«, gab Cecil bereitwillig Auskunft.

»Und muss er auch viel trinken?«, fragte Anna nach.

Trudi lachte gackernd.

»Was ist denn so lustig?«

»Sie trinken immer auf den Elias.« Trudi empfand das als großen Spaß und lachte wieder. »Auf den *Elias*!«

»Die wissen gar nicht, dass es ein Mädchen ist. Dumme Männer!«, gab Cecil noch eins drauf.

Anna richtete sich auf.

»Wollt ihr Gertrud und Hilde vielleicht auch so hübsche Blumen pflücken«, fragte sie, um die Kinder abzulenken. »Die sind doch auch immer ganz lieb zu euch und würden sich sehr freuen!«

»Au ja!« Trudi war sofort Feuer und Flamme und lief los, zurück auf die Wiese.

Maria sah auf das kleine Sträußchen in Annas Hand.

»Vorsicht, dass du es nicht zerdrückst!«

Anna lagerte Elli in ihrem Arm etwas um. »Siehst du, Maria? Alles ist gut. Das Sträußchen kommt gleich ins Wasser und zu mir hoch in meine Kammer. Ich freu mich sehr!«

Zufrieden lächelnd drehte sich Maria nach ihren Geschwistern um und nahm die kleine Lotti, die etwas verloren dastand, an der Hand.

»Komm, Lotti, wir pflücken noch mal!«

Kaum waren die Kinder außer Reichweite, erstarb das Lächeln auf Annas Gesicht.

August! Na, warte!

Im leeren Gastraum schloss August hinter der Theke gerade ein frisches Bierfass an, als er Annas energischen Schritt hörte. Er richtete sich auf, sah ihr entgegen und hob beide Hände.

»Schon gut, schon gut!«

»Gut?« Sie ging mit Elli auf dem Arm um den Tresen. »Wie kommst du auf die Idee, unsere kleine Tochter als Jungen zu verkaufen?«

»Das … war nicht ich. Die Kerle hier haben mich … na ja, sie haben mich als Waschlappen hingestellt, der keine Jungs machen kann. Nur Mädchen.«

»*Nur* Mädchen!«, fauchte Anna. »Wenn ich das schon höre. Was wäre denn die Welt ohne diese *nur* Mädchen?«

August stützte sich auf dem Schanktisch auf. »Du weißt, dass ich das nicht so meine!«

»Dann sag's nicht!«

Ella fing leise an zu wimmern, und Anna begann, sich leicht in der Hüfte zu wiegen.

»Also?«

»Es war schon zu spät!«

»Zu spät für was?«

»Wollen wir uns nicht setzen, uns in Ruhe darüber unterhalten, etwas trinken?«

»Ich will vor allem eine Antwort!« Anna stand streitlustig mit ihrem Kind im Arm vor ihm, und August schüttelte den Kopf.

»Du siehst aus wie eine Freiheitskämpferin der Revolution!«

»Dann sieh dich vor«, entgegnete Anna barsch. »Und liefere mir eine Antwort!«

August fuhr sich kurz durch sein dichtes Haar.

»Fritz hatte das Gerücht in die Welt gesetzt. Lange Geburt, das muss ein Junge sein, und alle wetteten darauf. Allerdings setzten alle auf ein Mädchen. Nur Fritz und ich dagegen ...«

»Du hast gewettet, während ich ...?« Sie sah ihn fassungslos an.

»Anna! Das hat lange gedauert, ich war nervös, hatte Angst, Angst um dich und Angst um das Kind, ich bin hoch- und runtergelaufen, zu dir, hab geschaut, dann wieder runter, quer durch die Stube, und dann kam Fritz mit diesem Vorschlag, und ich war froh, mich ablenken zu können.«

»Aha!« Annas Blick war nach wie vor finster. »Und dann hast du gedacht, da lässt sich doch gut Geld machen. Bloß, dass ihr beide euch verkalkuliert habt, du und dein Fritz!«

»Er ist nicht mein Fritz!« August griff zu einem Bierglas. »Entschuldige, ich muss jetzt was trinken!«

»Ich lass mich von dir scheiden, August, mir ist es ernst!«

»Was sagst du da?« Er setzte das Glas wieder ab. »Anna, bitte, es war ein dummer Scherz!«

»Und wann gedenkst du, diesen *dummen Scherz* aufzuklären, nachdem nun doch ganz bestimmt ganz Horn davon weiß?«

August drehte das Bierglas und wich Annas Blick aus.

»Das Kind muss ja offiziell angemeldet werden. Die Hebamme weiß und wird ... die Hebamme?«, unterbrach Anna sich selbst. »Die muss den Säugling doch melden!«

August machte ein paar Schritte auf Anna zu, doch die wich zurück. »Fass mich nicht an!«

»Anna, so schlimm ist es doch nicht! Es wird alles richtiggestellt werden, dann lachen alle, und alles ist wieder gut.«

»Ich lache nicht!« Sie gab der kleinen Elli, die gerade die Augen aufschlug, einen kleinen Stüber auf die Stirn.

»Sie ist so hübsch!« August machte noch einen Schritt. »Darf ich sie nehmen, unsere kleine Elli?«

»Du meinst Elias! Lenk nicht ab! Was ist mit der Hebamme?«

August seufzte. »Dass du aber auch nie lockerlässt!«

»Ich lasse gleich locker, nehme den nächsten Zug zu meiner Schwester nach Berlin.«

»Ohne dich sind wir hilflos«, August machte einen weiteren Schritt auf sie zu, »das weißt du genau!« Anna sah ihn unverwandt an.

»Was für schöne blaue Augen du hast. Wie Bergseen, so tief und so geheimnisvoll!« Nun stand er vor ihr und fuhr Elli mit der Kuppe seines Zeigefingers sacht die Konturen ihres kleinen Gesichts nach.

»Sie hat deine Augen!«, sagte er.

»Fast alle Neugeborenen haben dunkelblaue Augen. Als ob du das nicht wüsstest! Nach vier Kindern!«

»Aber jedes ist doch anders …« Er küsste Anna auf die Stirn. »Bist du arg böse?« Ein weiterer Kuss. »Oder tust du nur so?«

»Was ist mit der Hebamme?«

Er seufzte noch einmal. »Du bist unerbittlich. Aber gut«, er trat einen Schritt zurück, »bevor du mich schlägst, ich habe sie bestochen!«

»*Du hast was?*«

Das rutschte Anna lauter heraus als beabsichtigt, und Elli begann zu weinen.

»Gut, gut, gut«, winkte August ab, »vier Tage lang wird die Elli ein Bub sein, ist doch auch nicht schlimm. Viele Mädchen wären gern Buben, schau doch Maria an, die rast mit ihrer Seifenkiste durch Horn, dass die Kühe ausweichen, um nicht überfahren zu werden!«

»Ja, manche Mädchen wären gerne Buben, weil es Männer leichter haben als Frauen!«

»Na, siehst du?« August warf ihr einen schrägen Blick zu. »Wärst du auch lieber ein Mann?«

»Manchmal schon«, gab sie zu.

»Und du?«, fragte sie nach kurzem Nachdenken, »wärst du schon mal lieber eine Frau gewesen?«

August nickte. »Damals, bei Edda im Schneideratelier. All die schönen Kleider …«

Anna musste gegen ihren Willen lachen und räusperte sich schnell. »Nun gut. Elias wird also etwas später als Elli eingetragen. Hast du dir das so ausgedacht?«

August zuckte mit den Achseln. Dann beugte er sich zu ihr hinunter. »Dein grünes Kleid steht dir fabelhaft! Das blaue hast du nach der ungeplanten Wässerung ja auch retten können, es ist eine Augenweide an dir …«

»Und?«, kürzte Anna ab und beruhigte nebenbei Elli, die zu weinen aufhörte und nun mit ihren kleinen Fingern spielte.

»Und Elias alias Elli hat dir ein neues Kleid beschert!«

»Du willst sagen …«

»Das Wettgeld liegt dort, in der Kassette.« Er zeigte auf das Regal hinter sich.

»Das Geld musst du ihnen doch zurückgeben, wenn das herauskommt …«

»Muss ich überhaupt nicht! Bis Elli laufen kann und Kleidchen trägt, haben die das längst vergessen. Oder sind schon gar nicht mehr da.«

»August! Das ist Betrug! Außerdem werden wir sie nicht Elias nennen.«

»Nein, das ist die Strafe dafür, dass sie hier so einen Stammhalterkult angefangen haben. Denn, ganz ehrlich, mir ist eine tüchtige Tochter lieber als ein fauler Sohn mit der Bierflasche in der Hand.«

August küsste sie auf ihr Haar.

Annas Gesichtsausdruck war noch immer misstrauisch. Trotzdem sagte sie:

»Wenn wir Geld übrig haben, wäre mir ein Volksempfänger lieber, jetzt, wo wir endlich Strom haben. Die gibt es jetzt überall. Musik, Unterhaltung, Nachrichten, das fehlt uns hier. Und dann könnten wir nach Radolfzell ins Kino. In der Zeitung habe ich gelesen, dass ›Metropolis‹ für kurze Zeit dort im Filmtheater spielt!«

Als sie Augusts verständnislosen Blick bemerkte, schüttelte sie den Kopf. »Ein bisschen Kultur würde dir auch nicht schaden! ›Metropolis‹ von Fritz Lang wird überall, in ganz Deutschland, als bedeutender Film gefeiert. Er zeigt in einer futuristischen Stadt, sagen wir mal Berlin, die Kluft zwischen Arbeitern und der herrschenden Klasse!«

»Stummfilm! Aber da ist mir ein Volksempfänger lieber, da hört man wenigstens was!«

»August! Es wird vor Ort Musik gespielt, und es gibt Untertitel!«

Er richtete seinen Blick kurz nach oben. »Lieber Gott, wenn das der Preis dafür ist, dass Anna mich wieder liebt und mich die kleine Elli später auch lieben wird …«

»Und du gibst das Geld zurück!«

»Jetzt wird es aber ein bisschen viel!«

»Was du gemacht hast, ist auch ein bisschen viel«, sagte Anna kühl.

»Also gut! Dann bleibt die Elli die nächsten vier Tage aber noch der Elias!«

»In Gottes Namen!«

Sie lächelten sich an, und August streckte seine Hände aus. »Dann gib mir mal das hübsche Kind, damit es seinen Vater endlich kennenlernt!«

Ganz Horn lachte über den gelungenen Streich, und manche kamen sogar extra in die Wirtschaft, um am Stammtisch einen Schnaps auf Elli zu trinken. »Dann wird das Nächste halt ein Elias!«

Anna konnte die Sprüche schon nicht mehr hören, auch stand gerade besonders viel Arbeit an. August war mit ein paar Helfern in den Weinbergen, sie banden die Reben nach dem Schnitt an den Spalieren an, jäteten Unkraut und pflügten zwischen den Rebreihen, um den Boden aufzulockern. Und auch Anna ging aufs Feld, weil die Kartoffeln gepflanzt werden mussten, Getreide ausgesät und in ihrem eigenen Garten das Saatgut für die Karotten, Radieschen, den Spinat und die Erbsen ausgebracht werden sollte. Vor allem aber musste sie sich um ihre Zwiebeln kümmern, die sie im März eingepflanzt hatte, je vier um einen Stock, und die als »Höri-Bülle« große Tradition hatten und auf den Märkten gutes Geld einbrachten.

Sie hatte also alle Hände voll zu tun und war froh, dass Hilde einige Freundinnen mitgebracht hatte, die ihr für ein paar Reichsmark fleißig zur Hand gingen. Die jungen Frauen kannten sich in der Feldarbeit gut aus, arbeiteten sehr selbstständig und brachten durch ihre fröhlichen Gespräche auch noch Schwung in Annas Alltag.

Elli war inzwischen zehn Tage alt, und Anna hatte sie entweder in einer Wiege unter einem Baum liegen oder sie sich mit einem Tuch umgebunden, aber offensichtlich hatte sie Glück mit dieser Tochter. Im Gegensatz zu Lotti, die eineinhalb war und als Säugling recht häufig geschrien hatte, beschäftigte sich Elli vergnügt selbst, begutachtete ihre Füße, dirigierte mit ihren Händen die Wolken, und wenn sie Hunger hatte, formte sich ihr Mund zu einem Schmollmund, und sie machte schmatzende Geräusche. War ihr Hunger gestillt, war die Welt für sie wieder in Ordnung.

Sie war ein Glückskind, fand Anna, trotzdem wollte sie nun keine weiteren Kinder mehr, und einen Buben brauchte sie schon gar nicht. Ihr reichten ihre fünf Töchter, und sie fand, dass sie mit 27 Jahren die Familienplanung abschließen könnte. Wenn sie nur wüsste, wie.

August dachte ähnlich, auch er fand, dass es nun genug sei.

Als sie spätabends miteinander im Bett lagen, waren sie sich einig, dass sie sich die Freude der Vereinigung nicht nehmen lassen wollten. »Unser Liebesspiel brauchen wir«, davon waren beide überzeugt. Sich gegenseitig zu erkunden, sich auszudenken, was dem anderen und sich selbst Spaß bringen könnte, das hatten sie sich weder durch die viele Arbeit noch durch ihre Kinder nehmen lassen. Wann immer sie Lust aufeinander hatten, fanden sie auch Zeit füreinander.

»Und wie machen wir das?«, fragte Anna.

»Für Enthaltsamkeit sind wir noch zu jung«, fand August, gerade 31 Jahre alt geworden.

»Das finde ich auch«, Anna rutschte eng an seine Seite, und als er sich zu ihr drehte, spürte sie durch seinen Schlafanzug hindurch seine Erregung.

»Nun liegt Ellis Geburt erst wenige Tage zurück«, sagte er, »aber bevor wir uns ausgehungert aufeinander stürzen, sollten wir vielleicht …« Er brach ab, weil er nicht so richtig wusste, wie sie ein weiteres Kind verhindern könnten.

»Wir gehen zu einem Arzt«, entschied Anna. »Der kann uns helfen.«

»Aber nicht hier in der Gegend! Du weißt, wie die hier über die ehelichen Pflichten und ihre Folgen denken.«

Anna nickte in die Dunkelheit hinein. »Josefine hat mich da schon ein bisschen aufgeklärt. Sie hat einen Arzt in Berlin, die denken dort fortschrittlicher.«

»Aha.« Augusts Stimme klang interessiert, und er streichelte sacht über Annas Bauch. »Deshalb hat sie nur zwei Kinder? Erzähl!«

»Also, sie sagt, sie habe sich eine Spirale in die Gebärmutter einsetzen lassen. Und vorher haben ihr Mann und sie Kondome benutzt.«

»Na ja, Kondome. Die kriegt man hier bloß nirgends.«

Anna legte ihre Hand auf seine. »Und Diaphragmen. Die machen eine Barriere vor der Gebärmutter. Muss man aber jedes Mal vorher einsetzen.«

»Deine Schwester ist eine schlaue Frau.«

»Sie sagt, Familienplanung sei ihr und ihrem Mann wichtig. Und die sei mit zwei Kindern abgeschlossen.«

August musste lachen. »Ob er das auch so sieht? Ob er es überhaupt weiß? Mit einer Firma im Nacken brauchst du doch genügend Nachkommen. Und wenn der erste auf den Kopf gefallen ist und der zweite nicht nachfolgt?«

Anna zog die Decke über ihre Schulter. »Ich sage nur, was sie mir erzählt hat.«

»Aber interessant ist es schon. Kondome sind anstrengend. Und dieses Zeug zum Einsetzen, diese Barrieren ... das hört sich umständlich an. Und was ist mit der Spirale? Könnte dir das gefährlich werden?«

»Josefine sagt, sie hat keinerlei Beschwerden ... aber beide Möglichkeiten sind recht teuer. Diaphragmen und Spirale.«

August schüttelte den Kopf. »Wohl kaum teurer als ein Kind über die Jahre ... das sollte uns nicht abhalten.« Er legte seine Hand auf ihren Bauch. »Musst du dafür nach Berlin?«

Anna lachte. »Endlich mal ein Grund, ins verrückte Berlin zu fahren, dort sind die Varietés voll, die Bars auch, Leben in vollen Zügen, sagt meine Schwester.«

»Hmm«, August überlegte. »So schnell können wir nicht weg, sind am Weinberg noch mitten in der Arbeit, und du mit deinen Aufgaben ... im Mai?«

»Meinst du das im Ernst?«

»Klar! Bis Mai halten wir es durch und dann ... wie deine Schwester so schön sagt: Leben in vollen Zügen!«

27. April 1927: Die Katastrophe

Anna wollte die Saison ankurbeln und hatte deshalb einige Anzeigen gefertigt, die sie August morgens beim Frühstück unter die Nase hielt: »Tanz in den Mai«, sagte sie. »Erinnerst du dich?«

Er hatte seinen Kaffeebecher abgestellt und ihr einen schrägen Blick zugeworfen. »Das meinst du jetzt aber nicht im Ernst?«

»Neun Jahre, August! Neun Jahre!«

»Wir können das nicht feiern, wenn du uns ständig die Wirtschaft vollmachst!«

Anna lachte. »Ich habe eine Jazzgruppe organisiert, sie spielen Swing! Genau das Richtige für den 1. Mai!«

August nickte. »Gut. Im großen Saal. Und wann willst du deine Entwürfe zur Zeitung bringen?«

»Heute.«

»Gut, dann komme ich mit. Ich habe auch einiges in Radolfzell zu erledigen, für unsere Arbeit in den Weinbergen fehlen noch ein paar Dinge. Wie wolltest du fahren?«

»Ludwig wäre so lieb gewesen – aber wenn du mitkommst, vielleicht gibt er uns sein Fuhrwerk?«

Eine Stunde später waren sie bereits unterwegs.

Ludwig, der seine beiden Stuten bereits eingespannt hatte, war froh, als August kam. Er drückte ihm eine Liste in die Hand und fand es großartig, dass er nun Zeit hatte, mit seinem ältesten Sohn aufs Feld zu gehen.

Und Anna genoss es, mit August den schönen Weg hoch über dem Bodensee nach Radolfzell zu fahren.

»Ich glaube fast, es ist eine Premiere«, sagte sie.

August bestätigte, und beide bewunderten den Blick auf den glitzernden See, hinüber zum Schweizer Ufer, zur Insel Reichenau und auf die Halbinsel Mettnau, je nachdem, wo sie gerade fuhren.

»So eine begnadet schöne Landschaft«, Augusts Miene nahm einen verträumten Ausdruck an, »wir sollten uns viel mehr gemeinsame Zeit gönnen. Immer mal wieder ein Ausflug zu zweit, das müsste doch eigentlich möglich sein.«

»Ja, und heute passt es besonders gut, weil alle Kinder bei Christine sind.«

»Mit den beiden haben wir wirklich das große Los gezogen!«

August lenkte das Fuhrwerk etwas an den Rand, weil ihnen ein anderes entgegenkam.

»Das war einer dieser Fried-Freunde. Hast du seinen Blick gesehen?«, fragte er, nachdem die Fuhrwerke passiert hatten.

Anna zuckte die Achseln. »Seit diesem Schreckgespenst haben sie Ruhe gegeben.«

»Ja, das ist auch gut so.« Er lachte. »Selbst unsere Stuten haben rüber gebleckt, die beiden mögen diese Bertschingers auch nicht!« Er schnalzte leicht mit der Zunge. »Das sind wirklich feine Pferdchen. Schau mal, wie sie sofort reagieren.«

Die beiden trabten freudig an und zeigten ihren Spaß an der Bewegung.

»Wir sollten Christine und Ludwig eine Freude machen!«, sagte Anna.

»Ja, gerne, aber was sollen wir ihnen mitbringen?«, wollte August wissen. »Bestimmt hast du doch eine Idee?«

»Wir bringen nichts mit, wir laden sie zum Tanz in den Mai ein. Und Hilde soll uns ein Mädchen organisieren, das so lange bei uns auf alle Kinder aufpasst!«

August nickte. »Du hast immer gute Ideen!« Er schenkte ihr ein Lächeln. »Ich habe jetzt aber auch eine.«

»Und welche?«

»Wenn wir alles erledigt haben, gehen wir in die ›Sonne-Post‹ und lassen uns dort richtig verwöhnen! Mit einem Menü und einem guten Glas Wein!«

»Auf unser Neunjähriges?«, fragte Anna kokett.

»Und nicht nur das, geliebtes Weib, auf die schöne Zeit mit dir! Auf jedes einzelne Jahr und jeden einzelnen Tag.«

Anna spürte eine plötzliche Wärme aufsteigen, die sie von Kopf bis Fuß durchflutete. Sie legte ihre Hand auf sein Knie.

»Das war ja eine richtige Liebeserklärung!«

»So war es auch gemeint!«

Zwei Stunden später fanden sie neben der »Sonne-Post« einen geeigneten Platz für die Pferde, schön schattig und ruhig, und damit auch für das beladene Fuhrwerk sehr gut geeignet.

August öffnete Anna galant die Restauranttür und bat die ihnen entgegeneilende junge Frau um einen Fensterplatz mit Blick auf die Pferde.

»Sie kenne ich doch«, sagte sie gleich, »das wird die Chefs aber freuen, Sie hier begrüßen zu dürfen.«

Anna warf August einen Blick zu, doch der zuckte leicht mit den Schultern und nahm den ihnen zugewiesenen Tisch dankend an.

»Hübsch hier«, fand Anna mit Blick auf den holzgetäfelten Gastraum, die hübschen Vorhänge und die frischen Blumen auf jedem der Tische. »Und wenn die Küche, wie du sagst …«

In diesem Moment traten die Wirtsleute zu ihnen an den Tisch, und Anna erkannte sie sofort als ihre eigenen Gäste im »Hirschen« wieder. Ihre roten Naturhaare, das sommersprossige bleiche Gesicht und sein immens dicker Bauch waren ihr schon einige Male auf ihrer Terrasse aufgefallen. Aber sie hatten sich ihr nie vorgestellt.

»Ach«, staunte sie. »Sie haben nie etwas gesagt?«

»Dass wir Kollegen sind?« Der Wirt, offensichtlich auch der Koch, streckte August die Hand hin, und August stand auf.

»Man darf ja wohl mal unerkannt spionieren«, meinte er augenzwinkernd.

»Und was haben Sie herausgefunden?«, fragte Anna, die nun auch aufstand und die Hände der Wirtsleute schüttelte.

»Dass Sie sehr gut kochen«, meinte er, und seine Frau fügte hinzu: »Und ein Händchen für Details haben, die so eine Gaststube gemütlich machen.« Sie zeigte zu den Blumenvasen auf den Tischen.

Anna musste lachen.

»Dann hat August mit der Wahl unseres Festmahls auch ein *Händchen* bewiesen.«

»Festmahl?«, fragte der Wirt.

Anna wollte nicht so ganz genau darauf eingehen, aber August gab bereitwillig Auskunft: »Es hat mit unserem Kennenlerntag vor neun Jahren zu tun.«

»Und das bei uns«, die Wirtsleute sahen sich an, »welche Ehre!«

»Ein Willkommenstrunk, ein Gläschen Sekt, geht damit natürlich aufs Haus«, lud die Wirtin sie ein. Und ihr Mann fügte an: »Und soll ich Sie beraten, oder bevorzugen Sie die Speisekarte?«

»Wir verlassen uns ganz auf Sie«, erklärte August, und nachdem sich Anna und er wieder gesetzt hatten, machte der Wirt einen Menüvorschlag, der August und Anna das Wasser im Mund zusammenlaufen ließ.

»Wenn nun alles auch noch so gut schmeckt, wie es sich anhört, muss ich mich das nächste Mal aber anstrengen, wenn sie wieder bei uns sind«, flüsterte Anna über den Tisch, nachdem der Wirt in der Küche verschwunden war. Die Wirtin kam mit zwei Gläsern Sekt zurück, stellte sie mit einem Lächeln vor Anna und August hin und meinte kopfschüttelnd: »Wenn dieses *Schreckgespenst* vor drei Jahren eine Reklameidee gewesen wäre, hätte sie nicht besser funktionieren können. Tagelang war das in Radolfzell Stadtgespräch!« Sie trat einen Schritt zurück. »Und jeder musste damals unbedingt zu diesem ›Hirschen‹ fahren! Wir übrigens auch … und von da an öfters. Es gefällt uns gut bei Ihnen, und die Fahrt dorthin ist immer – na ja, so ein hübscher kleiner Ausflug am Ruhetag.«

Nachdem sie zu anderen Tischen gegangen war, stießen August und Anna auf die letzten neun Jahre an, und beim Absetzen des Glases meinte Anna: »Ruhetag?«

»Ja, das haben in Radolfzell alle.«

»Brauchen wir so was?«

»Na ja, ein bisschen viel ist es ja schon«, überlegte August. »Vor allem, wenn die Wirtschaft richtig voll ist.«

»Es ist ja aber doch auch ohne die Gäste viel. Deine Brennerei, die Landwirtschaft, die Kinder …«

»Es gibt auch ruhigere Zeiten. Jetzt im Frühling muss gepflanzt werden, brauchen die Reben Pflege, aber im Sommer wächst alles ganz allein. Und wenn der Betrieb so läuft wie im letzten Jahr, sollten wir uns einen Familientag gönnen. Mit Hans-Ueli aufs Wasser oder gemeinsam baden oder mal nach Konstanz oder Stein am Rhein … irgend so etwas.«

Anna legte den Kopf schief. »Das sind ja ganz neue Töne. Ich dachte, du willst anbauen?«

»Der Antrag läuft, nur lassen die Genehmigungen auf sich warten, denn es gibt ja leider unseren großen Widersacher im Dorf, der Einsprüche erhebt. Vor 1928 wird das also nichts, befürchte ich.«

»Mal wieder unser Freund? Ich dachte, er gibt Ruhe?«

August zuckte mit den Schultern. »Nun macht er es eben nicht mehr, indem er selbst Hand anlegt, sondern er *lässt* Hand anlegen. Gute Beziehungen sind manchmal nützlich …«

»Für den, der sie hat!«

Sie schwiegen beide, denn die Wirtin kam, um den Tisch einzudecken und kurz danach eine Karaffe mit Wein und den ersten Gang zu bringen.

»Wie mein Mann schon gesagt hat, wir starten mit Schwäbischen Maultaschen in Brühe«, erklärte sie, »und als Hauptgang badischer Sauerbraten mit Kartoffelknödeln und Rotkohl, zum Nachtisch Kaiserschmarrn mit Zwetschgenröster.«

»Und die Zwetschgen«, fragte Anna, »haben Sie die selbst eingemacht?«

»Selbstredend! Ihr Keller steht doch auch voller Einmachgläser?«

Die beiden Frauen lachten sich wissend zu, bevor die Wirtin einen guten Appetit wünschte und in die Küche zurückging. August griff nach Annas Hand. »Wirklich, Anna, es gibt Dinge, die sind mir gar nicht klar. Gemüse, Obst einmachen. Wäsche. Nur gut, dass wir nun dafür jemanden haben!«

Annas Löffel schwebte über dem Teller. »Solange die Gästezimmer noch leer standen, war es ja auch für mich kein Problem. Aber … du sagst es ja selbst, es wird immer mehr!«

August klopfte mit seiner flachen Hand auf den Tisch. »Siehst du, umso wichtiger erscheint mir ein Familientag. Wir *müssen* das machen. Für uns, unsere Kinder und unsere Gesundheit.«

Anna stimmte ihm zu, war aber sicher, dass sich das nicht durchhalten ließ. Es wartete überall Arbeit, von früh bis spät, und das nicht nur in der Wirtsstube und in der Küche.

Die Maultaschen in der klaren Brühe, gefüllt mit einer Mischung aus Fleisch, Spinat und Zwiebeln, fanden beide gut gewürzt, und nach einem Blick auf die ruhig stehenden Pferde und das Fuhrwerk freute sich August.

»Es tut gut«, fand er und fuhr sich ordnend mit einer Hand durch seine dichten mahagonifarbenen Haare, die Anna so an ihm liebte, »eine Ruhezeit zu haben! Nur wir beide!«

»Schau mich mal an!« Anna blickte ruhig über den Tisch. »Deine tiefen braunen Augen, August, die haben mich damals an unserem Tisch im ›Schwanen‹ schon verwirrt.«

»Aber getanzt hast du mit einem anderen!«

Anna musste lachen. »Beat!«, erinnerte sie sich.

»Siehst du, du erinnerst dich immer noch an seinen Namen!«

»Ganz gleich, wie oft du fragst – ja, ich erinnere mich. Er war ja auch ein guter Tänzer.« Sie legte den Kopf etwas schief. »Bist du eifersüchtig?«

»Solange er nicht mit einer Duellpistole im ›Hirschen‹ auftaucht, nicht.« Er schmunzelte. »Und wenn ich alt bin, meine Haare verloren habe und die Augen, die du so liebst, hinter einer dicken Brille verborgen sind, verwirre ich dich dann immer noch?«

»Ja!«, sagte Anna sofort und lächelte spöttisch, »aber vielleicht auf eine andere Art!«

»Hat es geschmeckt?«, fragte die Wirtin beim Abräumen der Teller, und nachdem sie ein positives Echo vernommen hatte, setzte sie hinzu: »Und den Hauptgang serviert mein Mann persönlich!«

»Ein Leben in Saus und Braus«, kommentierte Anna, und August meinte: »Lediglich ein Vorgeschmack auf das wilde Berlin!« Im Einverständnis dessen, was sie dort vorhatten, hoben sie beide die Weingläser.

»Auf uns und unser Leben!«

Anna lächelte ihrem Mann zu und fand, egal, wie hart das Leben manchmal im »Hirschen« war, sie hatte mit August die richtige Wahl getroffen. Sie liebte ihn nach wie vor und blickte zuversichtlich in die Zukunft.

»Wir haben schon einiges erreicht«, fand sie.

»Das kann man so sagen!« August hob seine rechte Hand, spreizte seine Finger und knickte einen nach dem anderen ein.

»Am 1. April 1922 haben wir den Vertrag unterschrieben …«, sie sahen sich an, »ein weiteres Jubiläum. Fünf Jahre! Das haben wir glatt vergessen!«

»Stimmt!«

»Dafür feiern wir heute doppelt!« August hob sein Glas. »Sollen wir nachher noch ins Filmtheater zu dem Film, von dem du so schwärmst?«

Anna zuckte die Schultern, sie wusste nicht, ob er heute überhaupt gezeigt wurde. Und außerdem kam gerade der Wirt mit zwei gefüllten Tellern und stellte sie erwartungsvoll vor seine Gäste. »Meine Frau bringt gleich noch die Platte mit mehr Knödeln, Blaukraut und Fleisch!«

»Und vielleicht auch noch gleich zwei weitere Esser?«, scherzte Anna, aber sie lobte auch, wie schön alles angerichtet war.

Der Wirt entfernte sich mit einem kleinen Lächeln. »Und ich hoffe, es schmeckt auch so!«

Sie hatten gerade den ersten Bissen genommen und der Wirtin versichert, dass alles wunderbar schmecke und es überhaupt ein gelungener Besuch in der »Sonne-Post« sei, als sich ein Gast weiter vorn am Eingang an die Wirtin wandte. »Was ist denn das für ein Lärm?«

Die ging kurz zur Eingangstür, spähte hinaus und kam mit der Nachricht zurück, es sei die örtliche Feuerwehr, die ausrücke. »Wahrscheinlich zu einer Übung«, beruhigte sie ihre Gäste, »das machen die ab und zu.«

»Gut so.« August warf einen Blick durchs Fenster, die beiden Stuten streckten zwar neugierig die Hälse, hatten sich aber sonst nicht vom Fleck bewegt. »Sie sind wirklich einmalig!«

»Und die Knödel schmecken auch einmalig. Und bei der Soße überlege ich schon die ganze Zeit, womit er sie verfeinert hat. Sie schmeckt anders als meine zum badischen Sauerbraten.«

»Deine schmeckt mir aber«, August kostete sie noch einmal und ließ sie sich auf der Zunge zergehen, »fast besser!«

»Anders.« Anna überlegte und fand: »Beide sind gut. Jede auf ihre Art!«

»Alles zu Ihrer Zufriedenheit?« Der Wirt kam an den Tisch, und als seine Gäste begeistert zustimmten, freute er sich. »Dann müssen wir nach dem Nachtisch noch unbedingt ein Gläschen zusammen trinken.«

Anna fand ein weiteres Gläschen zwar zu viel, aber sie stimmte zu, denn im »Hirschen« waren die Männer auch trinkfest. Vor allem Bier und Schnaps, auf dem Land eben. Sie schmunzelte über den Gedanken, als der Gast von vorhin herüberrief: »Scheint eine große Übung zu sein. Jetzt rücken die ganz großen Geschütze aus.«

Er trat ans Fenster, und auch andere Gäste verließen ihre Tische, um hinauszuspähen.

»Schon imposant!«, meinte einer, »wenn man sie so vorbeifahren sieht!«

»Hoffentlich brennt es nicht wirklich!«

»Hier in Radolfzell?«

»Sieht eher aus, als führen sie in Richtung Moos.«

»Dann ist es sicherlich eine Übung auf dem Land«, schwirrten die Mutmaßungen durch den Gastraum.

»Na, auf dem Land könnte es ja auch irgendwo brennen!«

Nun war auch August aufgestanden und zu den Männern getreten, die wild durcheinander spekulierten. Von dieser Seite des Gasthofes sah man bis zur großen Durchgangsstraße hinunter und konnte die Fahrzeuge eines nach dem anderen vorbeifahren sehen. Nach dem letzten warteten sie noch, aber als keines mehr kam, setzten sie sich wieder zu ihren Frauen an die Tische.

»Und?«, fragte Anna, die genüsslich weitergegessen hatte, »immer noch die kleinen Buben, die von Feuerwehrwagen begeistert sind?«

August schmunzelte. »Das scheint den großen Buben im Blut zu liegen … einmal Feuerwehrhauptmann sein!«

»Maria würde das jetzt auch gefallen. Vielleicht wird sie mal die erste Feuerwehr … wie heißt denn eigentlich ein weiblicher Hauptmann?«

»Hauptmännin?« August lachte. »Oder Hauptfrau?«

Anna wischte mit der gestärkten Serviette nach ihm, und sie

scherzten eine Weile miteinander, genossen ihr Mahl, und August lud sich sogar noch einmal auf, als plötzlich der Wirt in den Wirtsraum gestürzt kam.

»Meine Schwester hat gerade angerufen, ihr Mann ist auch bei der Feuerwehr, in Horn brennt es. Ein großes Haus steht lichterloh in Flammen, hat sie gesagt.«

»Ein großes Haus?« Anna legte langsam die Serviette weg.

»Weiß sie, welches Haus?«, fragte August, der schreckensbleich geworden war.

»Nein! Die Feuerwehr wurde ja auch nur informiert, weil von Weitem eine große Rauchsäule gesehen worden war. In Horn gibt es ja kein Telefon!«

»Doch, bei uns!« Anna schluckte.

»Wir müssen …«, sie standen beide gleichzeitig auf, »ganz schnell zahlen, bitte!«

»Fahren Sie los!« Der Wirt stand schon an der Tür und hielt sie auf. »Das machen wir alles das nächste Mal!«

Minuten später waren Anna und August bei den Pferden, die erschrocken aufsahen, als August auf den Bock sprang und die Bremse löste. Anna tätschelte sie kurz, in der Sorge, sie könnten vor lauter Aufregung durchgehen, und stieg zu August auf den Bock.

»Was ist, wenn …«, sprach sie den Gedanken aus, der beiden zusetzte.

»Die Kinder …«

»… sind bei Christine!«

»Hoffentlich!«

Sie sagten nichts mehr, während die beiden Stuten anzogen und kurz darauf in einen gleichmäßigen Trab fielen, als ob sie verstanden hätten, dass nun jede Minute zählte.

Nervös saßen Anna und August nebeneinander, sie wagten nicht, das Undenkbare auszusprechen. Der matschige Weg über den schilfbewachsenen Damm kurz vor Moos zog sich quälend lang hin, die Pferde zogen mit aller Kraft, aber schneller ging es nicht. Von hier aus konnte man noch nichts sehen. Danach ging es schneller, war die Straße befestigt. Die Pferde legten sich ins Zeug. Doch erst, nachdem sie an Iznang vorbei waren, konnten sie die dunklen Rauchwolken in der Ferne sehen. Und kurz vor ihrem Nachbarort Gundholzen wurde es zur Gewissheit: Es brannte in Horn. Offensichtlich lichterloh. Das war keine Übung. Und hatten sie es bisher noch still gehofft, so war diese Hoffnung dahin.

Die Pferde, Stallgeruch in der Nase, fingen an zu galoppieren, und da ihnen weit und breit nichts entgegenkam, ließ August sie gewähren. »Hast du sie im Griff?«, wollte Anna trotz allem wissen, denn ein umgekipptes Fuhrwerk, wie damals am 1. August, wollte sie nicht riskieren. Sie fand das Tempo für die schlechte Straße halsbrecherisch, musste sich am Holzrahmen festhalten, um die Schläge auf das Fuhrwerk auszugleichen. Die Waren sausten auf der Ladefläche hinter ihnen von einer Seite zur anderen. Und wurden immer wieder in die Luft geschleudert. Anna blickte kurz zurück, aber es war ihr egal. Und wenn sie alles auf dem Weg verlieren würden, war es keinen Gedanken wert. Sie blickte nach vorn und betete, dass es nicht der »Hirschen« sein möge. Und wenn doch, dass alle Menschen in Sicherheit wären.

»Und wir essen in aller Ruhe«, sagte sie laut, erntete aber nur einen schnellen Blick von August.

»Noch wissen wir es nicht!«

Nun hatte sie sich an das Tempo gewöhnt. Als Kind war sie mit Franz über die Wiesen galoppiert, ohne Sattel, nur mit Strick. Das war schneller gewesen. Nun war es ihr zu langsam, aber schneller ging jetzt nicht, mit dem schweren Fuhrwerk dahinter.

Sie hätte fliegen mögen.

Mit schweißnassen Pferden erreichten sie Horn, und die Menschenmenge, die um die vielen Feuerwehrautos herumstand, ließ keinen Zweifel aufkommen: Der »Hirschen« brannte. Ludwig schälte sich aus der Menschenmenge heraus, eilte ihnen entgegen und nahm ihnen die Pferde ab, während Anna und August vom Bock sprangen.

»Ludwig?«, rief Anna angstvoll, doch er winkte ab.

»Es ist keinem was passiert, eure Kinder, alle in Sicherheit. Die Feuerwehr war schnell da ... doch seht selbst ...« Weiter hörte Anna nichts, denn sie zwängte sich bereits durch die Horner durch, die eine Gasse bildeten, nachdem sie gesehen hatten, wer da angekommen war.

Der »Hirschen« war von roten Feuerwehrwagen umringt, und noch löschten die Männer, manche von aufgedrehten Leitern herab, riefen sich Kommandos zu, schauten, dass keine weiteren Häuser Feuer fingen, bekämpften Brandnester, doch es war klar, aus dem stolzen »Hirschen« war eine schwarze Ruine geworden. Es standen nur noch die Grundmauern. Der erste Stock, der Dachstuhl, alles war heruntergebrannt, es waren nur noch Stümpfe von schwarzen Balken zu erkennen. Und auch die Anbauten waren nur noch Balken und Asche. Es sah aus, als hätte ein Riese Mikado gespielt. Für Anna war es so surreal, dass ihr noch nicht einmal Tränen kamen. Das war ein Traum oder passierte gerade einer ihr völlig fremden Frau. Sie wandte sich ab und lief an allen vorbei zu Ludwigs und Christines Bauernhof. Die Furcht gab ihr eine solche Kraft, dass sie über alles sprang, was ihr im Weg lag, einmal stürzte sie, raffte sich sofort wieder auf, zerrte ihren Rock über die Knie nach oben und kam erst wieder zu Atem, als sie vor Ludwigs Haus angekommen war. Ein schneller Blick zu ihm, wie er die Pferde gründlich mit Stroh trocken rieb, zeigte ihr, dass auch er gerade erst angekommen war und abgeschirrt hatte. Sie hastete zur Eingangstür, öffnete und schlug beim nächsten Schritt der Länge nach hin, weil der Hund im Weg lag. Er sprang vor Schreck winselnd auf, Anna sortierte sich kurz auf den Steinfliesen, doch da ging schon die Tür zur Küche auf, und Christine stand vor ihr.

»Anna!« Sie zog die Tür hinter sich zu und eilte ihr zu Hilfe.

»Ich habe die Kinder alle in der Küche, sie müssen sich das nicht mitansehen!«, sagte sie leise und zog sie hoch.

»Ihnen ist nichts passiert?«, fragte Anna und beherrschte sich, um nicht hysterisch zu werden.

»Alle da. Kannst sie nachzählen. Fünf Rugglis, Hilde und unsere beiden Kleinen. Unser Ältester ist natürlich längst hingerannt.«

Anna lehnte sich kurz erschöpft an Christine, drückte ihr vor Erleichterung einen Kuss auf die Wange, holte tief Luft, setzte ein Lächeln auf und ging Christine voraus zur Küche.

Hinter der Tür standen sie alle wie aufgereiht, Hilde hatte Elli im Arm.

»Mama!« Nun stürzten alle Kinder zu ihr, und Anna ging in die Hocke.

»Unser Haus brennt«, verkündete Trudi mit großen Augen.

»Wir wollen hin«, erklärte Hannes, seinen Bruder Paul an der Hand. »Da sind jetzt ganz viele Feuerwehrwagen!«

»Au ja«, stimmte Trudi ein, »ich möchte auch mit!«

»Das ist kein Spiel!« Cecil runzelte die Stirn. »Die Feuerwehr ist da, weil unser Gasthof brennt!«

»Ich will sie trotzdem sehen«, beharrte Paul.

Anna und Christine wechselten einen Blick.

»Klar«, sagte Anna. »Für die Jungen ist es eine Attraktion. Und ich …«

»Möchtet ihr hin?«, fragte Hilde, »dann bleibe ich mit den Kleinen hier.«

»Au ja«, rief Trudi.

»Du bist auch klein!«, widersprach Cecil.

»Bin ich gar nicht!«

»Maria?«, sprach Anna ihre Große an, die bisher geschwiegen hatte. »Und was ist mit dir?«

»Sie wollte nur schnell ein Spielzeug für Cecil holen, war aber gleich wieder da«, antwortete Hilde an ihrer Stelle.

»Du warst beim Brand im Haus?«, fragte Anna entsetzt.

»Nur ganz kurz. Am Anfang«, gab Maria zur Antwort, sagte aber weiter nichts.

»Ganz kurz?« Wieder wechselten die Frauen einen Blick.

»Ich weiß nicht«, erklärte Christine. »Plötzlich schlugen Flammen aus den Fenstern, die Ersten sind mit Eimern losgerannt, es hat sich gleich eine Löschschlange gebildet, aber das reichte natürlich nicht, die Feuerwehr musste her, also ist einer der Burschen losgeritten, um sie zu alarmieren, denn das einzige Telefon in Horn …«

Anna nickte. »Es ist ein Drama! Aber dass es allen gut geht und niemand zu Schaden gekommen ist, ist ein Glück!«

»Aber ihr habt fünf Jahre Arbeit hineingesteckt, und nun das!« Christine nahm Anna in den Arm. »Es tut mir so leid!«

»Gehen wir jetzt?«, wollte Hannes wissen und stand schon an der Tür.

»Fragt euren Vater!«

»Der ist nicht da!«

»Doch«, bemerkte Anna leise, »er steht draußen bei den Stuten!«

Da gab es für die beiden kein Halten mehr, und die beiden größeren Mädchen liefen mit, während Trudi ärgerlich mit dem Fuß aufstampfte. »Ich will auch!«

»Du bist noch keine drei Jahre alt«, entschied Anna und schenkte Hilde einen dankbaren Blick. »Geht das wirklich in Ordnung?«

»Aber ja«, bestätigte Hilde. »Ich muss das nicht sehen, das macht mich nur traurig. Und beschert mir Albträume!«

»Mir auch«, murmelte Anna und ging mit Christine hinaus. Draußen sammelten sie ihre Kinder ein, gingen langsam dem qualmenden Haus entgegen.

»Mama«, sagte Cecil plötzlich, »wo schlafen wir heute Nacht?«

Darüber hatte Anna noch nicht nachgedacht.

»Bei uns?«, schlug Christine vor, aber Anna schüttelte den Kopf. »Ihr seid ständig für uns da. Wir wollten euch als Dankeschön zum Tanz in den 1. Mai einladen …« Sie spürte, wie ihr nun beim Anblick ihres Hauses Tränen über die Wangen liefen.

»Mama!« Maria drückte ihre Hand. »Sei nicht traurig!«

»Ihr müsst euch nicht revanchieren«, stellte Christine klar, und zog ihre Jungs zurück, die sich losmachten und unbedingt nach vorn laufen wollten. »Wofür sind Freunde da?«

Anna schniefte. »Entschuldige! Ich fürchte …« Weiter kam sie nicht, denn August hatte sie entdeckt und kam auf sie zu.

»Ludwig hat mir schon gesagt, dass alle Kinder wohlauf sind. Ich weiß überhaupt nicht, wie wir das wiedergutmachen können, ihr habt uns das Teuerste auf Erden gerettet!«

Damit nahm er Christine in die Arme. »Ich denke, eine Umarmung ist angesichts der Umstände gestattet!«

Alle drei suchten sich zwischen zwei Feuerwehrwagen einen Platz, wo sie nicht störten.

»Es ist ein schierer Wahnsinn!« August schüttelte den Kopf. »Heute Morgen noch alles in bester Ordnung – und jetzt das.«

»Heiß Abriss?«, fragte eine Stimme hinter ihnen.

August drehte sich um. Es war ein Bauer aus Gaienhofen.

»Wenn ich so was vorgehabt hätte, hätte ich dann meine Kinder dagelassen?«

Der Mann schüttelte den Kopf. »Richtig. Das spricht dagegen.« Er schob seine Schiebermütze nach hinten. »Aber von selbst brennt ein Haus auch nicht!«

August holte tief Luft. »Der Gedanke könnte einem kommen.«

»Immerhin ist alles Leben gerettet«, sagte der Bauer und deutete auf das Nachbarhaus, »die haben ihren Jungen gleich zum Hilfeholen losgeschickt und eure Tiere gerettet. Die Ziegen sind jetzt drüben, die Hühner haben von allein Reißaus genommen!« Er spuckte eine Portion Kautabak zur Seite. »Und ich wollte eigentlich auf ein Bier und einen Korn zu euch kommen. Aber da war es schon zu spät!«

»Danke für die Nachricht!« Anna erkannte ihn jetzt, er war tatsächlich öfter da. »Das Bier und den Schnaps holen wir hoffentlich irgendwann nach.«

Sie lehnte sich an August, und er legte den Arm um sie, während Christine ihren Jungs folgte.

Maria und Cecil drückten sich eng an ihre Eltern, Cecil hielt ihren Vater umklammert, Maria ihre Mutter. So standen sie eine Weile zu viert, bis August stöhnte: »Alles verloren. Alles, was wir aufgebaut haben, ist verloren! Und auch …«, er sah Anna an, »unser Geld. Ich wollte es heute in Radolfzell zur Bank bringen, aber ich habe es daheim vergessen.«

»Du hast …?« Anna sah ihn groß an, und es durchflutete sie siedend heiß. »August, sag, dass das nicht wahr ist. Die Einnahmen … von der Wirtschaft?«

»Nicht nur die der Wirtschaft«, gab er leise zu und schloss dabei die Augen, »sondern alles, was wir seit Januar erwirtschaftet haben. Alles!«

Anna dachte kurz nach. Die letzten Bankauszüge … von wann waren die? Sie hatte es die letzten Wochen nie nach Radolfzell zur Bank geschafft. Aber August? Ihr wurde es schwindlig.

»Du hast das Geld in der ganzen Zeit nie zur Bank getragen?«

»Ich war entweder in Radolfzell, wenn die Bank zuhatte, oder ich war in Horn, wenn die Bank offen war.«

»August … das ist alles, was wir haben!« Sie senkte wegen ihrer Töchter die Stimme, um ihre Verzweiflung nicht hören zu lassen. Aber das war sie jetzt, richtig verzweifelt. Sie spürte ihr Herz schneller schlagen und musste Maria loslassen, um sich an die Brust zu fassen. »Wo hast du es denn gehabt?«

»In einer Kassette. Und weil ich sie heute mitnehmen wollte, habe ich sie … aufs Regal gestellt. Hinter den Tresen.«

»Mein Gott!«, entfuhr es Anna. »Das hätte jeder stehlen können!«

»Ich wollte es ja mitnehmen!«, rechtfertigte sich August und starrte auf den niedergebrannten »Hirschen«.

»Wir …« Anna musste sich fassen. »Ohne Dach über dem Kopf und ohne Geld! Wie soll es nun weitergehen?« Sie richtete ihren Blick zur Kirche.

Konnte das wirklich sein? Seit Januar? Wie konnte das passieren, wie konnte das ihr passieren, wo sie doch stets alle Einnahmen und Ausgaben akkurat aufgelistet hatte? Sie konnte es nicht glauben, aber im Moment auch keinen klaren Gedanken fassen.

Wenn das nun alles weg war, standen sie wieder fast am Anfang. Auf ihrem Konto in Radolfzell war wegen der laufenden Kosten nie viel drauf. Also blieb nur das Geld aus der Schweiz. Nur dass dieses Konto im Laufe der Jahre auch geschmolzen war.

Was sollte werden? Wo sollten sie schlafen, wo wohnen?

Anna, was jetzt? Anna, wo ist dein Mut?

Dahin, gestand sie sich ein. Und August?

Sie sah zu ihm hoch, aber auch von ihm ging keine Stärke aus. Er hatte den Blick gesenkt, und sicher quälten ihn die gleichen Gedanken wie sie.

Das war eine bittere Katastrophe, ein echter Weltuntergang.

»Ich habe es gesehen«, sagte Maria und zog an Annas Ärmel.

Nachdem keiner ihrer Eltern reagierte, wiederholte sie lauter: »Ich habe es gesehen!«

»Was hast du gesehen?«, fragte Anna mechanisch, während sie ein Stoßgebet zum Himmel, zu Max und zu ihrem Vater sandte: *Bitte helft! Wir sind in Not, bitte, bitte helft!*

»Papa!« Nun wurde Maria energischer und zog auch ihn am Ärmel. »Hör doch! Ich hab's gesehen! Ich habe gesehen, wo du diese Kiste hingetan hast, weil ich aus der Küche gekommen bin!«

August strich ihr über den Kopf.

»Ja«, sagte er, »es war eine bodenlose Dummheit von mir!« Er wagte nicht, Anna anzuschauen, er wusste nicht, wie er ihrem Blick begegnen sollte. »Ich bin an allem schuld!« Er strich ein weiteres Mal über Marias Kopf. »Und ich weiß nicht, wie ihr mir verzeihen könnt, bei allem, was nun kommt.«

»Was kommt?«, wollte Cecil wissen, aber Maria fuhr ihr über den Mund und richtete sich erneut an ihre Eltern: »Und hört ihr jetzt endlich mal zu?«

Sie machte sich von ihrer Mutter los, stellte sich vor ihre Eltern hin und blickte zornig zu ihnen hoch.

»Ich habe gesehen, wie Papa diese Kiste ins Regal stellte. Und weil er so geheimnisvoll tat, habe ich sie mit dem Schlüssel, der drauf lag, geöffnet und die vielen Geldscheine gesehen. Und da dachte ich, die stelle ich lieber wo hin, wo sie keiner sieht! Also habe ich sie genommen und unter den Tresen neben das Bierfass gestellt. In die dunkle Ecke.«

Anna und August starrten sie an.

»In die dunkle Ecke?« August räusperte sich. »Dann ist sie in der dunklen Ecke verbrannt!«

Maria achtete gar nicht auf ihn.

»Und als ich Cecils Spielzeug holen wollte, habe ich die Flammen gesehen«, fuhr sie ungerührt fort, »die sind oben aus den Fenstern gekommen. Also bin ich in das Haus rein und habe die Kiste geholt!«

Ein zufriedenes Lächeln glitt über ihr glühendes Kindergesicht.

»Sie steht jetzt bei Ludwig im Stall. Ich habe sie ganz hinten, in der hintersten Ecke, in der ganz dunklen Ecke, versteckt!«

»Maria!« August und Anna beugten sich ungläubig zu ihr hinunter. »Du hast was?«

»Ich habe sie geholt und versteckt!«

»Wirklich?«

»Ganz wirklich!« Maria nickte entschieden.

»Nicht zu fassen!! Du hast sie wirklich geholt??« August nahm sie auf den Arm und wirbelte sie herum. »Du bist unglaublich!«, rief er lachend. »Ein unglaublich tapferes Mädchen. Ist das auch wirklich, wirklich wahr?!«

Maria juchzte vor Vergnügen und rief immer wieder: »Es ist wirklich, wirklich wahr!«

Anna wartete ab, bis sie wieder standen, dann schloss sie ihre Arme um August und Maria und küsste ihre Tochter überschwänglich, während ihr Tränen der Erleichterung über die Wangen liefen.

»Vielen, vielen Dank, Maria! Du hast uns gerettet, du tolles Mädchen! Das werden wir dir nie vergessen!«

Maria strahlte.

»Es war ganz leicht«, sagte sie. »Ein Kinderspiel.«

»Ein Spiel?« Cecil zupfte an Annas Rock, und August ließ Maria langsam zu Boden gleiten.

»Für große Kinder«, erklärte Maria und nahm ihre kleine Schwester an der Hand.

»Soll ich die Kiste jetzt holen?«, wollte sie wissen.

»Warte noch ein bisschen, das machen wir nachher gemeinsam!« August fuhr ihr liebevoll übers Haar, dann standen sie eng beieinander da, sahen regungslos auf die Szenerie vor ihnen, den qualmenden Hirschen, die Feuerwehrautos, die vielen Menschen. Die Hektik, den Tumult.

Es war alles einfach völlig unwirklich, fand Anna. Und auch August sagte: »Ist es nur ein böser Traum, oder ist es wahr?«

Cecil drückte sich an sie. »Hat es dem ›Hirschen‹ wehgetan, das Feuer?«

»Bestimmt!«, gab Maria ihr zu Antwort. »Aber jetzt ist es ja gelöscht. Das ist wie ein Pflaster, dann tut es nicht mehr weh.«

Das Gespräch der Mädchen löste Anna aus ihrer Starre.

»Und jetzt?« Sie sah zu August, »es könnte ja auch ein Zeichen sein.«

»Ein Zeichen?«

»Ja, alles hinzuwerfen und ein völlig neues Leben anzufangen.«

»Ein völlig neues Leben?«, fragte August.

»Ja, mit dem Geld, einfach weg von hier. Ein Neuanfang. Vielleicht ganz was anderes? Ein Schreibwarengeschäft … irgendwo in einer schönen Stadt?«

August sah sie verwirrt an. »Wieso denn ein Schreibwarengeschäft?«

»Nur so ein Gedanke. Aber nun … jetzt können wir entscheiden. Und uns neu erfinden.«

»Erfinden?«

Maria griff nach ihrer Hand. »Mama, und wir?«

»Ihr?« Anna beugte sich zu ihr hinunter. »Ihr kommt natürlich mit.«

»Ich will aber nicht weg!« Maria schüttelte energisch den Kopf. »Das ist mein Zuhause, ich liebe den ›Hirschen‹. Und überhaupt alles hier!«

August legte den Arm um Annas Schulter.

»Wozu hätten wir die letzten fünf Jahre so gekämpft, wenn wir das jetzt alles aufgeben würden?«

»Es könnte aber auch eine Chance sein. Irgendwohin, wo alles leichtergeht.«

»Geht es denn irgendwo leichter?«

Sie sahen sich in die Augen, drückten ihre Kinder erneut an sich und blickten schweigsam zum »Hirschen«.

Nach einer Weile griff Anna Marias Worte auf. »Ein Pflaster?« Sie sah zu Cecil. »Ja, das hilft bestimmt. Er sieht traurig aus, wie er da so verkohlt steht. So verletzt.«

»Er wartet vielleicht nicht nur auf ein Pflaster, sondern auf ein neues Leben«, erklärte August. »Und eigentlich gibt er uns gerade die Chance, ihn viel besser wieder aufzubauen. Praktischer. Übersichtlicher. Moderner ...«

»Größer ...«, Anna runzelte die Stirn, und August musste lachen.

»Ja, ertappt!« Er bückte sich nach Maria und nahm sie erneut hoch, in seine Arme. »Aber egal, was die Zukunft auch bringt, die wahre Heldin bist du!«

»Ich verrate euch das Versteck, aber nur, wenn wir hierbleiben!« Anna wuschelte ihr durchs Haar.

»Ja, Maria, du hast völlig recht!«, sagte sie und holte tief Luft, »es ist unsere Heimat! Und wir machen aus dem traurigen ›Hirschen‹ wieder einen glücklichen ›Hirschen‹.«

Die Menschen und die Geschichte hinter dem Buch

Anna gab es wirklich.

Auch ihre Mutter, ihre Geschwister und ihre fünf Kinder … bis auf eine Ausnahme stimmen sogar ihre Namen mit denen in meinem Roman überein. Anna ist auf dem einsamen Hofgut Kraftstein bei Mühlheim an der Donau aufgewachsen. Und mit 13 Jahren hat sie ihre Heimat verlassen, um in Steckborn zu arbeiten. Dort lernte sie den Fabrikarbeiter August kennen, und am 1. April 1923 kauften sie gemeinsam den Gasthof »Hirschen« in Horn am Bodensee.

Der »Hirschen« hatte 2023 ein ganz besonderes Jubiläum: Er ist 200 Jahre alt geworden. Und da ich die heutige Wirtsfamilie gut kenne und die Pandemie alles lähmte, gestaltete ich auf Bitten des Wirts gemeinsam mit meiner Schwester Karin, die Grafikerin ist, ein »Hirschen«-Buch mit Chronik, Interviews und vielen Fotos aus der alten und der neuen Zeit.

Anna gab mir dabei viele Rätsel auf: Wie sah ihr Leben damals aus? Wie kam sie überhaupt aus dem Oberschwäbischen in die Schweiz? Wie sah der Kraftstein aus, dieser entlegene Weiler, von dem sie stammte?

Das Interesse hatte mich gepackt.

Am 12. Juni 2023 sattelten mein Lebensgefährte und ich unsere Motorräder und machten uns auf den Weg. Und fanden ein tatsächlich einsames Gehöft auf einem Hochplateau, einige Kilometer von Mahlstetten entfernt. Es war leicht nachzuvollziehen, dass das Leben dort oben karg und anstrengend war. Auch der Schulweg oder jeder andere Gang. Vor allem im Winter.

Wir fuhren vom Kraftstein nach Steckborn. Mit den Motorrädern war das leicht – aber wie kam denn Anna dorthin? Immerhin 70 Kilometer – zu Fuß?

Ich kontaktierte den Bürgermeister von Mühlheim, Jörg Kaltenbach. Er reagierte sofort und leitete mich an Ludwig Henzler weiter, der sich als Hobbyhistoriker ehrenamtlich um das Stadtarchiv kümmert. Und siehe da, bei unserem ersten Telefonat stellte sich heraus, dass er die Bücher meines Vaters kannte: »Burgen einst und jetzt.« So war gleich ein guter Kontakt da.

Wir fachsimpelten ein bisschen, und wahrscheinlicher war, so meinte er, dass Anna die Strecke nicht gelaufen war, sondern in Tuttlingen in die Eisenbahn nach Schaffhausen gestiegen und von dort mit dem Dampfschiff nach Steckborn gefahren ist.

Also fuhr ich nach Schaffhausen zum Bahnhof und überlegte, wie Anna hier wohl 1913 als 13-Jährige angekommen ist, wie sie die Anlegestelle am Rhein gefunden hat und wie Schaffhausen damals überhaupt ausgesehen hat.

Im Internet wurde ich fündig: *Altstadtführungen und Nachtwächterführungen*, das sprach mich an, also schickte ich eine Mail. Martin Harzenmoser antwortete und geleitete Anna in der Folge durchs historische Schaffhausen bis zum Dampfschiff »Arenaberg«. Außerdem erzählte er mir von Hans Sturzenegger, dem berühmten Schaffhauser Maler, zudem Freund von Hermann Hesse, der mir dann ebenfalls eine Inspirationsquelle wurde.

Nun kam die nächste Hürde: Steckborn selbst. Was war los in Steckborn um 1913? Und welche Arbeit könnte Anna überhaupt angefangen haben? Als Dienstmädchen zu reichen Leuten? Vielleicht zu einem Abgeordneten? Tobias Engelsing, langjähriger Freund, Historiker und Direktor der vier städtischen Museen in Konstanz, gab mir den Tipp, in Steckborn René Labhart zu kontaktieren, Historiker und im Vereinsvorstand des »Museum im Turm«.

Kurze Zeit später führte mich René Labhart durch das Museum, weihte mich in die Steckborner Geschichte ein, zeigte mir alte Unterlagen, Fotos, Klöppelarbeiten, dazu die »Motorchaise von 1905« des Unternehmers Fritz Gegauf und ging anschließend mit mir durch die Gassen, damit all dies auch anschaulich wurde. Außerdem überlegten wir, was Anna in Steckborn gemacht haben könnte? Die Idee mit der »Krone« kam von ihm, denn das Hotel »Krone« steht heute nicht mehr. Aber es gab sie, genau wie beschrieben, das war mir wichtig. Und ja, natürlich war so ein Arbeitsleben in der »Krone« eine gute Grundlage für Annas späteres Leben im »Hirschen«. Und auch August wurde von mir aus diesen Gründen vom Fabrikarbeiter bei der Nähmaschinenfabrik Gegauf, der er tatsächlich war, zum Kantinenleiter befördert.

Diese historischen Mosaiksteine mit Leben zu füllen war nun meiner Fantasie überlassen. Und speiste sich auch aus den vielen Erzählungen des heutigen »Hirschen«-Wirts Karl Amann. Seine Schilderungen, vor allem auch der Schmuggel zwischen Steckborn und Horn, das Leben im alten »Hirschen«, die Entbehrungen – es gab lange weder Strom noch Telefon –, all dies hat mir bei meinem Buch geholfen.

Alexander Röhm vom Stadtarchiv Radolfzell half ebenfalls mit und machte sich auf die Suche nach alten Spuren. Und vermittelte mir ein umfassendes Bild von Radolfzell Anfang des 20. Jahrhunderts.

Und natürlich darf die Fantasie die Realität überflügeln. So lernt Anna in der Steckborner Konditorei Hermann Hesse kennen und trifft ihn wenig später mit seinem Freund, dem Maler Hans Sturzenegger, wieder. Hermann Hesse war übrigens tatsächlich oft mit seinem Boot in Steckborn zum Einkaufen, denn der berühmte Schriftsteller lebte von 1904 bis 1912 in Gaienhofen. Dort gibt es auch das »Hermann-Hesse-Museum«. Und deshalb schrieb ich die Leiterin, Yvonne Istas, an und schickte ihr die betreffenden Stellen im Buch zur Überprüfung.

Wie ich alle meine Passagen zu meinen betreffenden Beratern zum Gegenlesen schickte, denn ich wollte meiner historischen Verantwortung gerecht werden.

Und schließlich begann Anna mit der ersten Seite zu leben. Und alle Personen um sie herum. Mit dem ersten Schritt aus ihrem Elternhaus heraus betrat sie »meine« Geschichte. Und lebte ein Leben, das ihr, so hoffe ich, beim Lesen auch gefallen hätte. Leider ist sie, die reale Anna, bereits 1943 verstorben.

In meinem nächsten Buch von den Frauen vom See »Traum vom besseren Leben« wird sie etwas älter werden – und noch einiges erleben, bis ihre Tochter Maria (in Wirklichkeit hieß sie Anni, was mir aber zu nah an Anna war) in ihre Fußstapfen tritt. Und dies nicht ganz freiwillig – aber davon in meinem zweiten Buch über die »Frauen am See« mehr. Ein bisschen Spannung muss beim Lesen ja bleiben – auch für mich, beim Schreiben.

So danke ich herzlich

- *Simon Götz,* Historiker an der Uni Konstanz, für seine Chronik zur Geschichte des »Hirschen«
- *Ludwig Henzler,* Hobbyhistoriker aus Mühlheim
- *Martin Harzenmoser,* »Nachtwächter« aus Schaffhausen

- *René Labhart,* Museum im Turm, Steckborn
- *Alexander Röhm,* Abteilungsleitung Stadtarchiv Radolfzell
- *Dr. Tobias Engelsing,* Historiker und Direktor der vier städtischen Museen in Konstanz
- *Dr. Yvonne Istas,* Museumsleiterin Hermann-Hesse-Museum, Gaienhofen
- *Regula Gonzenbach,* Präsidentin des Thurgauer Frauenarchivs
- *Karl Amann* für seine vielfältigen Erinnerungen

Sie alle haben mir auf die eine oder andere Art bei meinen Recherchen zu »Anna« und ihrem historisch korrekten Umfeld geholfen.